民國文化與文學_{研究文叢}

民國文化與文學 研究文叢

十一編

李 怡 主編

第 **11** 冊

百年魯迅傳播史（1906～2006）（上）

葛 濤 著

國家圖書館出版品預行編目資料

百年魯迅傳播史（1906～2006）（上）／葛濤 著—初版—
新北市：花木蘭文化事業有限公司，2019〔民108〕
目 4+216 面：19×26 公分
（民國文化與文學研究文叢 十一編；第 11 冊）
ISBN 978-986-485-797-5（精裝）
1. 周樹人 2. 學術思想 3. 文學評論
820.9   108011490

ISBN-978-986-485-797-5

9 789864 857975

特邀編委（以姓氏筆畫為序）：

丁　帆	王德威	宋如珊
岩佐昌暲	奚　密	張中良
張堂錡	張福貴	須文蔚
馮　鐵	劉秀美	

民國文化與文學研究文叢
十 一 編　第十一冊　　　　　　　ISBN：978-986-485-797-5

百年魯迅傳播史（1906～2006）（上）

作　　者　葛　濤
主　　編　李　怡
企　　劃　四川大學中國詩歌研究院
總 編 輯　杜潔祥
副總編輯　楊嘉樂
編　　輯　許郁翎、王筑、張雅淋　美術編輯　陳逸婷
出　　版　花木蘭文化事業有限公司
發 行 人　高小娟
聯絡地址　235 新北市中和區中安街七二號十三樓
　　　　　電話：02-2923-1455／傳眞：02-2923-1452
網　　址　http://www.huamulan.tw 信箱 hml 810518@gmail.com
印　　刷　普羅文化出版廣告事業
初　　版　2019 年 9 月
全書字數　360915 字
定　　價　十一編 12 冊（精裝）新台幣 23,000 元　　　版權所有‧請勿翻印

百年魯迅傳播史（1906～2006）（上）

葛濤 著

作者簡介

葛濤，文學博士，現爲北京魯迅博物館研究館員，兼任國際魯迅研究會秘書長、中國現代文學研究會理事、中國魯迅研究會理事。主要從事魯迅及中國現代作家研究、網絡文化研究，獨立承擔兩項國家社科基金一般項目和一項中國博士後科研基金項目，在國內外發表 100 多篇文章，出版 5 部著作。先後赴意大利、印度、美國、韓國、德國、奧地利等國家參加學術研討會，並有論文被翻譯成意大利語、英語、俄語、朝鮮語發表。

提　　要

　　本書在總體上按照時間的先後，以 36 萬字的篇幅較爲全面的梳理了從 1906 年到 2006 年這一百年期間，魯迅在中國（含港臺地區）及外國的文化領域中的傳播與接受的狀況，包含不同歷史時期重要的魯迅著作的出版狀況、重要的魯迅研究文章發表狀況，重要的魯迅研究著作的出版狀況，魯迅對一些青年作家創作影響的狀況，魯迅小說的話劇改編、戲劇改編、影視改編等藝術改編的狀況，以魯迅及其創作爲題材的木刻、國畫、油畫、雕塑、郵票、像章、連環畫等美術創作情況，以魯迅爲名的公園、學校、圖書館、電影院、旅遊風景區等建築的狀況，以紀念魯迅爲主的政治會議、學術會議、展覽、文化週等文化活動的狀況，魯迅作品在外國的翻譯出版與國外魯迅研究的狀況，關於魯迅的文化論爭的狀況，以及魯迅在中文網絡中傳播與接受的狀況等，並對魯迅在不同歷史階段在文化領域中的傳播與接受狀況進行總結。

從「純文學」到「大文學」：重述我們的「文學」傳統——《民國文化與文學研究文叢》第十一編引言

李　怡

　　歷史總是在不經意間爲我們增添或減除一些重要的意義，我們今天奉若神明的「文學」也是這樣。自「五四」開啓的百年中國文學的發展可以說就是以「提純」傳統蕪雜的「文章」概念爲起點，以倡導接近西方近代意義的「純粹」的「文學」爲指向的。在「五四」以降的百年來的中國文學史中，「回到文學本身」「爲了藝術」「重申文學性」之類的呼聲層出不窮，構成了最宏大也最具有精神感染力的一種訴求。不過，圍繞這些眞誠的不失悲壯的訴求，我們不僅看到了各種社會政治力量的阻力，而且也能夠眞切地感受到種種「名實不符」的微妙的實踐悖論。這都告訴我們，這看似簡明的「文學之路」絕非我們想像的那麼理所當然，其中包含著太多的異樣與矛盾。本文試圖重新對「五四」開啓的「文學」取向提出反思和清理，其目的是爲了重述長期爲我們忽略的現代「文學」傳統的來龍去脈和內在結構。

　　重述並不是爲了「顛覆」歷史的表述，而是爲了更加清晰地洞察這歷史的細節，特別是解釋那些歷史表述中模糊、含混的部分。我們相信，只有在關於「文學」觀念的細緻的梳理中，中國現代文學的方向和內在機理才能得到眞正的展現，而它的價值也才能夠進一步確立。

　　這樣的清理將形成與目前研究態勢的直接對話，特別是對倡導「回到五四」的 1980 年代的學術方式加以重新審視和觀察，雖然審視和觀察並不是爲了否定那個時代最寶貴的進取精神。

歷史轉折與「文學」地位的升降

　　自「五四」開啓的中國現當文學是在中外多種文化的滋養中發展壯大的，這是一個不容質疑的基本事實。

　　鑒於中國現代文學的發生是好幾代中國作家刻意突破傳統寫作方式重圍，勉力「別求新聲於異邦」的重大收穫，在一個相當長的時期內，是否承認外來文化、外來文學之於中國現代文學誕生的特殊作用，幾乎就是我們能否把握這一文學基本特質的最重要的立場，承認了這一事實，我們才有效地打開了進入現代文學的窗口，把握了文學發展的最重要的方向，拒絕這一事實，或者是以曖昧的態度講述這一歷史都可能造成我們視線的模糊，無法真正領會中國文學確立「現代的」「世界性」的目標的特殊意義。甚至，如果我們不能在情感的層面上體諒和認同這些新文學創立者因爲引入外來文化所經歷的種種曲折，付出的種種艱辛，我們簡直也無法深入到現代文學的精神內部，去把捉和揣摩其心靈的起伏、靈魂的溫度。

　　在長達一個世紀的歷史中，所謂現代中國知識分子的「五四情結」，一切「回到現代文學本身」的熱切的情懷，都只有在這種從理性到感性甚至本能情緒的執著「認同」的層面上獲得解釋。在已經過去、迄今依然令人回味的 1980 年代──有人曾經以「回到五四」來想像這個年代的歷史使命──我們將中國現代文學的精神最大程度地與國家的改革開放，與對待外來文化的態度緊密相連，在那時，通過對中國現代文學吸納外國文學、外國文化的挖掘，現代的文學確立起了前所未有的榮光，「走向世界」的聲音既來自國家政治，也理直氣壯地在中國現代文學的闡述當中得到了有力的支持。〔註1〕

　　儘管如此，我們卻不能認爲對「五四」、對中國現代文學的闡釋已經接近尾聲，也沒有理由將這一曾經的主流性理論當作永恆不變的前提，因爲，就如同近代作家通過舉起「一代有一代之文學」來突破傳統、確立自我一樣，今天的學人也有必要通過提煉、發現自己的「問題」來揭示文學發展更內在的結構和機理。

〔註1〕參見曾小逸：《走向世界文學──中國現代作家與外國文學》（湖南文藝出版社1986年），這是最形象地體現1980年代中國現代文學學術精神的著作，不僅著作的正副標題都清晰地標注出了時代的主旨，著作的緒論全面地闡述了民族文學「走向世界文學」的宏大圖景，而且各選文的作者都緊緊圍繞中國現代文學如何在「世界文學（外國文學）」的啓示中茁壯成長加以論述，這些論述都代表了當時學界最活躍最有實力的成果，可謂是1980年代學術之盛景。

　　這並不是如一些人想像的那樣，需要通過否定「五四」、質疑甚至顛覆 1980 年代的學術來彰顯自己。中國學術早就應該真正擺脫「二元對立」「非此即彼」的思維模式了。自 1990 年代以降，我們不斷指謫「五四」和 1980 年代的進化論思維、「二元對立」思維，其實自己卻常常陷入這樣的思維而不能自拔，如果「五四」的確通過大規模引入外國文學與西方文化完成了對傳統束縛的解脫，如果 1980 年代是在改革開放、走向世界的「鼓舞」下撥亂反正，部分建立了學術的自主性，那麼這種呼喚創造的企圖和方向不也是任何時代都需要的嗎？爲什麼一定要通過否定「五四」的「西化」態度、詆毀 1980 年代「走向世界」的赤誠來完成新的學術表述呢？

　　事實上，學術的質疑歸根到底還是對前人尚未意識到的「問題」的發掘，而不是對前代學術的徹底清算；學術的新問題的發現和解決最終是推進了我們的認識而不是證明新一代的高明或思想的「優越」。何況，在所有這些「問題」的不同闡述的背後，還存在一個各自學術的根本意義的差異問題：嚴格說來，學術的意義只能在各自的「歷史語境」中丈量和衡定，也就是說，是不同時代各自所面對的歷史狀況和問題的針對性決定了學術的眞正價值，離開了這個歷史語境，並不一定存在一個跨越時空的「絕對的正誤」標準。不同時代，我們對問題的不同認知和解答乃是基於各自需要解決的命題，其差異幾乎就是必然的。

　　所有這些冗長的論述，主要是想說明一個問題：我們完全可以重新展開 1980 年代對文學史的結論，重新就一些重大問題再行討論，這並不是爲了顛覆 1980 年代的「思想啓蒙」和學術立場，而是爲了更有力地推進學術的深化。

　　在這裡，我想強調的是，今天，我們對於「文學」的認知其實已經與 1980 年代大有不同了。這不是因爲我們比 1980 年代的人們更高明、更深刻，而是今天的我們遭遇了與 1980 年代十分不同的環境。

　　在 1980 年代，文學幾乎就是全社會精神文化的中心，甚至國家政治、倫理、法制、教育的巨大問題都被有意無意地歸結到「文學」的領域來加以確定和關注。

　　回顧歷史我們可以知道，「改革開放」的 1980 年代的中國人民生活，就是在以對新文化傳統的想像當中展開的，是對「五四」傳統的呼喚中開始的。那個時候，中國學術界的很多人，言必稱「五四」，言必稱魯迅。以我們中國語言文學學科爲例，基本上無論是搞外國文學也好，搞比較文學也好，搞現

當代文學也好，搞美學也好，搞文藝理論也好，他們學術興趣的起點幾乎都是從「五四」開始的，從對魯迅的重新理解開始的。甚至普通的中國人也是這樣，那個時候新華書店隔一段時間「開放」一本書，隔一段時間「開放」一個作家，老百姓排著隊在新華書店買書，其中很多是新文學的作品。新文學、中國當代文學的一些探索，一些思考，一些問題，直接成為我們思考、解決當前社會問題，包括解決我們人生問題的重要根據。那個時候講教育問題，我們首先想到的是劉心武的《班主任》。《班主任》的意義不是一本小說的意義而是帶來整個教育改革的啓迪。到後來，工廠搞改革，全國人民都知道一本《喬廠長上任記》，大家是通過閱讀這本小說來研究中國怎麼搞改革的。賈平凹的小說《雞窩窪的人家》，後來被改編成電影《野山》。電影上演後，引發了全社會對改革時期家庭倫理問題的討論，報紙上發表的文章，題目直接就是《改革，就必須換老婆嗎？》。因為賈平凹在小說裏講述了農村改革時期兩個家庭的重新組合問題，大家認為文學作品是一種家庭倫理關係的示範，生活中的家庭關係處理問題直接可以從小說中得到答案。中國人生活中的很多困惑都會通過 1980 年代那些著名的小說來回答，包括那個時候城鄉流動，很多農村人想改變自己的戶口，想到城裏邊來，改變「二等公民」的地位……那時候一部小說特別打動人，那就是路遙的《人生》。在《人生》開篇的地方，路遙引用了柳青的一段話：「人生的道路雖然漫長，但緊要處常常只有幾步，特別是當人年輕的時候。」這樣的文學表述一下子就被當作「人生金句」，成了中國人抄錄在筆記本上的格言，到處流傳。我們的文學就是如此深入地介入了現實社會、現實政治的幾乎一切的領域，直接成為人生的指南！

　　1990 年代，一切都在發生著變化。一方面是西方的經濟方式繼續在中國滲透，中國人的日常生活開始有了新的娛樂方式，「文學失去了轟動效應」，另一方面，文學也不再探討社會改革的重大問題，不再執著於現代的啓蒙、反思和改造國民性之類的沉重話題，或者這些話題也巧妙地隱藏在各種「喜聞樂見」的娛樂形式之中，「大眾娛樂」的價值越來越受到文學家和藝術家的認可，一些重要的通俗文學地位上升，例如金庸武俠小說開始登上「大雅之堂」，進入了「文學史」。

　　最近一些年，人們開始提出了另外一個問題，這就是重新思考「五四」，質疑「五四」。其代表性的觀點就是：中國文化發展到今天出了問題，出了什

麼問題呢？我們曾經很長一段時間過分相信西方，「五四」雖然有好處，但是「五四」也犯了錯誤，犯了什麼錯誤呢？就是割裂了我們民族文化的傳統。「五四」的最大問題是以偏激的激進主義觀點，割裂了中華民族文化的很多優秀的傳統。所以說，「五四」那個時候有一個口號成了今天重新被人質疑的一個問題，這就是「打倒孔家店」。有人說今天我們怎麼能「打倒孔家店」呢？你看看今天人人都要重新談孔子，重新談國學，國學都要復興了，那「五四」不是有問題嗎？「五四」知識分子最大的問題就是偏激，他們偏激地引進西方文化，而又如此偏激地割斷了與傳統文化的聯繫。今天，在改革開放 40 年之後，歷史完成了一個循環，而這個循環就是我們這 40 年是以對「五四」的繼承開始的，但又是以對「五四」的質疑告終的。

在這裡，我們暫時不對形成這些歷史轉變的複雜原因作出分析挖掘，而只是藉此正視一個基本的事實：無論我們的情感態度如何，我們需要研讀的「文學」都已經出現了重大的變化；無論我們對這樣的變化持怎樣的遺憾或者批評，都不能不看到它本身絕非是荒誕不經的，也深刻地體現了某種思想文化邏輯的真實面相；在今天，我們只能將「失去轟動效應」的文學表現與曾經如此富有轟動效應的文學夢想一併思考，才能更全面更準確地把握歷史的脈搏，從而對一個世紀以來的「文學」的命運重新作出解釋。

「文學」研究：從大夢想回到小細節

與 1980 年代那些直接介入社會的巨大的文學夢想比較，今天的我們更應該展開的工作就是面對這命運坎坷、「瘡痍滿目」的「文學」的現實，認真地回答它「從哪裏來」，一路「遭遇」了什麼，又可能「走到哪裏去」。

對「五四」以降百年來中國文學的研究將從具體入手，從細節處的困惑開始。

這不是簡單對抗 1980 年代的宏大的夢想，而是將夢想的產生和喪失一併納入冷靜的觀察，理性梳理二十世紀文學之「夢」的來源和局限，同時從外部和內部多個方面來梳理「文學」的機理。

這也不是要否定文學被賦予的「社會責任」，不是為了拒絕這些「社會責任」而刻意攻擊 1980 年代的所謂「宏大敘事」。恰恰相反，我們是試圖通過對文學結構的更細緻更有說服力的探尋來重新尋找我們的歷史使命，重新建構一種介入中國文化問題的可能。

　　顯而易見，新的追問也不是對 1990 年代以來文學研究日益「學院化」，日益在「學術規範」中孤芳自賞的認同，在正視 1980 年代困境的同時，我們繼續正視 1990 年代以來的新的困境。

　　今天我們面臨的一大困境在於：文學被抽象化為某種「純粹」的高貴，而這種高貴本身卻已經沒有了力量，更無法解釋自「五四」以來中國現代文學自身就存在的那種干預社會的強大的能量，儘管 1980 年代所寄予文學的希望可能超過了文學本身的能力負荷，但是我們卻不能說當時的「希望」都是空穴來風，是完全沒有歷史根據的臆想。雖然我們今天也無法預測未來的中國文學究竟怎樣在文學的自主性與社會使命之間獲得平衡，比 1980 年代的理想主義更能切實地實現自己的歷史價值，但是重新回到中國現代文學發生發展的事實當中，更細緻更有說服力地清理其內在的精神結構，解釋那些文學家們如何既能確立自己，又能夠真誠地介入社會，而且，這一切的文化根據究竟有哪些？

　　我們的解釋可能就會擺脫「走向世界」的故轍，真正將中外多種文化都作為解釋中國作家的精神秘密的根據。因為，很明顯，近代以後，單純地強調「純文學」的引進已經不足以解釋中國文學的種種細節，例如魯迅，這位在民初大力引進西方「純文學」觀念的啟蒙先驅，後來又常常陷入「不夠文學」的寫作窘迫之中，而且從最初的無奈的自嘲到後來愈發堅定的自信，這裡的「文學」態度真是耐人尋味：

　　　　也有人勸我不要做這樣的短評。那好意，我是很感激的，而且也並非不知道創作之可貴。然而要做這樣的東西的時候，恐怕也還要做這樣的東西，我以為如果藝術之宮裏有這麼麻煩的禁令，倒不如不進去：還是站在沙漠上，看看飛沙走石，樂則大笑，悲則大叫，憤則大罵，即使被沙礫打得遍身粗糙，頭破血流，而時時撫摩自己的凝血，覺得若有花紋，也未必不及跟著中國的文士們去陪莎士比亞吃黃油麵包之有趣。〔註2〕

　　歷史更有趣的一面是：就是這位在新文學創立過程中大力呼喚「純文學」（美術）的先驅者，到後來被不少的學者批評為「文學性不足」，甚至「不是文學」。這裡接受者、解讀者的思想錯位甚至混亂亟待我們認真清理——在現代中國，究竟有什麼樣的「文學觀」？何以出現如此弔詭的現象？

〔註 2〕魯迅：《華蓋集‧題記》,《魯迅全集》第三卷 4 頁,人民文學出版社 2005 年。

　　至於整個中國現代文學，在當今已經獲得了一個很有代表性的印象：非文學。20世紀的中國歷史幾乎被公認爲是「非文學」的時代：「中國新文學運動從來就和政治浪潮配合在一起，因果難分。五四時代的文學革命——反帝反封建；三十年代的革命文學——階級鬥爭；抗戰時期——同仇敵愾，抗日救亡，理所當然是主流。除此之外，就都看作是離譜，旁門左道，既爲正統所不容，也引不起讀者的注意。這是一種不無缺陷的好傳統，好處是與祖國命運息息相關，隨著時代亦步亦趨，如影隨形；短處是無形中大大減削了文學領地，譬如建築，只有堂皇的廳堂樓閣，沒有迴廊別院，池臺競勝，曲徑通幽。」〔註3〕即便不是出於刻意的貶低，我們也都承認，在這一百年之中，更需要人們解決的還是社會民生的一系列重大問題，「文學本身」並沒有太多的機會隆重登場。這一描述大概不會有太多的人否認，然而，困惑卻沒有就此消除：難道「文學」僅僅是太平盛世的奢侈品？在困苦年代人們就沒有資格談論文學，沒有資格獲得文學的滋養？古今中外大量的歷史事實都可能將這一結論擊得粉碎。這裡，再次提醒我們的還是一個事實，我們必須對「文學」觀念本身展開認眞的追問。正如朱曉進所說：「當我們回顧20世紀文學的發展時，我們看到的是這樣一個基本的歷史事實：在20世紀的大多數年代裏，文學的政治化趨向幾乎是文學發展的主要潮流。也許將此稱爲『思潮』並不準確，但文學與政治的特殊關係，卻無疑是其最爲顯性的文學發展的特徵之一。因此，在研究上述年代的文學現象時，首先應關注的也許倒不是純美學、純藝術層面的東西，而是文學的政治化潮流的問題。我們應該從政治文化的角度去看待這些年代的文學，對文學現象得以產生的政治文化氛圍，以及文學以何種方式、在多大程度上與政治文化結緣，政治的因素到底在多大程度上，到底以什麼形式，最終導致了一些文學現象的產生，以及最終支配了文學發展的趨向等等問題給予更多的關注。以政治或政治文化的角度來觀照和解釋20世紀文學發展中的許多現象，我們也許可以從更爲廣闊的範圍來探討其成因。」〔註4〕

　　其實，在現代中國，「非文學」的力量何止是政治文化，還包括各種生存的考慮，包括我們固有的對於寫作的基本觀念。所有這些力量都十分自然地

〔註3〕柯靈：《遙寄張愛玲》，《張愛玲文集》第四卷 427 頁，安徽文藝出版社 1992 年版。

〔註4〕朱曉進：《文學與政治：從非整合到整合》，《社會科學輯刊》1999 年 5 期。

組成了二十世紀中國知識分子的生活與精神現實，不可須臾脫離。或者說，「非文學」已經與我們的生命形態融會貫通了。

於是乎，中國現代文學那些「非文學」的追求總是如此真誠，也如此動人心魄，我們無從拒絕，也無從漠視，你斷定它是文學也好，非文學也罷，卻不能阻斷它進入我們精神需要的路徑，而一旦某種藝術形態能夠以這樣的姿態完成自己，我們也就沒有了以固定的文學知識「打壓」「排除」它們的理由，剩下的問題可能恰恰在於：我們本身的「文學」觀念就那麼合理嗎？那麼不可改變麼？

這樣的追問當然也不是完成某種對「文學」的本體論式的建構，不是僅僅在知識來源上追根溯源，並把那種「源頭性」的知識當作「文學」的「本來」，將其他的歷史「調整」當作「變異」，恰恰相反，我們更應當關注「文學」觀念如何組合、流動、變異的過程，在這裡，文學的理念如何在西方「純文學」召喚下發生改變的過程更值得清理。

這樣的努力，也將帶來一種方法論上的重要的改進。在過去，我們一般傾向於相信，中國現代文學的發生在很大程度上源於西方文化的衝擊和挑戰，是西方的「人文主義」文化確立了「五四」對「人」的認識，是西方文學獨立的追求讓中國文學再一次地「藝術自覺」，在西方文化還被置於「帝國主義侵略」的一部分而傳統文化理所當然屬於「國粹」的時代，承不承認這種外來影響的作用，曾經是我們能否在一個開闊視野上自由研究的基礎，然而，在今天，當中外矛盾衝突已經不再是社會文化主要焦慮的今天，當援引西方思想資源也不再構成某種精神壓力的時候，我們完全可以建立一種新的更平和地研討中外文學與文化關係的機制，在這裡，引進西方文化資源並不一定意味著更加的開放和創新，而重述中國的傳統資源也不一定意味著保守和腐朽，它們不過都是現代中國人的心理事實，挖掘這樣的心理事實，是為了更清楚地認識我們自己，讀解我們今天的文化構成，這是對 1980 年代以後中國現代文學研究「主體性」的真正重塑。

重述現代中國的「文學」觀，就應當從這些歷史演變的具體細節開始。

「文學」研究：從小純粹到大歷史

當強調學術研究從大夢想回到小細節，這個時候，我們獲得的「文學」研究也就從審美的「小純粹」進入到了一個時代的「大歷史」，也就是朱曉進

先生所謂「20 世紀文學發展中的許多現象，我們也許可以從更爲廣闊的範圍來探討其成因。」

在這裡，與傳統中國密切關聯的另外一種「文學」理解方式——雜文學或曰大文學理念不無啓示。雜文學是相對於近代以來被強化起來的「純文學」而言，而「大文學」則可以說是對包含了「純文學」觀念在內的更豐富和複雜的文學理念的描述。

現當代中國概念層出不窮，有外來的，有自創的，有的時候出現頻率之高，已經到了人們無法適應的程度，以致生出反感來。最近也有人問我：你們再提這個「雜文學」或「大文學」，是不是也屬於標新立異啊？是不是在中國現當代文學批評的沈寂年代刻意推出來吸引人眼球的啊？

我的回答很簡單，這早就不是什麼新概念了，相反，它很「舊」，五四時代就已經被運用了，最近十多年又反覆被人提起、論述。只不過，完整系統的梳理和反思比較缺少。今天我們試圖在一個比較自覺的學術史回顧的立場上來檢討它，應當屬於一種冷靜、理性的選擇。

據學者考證，「早在 1909 年，日本學者兒島獻吉郎就曾經出版過一部《支那大文學史》，這恐怕是『大文學』這一名稱見於學術論著的最早例證。稍後謝无量於 1918 年出版的《中國大文學史》，則將文字學、經學、史學等，都納入到文學史中，有將文學史擴展爲學術史的趨勢，故其『大』主要表現爲『體制龐大，內容廣博』。這裡的『大文學史』雖與第一階段的文學史寫作沒有本質的差別，但這一名稱的提出對於後來的文學史研究者卻無疑具有啓示意義。」〔註5〕在我看來，謝无量提出「大」乃是有感於五四時期西方「純文學」的定義無法容納中國固有的寫作樣式，以「大」擴容，方能將固有的龐雜的「文」類納入到新近傳入的「文學」的範疇。《中國大文學史》的出現，形象地說明了兩種「文」（文學）的概念的衝突，「大」是一種協調、兼容的努力。

當然，謝无量先生更像是以「大」的文學史擴容來爲傳統中國的文學樣式留下足夠的空間，也就是說，將早已經存在於傳統中國的、又不能爲外來的「純文學」理念所解釋的寫作現象收納起來，這更接近我所說的對「雜文學」的包容。傳統中國的「文學」專指學術，與當今作爲創作的「文學」概

〔註5〕劉懷榮：《近百年中國「大文學」研究及其理論反思》，《東方叢刊》2006 年 2 期。

念近似的是「文」──用今天的話來說就是「文章」，不過此「文章」又是包羅萬象，既有詩詞歌賦之類的「文學」作品，也有論、說、記、傳等論說之文、記敘之文，還有章、表、書、奏、碑、誄、箴、銘等應用之文，與西方傳入之抒情之「文學」比較，不可謂不「雜」矣。

我們可以這樣來粗略描述這源遠流長又幾經演變的「文學」過程：

在古老的中國，存在多樣化的寫作方式，我們以「文」名之，那時，人們無意在實用與抒情、史實與虛構之間做出明確的區分，因而不太符合現代以後的學科、文體的清晰化追求。但是，這樣的模糊性（尤其是混合詩與史的模糊性）卻不能說對今天的作家就完全喪失了魅力，「雜」的文學理念餘緒猶存。

在晚清民初，西方的「純文學」概念開始引起了人們的注意，人們試圖借助「純文學」對外在政治道德倫理的反叛來解放文學，或者說讓文學自傳統僵化思想中解脫出來，重新確立自己的獨立性，於是，有意識地去「雜」趨「純」具有特殊的時代啓蒙價值。

然而，新的「文學」知識一旦建立，卻出現了新的問題：傳統中國的各種豐富的創作現象如何解釋，如何被納入現有的文學史知識系統當中？謝无量借助日本學術的概念重寫《中國大文學史》，就是這樣一種「納舊材料入新框架」的努力。

進入現代中國以後，中國作家的創作同時受到多種資源的影響。這裡既有傳統文學理念的延伸，又有新的歷史條件下文學在事實上超越「純粹」的趨向，後者就不僅僅是「雜」的問題，更蘊含著現代中國式「文學」精神的獨特發展。我們或可以「大文學」的視野來觀察它們：相對於西方「純文學」而言，這些超出「藝術」的元素可能多種多樣，只能以「大」容之──「大」依然是現代知識分子文學關懷的潛在或顯在的追求，不能理解到這一層，我們就會失去對現代中國一系列文學現象的深刻把握，例如魯迅式雜文。關於魯迅式的雜文究竟是不是文學，曾經有過爭論，我們注意到，所謂非文學指謫的主要根據還是「純文學」，問題是魯迅雜文可能本來就無意受制於這樣的「純粹」，他是刻意將一切豐富的人生感受與語言形態都收納到自己的筆端，傳統「文」的訓練和認知十分自然地也成爲魯迅自由取捨的資源。

除了雜文式的文學之「雜」，日記、筆記、書信甚至注疏、點評也可能成爲中國知識分子抒情達志的選擇，它們都不夠「純粹」，但在中國人所熟悉的

人生語境與藝術語境中，卻魅力無窮，吸引著中國現代作家。

「大」與「雜」而不是「純」的藝術需求對應著這樣一種人生現實：我們對文學的期待往往並不止於藝術本身，在這個時代，我們需要迫切解決的東西可能很多，現實世界需要我們回答的問題也很多，遠遠超過了作為語言遊戲的文學藝術本身。換句話說，「純粹」並不能滿足我們，我們對現實的關懷、期待和理想都常常借助「文學」來加以闡發，加以表達，「大」與「雜」理所當然，也理直氣壯。現代中國文學不就是如此嗎？猶如學者斷言二十世紀本來就是一個「非文學」的世紀。這一判斷不僅是批評、遺憾，更是一種客觀的事實陳述，我們其實不必為此自卑，為此自責。相反，應該以此為基點重新梳理和剖析現代中國文學的一系列重要特徵。

在這個意義上，所謂的「大文學」也就是文學的寫作本身超過了純粹藝術的目的，而將社會人生的一系列重要目標納入其中。這就不可謂不「大」，或者不「雜」了。

從傳統的「文」到近代的「純文學」，再到因應「純」而起的「雜文學」之名，最後有兼容性的「大文學」，這一過程又與百年來中國學術的發展過程相共生，正如文學史家陳伯海所剖析的那樣：「考諸史籍，『大文學』的提法實發端於謝无量《中國大文學史》一書，該書敘論部分將『文學』區分為廣狹二義，狹義即指西方的純文學，廣義囊括一切語言文字的文本在內。謝著取廣義，故名曰『大』，而其實際包涵的內容基本相當於傳統意義上的『文章』（吸收了小說、戲曲等俗文學樣式），『大文學』也就成了『雜文學』的別名。及至晚近十多年來，『大文學』的呼喚重起，則往往具有另一層涵義，乃是著眼於從更廣闊的視野上來觀照和討論文學現象如傅璇琮主編的《大文學史觀叢書》，主張『把文化史、社會史的研究成果引入文學史的研究，打通與文學史相鄰學科的間隔』，趙明等主編的《先秦大文學史》和《兩漢大文學史》，強調由文化發生學的大背景上來考察文學現象，以拓展文學研究的範圍，提示文學文本中的文化內蘊。這種將文學研究提高到文化研究層面上來的努力，跟當前西方學界倡揚的文化詩學的取向，可說是不謀而合。當然，文化研究的落腳點是在深化文學研究，而非消解文學研究（西方某些文化批評即有此弊），所以『大文學』觀的核心仍不能脫離對文學性能的確切把握。」〔註6〕

〔註6〕陳伯海：《雜文學、純文學、大文學及其他》，《紅河學院學報》2004年5期，文章所論「發端」當指中國學界而言。

如果我們承認在這一闊大空間之中，活躍著多種多樣的文學樣式，那麼這些文學追求一定是既「大」且「雜」的。為了解釋這樣的文學，我們必須讓文學回到廣闊的歷史場景，讓文學與政治博弈，與經濟互動，與軍事對話，與人生輝映……

大文學，這就是我們重新關注百年中國文學之歷史意味所召喚出來的學術視野與學術方法。

這樣的新「文學」研究可以做哪些事呢？

顯然，我們可以更寬闊地揭示現代中國文學的生態景觀。也就是說，我們將跳出「為藝術」的迷幻，在一個更真實也更豐富的人生場景中來理解現代作家的生存現實，在這裡，除了獻身藝術的衝動，大量的社會政治的訴求、生存的設計乃至妥協都同樣不容忽視，它們不僅形成了文學的內容，也決定著文學的形式。

我們也有機會藉此更深入地挖掘現代中國作家精神中的現實與歷史基因。中國現代作家一方面沿著西方近現代文學的鼓勵不斷申張著「文學獨立」「為了藝術」等追求，但是一百年的現實問題並不可能讓他們安然陶醉於藝術的世界之中，從文學的象牙之塔走向十字街頭幾乎注定了就是普遍的事實，最終這種生存的事實又轉化成了精神的事實。

我們可以更準確地把握中國文化傳統之於現代文化創造的實際意義。跳出對「純粹」的迷信，我們就會知道，中國知識分子對「文學」的理解另有來源，包括我們「古已有之」的「文」的傳統、「文章」的傳統等等，在這個意義上，我們可以說，真正的古代傳統並沒有在「五四」激烈的批判中失落，作為一種文化血脈，它的確是一直潛藏在一代又一代中國知識分子的精神深處，並成為我們回應「現代問題」的重要資源。

當然，我們可以在這種精神資源的梳理中，更清晰地揭示現代中國作家文學觀念的民族獨創性。這也就是我們經常所表述的：無論「五四」一代知識分子如何激烈地傳遞著「西化」的願望，在現實關懷、家國意識等一系列問題上文學的特殊表達形態都依然存在，而且往往還發揮著關鍵性的作用，這種作用也不是「強制性」認同的結果，更屬於知識分子內心深處的無意識選擇，當它因呼應現代中國的生存問題而自然生成的時候，更可能閃爍著民族獨創的光彩，例如魯迅雜文。

現代中國作家這種深厚的民族獨創性讓我們能夠在一個表面的「西化」

「歐化」進程中深刻而準確地把握歷史的脈絡，從而對中國文學傳統的傳承和開拓作出更有價值的闡述。在這個基礎上，現代中國文學的豐富的藝術觀將得以重塑，而闡釋現代中國文學也將出現更多的視角和向度。總之，我們將由機會進一步反思、總結和提升中國文學的學術方式。

　　自然，在借助這種種之「雜」進入文學之「大」的時候，有一個學術的前提必須必辨明，這就是說今天的討論並不是要將中國文學的研究從傾向西方拉回頭來，轉入古典與傳統，這樣的「二元對立」式研究必須警惕，正如王富仁先生在反省現代中國學術時所指出的那樣：「在這個研究模式當中，似乎在文化發展中起作用的只有中國的和外國的固有文化，而作為接受這兩種文化的人自身是沒有任何作用的，他們只是這兩種文化的運輸器械，有的把西方文化運到中國，有的把中國古代的文化從古代運到現在，有的則既運中國的也運外國的，他們爭論的只是要到哪裏去裝運。但是，人，卻不是這樣一部裝載機，文化經過中國近、現、當代知識分子的頭腦之後不是像經過傳送帶傳送過來的一堆煤一樣沒有發生任何變化。他們也不是裝配工，只是把中國文化和西方文化的不同部件裝配成了一架新型的機器，零件全是固有的。人是有創造性的，任何文化都是一種人的創造物，中國近、現、當代文化的性質和作用不能僅僅從它的來源上予以確定，因而只在中國固有的文化傳統和西方文化的二元對立的模式中無法對它自身的獨立性做出卓有成效的研究。」〔註7〕

　　事實上，從單純強調中國文學與西方的關係到今天在更大的範圍內注意到古今的聯繫，其根本前提是我們承認了現代中國作家自由創造是第一位的，確立他們能夠自由創造的主體性是第一位的，只有當我們的作家能夠不分中外，自由選擇之時，他們的心靈才獲得了真正的創造的快樂，也只有中外文化、文學的資源都能夠成為他們沒有壓力的挑選對象的時候，現代文學的馳騁空間才是巨大的。在魯迅等現代作家進入「大文學」的姿態當中，我們可以比較清楚地看到這一點。

2019 年 1 月於成都江安花園

〔註7〕王富仁：《對一種研究模式的置疑》，《佛山大學學報》1996 年 1 期。

一、「於無聲處聽驚雷」——「魯迅」的誕生（1906年～1920年）

　　1918年5月，《新青年》第4卷第5期發表了署名爲「魯迅」的一篇白話短篇小說《狂人日記》，這是《新青年》雜誌刊登的第一篇白話小說，在某種意義上也可以說是中國現代文學史上的第一篇白話文短篇小說。「魯迅」就是當時在教育部任僉事的周樹人，這是「魯迅」這個名字首次出現在中國的文壇上。

　　但是，文學家魯迅的歷史卻應當追溯到1906年。魯迅在1922年撰寫的《〈吶喊〉自序》中介紹了他在東京棄醫從文開始從事文學活動的情況：

　　　　這一學年（按：指魯迅在仙臺醫專學習時）沒有完畢，我已經到了東京了，因爲從那一回以後，我便覺得醫學並非一件緊要事，凡是愚弱的國民，即使體格如何健全，如何茁壯，也只能做毫無意義的示眾的材料和看客，病死多少是不必以爲不幸的。所以我們的第一要著，是在改變他們的精神，而善於改變精神的是，我那時以爲當然要推文藝，於是想提倡文藝運動了。在東京的留學生很有學法政理化以至警察工業的，但沒有人治文學和美術；可是在冷淡的空氣中，也幸而尋到幾個同志了，此外又邀集了必須的幾個人，商量之後，第一步當然是出雜誌，名目是取「新的生命」的意思，因爲我們那時大抵帶些復古的傾向，所以只謂之《新生》。

　　　　《新生》的出版之期接近了，但最先就隱去了若干擔當文字的人，接著又逃走了資本，結果只剩下不名一錢的三個人。創始時候

　　既已背時，失敗時候當然無可告語，而其後卻連這三個人也都爲各
自的運命所驅策，不能在一處縱談將來的好夢了，這就是我們的並
未產生的《新生》的結局。

不過《新生》雖然未能面世，但魯迅本來要在《新生》上說的話，現在都已
經在《河南》雜誌上發表了。周作人後來在《魯迅的故家·〈河南雜誌〉》一
文中解釋說：「魯迅的《新生》雜誌沒有辦起來，或者有人覺得可惜，其實退
後幾年來看，他並不曾完全失敗，只是時間稍微遲延，工作也分散一點罷了。
所想要翻譯的小說，第一批差不多都在《域外小說集》第一、二兩冊上發表
了，這是一九零八至零九年的事。一九零八年裏給《河南》雜誌寫了幾篇文
章，這些意思原來也就是想在《新生》上發表的……至少是《文化偏至論》
與《摩羅詩力說》在《新生》裏也一定會有的，因爲這是他非說不可的話」。

　　1909 年 3 月，魯迅和周作人合譯的《域外小說集》第一集由東京神田印
刷所印刷出版，7 月，《域外小說集》第二集出版，魯迅也因此成爲中國介紹、
翻譯歐洲新文藝的第一人，但是這兩本書的銷售情況很不理想：第一集總共
印刷了 1000 冊，最後只賣掉 21 本（其中有一冊是魯迅的朋友許壽裳爲檢驗
商家是否按價銷售而買去的），第二集總共印刷了 500 冊，最後只賣掉 20 本。

　　魯迅在東京從事新文學運動以失敗告終，這對他產生了很大的打擊，以
致在他回國執教、或在教育部任職的初期都遠離文學創作。他在《〈吶喊〉自
序》中說：

　　　　我感到未嘗經驗的無聊，是自此以後的事。我當初是不知其所
以然的；後來想，凡有一人的主張，得了贊和，是促其前進的，得
了反對，是促其奮鬥的，獨有叫喊於生人中，而生人並無反應，既
非贊同，也無反對，如置身毫無邊際的荒原，無可措手的了，這是
怎樣的悲哀呵，我於是以我所感到者爲寂寞。

　　　　這寂寞又一天一天的長大起來，如大毒蛇，纏住了我的靈魂了。

　　　　然而我雖然自有無端的悲哀，卻也並不憤懣，因爲這經驗使我
反省，看見自己了：就是我決不是一個振臂一呼應者雲集的英雄。

　　　　只是我自己的寂寞是不可不驅除的，因爲這於我太痛苦。我於
是用了種種法，來麻醉自己的靈魂，使我沉入於國民中，使我回到
古代去，後來也親歷或旁觀過幾樣更寂寞更悲哀的事，都爲我所不
願追懷，甘心使他們和我的腦一同消滅在泥土裏的，但我的麻醉法

卻也似乎已經奏了功，再沒有青年時候的慷慨激昂的意思了。

魯迅在《〈吶喊〉自序》中接著介紹了自己當時在《新青年》編輯、北大教授錢玄同的勸說下重新開始文學創作活動寫作《狂人日記》的情況：

　　S 會館裏有三間屋，相傳是往昔曾在院子裏的槐樹上縊死過一個女人的，現在槐樹已經高不可攀了，而這屋還沒有人住；許多年，我便寓在這屋裏鈔古碑。客中少有人來，古碑中也遇不到什麼問題和主義，而我的生命卻居然暗暗的消去了，這也就是我惟一的願望。夏夜，蚊子多了，便搖著蒲扇坐在槐樹下，從密葉縫裏看那一點一點的青天，晚出的槐蠶又每每冰冷的落在頭頸上。

　　那時偶或來談的是一個老朋友金心異，將手提的大皮夾放在破桌上，脫下長衫，對面坐下了，因為怕狗，似乎心房還在怦怦的跳動。

　　「你鈔了這些有什麼用？」有一夜，他翻著我那古碑的鈔本，發了研究的質問了。

　　「沒有什麼用。」

　　「那麼，你鈔他是什麼意思呢？」

　　「沒有什麼意思。」

　　「我想，你可以做點文章……」

　　我懂得他的意思了，他們正辦《新青年》，然而那時彷彿不特沒有人來贊同，並且也還沒有人來反對，我想，他們許是感到寂寞了，但是說：

　　「假如一間鐵屋子，是絕無窗戶而萬難破毀的，裏面有許多熟睡的人們，不久都要悶死了，然而是從昏睡入死滅，並不感到就死的悲哀。現在你大嚷起來，驚起了較為清醒的幾個人，使這不幸的少數者來受無可挽救的臨終的苦楚，你倒以為對得起他們麼？」

　　「然而幾個人既然起來，你不能說決沒有毀壞這鐵屋的希望。」

　　是的，我雖然自有我的確信，然而說到希望，卻是不能抹殺的，因為希望是在於將來，決不能以我之必無的證明，來折服了他之所謂可有，於是我終於答應他也做文章了，這便是最初的一篇《狂人

　　日記》。從此以後，便一發而不可收，每寫些小說模樣的文章，以敷
　　衍朋友們的囑託，積久了就有了十餘篇。

章衣萍後來說：「魯迅在紹興館抄寫《六朝墓誌》，我問他目的安在，他說：『這
等於吃鴉片而已』」。因此，在某種程度上可以說正埋頭在紹興會館以鈔故碑
來消磨生命的教育部僉事周樹人變成新文學作家「魯迅」的過程帶有很大的
偶然性。但是，在偶然性之中也有必然性，這篇小說也是魯迅在 1906 年棄醫
從文之後，經過十多年的積累才創作出來的，繼續了他在日本留學期間關於
「改造國民性」問題的思考。

　　但是《狂人日記》發表後的反響不大，應者寥寥。目前可以看到的最早
的對這篇小說的評論是 1919 年 2 月 1 日出版的《新潮》第 1 卷第 2 號刊登的
署名為「記者」的《〈新青年〉雜誌》一文，該文向讀者大力推薦《新青年》
雜誌，其中有對《狂人日記》的介紹：「就文章而論，唐俟君的《狂人日記》
用寫實筆法，達寄託的（Symbolism）旨趣，誠然是中國的第一篇好小說。」
這位「記者」是該刊編輯、時為北大中文系學生的傅斯年的化名，他寫作此
文也是在為《新青年》做廣告，試圖擴大《新青年》在當時社會上的影響。
1919 年 4 月，傅斯年又以「孟真」的筆名在《新潮》1 卷 4 號發表了《一段
瘋話》一文，重點評論了《狂人日記》，他寫道：「魯迅先生所作《狂人日記》
的狂人，對於人世的見解，這個透徹極了；但是世人總不能不說他是狂人。……
文化的進步，都由於有若干狂人，不問能不能，不管大家願不願，一個人去
闢不經人跡的路。最初大家笑他、厭他、恨他，一會兒便要驚怪他，佩服他，
終結還是愛他，像神明一般的待他。所以我敢決然斷定，瘋子是烏托邦的發
明家，未來社會的製造者。」同期的雜誌上還刊登了魯迅和傅斯年關於《狂
人日記》的通信，魯迅在信中說：「《狂人日記》很幼稚，而且太逼促，照藝
術上說，是不應該的。」傅斯年則認為「《狂人日記》是真好的，先生自己過
謙了。我們同社某君看見先生這篇文章，和安得涅夫的《紅笑》，也做了一篇
《新婚前後七日記》。據我看來，太鬆散了。」可能魯迅也沒有想到，他的《狂
人日記》會被《新潮》雜誌的編輯以《新婚前後七日記》這樣的方式來摹仿。

　　當時流亡到中國東北的韓國中學生柳樹人讀到魯迅的《狂人日記》以後
感動得「幾乎發狂」，他認為魯迅先生「不僅寫了中國的狂人，也寫了朝鮮的
狂人」，以後魯迅就成了他「崇拜的第一位中國人」。1925 年春，他得到魯迅
的允許把《狂人日記》翻譯成韓文，1927 年 8 月，漢城出版的《東光》雜誌

發表了他的譯文。這是魯迅的作品第一次由外國人翻譯成外語在國外發表。

　　眞正對《狂人日記》的深刻內涵有深入瞭解的是有「隻手打倒孔家店」之稱的吳虞。1919 年 11 月《新青年》6 卷 6 號發表了《吃人與禮教》一文，吳虞在這篇文章中談到了自己讀《狂人日記》之後的感想：「我讀《新青年》裏魯迅君的《狂人日記》，不覺得發生了許多感想。我們中國人，最妙是一面會吃人，一面又能夠講禮教。吃人與禮教，本來是極其矛盾的事，然而他們在當時歷史上，卻認爲並行不悖的，這眞正是奇怪了……我們如今應該明白了！吃人的就是講禮教的！講禮教的就是吃人的呀！」

　　魯迅不僅爲《新青年》雜誌寫作小說，而且也開始參與《新青年》的「隨感錄」專欄的寫作。1919 年 1 月 15 日，他以「唐俟」的筆名在《新青年》第 6 卷第 1 號發表了《隨感錄四十三》，這是魯迅發表最早的雜文。2 月 15 日，魯迅又以「唐俟」的筆名在《新青年》的第 6 卷第 2 號發表了了《隨感錄四十六》，批評上海出版的《時事新報》星期圖畫增刊《潑克》刊登的六幅諷刺新文學的漫畫，這篇文章招來了該刊記者的攻擊，4 月 27 日的《時事新報》刊登了題爲《新教訓》的文章，明確指出：「這位新文學家的頭腦，未免不清楚。可憐！……這分明是以五十步笑百步了，還偏要來可憐別人。須知畫中所罵者，正是這一班以五十步笑百步崇拜外國偶像的新文藝家。」這篇僅有一百多字的文章不經意間開啓了 20 世紀批評魯迅的歷史。很快，傅斯年就在 5 月 1 日出版的《新潮》上發表了《隨感錄（四）》對此文進行反駁：「《新青年》裏有一位魯迅先生和一位唐俟先生是能作內涵文章的。我固不能說他們的文章就是逼眞托爾斯泰、尼采的調頭，北歐中歐式的文學，然而實在是《新青年》裏一位健者。至於有人不能領略他的意思和文辭，是當然不必怪。」這次論爭雖然最後不了了之，也沒有在文化界產生多大的影響，但卻是京滬文化界圍繞新舊文化的一次交鋒，開創了 20 世紀中國文化史上此起彼伏、綿延不絕的魯迅論爭史的先河。

　　魯迅的文學創作也引起了漢學家的注意。1920 年 11 月出版的《中國學》第 1 卷第 3 號上刊登了日本漢學家青木正兒的《以胡適爲漩渦中心的文學革命》一文，重點介紹中國的「五四」新文化運動，文中也對魯迅的文學成就進行了評價：「唐俟的詩，如同吃茶泡飯那樣爽快，並且果斷的避開了詩韻的淺薄境界。如果說得不客氣，那麼，他的詩是平淡的。」「在小說方面，魯迅是一位屬於未來的作家。他的《狂人日記》描寫了一個迫害狂的驚怖的幻覺，

從而踏入了中國小說家迄今未能涉足的境地」。

　　這些評價雖然簡短，但卻是日本文壇也是世界文壇第一次評論魯迅的作品，開創了 20 世紀國外漢學界研究魯迅的歷史。

　　青木正兒對魯迅的評價可以說不高，但是當他後來託胡適把這期雜誌轉給魯迅後，魯迅在 11 月 24 日的回信中對他的這些評論卻表示感謝：「拜讀了你寫的關於中國文學革命的論文，衷心感謝你懷著同情與希望所作的公正評論。」

二、「我以我血薦軒轅」——魯迅在中國文壇上地位的確立（1921 年～1926 年）

　　魯迅在寫完了《狂人日記》之後，終於從思想上衝出了「鐵屋子」的禁閉，開始了新文學創作，再次展示出他在日本留學期間形成的「我以我血薦軒轅」的遠大志向，並以一系列影響深遠的創作奠定了他在文壇的地位。

1、《阿 Q 正傳》的反響

　　1921 年 12 月 4 日到 1922 年 2 月 12 日，署名「巴人」的小說《阿 Q 正傳》在《晨報副刊》連載，每週或隔週刊登一次，一共刊登了 9 次。這是魯迅爲他在紹興師範任教時的學生孫伏園所編輯的《晨報副刊》「開心話」專欄所撰寫的，最初爲了適合「開心話」欄目的特點，魯迅是用幽默諷刺的手法寫這篇小說的，但是到第 3 期就轉移到「新文藝」欄目繼續刊登。

　　其實，《阿 Q 正傳》的誕生以及以現在的面目出現也帶有一些偶然性。魯迅在 1926 年 12 月 3 日寫於廈門的《〈阿 Q 正傳〉的成因》一文中說：

　　　　那時我住在西城邊，知道魯迅就是我的，大概只有《新青年》，《新潮》社裏的人們罷；孫伏園也是一個。他正在晨報館編副刊。不知是誰的主意，忽然要添一欄稱爲「開心話」的了，每週一次。他就來要我寫一點東西。

　　　　阿 Q 的影像，在我心目中似乎確已有了好幾年，但我一向毫無寫他出來的意思。經這一提，忽然想起來了，晚上便寫了一點，就是第一章：序。因爲要切「開心話」這題目，就胡亂加上些不必有

的滑稽，其實在全篇裏也是不相稱的。署名是「巴人」，取「下里巴人」，並不高雅的意思。誰料這署名又闖了禍了，但我卻一向不知道，今年在《現代評論》上看見涵廬（即高一涵）的《閒話》才知道的。那大略是——「……我記得當《阿Q正傳》一段一段陸續發表的時候，有許多人都栗栗危懼，恐怕以後要罵到他的頭上。並且有一位朋友，當我面說，昨日《阿Q正傳》上某一段彷彿就是罵他自己。因此便猜疑《阿Q正傳》是某人作的，何以呢？因爲只有某人知道他這一段私事。……從此疑神疑鬼，凡是《阿Q正傳》中所罵的，都以爲就是他的陰私；凡是與登載《阿Q正傳》的報紙有關係的投稿人，都不免做了他所認爲《阿Q正傳》的作者的嫌疑犯了！等到他打聽出來《阿Q正傳》的作者名姓的時候，他才知道他和作者素不相識，因此，才恍然自悟，又逢人聲明說不是罵他。」（第四卷第八十九期）

我對於這位「某人」先生很抱歉，竟因我而做了許多天嫌疑犯。可惜不知是誰，「巴人」兩字很容易疑心到四川人身上去，或者是四川人罷。直到這一篇收在《吶喊》裏，也還有人問我：你實在是在罵誰和誰呢？我只能悲憤，自恨不能使人看得我不至於如此下劣。

第一章登出之後，便「苦」字臨頭了，每七天必須做一篇。我那時雖然並不忙，然而正在做流民，夜晚睡在做通路的屋子裏，這屋子只有一個後窗，連好好的寫字地方也沒有，那裡能夠靜坐一會，想一下。伏園雖然還沒有現在這樣胖，但已經笑嬉嬉，善於催稿了。每星期來一回，一有機會，就是：「先生《阿Q正傳》……。明天要付排了。」於是只得做，心裏想著「俗語說：『討飯怕狗咬，秀才怕歲考。』我既非秀才，又要周考真是爲難……。」然而終於又一章。但是，似乎漸漸認真起來了；伏園也覺得不很「開心」，所以從第二章起，便移在「新文藝」欄裏。

這樣地一週一週挨下去，於是乎就不免發生阿Q可要做革命黨的問題了。據我的意思，中國倘不革命，阿Q便不做，既然革命，就會做的。我的阿Q的運命，也只能如此，人格也恐怕並不是兩個。民國元年已經過去，無可追蹤了，但此後倘再有改革，我相信還會有阿Q似的革命黨出現。我也很願意如人們所說，我只寫出了現在

以前的或一時期，但我還恐怕我所看見的並非現代的前身，而是其後，或者竟是二三十年之後。其實這也不算辱沒了革命黨，阿 Q 究竟已經用竹筷盤上他的辮子了；此後十五年，長虹「走到出版界」，不也就成為一個中國的「綏惠略夫」了麼？

《阿 Q 正傳》大約做了兩個月，我實在很想收束了，但我已經記不大清楚，似乎伏園不贊成，或者是我疑心倘一收束，他會來抗議，所以將「大團圓」藏在心裏，而阿 Q 卻已經漸漸向死路上走。到最末的一章，伏園倘在，也許會壓下，而要求放阿 Q 多活幾星期的罷。但是「會逢其適」，他回去了，代庖的是何作霖君，於阿 Q 素無愛憎，我便將「大團圓」送去，他便登出來。待到伏園回京，阿 Q 已經槍斃了一個多月了。縱令伏園怎樣善於催稿，如何笑嬉嬉，也無法再說「先生，《阿 Q 正傳》……。」從此我總算收束了一件事，可以另幹別的去。另幹了別的什麼，現在也已經記不清，但大概還是這一類的事。

其實「大團圓」倒不是「隨意」給他的；至於初寫時可曾料到，那倒確乎也是一個疑問。我彷彿記得：沒有料到。不過這也無法，誰能開首就料到人們的「大團圓」？不但對於阿 Q，連我自己將來的「大團圓」，我就料不到究竟是怎樣。終於是「學者」，或「教授」乎？還是「學匪」或「學棍」呢？「官僚」乎，還是「刀筆吏」呢？「思想界之權威」乎，抑「思想界先驅者」乎，抑又「世故的老人」乎？「藝術家」？「戰士」？抑又是見客不怕麻煩的特別「亞拉籍夫」乎？乎？乎？乎？乎？

《阿 Q 正傳》剛刊登到第四章時，就引起了讀者的關注。1922 年 1 月 2 日，讀者譚國棠在給《小說月報》的編者所寫的信中說：「《晨報》上連登了四期的《阿 Q 正傳》，作者一枝筆正鋒芒得很，但是又似是太鋒芒了，稍傷真實。諷刺過分，易流入矯揉造作，令人起不真實之感，則是《阿 Q 正傳》也不算完善了。」當時《小說月報》的主編沈雁冰即後來的「茅盾」在回答這位讀者的來信時則明確指出：「至於《晨報副刊》所登巴人先生的《阿 Q 正傳》雖只登到第四章，但以我看來，實是一部傑作。你先生以為是一部諷刺小說，實未為至論。阿 Q 這人，要在現代社會中去實指出來，是辦不到的；但是我讀這篇小說的時候，總覺得阿 Q 這人很是面熟。是呵，他是中國人品性的結

晶呀！我讀了這四章，忍不住想起俄國龔伽洛夫的 Oblomov 了！而且阿 Q 所代表的中國人的品性，又是中國上中社會階級的品性！」茅盾的回信不僅以批評家的敏銳指出了《阿 Q 正傳》的價值所在，而且也成爲了《阿 Q 正傳》研究史上的第一篇文章。

在《阿 Q 正傳》發表完一個多月後，瞭解《阿 Q 正傳》創作背景的魯迅的二弟周作人以「仲密」的筆名在《晨報副刊》發表《〈阿 Q 正傳〉》一文，指出了《阿 Q 正傳》的創作宗旨：「阿 Q 這人是中國一切的『譜』——新名詞稱作『傳統』——的結晶，沒有自己的意志而以社會的因襲的慣例爲其意志的人，所以在現在社會裏是不存在而又到處存在的。……阿 Q 卻是一個民族的典型，他像神話裏的『眾賜』（Pandora）一樣，承受了噩夢似的四千年來的經驗所造成的一切『譜』上的規則，包含對於生命幸福名譽道德各種意見，提煉精粹，凝爲個體，所以實在是一幅中國人品性的『混合照相』，其中寫中國人的缺乏求生意志，不知尊重生命，尤爲痛切，因爲我相信這是中國人的最大病根」。

周作人在結尾針對有人批評《阿 Q 正傳》「有傷眞實」、諷刺過分的觀點特別指出：「世界往往『事實奇於小說』，就是在我灰色的故鄉里，我也親眼見到這一類角色的活模型，其中還有一個縮小的眞的可愛的阿貴，雖然他至今還是健在。」周作人的這篇文章爲後來的《阿 Q 正傳》研究指明了方向。

魯迅的《阿 Q 正傳》逐漸得到了文化界的公認，1922 年 3 月，胡適在爲《申報》五十週年紀念冊撰寫的《五十年來之中國文學》一文中指出：「至於這五年來的白話文學成績……我們從大勢來看，也可以指出幾個特點……第二，短篇小說也漸漸地成立了……但成績最大的卻是一位託名『魯迅』的。他的短篇小說，從四年前的《狂人日記》到最近的《阿 Q 正傳》，雖然不多，差不多沒有不好的。」1926 年，鄭振鐸就指出：「《阿 Q 正傳》在中國近來文壇上的地位確是無比的；將來恐也將成世界最熟知的中國現代的代表作了。」〔註1〕直到 1961 年，夏志清在他的《中國現代小說史》中的《魯迅》一章中仍然認爲：「《吶喊》集中的較長的一篇當然是《阿 Q 正傳》，它也是現代中國小說史中唯一享有國際聲譽的作品。」

《阿 Q 正傳》在國內獲得好評促使一些學者、翻譯家把《阿 Q 正傳》譯成外語推薦給國外的讀者。1925 年 4 月，梁社乾致信魯迅希望把《阿 Q 正傳》

〔註 1〕西諦《吶喊》，1926 年 11 月《文學週報》第 251 期。

譯成英語，得到了魯迅的支持，次年，梁社乾翻譯成英文的《阿 Q 正傳》由上海商務印書館出版，後來又分別在 1927 年、1929 年和 1933 年再版。這也是《阿 Q 正傳》首次譯成外語，進一步促進了《阿 Q 正傳》在英語世界的傳播。同年，當時在法國留學的敬隱漁把魯迅的《阿 Q 正傳》翻譯成了法語，刊登在《歐羅巴》雜誌第 5、6 兩期上。1927 年，上海同濟大學的德語教師廖馥君得到魯迅的支持開始把《阿 Q 正傳》翻譯成德語，譯稿完成後，又經過當時在同濟大學任教的德國學者盧克斯的修改，並由盧克斯在 1928 年把譯稿帶到德國準備出版，但是最終也沒能出版。1930 年，鍾憲民把《阿 Q 正傳》譯成了世界語出版。

　　《阿 Q 正傳》獲得好評出乎魯迅的意料之外，直到 1931 年 3 月 3 日，魯迅在致《阿 Q 正傳》日文譯者山上正義的信中還這樣介紹《阿 Q 正傳》：「這個短篇係一九二一年十二月爲一家報紙的『開心話』欄所寫。其後竟然出乎意料的被列爲代表作而譯成各國語言。」

2、《吶喊》的反響

　　魯迅在中國文壇奠定地位的具體標誌就是《吶喊》的出版。1923 年 8 月，魯迅的第一本小說集《吶喊》由北京新潮社列爲「文藝叢書」之一出版，8 月 31 日，上海《民國日報》副刊刊登了《吶喊》出版的消息，稱《吶喊》是「在中國底小說史上爲了它就得『劃分時代』的小說集。」

　　10 月 8 日，文學研究會的雁冰（茅盾）在《時事新報》副刊《文學.》第 91 期發表了《讀〈吶喊〉》一文，高度評價魯迅的創作成就，指出：「在中國文壇上，魯迅君常常是創造『新形式』的先鋒；《吶喊》裏的十多篇小說幾乎一篇有一篇新形式，而這些新形式又莫不給青年作者以極大的影響，必然有多數人跟上去試驗……除了欣賞驚歎而外，我們對於魯迅的作品，還有什麼話可說呢？」

　　文學研究會對《吶喊》的好評引來了創造社的成仿吾對《吶喊》的批評，成仿吾在《〈吶喊〉的評論》（1924 年 1 月《創造》2 卷 1 期）一文中說：「作者的努力似乎不在他所記述的世界，而在這世界的住民的典型。所以這一個個的典型築成了，而他們所住居的世界反是很模糊的。世人盛稱作者的成功的原因，是因爲他的典型築成了，然而不知作者的失敗，也便是在此處。作者太急了，太急於再現他的典型了，我以爲作者若能不這樣急於追求『典型

的』，他總還可以得到一點『普通』的出來。」成仿吾逐一對《吶喊》中的小說進行了批評：「《狂人日記》很平凡；《阿Q正傳》的描寫雖佳，而結構極壞；《孔乙己》、《藥》、《明天》皆未免庸俗；《一件小事》是一篇拙劣的隨筆……」唯一讓成仿吾滿意的只有一篇《不周山》：「作者由這一篇可謂表示了他平生拘守著寫實的門戶，他要進而入純文藝的宮廷。這種有意識的轉變，是我為作者最欣喜的一件事，這篇雖然也還有不能令人滿足的地方，總是全集中第一篇的傑作。」成仿吾的批評讓魯迅很不滿，於是在以後重版《吶喊》時就抽下了《不周山》。雖然成仿吾的這篇文章存在許多可爭議之處，但卻是魯迅研究史上第一篇對魯迅的小說進行批評的文章，在學術史上還是有一定的價值的，至少人們可以從張閎發表於 2001 年並引起較大爭議的《走不近的魯迅》一文中看到相似的論調。

有趣的是，魯迅的母親對《吶喊》的評價很低，據章衣萍回憶：「魯迅先生的母親，周老太太，喜歡章回小說，舊小說幾於無書不讀，新小說則喜李涵秋的《廣陵潮》，雜誌則喜歡《紅玫瑰》。一天，周老太太同魯迅先生說：『人家都說你的《吶喊》做的好，你拿來我看看如何？』及看畢，說：『我看也沒有什麼好！』」

周作人的弟子馮文炳對《吶喊》也略有譏評，他說「在飯館裏，麵包店裏，都聽到恭維《吶喊》的聲音，著者『我決不是一個振臂一呼應者雲集的英雄』的發見，可以說是不再適用了。」〔註2〕

但是魯迅對《吶喊》的熱銷的反應有點特別，《吶喊》一版、二版的熱銷卻促使魯迅決定不再出三版了。曾秋士（孫伏園）在《關於魯迅先生》〔註3〕一文中談到了魯迅當時的意見：「一，聽說有幾個中學堂的教師竟在那裡用《吶喊》做課本，甚至有給高小學生讀的，這是他所不願意的，最不願意的是竟有人給小孩子選讀《狂人日記》。他說『中國書籍雖然缺乏，給小孩子看的書雖然尤其缺乏，但萬想不到會輪到我的《吶喊》』……他說他一聽見《吶喊》在那裡給中小學生讀之後，見了《吶喊》便討厭，非但沒有再版的必要，現只有讓他絕版的必要，也有不再作這一類小說的必要。」「二，他說《吶喊》的熱銷，是中國人素來拒絕外來思想，不愛讀譯作的惡劣根性的表現。他說中國人現在應該趕緊讀外國作品。」魯迅雖然在這裡明確表示不希望把自己

〔註2〕馮文炳《吶喊》，《晨報副刊》1924年4月30日。
〔註3〕曾秋士《關於魯迅先生》，《晨報副刊》1924年1月12日。

的作品當作選讀的內容教給中小學生，但是後來魯迅的作品被選入中小學課本的情況卻愈來愈多。

魯迅的小說也被選入了當時的中小學課本，1926 年 8 月出版的《北京孔德學校出中國文選讀》收錄了《故鄉》、《社戲》、《風波》、《鴨的戲劇》等 6 篇作品，其中在《鴨的喜劇》中附錄了四條注釋。這是魯迅的作品首次進入中小學課本，也是魯迅的作品成為經典的標誌之一。

魯迅的文學成就得到了應有的、客觀的評價，1925 年 1 月張定璜發表了《魯迅先生》〔註 4〕一文，指出：「魯迅先生不是和我們所理想的偉大一般偉大的作家，他自己也知道自己的狹窄。然而他有的正是我們所沒有的，我們所缺少的誠實。我們還說他少給了麼？假使我們覺得《吶喊》的作家沒有十分的情熱，沒有瑰奇的想像，沒有多方面的經驗，我們應該想到，雖然如此，他究竟是自然，是真切，他究竟沒打算給我們備辦些紙紮的美人或溫室裏烘出來的盆景。別的人怎麼看，怎麼感想，他不過問；他只把他所看的所感想的忠實地寫出來，這便是他使我們忘不掉的地方。」張定璜指出了魯迅在文學上的劃時代貢獻：「《雙枰記》登載在《甲寅》上是 1914 年的事情，《新青年》發表《狂人日記》在 1918 年，中間不過四年的光陰，然而他們彼此相去多麼遠。兩種的語言，兩樣的感情，兩個不同的世界！」「單在這個意義上，魯迅先生也是新文學的第一個開拓者。事實是在一切意義上他是文學革命後我們所得了的第一個作家。是他在中國文學史上用實力給我們劃了一個新時代，雖然他並沒有高唱文學革命論。」

張定璜還對魯迅作出了流傳甚廣的評論：「我們知道他有三個特色，那也是老於手術富於經驗的醫生的特色：第一個，冷靜，第二個，還是冷靜，第三個，還是冷靜。」

這篇文章不僅對魯迅在文學史上的地位首次作出了高度的評價，而且也是魯迅研究史上第一篇有分量的長篇論文。

魯迅的文學成就吸引了越來越多的國外漢學家和作家的注意。

1925 年 6 月 16 日，《京報副刊·民眾文藝》刊登了魯迅作品的第一位俄文翻譯者王希禮致曹靖華的信《一個俄國文學研究者對於〈吶喊〉的觀察》，王希禮在信中高度評價魯迅，他說：「我從前在俄國大學所研究的中國文學，差不多都是古文，描寫什麼貴族的特殊階級的生活，對於民眾毫沒有一點關

〔註 4〕張定璜《魯迅先生》，《現代評論》第 1 卷第 7、8 兩期。

係；我讀了以後，對於中國的國民生活及社會的心靈，還是一點不知道！我現在在中國的新的作品裏邊，讀了魯迅先生的《吶喊》以後，我很佩服你們中國的這一位很大的真誠的『國民作家』！他是社會心靈的照相師，是民眾生活的記錄者！……他的取材——事實都很平常，都是從前的作家所不注意的，待到他描寫出來，卻十分的深刻生動，一個個人物的個性都活躍在紙上了！他寫得又非常詼諧，可是那般痛的熱淚，已經在那紙的背後透過來了！他不只是一個中國作家，他是一個世界的作家！」這是蘇聯學者首次對魯迅的創作進行評論，由此也開啓了蘇聯的魯迅研究的歷史。

當時在法國留學的敬隱漁把魯迅的《阿 Q 正傳》翻譯成了法語，並送給著名作家羅曼‧羅蘭審閱，1926 年 3 月 2 日的《京報副刊》刊登了羅曼‧羅蘭對這篇小說作出的高度評價：「魯迅先生的《阿 Q 正傳》，由一位同學敬君翻譯成法文，送給羅曼‧羅蘭看，羅曼‧羅蘭非常稱讚，中有許多批評話，可惜我不能全記，我記得兩句是：這是充滿諷刺的一種寫實的藝術……阿 Q 的苦臉永遠地留在記憶中。」〔註5〕這是魯迅的小說首次得到世界著名作家的高度評價。

1926 年 8 月，魯迅的第二部小說集《彷徨》由北新書局出版，收錄了魯迅在 1924 年到 1925 年創作的 11 篇小說，但是反響卻不如《吶喊》那麼熱烈。

3、魯迅在中國現代文學史上地位的確立

魯迅在文學上的傑出成就使他進入了當時的文學史。

1925 年 6 月，光明書局出版了譚正璧所著的《中國文學史大綱》，在這部文學史的第十一章「現代文學與將來的趨勢」中專門設立了一節「二大文學家——周樹人和周作人」，他首先高度評價魯迅的成就：「我以為現在文壇狀況，已與胡適之脫離關係，完全為周氏兄弟所創歐化文的勢力。周氏兄弟以白話作文，實受文學革命之賜，而他們走的卻是陳獨秀所贊成的仿西洋文學的路。」

譚正璧接著又高度評價魯迅的小說：「他的小說集《吶喊》，是一部永久不朽的作品，很有地方色彩，而用筆冷峭暗譏，有特別風味。不但是好的文藝創作，還是一本革命的宣傳書。不過最近的作品，又換了一種意向，但他那種詼諧的神味，仍時常在筆下發出。他詼諧，是欲哭無淚的強笑，吾們絕

〔註 5〕柏生《羅曼‧羅蘭評魯迅》，《京報副刊》1926 年 3 月 2 日。

不能當他是滑稽呢！」

　　隨著魯迅在文化上的影響逐漸擴大，越來越多的讀者開始關注對魯迅的相關研究。1926 年 7 月，開明書店出版了《關於魯迅及其著作》一書，這部著作是在魯迅指導下由未名社的成員臺靜農編選的，收集了 1923 年到 1925 年的關於魯迅的訪談和評論文章 12 篇，並按照魯迅的意見刪去了周作人的《〈阿 Q 正傳〉》一文和國外關於魯迅的評論，增加了陳源（陳西瀅）批評魯迅的文章。臺靜農在序言中說：「這裡面有揄揚，有貶損，有謾罵，在同一時代裏，反映出批評者不同一的心來，展開在我們一般讀批評文字的人的眼前，這是如何令人驚奇而又如何平淡的事啊！」這部文集是魯迅文化史上的第一部研究魯迅的論文集，魯迅所指導的編選方針也爲以後的魯迅研究文集的編輯樹立了一個良好的典範。

　　魯迅的論敵陳西瀅也無法漠視魯迅的文學成就，他在 1926 年 4 月 17 日發表的《閒話（新文化運動以來的十部著作）》〔註6〕一文中說：「新文學的作品，要算短篇小說的出產頂多，也要算它的成績好了。我要舉的代表作品是郁達夫先生的《沉淪》和魯迅先生的《吶喊》……魯迅先生描寫他回憶中的故鄉人民風物，都是極好的作品。可是《孔乙己》、《風波》、《故鄉》裏面的鄉下人，雖然口吻舉止，惟妙惟肖，還是一種外表的觀察，皮毛的描寫。我們記憶中的鄉下人，許多就是那樣的，雖然我們沒有那本領寫下來。到了《阿 Q 正傳》就大不相同了。阿 Q 不僅是一個 type，而且是一個活潑潑的人。他是與李逵、魯智深、劉姥姥同樣生動，同樣有趣的人物，將來大約會同樣的不朽的。」陳西瀅特別強調指出：「我不能因爲我不尊敬魯迅先生的人格，就不說他的小說好，我也不能因爲佩服他的小說，就稱讚他其餘的文章。我覺得他的雜感，除了《熱風》中二三篇外，實在沒有一讀的價值。」

4、魯迅與陳西瀅的論戰

　　1925 年，魯迅與陳西瀅之間爆發了一場論戰，這是魯迅捲入的第一場論戰，開啓了後來此起彼伏的魯迅論爭史的先河。

　　1924 年底，北京女子師範大學因爲校長楊蔭榆開除三名學生而爆發了學潮，魯迅對這次學潮不太關心。在這次學潮爆發約半年之後，1925 年 5 月，女師大再次因打手毆打學生而爆發學潮。魯迅對毆打學生的暴行十分憤怒由

〔註 6〕陳西瀅《閒話（新文化運動以來的十部著作）》，《現代評論》第 3 卷第 71 期。

此才開始介入，並執筆起草了《對於北京女子師範大學風潮宣言》在《京報》刊登。這引來了支持楊蔭榆的北大教授陳西瀅的一段「閒話」，5 月 30 日，陳西瀅在《現代評論》發表了《閒話》一文，說這次女師大學潮是「在北京教育界占最大勢力的某籍某系的人在暗中鼓動。」魯迅當日就寫了反駁陳西瀅污蔑的文章《並非閒話》，發表在 6 月 1 日的《京報副刊》上，6 月 2 日，魯迅又寫了《我的『籍』和『系』》繼續反駁陳西瀅的造謠，雙方由此展開了一場論戰。1926 年「三・一八慘案」，陳西瀅等「現代評論派」的人對死難學生的諷刺又進一步激化了這場論戰。

這場論戰是魯迅和英美留學歸來的知識分子之間的首次論戰，充分顯示了魯迅的韌性戰鬥精神，不僅促發魯迅創作了《朝花夕拾》、《彷徨》的後半部、《野草》、《華蓋集》、《華蓋集續編》等一系列的作品，構成了魯迅創作的又一個高潮，而且也引發了魯迅對中國社會的諸多思考，是魯迅思想發展過程中的一個重要轉變階段。

5、小結

隨著《阿 Q 正傳》的發表和《吶喊》的出版，魯迅逐漸確立了自己在文壇上的重要地位，成為新文學最傑出的作家。他的作品不僅在國內產生了重要影響，而且還引起了國外漢學家和作家的注意。但是，因為魯迅創作的獨特性和深刻性，他的創作和思想雖然得到了眾多學者與作家的認可，仍然有一些作家和學者對魯迅提出了尖銳的批評。

三、「中國文化革命的主將」——魯迅在國內外的影響的進一步擴大（1927 年～1936 年）

1927 年 9 月，魯迅連續出版了《野草》、《熱風》、《華蓋集》、《中國小說史略》和《小說舊聞鈔》等幾部著作，進一步擴大了他在國內外文化界的影響，不僅成爲了中國文化革命的主將，而且成爲世界級的大文豪。

1、魯迅在國內影響的進一步擴大

（1）茅盾對魯迅小說的總結

1927 年 11 月 10 日，茅盾以「方壁」的筆名在《小說月報》第 18 卷第 11 號發表了長篇論文《魯迅論》，形象地指出了魯迅的特點：「魯迅站在路旁邊，老實不客氣的剝離我們男男女女，同時他也老實不客氣的剝脫自己。他不是一個站在雲端的『超人』，嘴角上掛著莊嚴的冷笑，來指斥世人的愚笨卑劣的；他不是這種樣的『聖哲』！他是實實地生根在我們這愚笨卑劣的人間世，忍住了悲憫的熱淚，用冷諷的微笑，一遍一遍不憚煩地向我們解釋人類是如何脆弱，世事是多麼矛盾！他決不忘記自己也有這本性上的脆弱和潛伏的矛盾。《一件小事》和《端午節》，便是深刻的自己分析和自己批評。」茅盾認爲：「《吶喊》和《彷徨》中的『老中國的兒女』，我們在今日依然隨時隨處可以遇見，並且以後一定還會常常遇見……總之，這一切人物的思想生活所激起於我們的情緒上的反映，是憎是愛是憐，都混爲一片，分不明白。我們只覺得這是中國的，這正是圍繞在我們的『小世界』外的大中國的人生！而我

們之所以深切地感到一種寂寞的悲哀，其原因亦即在此。這些『老中國的兒女』的靈魂上，負著幾千年的傳統的重擔子，他們的面目是可憎的，他們的生活是可以詛咒的，然而你不能不承認他們的存在，並且不能不凜凜地反省自己的靈魂究竟已否完全脫卸了幾千年傳統的重擔。」茅盾的這篇著名評論是魯迅研究史上最有影響的經典論文之一，深遠的影響著後來的研究者對魯迅的研究與闡釋。

（2）瞿秋白對魯迅雜文的總結

1933 年 4 月，中共中央前領導人瞿秋白在上海避難期間與魯迅過從甚密，並一度避居魯迅家中。他利用這一段時間編選了《魯迅雜感選集》，收錄了魯迅在 1918 年到 1932 年的雜文 75 篇，並以「何凝」的筆名撰寫了《〈魯迅雜感選集〉序言》。瞿秋白在序言中首先指出了魯迅雜文的重要意義：「魯迅的雜感其實是一種『社會論文』——戰鬥的『阜利通』（feuilleton）。誰要是想一想這將近二十年的情形，他就可以懂的這種文體發生的原因。急遽的、劇烈的社會鬥爭，使作家不能從容得把他的思想和情感鎔鑄到創作裏去，表現在具體的形象和典型裏；同時，殘酷的強暴的壓力，又不容許作家的言論採取通常的形式。作家的幽默才能，就幫助他用藝術的形式來表現他的政治立場，他的深刻的對於社會的觀察，他的熱烈的對於民眾的同情。不但這樣，這裡反映著『五四』以來中國思想鬥爭的歷史。雜感這種文體，將要因為魯迅而變成文藝性的論文的代名詞。自然，這不能代替創作，然而它的特點是更直接的更迅速的反映社會上的日常事變。現在選集魯迅的雜感，不但因為這裡有中國思想鬥爭史上的寶貴成績，而且也因為著現實的戰鬥，要知道形式雖然會大不相同，而那種吸血的蒼蠅蚊子，卻總是那麼多！」

瞿秋白認為「魯迅是萊謨斯，是野獸的奶汁所餵養大的，是封建宗法社會的逆子，是紳士階級的貳臣，而同時也是一些浪漫蒂克的革命家的諍友！他從他自己的道路回到了狼的懷抱。」

瞿秋白分析了魯迅的思想歷程，指出「魯迅從進化論進到階級論，從紳士階級的逆子貳臣進到無產階級和勞動群眾的真正友人，以至於戰士，他是經歷了辛亥革命以前直到現在的四分之一世紀的戰鬥，從痛苦的經驗和深刻的觀察之中，帶著寶貴的革命傳統到新的陣營裏來的。」瞿秋白指出魯迅的思想特點：「第一，是最清醒的現實主義……第二，是『韌』的戰鬥……第三，是反自由主義……第四，是反虛偽的精神。這是魯迅——文學家的魯迅，思

想家的魯迅的最主要的精神。他的現實主義，他的打硬仗，他的反中庸的主張，都是用這種眞實，這種反虛僞作基礎。」

瞿秋白最後強調指出：「我們不過爲著文藝戰線的新任務，特別指出雜感的價值和魯迅在思想鬥爭史上的重要地位，我們應當向他學習，我們應當同著他前進」。

瞿秋白的這篇文章不僅是中共領導人首次對魯迅作出全面評價，而且也是魯迅研究史上首次對魯迅的思想作出了基本符合於馬克思主義的分析，在魯迅研究史和中國現代文化史上產生了重要的影響。

（3）第一部魯迅研究專著的出版

1936 年 1 月，還不到 25 歲的李長之撰寫的《魯迅批判》一書由北新書局出版，這是魯迅研究史上的第一部研究專著。此前，自 1935 年 5 月 29 日起，每隔一週或兩週就在天津《益世報》「文學副刊」和《國聞週報》上連載。這本書在出版之前，魯迅曾經看過清樣。李長之在該書的《三版題記》中說：「魯迅先生是見過付印之前的稿樣的，他很幫忙，曾經訂正過其中的著作時日，並曾寄贈過一張近照。」

李長之指出：「進化論的，生物學的，人的要生存的人生觀，在奚落和諷嘲的刺戟下的感情，加上堅持得簡直有些執拗的反抗性，這是魯迅之所以爲魯迅的地方，環境把他的性格和思想的輪廓給繪就了，然而他自己，在環境裏卻找到他的出路了，負荷起了使命。無疑地他是中國文學史上劃時代的期間的人物中最煊赫的一個代表者，他呼吸著時代的氣息，他大踏著步向前走。他像高爾基一樣，他的遭遇是完成了他的，前此的經歷，幾乎對他後來都留下一種頗可咀嚼的意義，這是多麼奇異呢，然而我不能馬上叫出名目。」李長之認爲「印象的，情感的，被動的，這是詩人的，也就是創作家的特色。魯迅正是夠格的。」

李長之從西方哲學觀點出發，認爲「魯迅不是思想家。因爲他是沒有深邃的哲學腦筋，他所盤桓於心目中的，並沒有幽遠的問題。他似乎沒有那樣的趣味，以及那樣的能力」。李長之指出，「魯迅在靈魂深處」是「粗疏、枯燥、荒涼、黑暗、脆弱、多疑、善怒」，並且「常陷在病態的情緒中」。「然而這一切無礙於他是一個永久的詩人，和一個時代的戰士」。「魯迅在理智上，不像在情感上一樣，卻是健康的。所謂健康的，就是一種長大發揚的，開拓的，前進的意味。」情感上的病態，「也無礙於他的人格得全然無缺」。

這本著作在出版後受到了高度評價，有人指出：「本書所貢獻者，尤在其方法：既不偏重純藝術的鑒賞，也不忽視社會學的剖析，在注意一作家之進展的考察之中，同時並研究一作家之思想、性格的本質。在這裡，科學的態度與藝術的筆墨，熔而為一了，所以是中國批評界上劃時代的一本著作。」

（4）《魯迅論》的出版

在未名社成員臺靜農編輯的《關於魯迅及其著作》一書出版之後，1930年3月，未名社的另一個成員李何林在北新書局出版了他編選的《魯迅論》一書。李何林在序言中介紹了編選本書的原因：「魯迅和魯迅的著作之惹起近年來國內文藝界和思想界的廣大的注意，是不可諱言的事；同時因注意而發表的對於魯迅及其著作的意見或稱為批評的文字，是也頗不在少數的……並且自從近兩年來所謂『革命文學』喊出來之後，對於魯迅及其著作似乎已經又有新的評價，又有很多站在另一觀點上而作的批評的文字發表了。」這本書集收錄了23篇評論魯迅的文章，基本上收錄了1930年之前評論魯迅的重要文章，為促進魯迅著作的傳播和魯迅研究工作作出了一定的貢獻。

（5）魯迅作品進入中小學課本中

1933年，上海開明書店出版了《開明活頁文選注釋》（共十冊），第一冊有魯迅的譯詩，第三冊有《風波》，第四冊有《孔乙己》和《秋夜》，第九冊有《父親的病》、《風箏》、《端午節》，第十冊有《狂人日記》，這極大地促進了魯迅著作在社會上的傳播和影響。此前，在1926年8月出版的《北京孔德學校出中國文選讀》的傳播範圍相對來說比較小。

這套活頁文選不僅選文注重文學性，而且注釋也力求通俗易懂，因此銷售情況較好，在社會上的影響也較大。宋雲彬注釋了第四冊中的《孔乙己》和《秋夜》，注釋分為「題解」、「作者說略」、「注釋」三部分，文字力求淺顯易懂，以適應中學生閱讀。如《秋夜》題解僅一句話：「此篇選自魯迅《野草》集，題名《秋夜》，該描述秋夜靜趣之敘述文也」。而對《孔乙己》的九條注釋，有六條與1981年版《魯迅全集》注釋相同，而且有的注文更為貼切。

（6）盜版《魯迅全集》的出版

魯迅在國內影響力的日漸擴大和魯迅著作的暢銷，使一些書商也開始盜版魯迅的著作。1935年5月，國內圖書市場出現了一本僅390頁的《魯迅全

集》，題簽寫作「沫若題」，這與它的出版者「仙島書店」一樣，顯然都是盜版的出版商的偽造和假託。同年 10 月，魯迅在給友人的信中提到此書時說：「翻版數北平確也不少，有我的全集，而其實只三百頁，可笑。」這本《魯迅全集》開啟了後來綿延不絕的盜版魯迅著作的歷史。

（7）第一本批評魯迅的書

1935 年 9 月，經緯書局出版了張翼人的《給魯迅》一書，作者稱這本書「是對魯迅的徹底認識與評價」，主要有如下幾章：一、我們——讀《過客》；二、有生——讀《希望》；三、對照——讀《墓碣文》、《淡淡的血痕中》、《一覺》；四、玉兔——讀《阿 Q 正傳》；五、虛偽——讀《聰明人和傻子和奴才》；六、喚起孩子們——讀《狂人日記》；七、擔——讀《傷逝》；八、地獄中的光明——讀《二十四孝圖》；九、路——雜讀有感；十、榜樣——讀《魏晉風度及文章與藥與酒之關係》；十一、昨天的刑典——讀《孤獨者》；十二、牆——讀《故鄉》。作者在序言中說「本書用以通信的方式，很希望魯迅先生能有一個回答，本書批評的立場是十分主觀的，但雖說主觀，而其剖析的態度卻絕對合於客觀的標準」；作者特別指出自己雖然批評魯迅但是敬仰魯迅：「本書雖是屬於批評的，但同時卻負有新時代的使命，所以對魯迅底灰色的，無力的，反常的態度，是處著對峙的地位，但決不是含有惡意的，作者本身對魯迅有無上的欽佩，不過對於其做人的立場直斥其為滅落罷了。」

作者還對這本書的特點作了介紹：「本書文法上雖是不成熟，而其驚人的洞察力，可自說為絕無僅有的。本書內容雖只可算是十分簡單，但魯迅先生的一生，則或已是全剝在這裡了，看透過魯迅先生作品的人，當會對本書有深澈的瞭解與讚歎，否則和這本書同時看魯迅的作品，當能特詳的對於魯迅有所認識」。「本書的寫成，完全是憑著作者個人所看去的結果，絕不雜有別個人對魯迅所說的意思，而對魯迅所發現的，卻足抵得以前許多批評者對魯迅的批評的總和而有餘；這是作者自認為十分驕傲的，但可惜錢太少，不能把魯迅先生的作品都買來看完，所以至少還有許多值得發現的地方，為作者遺漏了，這似乎不應該不對讀者們道歉的。」

從上述文字中不難看出作者對魯迅瞭解的還比較淺薄，甚至連魯迅的大部分著作都沒有看過，這使人懷疑這本書根本不是在研究魯迅，而純粹是借魯迅的名頭來賺錢的。這本書也開啟了後來利用魯迅的大名來出書賺錢的先河。

2、魯迅捲入的幾場文化論戰

　　二、三十年代，魯迅相繼捲入了多次論戰，這不僅進一步促進魯迅思想的成熟，而且也進一步擴大了他在文化界的影響。

（1）魯迅與創造社的論戰

　　1927 年 8 月，魯迅攜許廣平來到上海，本來打算和在「四・一二」反革命事變之後撤到上海的創造社成員聯手開展一些文學活動，並與創造社成員聯名發表了復刊《創造週報》的宣言，但是，到了年底，馮乃超等一些從日本回國的創造社後期成員表示不同意和魯迅聯合，另外創辦了《文化批判》雜誌。

　　1928 年 1 月 15 日，馮乃超在《文化批判》創刊號上發表了《藝術與社會生活》，由此拉開了創造社大規模地批判魯迅的序幕，馮乃超說「魯迅這位老先生──若須我用文學的表現──是常從幽暗的酒家的樓頭，醉眼陶然的眺望窗外的人生，世人稱許他的好處，只是圓熟的手法一點，然而，他不常追懷過去的昔日，追悼沒落的封建情緒，結局他反映的只是社會變革期中的落伍者的悲哀，無聊賴得跟他弟弟說幾句人道主義的美麗的話。隱遁主義！好在他不效 L.Tolstoy 變作卑污的說教人。」馮乃超強調指出，「偉大的藝術家，他們所以偉大的緣故，並不在發明何種流派，而在他們代表同時代的一種社會的偉大的人格，就是說他們以熱烈的革命精神，鎔鑄表現時代的 Tempo 的作品。」

　　2 月 15 日，李初梨在《文化批判》第 2 期上發表了《怎樣建設革命文學》一文，繼續批判魯迅、劉半農、陳西瀅等人的趣味文學：「第一，以『趣味』為中心，使他們自己的階級更加鞏固起來。第二，以『趣味』為魚餌，把社會的中間層，浮動分子，組織進他們的陣營內。第三，以『趣味』為護符，蒙蔽一切社會惡。在中國社會關係尖銳化了的今日，他們惟恐一般大眾參加社會鬥爭，拼命地把一般人的關心引到一個無風地帶。第四，以『趣味』為鴉片，麻醉青年。」李初梨在文中還反駁了甘人在《北新》半月刊第 2 卷第 1 號發表的《中國新文藝的將來與其自己的認識》一文中的觀點，質問：「魯迅究竟是第幾階級的人，他寫得又是第幾階級的文學？他所曾誠實的發表過的，又是第幾階級的人民的痛苦？」

　　3 月 1 日，錢杏邨在《太陽月刊》第 3 號發表了《死去了的阿 Q 時代》一文，認為魯迅的創作已經落後於時代，需要拋棄：「關於魯迅的創作的時代

地位問題，根據《吶喊》、《彷徨》和《野草》說，我們覺得他的思想是走到清末就停滯了；因此，他的創作即能代表時代，他只能代表庚子暴動的前後一直到清末；再換句話說，就是除開他的創作的技巧，以及少數的幾篇能代表五四時代的精神外，大部分是沒有表現現代的！」因此，「不但阿 Q 時代是已經死去了，《阿 Q 正傳》的技巧也已死去了！《阿 Q 正傳》的技巧，我們若以小資產階級的文藝規律去看，它當然有不少相當的好處，有不少值得我們稱讚的地方，然而也已死去了，也已死去了！」

在該期雜誌的《編後》中，編者特別指出了錢杏邨的《死去了的阿 Q 時代》一文的價值：「很多人總以爲魯迅是時代的表現者，其實他根本沒有認清十年來中國新生命的原素，盡在自己狹窄的周遭中彷徨吶喊；利用中國人的病態的性格，把陰險刻毒的精神和俏皮的語句，來淆亂青年的耳目；這篇論文，實足澄清一般的混亂的魯迅論，是新時代的青年第一次給他的回音。」

3 月 12 日，魯迅在《語絲》第 4 卷第 11 期發表了《「醉眼」中的朦朧》一文對創造社和太陽社的攻擊進行反駁，他說：「因爲那邊有『武器的藝術』，所以這邊只能『藝術的武器』。這藝術的武器，實在不過是不得已，是從無抵抗的幻影脫出，墜入紙戰鬥的新夢裏去了。但革命的藝術家，也只能以此維持自己的勇氣，他只能這樣。倘他犧牲了他的藝術，去使理論成爲事實，就要怕不成其爲革命的藝術家」。

魯迅的反擊招來了創造社的一些人的謾罵。4 月 15 日出版的《文化批判》第 4 期發表了三篇攻擊魯迅的文章：彭康在《除掉魯迅的「除掉」》一文中說：「然魯迅要鈔他的《小說舊聞鈔》，便非走動不可，瞎眼子在黑房裏走動，『碰壁』是當然的事。碰壁所發出的聲音，他或許以爲這又是人道主義式的抗爭了，然而在我們，這還『只是社會變革期中落伍者的悲哀』」；馮乃超在《人道主義者怎樣地防衛著自己》一文中諷刺魯迅說：「開端要『救治像我（魯迅的）父親似的被誤的病人』，其次要『改變他們的精神』，終局他『依舊講趣味』。看吧，人道主義者的裸體照相，就是這個樣子！」李初梨在《請看我們中國的 Don Quixote 的亂舞——答魯迅〈「醉眼」中的朦朧〉》一文中指出：「魯迅，對於布爾喬亞氾是一個最良的代言人，對於普羅列塔亞是一個最惡的煽動家！」5 月 1 日，石厚生（成仿吾）在《創造月刊》第 1 卷第 11 期上發表了《畢竟是「醉眼陶然」罷了》一文，指出：「對於我們的堂魯迅，我希望他快把自己虛構的神殿粉碎，把自己從朦朧與對於時代的無知中解放出來，而

早一點悔改——他的悔改，同 Don Quixote 一樣，是可能的。」7 月，錢杏邨在發表了《死去了的阿 Q 時代》之後又發表了《死去了的魯迅》一文，再次批判魯迅：「現在進一步說。阿 Q 時代固然死亡了，其實，就是魯迅他自己也已走到了盡頭，再不徹底覺悟去找一條生路，也是無可救濟了。」「我們眞想不到被讀者稱爲大作家的魯迅的政治思想是這樣的駭人！他完全變成個落伍者，沒有階級的認識，也沒有革命的情緒。他對於革命和革命文藝，態度是異常的不莊嚴，這很可證明並沒有怎樣的瞭解。」錢杏邨最後向魯迅發出了呼籲：「魯迅先生，現在是醒來的時候了，朦朧的醉眼也到了睜開的時候了。要就死亡，要就新生，橫在你面前的是這兩條路……魯迅先生，你就不爲自己設想，我們也希望你爲後進青年們留一條生路！」8 月 10 日，創造社的盟主郭沫若以「杜荃」的筆名發表了寫於 6 月 1 日的充滿火藥味的《文藝戰線上的封建餘孽——批評魯迅的〈我的態度氣量和年紀〉》一文，對魯迅進行大批判：「魯迅先生的時代性和階級性，就此完全決定了。他是資本主義以前的一個封建餘孽。資本主義對於社會主義是反革命，封建餘孽對於社會主義是二重的反革命。魯迅是二重的反革命的人物。以前說魯迅是新舊過渡時期的游移分子，說他是人道主義者，這是完全錯了。他是一位不得志的 Fascist（法西斯諦）！」

9 月 25 日，馮雪峰在《無軌列車》第 1 期上發表了《革命與知識階級》一文，按照當時蘇聯最新的文藝政策批評了創造社對魯迅的圍攻，他指出：「革命現在對於知識階級的要求，是至少使知識階級承認革命。但我們在魯迅的言行裏完全找不出詆毀整個革命的痕跡來，他至多嘲笑了革命文學運動（他並沒有嘲笑革命文學本身），嘲笑了追隨者中的個人的言動，而一定要說他這就是詆毀革命，『中傷』革命，這對於革命是有利的嗎？」馮雪峰認爲魯迅是革命的追隨者，是可以團結的對象，他指出：「魯迅自己，在藝術上是一個冷酷的感傷主義者，在文化批評上是一個理性主義者，因此，在藝術上魯迅抓著了攻擊國民性與人間的普遍的『黑暗方面』，在文藝批評方面，魯迅不遺餘力的攻擊傳統的思想——在『五四』期間，知識階級中，以個人論，做工做得最好的是魯迅，但他沒有在創作中暗示出『國民性』與『人間黑暗』是和經濟制度有關的，在批評上，對於無產階級只是一個在旁邊的說話者。所以魯迅是理性主義者，不是社會主義者。到了現在，魯迅做的工作是繼續與封建勢力鬥爭，也仍立在向來的立場上，同時他常常反顧人道主義。」

　　馮雪峰在解放後撰寫的《魯迅與共產黨》一文中回憶說：「我翻譯過蘇聯的《文藝政策》，我很受這本書的影響。……例如我也機械地把魯迅先生派定為所謂『同路人』，就是受的當時蘇聯幾個機械論者的理論的影響。這幾個機械論者後來在蘇聯是被批判和清算了，可是他們就曾經對高爾基有過輕率和錯誤的認識，也曾經把高爾基看成為『同路人』的。」

　　馮雪峰還對自己當時對魯迅的觀點進行了檢討，「我的錯誤在基本上是和那時創造社相同的，因為那時創造社打擊魯迅先生，最根本的原因還是由於沒有認識魯迅先生的革命意義。不同的，只在於創造社是攻擊魯迅先生，說他『不革命』，甚至『反革命』；我則替魯迅先生辯護，說他只是不革命，但對革命卻是無害的，而創造社攻擊他，這是創造社的小集團主義，如此而已。我並沒有明確地承認魯迅先生對於革命的積極作用和價值，同時也沒有提出應該如何團結他的建議。」

　　這場論爭持續了將近一年，後來在當時中共中央領導人的干預下，以創造社和太陽社停止攻擊魯迅而結束。這次論爭對魯迅的影響很大，促使魯迅閱讀了許多馬克思主義的文藝論，思想逐漸傾向於「左翼」。魯迅在《三閒集·序言》中說：「我有一件事要感謝創造社的，是他們『擠』我看了幾種科學底文藝論，明白了先前的文學史家們說了一大堆，還是糾纏不清的疑問。」郭沫若後來在刊登於《東京帝國大學新聞》的《弔魯迅》一文中說：「一九二七年與一九二八年之間，和我關係很深的創造社同人，跟他爭論著『意特奧羅基』上的問題，相當地激烈了。可是，那件事成了他底方向轉換的契機，我以為寧可是一件很可紀念的事情。」

　　值得一提的是，這場論戰被寫成了劇本。1930 年 6 月 9 日，《前鋒週報》第 2 期刊登了李錦軒創作的獨幕劇《混戰》，作者在「小引」中特別指出：「不久之前，中國文藝界曾有一場所謂『烏天黑地，飛沙走石』的『大混戰』，本劇的登場人物，便都是當時的那些雄赳赳的戰士；而劇中的對話，亦完全是出自諸戰士之口，有文可稽。編者只編而已矣，未敢憑空捏造也。」雖然現在還沒有這齣戲公開演出的資料，但是這齣獨幕劇可能是在魯迅文化史上首次把魯迅寫入劇本。

　　但是創造社的成員和魯迅之間的筆墨官司並沒有了結，其影響一直蔓延到了八十年代。郭沫若在 1930 年 5 月出版的《拓荒者》第 1 卷第 4、5 期合刊發表了《「眼中釘」》一文反駁魯迅在《我與〈語絲〉的始終》一文中對創

造社的批評，他指出：「後期創造社的幾位主要成員，如彭康、朱磐、李初梨、馮乃超諸人，他們以戰鬥的唯物論爲立場對於當前的文化作普遍的批判，他們幾位在最近的新運動上的成績是不能否認的。他們的批判不僅限於魯迅先生一人，他們批判魯迅先生，也決不是對於『魯迅』這一個人的攻擊。他們的批判對象是文化的整體，所批判的魯迅先生是以前的『魯迅』所代表，乃至所認爲代表著的文化的一個部門，或一部分的社會意識」。魯迅在 1932 年發表的《上海文藝之一瞥》一文中也對創造社進行了諷刺：「在未革命以前他們是流氓痞棍，在既革命以後他們還是流氓痞棍！在以前的文學革命運動中沒有他們的份子，在以後的革命文學運動中也沒有他們的份子。」1932 年 9 月 20 日，郭沫若在泰東書局出版了《創造十年》一書，逐一反駁魯迅在《上海文藝之一瞥》一文中對創造社的批評，並對魯迅進行了挖苦和諷刺：「魯迅先生到底不愧是文學研究會的發起員之一人，在這些地方卻很能替本店發賣膏藥。『貨眞價實，只此一家』，——只有文學研究會是文學的正統，是最革命的團體。我們在這兒來高呼幾聲口號：革命的文學研究會萬歲！擁護文學的正統！打倒一切反動的文學團體！擁護我們的文壇總司令魯迅先生！反對文學研究會的就是反革命！反對魯迅先生的就是反革命！」

創造社、太陽社對魯迅的批評，也影響了日本無產階級文藝陣營對魯迅的評價。當時日本無產階級文藝陣營中普遍把郭沫若看作無產階級革命作家的代表，而把魯迅看作反革命文學的舊文人。1928 年 11 月，全日本無產階級藝術聯盟成員藤枝丈夫在《國際文化》發表了《中國的左翼出版物》一文，介紹中國左翼文學運動時說：「對於《語絲》、《北新》月刊爲基地，經常發表一些反革命讕言的魯迅一派，必須予以徹底的批判。」

魯迅和語絲派與創造社關於革命文學的論爭是新文化運動以來的第二次大規模論戰，1929 年 10 月，李何林編選的《中國文藝論戰》一書由中國書店出版，收錄了 47 篇文章，較爲全面地反映了當時文藝界的論戰情況。

1930 年 3 月 2 日，在中共領導人的指示下，進步作家組成的「中國左翼作家聯盟」成立，已經傾向於「左翼」，並提議在原「中國作家聯盟」中加上「左翼」兩字的魯迅成爲了「左聯」的盟主。魯迅的「轉向」引起了文化界的關注。

1931 年 1 月 1 日，北京的東方書店出版了由黎炎光編選的《轉變後的魯迅》一書。黎炎光在《編者的話》中指出：「就在這新舊交替當中，我們的魯

迅先生轉變了。自然，他在未轉變之前，絕對不是舊勢力之辯護士，而是舊
勢力之死對頭，但是，在另一方面看來，他對於普羅階級之革命運動，是帶
著一種諷刺而冷峭的態度在輕視著，這是毫無疑義的。他的這種表現，完全
是他自己的小資產階級的劣根性的暴露。所以，在當時，他雖做個『狂人』，
雖然拼命突出不平之鳴的『吶喊』；然而不久，他便又無端的『彷徨』起來，
而走到『野草』那兒去築起他自己的『墳』來了，可是，時代的推移，猶如
巨炮驚雷，這逼得我們的魯迅先生，又從『墳』裏跳出來而開始新的生活了！
這便是魯迅先生為什麼轉變的唯一因子了。魯迅先生，自從轉變以後，他即
站在時代的最尖端，和著那廣大的普羅群眾，在一塊兒呼喊打倒資本帝國主
義，消滅一切壓榨階級，及反動勢力。」「在這兒，我要說的，就是，魯迅先
生雖然轉變了，雖然被著轟轟烈烈的革命勢力把他熔煉出而成為一枝新的武
器；然而，那快要沒落的人們，卻儘量地向他狂吠，以表示他們自己不甘心
的去死。這又是多麼可笑而又可憐的趣聞呵！」

（2）魯迅與梁實秋的論戰

　　1929 年 9 月 10 日，梁實秋在《新月》第 2 卷第 6、7 合刊發表了《文學
是有階級性的嗎？》和《論魯迅先生的「硬譯」》兩篇文章，對當時的無產階
級革命文學和魯迅的翻譯進行批評，由此引發了他和魯迅之間的論戰。梁實
秋在前文中認為「文學就沒有階級的區別，『資產階級文學』和『無產階級文
學』都是實際革命家造出來的口號標語，文學並沒有這種區別。近年來所謂
的無產階級文學的運動，據我考察，在理論上尚不能成立，在實際上也並未
成功。」在後文中，梁實秋重點批評了魯迅的翻譯：「死譯的例子多得很，我
現在單舉出魯迅先生的翻譯來做個例子，因為我們人人知道魯迅先生的小說
和雜感的文筆是何等的簡練流利，沒有人能說魯迅先生的文筆不濟，但是他
的譯卻離『死譯』不遠了。」「我們不妨把句法變換一下，以使讀者能讀懂為
第一要義，因為『硬著頭皮』不是一件愉快的事，並且『硬譯』也不見得能
保存『原來的精悍的語氣』」。

　　馮乃超在《拓荒者》雜誌上發表了一篇名為《階級社會的藝術》的文章，
主要是針對梁實秋文學沒有階級性的觀點加以批駁，這篇文章站在魯迅一
邊，對梁實秋進行了大量的挖苦，最後稱梁為「資本家的走狗」。

　　11 月 10 日，梁實秋在《新月》第 2 卷第 9 期發表的《「資本家的走狗」》
一文中說：「講我自己罷，革命我是不敢亂來的，在電線杆子上寫『武裝保衛

蘇聯』我是不幹的……現在我只能看看書寫寫文章。我們爭自由，只是在紙上爭自由……魯迅先生恐怕不會專在紙上寫文章來革命。」「我只知道不斷的勞動下去，便可以賺到錢來維持生計。至於如何可以做走狗，如何可以到資本家的賬房去領金鎊，如何可以到 xx 黨去領盧布，這一套的本領，我可怎麼能知道呢？」

1930 年 3 月，魯迅在《萌芽》月刊第一卷第 3 期發表了《「硬譯」與「文學的階級性》一文反駁梁實秋，魯迅強調自己「硬譯」的原因是「爲了我自己，和幾個以無產階級文學批評家自居的人，和一部分不圖『爽快』，不怕艱難，多少要明白一些這理論的人。」魯迅最後指出新月社所標榜的「嚴正態度」，「以眼還眼」法，歸根結蒂，是專施之力量相類，或力量較小的人，倘給有力者打腫了眼，就要破例，只舉手掩住自己的臉，叫一聲「小心自自己的眼睛」！

5 月 1 日，魯迅又在《萌芽》月刊第一卷第 5 期發表了《「喪家的」「資本家的乏走狗」》一文批評梁實秋，他指出：「凡走狗，雖或爲一個資本家所豢養，其實是屬於所有的資本家的，所以它遇見所有的闊人都馴良，遇見所有的窮人都狂吠。不知道誰是它的主子，正是它遇見所有闊人都馴良的原因，也就是屬於所有的資本家的證據。即使無人豢養，餓的精瘦，變成野狗了，但還是遇見所有的闊人都馴良，遇見所有的窮人都狂吠的，不過這時它就愈不明白誰是主子了。」

這場論爭是魯迅與從英美留學歸來的自由派知識分子之間的第二場論爭，在中國現代文學史上產生了深遠的影響。但是這場論爭從文學觀點之爭最後演化爲帶有政治色彩的相互攻擊，卻是非常令人遺憾的。

3、魯迅對進步青年的影響和左翼青年對魯迅的批評

魯迅的著作對當時的一些進步青年產生了深遠的影響，甚至促使一些青年走上革命的道路，並以弘揚魯迅精神爲終生的工作。據曹漫之回憶他和後來的共和國副總理谷牧都是因爲受到魯迅的影響而投身革命的：

我們參加革命是受了魯迅先生的直接的影響。那時我還沒有看過馬列、毛主席的書。1929 年底，我與谷牧同志組織過魯迅讀書會。1930 年正式看魯迅的書，當時我們在家鄉讀小學。後來國民黨知道了要抓我們，因我們還沒有成年，只有十四、五歲，他們就沒有抓

成。抗日時期，我在膠東工作，辦了兩個魯迅中學、六個魯迅小學。

　　抗戰勝利後，我擔任山東膠東地區行政分署主任，派劉若明在上海吳淞口辦了一個「和豐行」，專做地下貿易。和豐行從華東解放區運進花生、煙酒等許多物品，控制了上海的市場。和豐行的資本在上海是最多的，上海周公館的經費也由我們承擔。當時許廣平要印魯迅的書信，他擔心魯迅的這些珍貴的手跡保不住，拼命想印成書，上海地下黨沒有錢，也怕印出來會暴露。劉若明向我彙報此事，我同意出全部經費，後來劉若明就在上海以「民生書店」的名義印刷出版了《魯迅書簡》。〔註1〕

「魯迅倡導的木刻運動是左翼文藝運動的一個組成部分，是現代革命美術運動的先鋒，對當時的一些進步青年美術工作者產生了深遠的影響，在三十年代之初，凡從事於木刻藝術者，一律被國民黨反動派視爲『赤化』和『反動』，木刻家幾乎無一例外的受到迫害，半數以上的作者曾被逮捕和關押」〔註2〕。原廣州美院院長，中國版畫家協會理事劉侖回憶說：

　　自己原先畫國畫，水彩畫，前期作品都是「爲藝術而藝術」的。當看到了上海雜誌上魯迅介紹版畫後，特別喜歡，隨即放棄了水彩畫，搞起版畫來了。開始不懂怎麼搞，先是將磨刀石磨平，在磨刀石上刻，刻了二十多件。這些作品都是受魯迅所介紹的木刻的影響，本著「爲人生而藝術」的宗旨而選擇題材創作的。從一個側面表現了民族解放運動，從而以版畫創作，參與反帝反封建的救亡運動。……沒有魯迅先生的介紹與指導，我們也不知道如何用手中的畫筆來參與革命，所以我們這批美術界的青年，都稱魯迅爲導師。確實魯迅引導我們走上了藝術救亡的道路，整整影響了我們一代人的成長和人生道路，直至現在。〔註3〕

1927 年初，魯迅來到了當時革命的中心廣州擔任中山大學的教務主任，但是廣州的一些左翼青年在魯迅的到來之際卻多次發表了批評魯迅的言論。

　　1 月 16 日，創造社成員成仿吾在《洪水》半月刊第 3 卷第 25 期發表了《完

〔註1〕樂林整理《曹漫之同志談魯迅及其他》，《上海魯迅研究》第 8 輯。
〔註2〕李允經《爲版畫藝術中的魯迅造像評選「十佳」》，《魯迅研究月刊》1990 年第 10 期。
〔註3〕蔣雅萍《採訪隨記——訪劉侖》，《上海魯迅研究》第 8 輯。

成我們的文學革命》一文，批評魯迅、周作人、劉半農、陳西瀅等人從事的都是「以趣味爲中心的文藝」，「而這種以趣味爲中心的生活基調，它所暗示的是一種在小天地中自己騙自己的自足，它所矜持著的是閑暇、閑暇，第三個閑暇」，在這大革命的時代「我們的魯迅先生坐在華蓋之下正在抄他的小說舊聞。」

2月21日，一聲在《少年先鋒旬刊》第2卷第15期發表了《第三樣世界的創造——我們所應當歡迎的魯迅》一文，指出：「我們應該站在革命的觀點上來觀察一切，批評一切，因爲不如此便一切的觀察批評都沒有意思。對於魯迅也應該如此。在魯迅的作品中，顯然可以看出它對於人生和社會的態度的變化。在創作的小說裏所表現的是一種態度，在論文裏是另一種態度，用幾個抽象的形容詞來說，則前者是失望的，冷的，後者是希望的，熱的，他的作品對於革命的文化運動上的貢獻，我們可以說，論文實在比小說來的大。說到藝術方面的貢獻，那是另外的事，不是本文範圍之內。」

一聲從對於革命的作用的角度對魯迅的小說和雜文創作進行了分析，他首先批評了魯迅的小說創作對於革命的消極貢獻：「魯迅小說裏所描寫的多半是鄉村生活。中國的農村經濟是在外國商品的掠取和軍閥官僚剝削之下破產的。破產的農村生活自然亦有貧窮。魯迅便拿著這個『貧窮』來做他的中心題材。我們只要看他的創作集《吶喊》裏的人物，如孔乙己，阿Q，華老栓，紅鼻子老拱，九斤的一家，等等，都是窮到精神變態——病，發狂。再也沒有一支筆能夠像他把農民的貧困寫得更可憐，更可怕了。可是他只是如此寫。他沒有叫農民起來反抗他們的命運，也沒有叫青年回到農村去改造農村。他只是很冷然的去刻畫，去描寫，寫好了又冷然地給你們看，使你們看了失驚。或許是魯迅的創作對於革命的消極的貢獻罷。」

接著，一聲又分析了魯迅雜文對革命的有益貢獻：「在論文裏，我們的作者便前進了一步。他的小說表現的是他對於現在的悲觀，而論文所表現的卻是他對於現在的不滿和對於將來的希望。有人說過他使用醫生珍視病人的態度去寫小說的，這話如果不錯，那麼，他當然使用潑皮（《華蓋集》21頁）打狗（《莽原》半月刊第一期）的態度去寫論文的了。」一聲認爲：「他的論文所攻擊的對象都是所謂禮教，所謂國粹，精神文明，東方文化等等一類封建思想。除了以推翻整個的舊制度爲專業的共產主義者而外，在中國的思想界中，像魯迅一般的堅決徹底反抗封建文化的理論，是很少的，因此，他比資

產階級的思想更進了一步，因爲資產階級之反對封建主義文化，向來是不徹底，帶有妥協色彩的。」

一聲對於魯迅的雜文創作仍然有不滿之處，他說：「魯迅的論文之所以對於革命的文化運動有裨益，有幫助，就在這種對於復古的文化的徹底攻擊，就是他自己說的『思想革命』」，「然而魯迅使用的武器，只是短棒，不是機關槍。他所攻打的也不是封建社會的統治者——軍閥，而是軍閥的哈巴狗——章士釗、陳源、楊蔭榆。他的攻擊法是獨戰的，不是群眾的，所以他不高喊衝鋒陷陣的口號，只是冷笑，吶喊。這便是他自己在中大演說中聲明不是戰鬥者的緣故罷。」

不過，一聲最後對魯迅的總體評價還是正面的：「雖然如此，魯迅終是向前的……所以他不但在消極方面反對舊時代，同時在積極方面希望這一個新時代。」

這篇文章可能是第一篇從共產黨員的立場來批評魯迅的文章，其中的一些觀點影響深遠。1939年11月7日，毛澤東在致周揚的信中從階級鬥爭的角度出發也認爲魯迅沒能描寫出農民的革命的一面，他說：「魯迅表現農民看重陰暗面、封建主義的一面，忽略其英勇鬥爭、反抗地主，即民主主義的一面，這是因爲他未曾經驗過農民鬥爭。」

魯迅來到廣州之後，很少發表創作，這引起了一些對魯迅寄予厚望的進步青年的不滿。

1927年7月，宋雲彬發表了《魯迅先生往哪裏躲》一文批評魯迅在廣州的沉默：「到了廣東，眞的沒話可說了嗎？魯迅先生！你不會想想你的故鄉正在亂離之中，你也不曾看看未剷除盡的封建社會的舊勢力所造成的痛苦。……魯迅先生你到了廣州之後，廣州的青年都用一副欣賞的眼光來盼望你『吶喊』。……魯迅先生！廣州沒有什麼『紙冠』給你戴，只希望你不願做『旁觀者』，繼續『吶喊』，喊破了沈寂的廣州青年界的空氣。這也許便是你的使命。如此社會，如此環境，你不負擔起你的使命來，你將往哪裏躲？」

8月16日，有恆在《北新》第43、44期合刊發表了《這時節》一文，說：「久不見魯迅先生等的對盲目的思想行爲下攻擊的文字了……我們祈望魯迅先生出馬……魯迅先生，不唯請你把陳源教授認爲『無一讀價值』的雜感繼續寫下去，還要請先生寫一篇『阿Q第二正傳』呀！」

但是，經歷過「四・一二」反革命政變之後，廣州處在白色恐怖之中，

魯迅爲了自身安全不得不保持沉默。增田涉在《魯迅傳》中回憶說：「他說自己沉默的原因是因爲『恐怖』，他要親自『診察』這種『恐怖』。」

4、魯迅的藝術形象與魯迅著作的改編

魯迅對木刻青年產生了深遠的影響，木刻青年也對他們的啓蒙導師魯迅抱著崇敬之情，據不完全統計，先後有 200 多位版畫家創作了 300 多幅魯迅肖像。版畫研究家李允經指出：「魯迅一直活在版畫藝術中，刻畫魯迅的崇高形象，一直是我國版畫藝術的一個嚴肅而獨特的題材。」〔註4〕

1931 年春，正在德國留學的徐詩荃以魯迅寄給他的五十歲生辰照爲底本創作了木刻《魯迅像》，這幅作品雖然在刀法方面顯得比較生硬，但卻是中國版畫史上第一幅魯迅像。1933 年，羅清楨創作了木刻《魯迅像》並寄給魯迅，魯迅在 12 月 7 日回信稱讚說「這一幅木刻，我看是好的。」並同意羅清楨翻印這幅木刻肖像。1935 年，曹白根據他對魯迅精神的理解創作了木刻《魯迅像》，在版畫家中首次刻畫出魯迅正視現實、直面人生的情形神態。但是這幅作品在參加全國品木刻展覽會時卻被國民黨審查官拿下，魯迅特地在這幅作品上題字揭露國民黨對進步木刻青年的迫害。魯迅在 1936 年 3 月 21 日致曹白的信中說：「以技術而論，自然是還沒有成熟的。但我要保存這一幅畫，一者是因爲是遭過艱難的青年的作品，二是因爲留著黨老爺的蹄痕，三，則由此也紀念一點現在的黑暗和掙扎。倘有機會，也想發表出來給他們看看。」

1934 年 11 月，陳鐵耕將自己創作的 10 幅《阿 Q 正傳》插圖寄給魯迅，請魯迅指點。魯迅認爲他的木刻刀法總體上還不夠圓熟，明顯帶有模仿外國木刻的痕跡，不過其中的四幅木刻較好，並轉給《戲》週刊發表，這是我國青年木刻家第一次爲《阿 Q 正傳》插圖。

1935 年 6 月，劉峴創作的《〈阿 Q 正傳〉插圖》由未名木刻社出版發行，共手拓了 100 冊，這是《阿 Q 正傳》第一本單獨成冊的插圖集。《〈阿 Q 正傳〉插圖》共有二十幅黑白木刻，每幅圖均摘引原著中的有關文字作爲說明文字，因而這本畫集也有點類于連環畫。劉峴在該書的後記中介紹了自己的創作目的：「《阿 Q 正傳》是反映著中國人民的靈魂」，「在現實還是富有意義的」，「要把文字譯作圖畫，使不識字的人也可以知道阿 Q 是怎麼的一個。」「我所

〔註 4〕李允經《爲版畫藝術中的魯迅造像評選「十佳」》，《魯迅研究月刊》1990 年第 10 期。

要刻的《阿 Q 正傳》的意思，倒也是爲它反映『這樣沉默的國民的魂靈』的」。劉峴原來準備創作有 200 幅圖的木刻連環畫，在準備創作時首先刻了阿 Q 和趙太爺的像寄給魯迅徵求魯迅的意見，兩天後就收到了魯迅的意見。魯迅指出「阿 Q 的像，在我的心目中流氓氣還要少一點，在我們那裡有這麼凶相的人，就可以吃閒飯，不必給大家做工了。」劉峴吸收了了魯迅的意見，修改了阿 Q 像二十多次，並從沒有木板的實際出發，把繪刻連環畫改成插圖，在 1935 年 4 月 18 日到 5 月 20 日，一鼓作氣完成了《阿 Q 正傳》的插圖工作。5 月 30 日，劉峴致函魯迅說：「阿 Q 我整繪了十多次，看看都和心想的不合，就這樣雖稍覺還能表現一些麻木的神情，然而，又和原文相差億里了」。「我因限於自己技巧的生硬，未必能表現出原文意思的一二。但故事其中多種的動作、人物，我是知道離『夠格』還遠得很。」劉峴的《〈阿 Q 正傳〉插圖》雖然在創作時抓住了原著的主要故事情節，二十幅圖基本保持了原著的內容，但是在素描、構圖、刀法等木刻技術方面也存在一定的問題：「人物形象顯得較粗糙、面目不清，正面的像少，背影太多，有的面孔略顯洋化，阿 Q 造型不佳，神態雖麻木，身體卻太胖，比例也失調；環境模糊，背景不明，有的道具失眞；刀法簡單，線條只有呆板的直、橫、斜幾種」。這些技巧上的不足也是情有可原的，劉峴創作這幅木刻時僅有 20 歲，剛剛從事木刻工作兩年，不僅缺乏較好的木刻工具，而且中國的木刻運動在整體上都還處於萌芽狀態，既缺少理論指導又缺乏成熟的藝術技巧〔註 5〕。

　　1936 年 1 月 13 日，日本肖像漫畫家堀尾純一在上海內山書店內爲魯迅畫了一幅肖像漫畫，並在畫的背面題詞：「以非凡的志氣，偉大的心地，貫穿了一代的人物。」這幅漫畫把魯迅的肖像描繪成慈眉善目的樣子，並重點突出了魯迅直立的頭髮和「一」字形鬍鬚。魯迅在當天的日記中記載說：「午後往內山書店，遇堀尾純一君，爲作漫畫肖像一枚，其值二元。」這幅畫不僅是目前已知最早的由外國畫家爲魯迅創作的肖像漫畫，而且也長期受到好評，一些有關魯迅的著作和刊物還經常選用這幅畫作爲封面。

　　二十年代末，三十年代初，一些進步藝術家開始把《阿 Q 正傳》改編成話劇並上演，極大的促進了魯迅的著作在社會上的傳播。

　　1928 年 4 月，魯迅在廈門任教時的學生、雙十中學教師陳夢韶將《阿 Q

〔註 5〕凌月麟《美術作品中的阿 Q 形象——魯迅小説〈阿 Q 正傳〉六種插圖、連環畫》，《上海魯迅研究》第 12、13 輯。

正傳》改編成話劇，並由廈門市私立雙十中學校學生新劇團演出，陳夢韶是
編劇兼導演。這是《阿 Q 正傳》的第一個話劇改編本，吳劍秋扮演阿 Q，這
是戲劇舞臺上的第一個阿 Q 形象。著名音樂家李煥之在當時扮演了小尼姑。
1929 年 3 月，陳夢韶將此劇「重行修改潤色」，作爲「新文學叢書」之一由廈
門新文藝出版社出版，1931 年 10 月又由上海華通書局出版。劇本的封面印有
彩色抽煙狀阿 Q 一幅。陳夢韶在《寫在本劇之前》中闡述了自己對阿 Q 形象
的理解：「阿 Q 是無產階級和無知識階級的代表人物」，既是「忠誠的勞動者」，
又是「具有人類性的孤獨者」，甚至是「人間冤仰的無告者」，「就死地而沒有
作聲的羔羊」，是爲形成他特殊性格的「社會環境而犧牲了自己」的「可憐的
人」。陳夢韶指出自己改編《阿 Q 正傳》的目的是爲了擴大魯迅小說的社會影
響，他說《阿 Q 正傳》「是爲著這種可憐的人們吶喊出來的呼聲」，而阿 Q 劇
本「負有使這種呼聲傳播出去的使命」。

　　劇本的結構大半依據原作，將九章改爲六幕：「自己的優勝」，「戀愛的悲
劇」、「生活的問題」、「靜修庵脫險」、「衣錦還故鄉」、「人生大團圓」，刪去了
「革命」、「不准革命」兩章的情節，其內容在劇中簡單帶過。凌月麟評論說：
「阿 Q 形象不夠豐滿，省略不少細節，原作的時代氛圍和深刻內涵未能充分
揭示，沒能揭露出封建制度和封建傳統意識對阿 Q 精神上的壓迫與虐殺。人
物只限於小說中出現的人物，對話也大多依照原文」。〔註6〕

　　1934 年 8 月 19 日，著名藝術家袁牧之在他主編的《中華日報》副刊《戲》
週刊上開始連載由他改編的話劇《阿 Q 正傳》，署名袁梅。劇本原定四幕，每
期只刊登一幕中的一個片斷，1935 年因爲《戲》週刊夭折，劇本沒有刊完。
凌月麟指出袁牧之的改編劇本有這樣幾個特點：「第一，人物涉及範圍廣，除
保留原作主要人物之外，還加入《孔乙己》、《故鄉》、《藥》、《風波》中的一
些人物，如孔乙己、閏土、紅鼻子老拱、藍皮阿無、紅眼睛阿義、航船七斤
等；第二，劇情發生地點明確定在紹興；第三人物臺詞鄉土化，說的是紹興
方言」。〔註7〕在第一幕登完之後，改編者在《戲》週刊發表了致魯迅先生的
一封公開信，徵求魯迅對劇本的意見，魯迅在 11 月 4 日和 18 日兩次寫信回答。
11 月 28 日，《戲》週刊發表了沈寧的《阿 Q 的作者魯迅先生談阿 Q》一文，

〔註 6〕凌月麟《戲劇舞臺上的阿 Q 形象——魯迅小說〈阿 Q 正傳〉的六個話劇改編
　　　　本》，《上海魯迅研究》第 10 輯。
〔註 7〕凌月麟《戲劇舞臺上的阿 Q 形象——魯迅小說〈阿 Q 正傳〉的六個話劇改編
　　　　本》，《上海魯迅研究》第 10 輯。

將魯迅對劇本的一些「非常有趣」的談話記錄下來，這些意見基本上都反映在魯迅致《戲》週刊編者的兩封信中。

魯迅在《答〈戲〉週刊編者信》中對《阿Q正傳》的背景、地點、人物語言提出了具體意見，肯定了袁牧之改編劇本的人物設計：「將《吶喊》中的另外的人物也插進去，以顯示未莊或魯鎮的全貌的方法，是很好的。」但是對於劇本指明劇情發生在紹興以及說紹興話則表示不同意見：「我是紹興人，所寫的背景又是紹興的居多，對於這決定，大概是誰都同意的。但是，我的一切小說中，指明著某處的卻少得很。」「假如寫一篇暴露小說，指定事情是在某處」，「不但作品的意義和作用完全失掉了，還要由此生出無聊的枝節來」。阿Q的臺詞以不說紹興話為宜，「倘是演給紹興人看的，他的說紹興話無疑」，「但假如演給別處的人看，這劇本的作用卻減弱，或者簡直完全消失。」臺詞「不要專業化，卻是大家可以活用」。魯迅在信中對《戲》週刊中和劇本同時刊登的阿Q畫像提出了批評：「都太特別，有點古里古怪」，同時對自己心目中的阿Q造型作了介紹：「我的意見，以為阿Q該是三十歲左右，樣子平平常常，有農民式的質樸，愚蠢，但也沾了些游手之徒的狡猾……不過，沒有流氓樣，也不像瘌三。」

袁牧之改編的劇本因為最後沒能公演和出版單行本，所以在社會上的影響不大，但是這一改編劇本因為經過魯迅的指教而在《阿Q正傳》的改編史上產生了深遠的影響：魯迅肯定「將《吶喊》中的另外的人物也插進去」的改編《阿Q正傳》方法，為以後的改編指明了方向。魯迅對阿Q的看法成為以後理解阿Q性格的經典性的意見，為在戲劇舞臺上塑造阿Q形象提供了具體而又準確的資料。

5、魯迅在國外影響的進一步擴大

二十年代末、三十年代初，魯迅的文學成就不僅引起亞洲漢學家的關注而且也引起了歐洲和美洲漢學家的關注，魯迅在國外的影響進一步擴大。

（1）日本的反響

日本文化界開始把魯迅的作品翻譯成日文在日本發表。1927年10月，魯迅的《故鄉》被刊登在日本著名白樺派作家武者小路實篤主編的《大調和》雜誌「亞州文化研究號」上，這是魯迅的作品首次被譯成日文在日本國內發表。該刊在發表《故鄉》時稱魯迅為「民國第一流的短篇小說家」。

　　1928 年，上海的日文報紙《上海日日新聞》發表了井上紅梅翻譯的《阿Q 正傳》，次年 11 月又在日本文藝市場社出版的《奇譚》上重新發表，改名爲《中國革命畸人傳》，這是日本國內最早的《阿 Q 正傳》譯本。該刊同期刊登了《中國惡食考》、《近代游蕩文學史》等無聊文章，但在該譯文正文之前卻有如下附白：「魯迅氏《阿 Q 正傳》，作爲中國文藝復興時期的代表作品，引起歐美各國的轟動，並被譯成好幾國的文字；但我國好像還沒有譯本。這裡願借本志的篇幅，改題爲《中國革命畸人傳》全譯成日文。作品取材於成爲革命犧牲品的一個可憐的農民的生涯。作者以其深刻的觀察和第一流的諷刺手法，表現了辛亥革命時期的社會狀態。像這樣的犧牲者，在他們那個國家現代的訓政時期一定是很多的。」這則附白代表了一些日本學者對魯迅的《阿 Q 正傳》的評價，不過把《阿 Q 正傳》改名爲《中國革命畸人傳》並與《中國惡食考》、《近代游蕩文學史》等無聊文章列入一個專輯出版就反映出日本文化界的一些人士對《阿 Q 正傳》的誤讀，另外譯文也出現了多處錯誤，魯迅曾對此譯文的翻譯水平提出過批評。

　　三十年代，日本對魯迅的研究與介紹掀起了一個高潮，極大地促進了魯迅在日本的傳播與研究工作。1931 年 1 月，《滿蒙》雜誌第 12 卷第 1 期開始連載長江陽翻譯的《阿 Q 正傳》；9 月，松浦珪三的《阿 Q 正傳》譯本作爲《中國無產階級小說集》第一編由白楊社出版，其中還包括《孔乙己》和《狂人日記》、并附錄了《關於〈阿 Q 正傳〉的各家評語》和《作者傳略》等文章；10 月，林守仁翻譯的《阿 Q 正傳》譯本作爲《國際無產階級叢書》之一由四六書院出版，書中有尾崎秀實撰寫的序言《談中國左翼文藝戰線的現狀》和林守仁撰寫的譯者序《關於魯迅及其作品》。尾崎秀實曾經經過史沫特萊的介紹而與魯迅相識，對魯迅較爲瞭解，他指出：「魯迅不但是聲名卓著的作家，而且自從他成爲自由運動大同盟的領導之後，他的活動更值得欽佩。誠如大家所知道的，他是左聯的泰斗，至今還在果斷地參加戰鬥。」林守仁在翻譯《阿 Q 正傳》的過程中得到過魯迅的幫助，他在序中說：「魯迅是中國現代文學的主流的唯一代表，就他在文壇上的地位來說，今天也依然是當前文壇的泰斗。」他還引用了美國《新群眾》評論魯迅的話：「魯迅是中國最偉大的小說家，全國左翼作家聯盟的領袖」。〔註8〕1932 年 11 月，改造社出版了井上紅

〔註 8〕靳叢林《從「舊文人」到「文壇泰斗」——日本魯迅研究史談片》，《上海魯迅研究》第 3 輯。

梅翻譯的《魯迅全集》，收錄《吶喊》、《彷徨》兩書，並附錄了「魯迅年譜」，這是魯迅的作品第一次以全集的形式出版，但是這個「全集」並不是真正的全集。魯迅對這個譯本的評價不高，認為譯文誤譯很多。1936年，魯迅逝世後，井上紅梅翻又參加了改造社翻譯《大魯迅全集》的工作。

（2）朝鮮的反響

朝鮮文化界也開始關注魯迅的作品，1930年1月4日到2月16日，梁白華翻譯的《阿Q正傳》連載於《朝鮮日報》。次年的3月27日到4月10日，丁來東以《愛人的死》為名翻譯的《傷逝》連載於《中外日報》。與此同時，朝鮮的魯迅研究也逐步開展起來，1931年丁來東發表了《魯迅和他的作品》，1936年李陸史發表了《魯迅論》，這些文章雖然還比較簡單，但對於魯迅在朝鮮的傳播起到了較好的作用。

一些朝鮮作家在閱讀了魯迅的作品後也開始在創作上深受魯迅的影響。李光洙很熟悉魯迅的《阿Q正傳》，有時對朋友說：「請把我描寫跟阿Q一樣。」1936年8月，他在日本《改造》雜誌發表了以日語寫的短篇小說《萬翁之死》，這篇小說以打雜的萬翁為主人公，在創作上深受《阿Q正傳》的影響。李光洙說：「萬翁不但相似魯迅的阿Q，而且對某種人生的典範來說，萬翁是一個頗有意思的人物。」〔註9〕〔15〕韓雪野在《魯迅與朝鮮文學》（《朝鮮文學》1956年10月號）一文中回顧了自己的創作與魯迅的關係：「魯迅的革命精神和人道主義吸引我們，我們想魯迅是個啟蒙思想家和人道主義者。」「對我自己來說，我受到高爾基的文學影響，並且發現到魯迅小說裏的哲理，而且感觸到某種東洋風格，甚至在監獄也在研究魯迅作品的人物性格。因此，我出獄之後，寫了《摸索》、《波浪》等短篇小說，這些作品裏的知識分子們都是受到魯迅小說影響，如《狂人日記》、《孔乙己》等。」此外，韓雪野在1936年創作的《洪水》和在1939年創作的《歸鄉》也是受魯迅的《故鄉》影響而寫成的。可以說，魯迅小說對朝鮮作家創作的影響極大地深化了魯迅作品在朝鮮的接受與傳播。

（3）蘇聯的反響

1929年，蘇聯漢學家王希禮等人翻譯的魯迅小說集《阿Q正傳》由列□

〔註9〕金河林《魯迅和他的文學在韓國的影響》，《韓國魯迅研究論文集》，河南文藝出版社2005年出版。

格勒激浪出版社出版，收錄了王希禮翻譯的《阿 Q 正傳》，卡察凱維奇翻譯的《幸福的家庭》、《高老夫子》，斯圖金翻譯的《頭髮的故事》、《孔乙己》、《風波》、《故鄉》、《社戲》等 8 篇小說，該書也是蘇聯翻譯的第一本魯迅作品集。1932 年，蘇聯出版的《文學百科全書》在第六卷中對魯迅進行了介紹，該書由此也成為世界上最早將魯迅作為詞條進行介紹的百科全書。這不僅標誌著蘇聯漢學家對魯迅文學成就的認可，而且也促進了魯迅在蘇聯的傳播與研究。

（4）德國的反響

1928 年，德國漢學家弗里茲‧格魯納翻譯完了《阿 Q 正傳》，這是魯迅作品中第一個由德國學者翻譯的德文譯本，也是《阿 Q 正傳》在世界上的最早的譯本之一，但可惜未能出版。30 年代，德國也陸續翻譯了魯迅的幾篇小說。1935 年，漢堡《東亞評論》雜誌刊登了 A‧霍夫曼翻譯的《孔乙己》德文譯本；1936 年和 1937 年，《東亞評論》相繼發表了海因里希‧艾格特翻譯的《傷逝》和《示眾》的德文譯本。從總體上來說，德語學者更多的是把魯迅當作一個政治作家和革命作家加以評介的。

（5）美國的反響

1927 年 10 月，刊登在美國《當代歷史》雜誌上的由美國作家、記者巴特勒特撰寫的《新中國的思想界領袖魯迅》一文由石孚翻譯成漢語在《當代》第 1 卷第 1 編發表，巴特勒特高度評價魯迅：「中國最有名的小說家魯迅先生，是新文化運動的健將。……一般人認他為現代中國文學的寫實大家和短篇小說的名手」。而「中國短篇小說的開始，即在 1918 年他的《狂人日記》出版的時候」。巴特勒特最後談到了他和魯迅談話之後對魯迅的感受：「他是一個天生的急進派，一無所懼的批評家和諷刺家，有獨立的精神，並且是民主化的。他用普通話寫作品。他是一切迷信的死敵人，篤信科學，鼓吹新思想。」巴特勒特是和魯迅會見並記下對魯迅印象的首位西方人，這篇文章不僅是首次和魯迅會見過的西方人撰寫的關於魯迅的文章，而且也是西方首次發表的關於魯迅的文章。

1928 年 12 月，在美國的林語堂用英文撰寫了《魯迅》一文發表於美國的《中國評論》上，1929 年 1 月 1 日出版的《北新》第 3 卷第 1 期刊登了該文的漢譯。林語堂作為魯迅的老朋友很瞭解魯迅，他在這篇文章中想「說一說這位深湛的年老的中國學者（學者這個字我用的是他真切的古義）在過去兩

年中如何度過了他的生活，以及他近來所遭遇的一些事情。在那時，如他對我所說的，這裡『作人』實在不容易。他如何從那些極艱難的境況中爬出來的辦法，即足以佐證我所說的關於他深知中國人的生活及其生活法的那些話」。林語堂指出魯迅在廣州 1927 年「四・一二」反革命事變之後，「不緘默，怕的是受害；他做得更聰明些，他談出一大堆話來，關於一些他的對方簡直莫名其妙的事情。」「他表示了他不過是一個將心思用於古代的一些玩意的問題上的學者罷了。這使得當時那班權勢者滿意了。耶穌也曾顯示過正相同的應世的智慧哩。他們的注意是放鬆了，而在放鬆的時候，魯迅便乘機來到上海，在他到這裡的晚上我看見他，一個受了滿身的瘡痍的靈魂，但是一個光榮的勝利的『武夫作家』（Soldier-writer）——他現在還是如此。」林語堂在文章中還指出了魯迅思想特點：「我們對於魯迅的成熟的藝術必得另眼相看，以別於那班『萌芽』的作者。如果魯迅，這位叛逆的思想家，是戴上了『青年叛徒們的領袖』的頭銜，那就是因為實際上那般青年叛徒們還不曾在他們同輩中見到什麼充分的成熟性和『獨到性』，充分的氣魄和足以給他們仰望的巍然的力量。力量是產生於眞確的見解，而眞確的見解則是由於知識和艱苦的世故中之『磨練』」。林語堂的這篇文章在魯迅研究史上首次指出了魯迅思想的成熟性、獨到性和深刻性。

在三十年代，魯迅也被國際無產階級視為自己的代言人。1931 年 8 月 10 日，《文藝新聞》第 22 號刊登了一則紐約通訊《文化是武器——紐約工人文化同盟大會 魯迅為名譽主席團之一》，魯迅和高爾基、巴比塞、辛克萊等 8 人被推選為名譽主席團之一。代表 130 個團體的 200 多位代表開會討論紐約的普羅文化工作，會場上的主要口號是「文化是武器」。會議決議：援助礦工罷工、要求釋放美國及世界上的政治犯、反對驅逐王明哲、援助《工人日報》、反對帝國主義戰爭、擁護國際革命文學會等。這是魯迅首次被視為國際左翼運動的文化領袖之一。1936 年 1 月 1 日，上海《知識》第 1 卷第 3 號發表了《紐約〈泰晤士報〉論魯迅》一文：「《國際文學》譯載著印希爾・康（Younghill Kang）在紐約《泰晤士報》論中國短篇小說的小文章一篇，其中一半是論魯迅的。他說：『寫短篇的現代中國作家中最偉大的一個要算魯迅——中國左翼文壇的頭腦。他的確是現代中國最傑出最本源的作家。他十多年來一個人走他的道路，很遠的走過了他的同行者。』『給他以一點影響的，為俄國的作家……就技巧說，魯迅最接近乞訶夫，但是魯迅是更有勇氣的作家，不是怎

樣流散的，他很同情於農民，他對農民比對資產階層的知識分子更為重視』，
『魯迅對於道德問題，比乞訶夫更甚，和陀斯托也夫斯基差不多同一樣地感
覺著苦惱，但是魯迅的道德是常常帶著社會陰影的』。」這篇文章也是美國主
流媒體首次刊登的高度評價魯迅的文章。

6、小結

在這一時期，魯迅研究相繼取得重要成果，茅盾、瞿秋白分別對魯迅的
小說和雜文創作進行了系統的總結結並作出了高度評價，李長之以青年才子
的敏銳和勇氣撰寫出了第一部魯迅研究專著，對魯迅的創作進行了全面的評
價，國外對魯迅的著作的翻譯與研究也取得了新的進展。另外，魯迅的思想
在經歷過「四·一二」反革命政變，以及與創造社的論戰之後，也明顯傾向
左翼，成為中國左翼文藝運動的領導人之一，並在國際左翼運動中發揮著一
定的影響。魯迅的創作和行動不僅深刻地影響了一大批進步青年走上革命道
路，而且也影響到大批進步的藝術青年投身革命運動，為民族的解放而鬥爭。
魯迅創作的《阿 Q 正傳》也通過這些進步青年的藝術再加工與改編而進一步
擴大了影響。

四、「紀念中國文化的巨人魯迅」——
魯迅逝世的反響（1936 年）

　　1936 年 10 月 19 日清晨 5 時 25 分，魯迅逝世，下午 3 時遺體被移到萬國殯儀館供各界瞻仰。魯迅的逝世在國內外產生了重大的影響。據《魯迅紀念集》刊登的不完全統計結果，約 156 個團體和近 10000 名群眾瞻仰遺容，萬餘群眾和蘇聯、美國、日本、德國等外國友人參加葬儀。保安、北平、濟南、青島、天津、西安、太原、開封、無錫、重慶、成都、杭州、廣州、梧州、廈門、漳州、泉州、香港等地召開追悼會、紀念會。國內外的一百多種報刊刊登了紀念魯迅的消息、照片和悼文。

1、國統區的反響

　　當日，中共中央駐上海特派員馮雪峰聞訊後緊急與宋慶齡商議料理喪事的方法，臨時宣布由宋慶齡、蔡元培等 13 人組成治喪委員會。上海《大晚報》刊登了馮雪峰起草的魯迅先生治喪委員會訃告。宋慶齡和救國會的一些領導人決定以紀念魯迅逝世爲契機發動一場反對國民黨的政治大遊行。20 日，開始瞻仰魯迅遺容。經協商，馮雪峰又重新擬定了蔡元培、馬相伯、宋慶齡、毛澤東、內山完造、史沫特萊、沈鈞儒、茅盾、蕭三等 9 人組成魯迅先生治喪委員會，另外又重新起草並發表了魯迅先生治喪委員會訃告。

　　21 日下午 3 時舉行「入殮式」。魯迅先生治喪委員會印發了《魯迅先生傳略》、《魯迅先生生前救亡主張》及三首哀悼魯迅的輓歌。由任光作詞譜曲的《魯迅先生輓歌》借用《打回老家去》的曲譜，填上了這樣的新詞：「你的筆

尖是槍尖，刺透了舊中國的臉。你的發音是晨鐘，喚醒了奴隸們的迷夢。在民族解放的戰鬥裏，你從不曾退卻，擎著光芒的大旗，走在新中國的前頭，啊，導師，啊，同志，你死了，在艱苦的戰地，你沒有死去，你活在我們的心裏！你沒有死去，你活在我們的心裏！你安息吧！啊，同志，我們踏著你的路前進，那一天就在到來，我們站在你的墓前，報告你，我們完成了你的志願。願你安息，安息，願你安息，安息在土地裏。願你安息，願你安息，願你安息，安息在土地裏。」

22 日下午，10000 多名各界群眾爲魯迅送葬的，人們不僅有組織的唱起了紀念魯迅的輓歌，而且高呼口號：「紀念魯迅先生，要打倒日本帝國主義！」「紀念魯迅先生，打倒出賣民族利益的漢奸！」「紀念魯迅先生，努力爲民族解放鬥爭！」「中華民族解放萬歲！」。蔡元培、宋慶齡主持魯迅喪儀，魯迅靈柩安葬於上海虹橋萬國公墓，靈柩上覆蓋著上海各界民眾代表敬獻的由沈鈞儒書寫的「民族魂」的旗子。宋慶齡在悼詞中說：「魯迅先生是革命的戰士，我們要承繼他戰士的精神，繼續他革命的任務！我們要遵著他的路，繼續他打倒帝國主義，消滅一切漢奸，完成民族解放運動！」這次爲魯迅送葬的活動不僅是對魯迅先生的崇高紀念而且也有力地宣傳了抗戰救國的精神。

（1）成立魯迅先生紀念委員會

11 月 1 日下午，魯迅家屬與魯迅先生治喪委員會在上海八仙橋青年會招待參加魯迅喪儀的各界代表和治喪處全體人員。會上由許廣平致謝，胡愈之、胡風報告治喪經過、喪費帳略。並討論決定了三項紀念魯迅的辦法：（1）組織魯迅先生紀念委員會；（2）推定蔡元培、宋慶齡、沈鈞儒、內山完造、茅盾、許廣平、周建人等七人爲籌備委員；（3）初步布置魯迅墳地，以供各界瞻仰。

次日下午，魯迅先生紀念委員會籌備會舉行第一次會議，決定成立秘書處，由各籌備委員接洽組織正式紀念委員會、初步布置魯迅墳地、徵求墳地設計方案、徵求對紀念事業的意見、募集辦理魯迅紀念基金等八點事項。魯迅先生紀念委員會的成立不僅對國內外的紀念魯迅的活動起到了有力地推動作用，而且也標誌著紀念魯迅的活動開始走向組織化、長期化。

11 月 4 日，魯迅先生紀念委員會籌備會發出了由蔡元培簽署、茅盾起草的第一號和第二號公告，內容分別爲公布魯迅喪儀答謝會、籌備會第一次會議的情況。

　　稍後，魯迅先生紀念委員會籌備會發出通告，請北平的許壽裳、馬幼漁、
沈兼士、曹靖華、周作人、齊宗頤任紀念委員，這些人均先後同意。籌備委
員會還和國內外知名人士聯繫組建紀念委員會的人選名單。11月18日，宋慶
齡、茅盾和蔡元培特地聯名寫信給法國著名作家羅曼・羅蘭，讚揚魯迅的戰
鬥業績、偉大人格，指出「雖然魯迅出生在中國，但他卻是屬於全世界」，希
望國際進步文化界的人士能支持紀念魯迅的活動。

　　11月23日許廣平完成魯迅墳地的簡單布置，樹立了墓碑，周海嬰手書了
碑文「魯迅先生之墓」。

　　11月25日，魯迅先生紀念委員會籌備會發出了第三號公告，為編輯魯迅
先生紀念冊徵集刊登追悼、紀念魯迅文字的報刊，並徵求魯迅墳墓的建築設
計圖樣，提出魯迅墓地建築以莊嚴、偉大為原則。

　　另外，魯迅先生紀念委員會籌備會為「紀念魯迅在文化上的功業，發揚
魯迅提掖青年的精神」，向國內外發出了《募集魯迅文學獎金緣起》、《募集「魯
迅紀念文學獎金」基金啟事》，宣布沈兼士、周作人、許壽裳、馬裕藻、曹靖
華、齊宗頤為紀念委員，請他們負責募集，後這六人發出同意負責募集魯迅
文學獎金的啟事。11月21日，茅盾率先向魯迅紀念基金捐100元，至次年7
月11日，共有何香凝、李何林等六十多人、十多個團體捐款。

（2）籌備出版魯迅的遺著

　　紀念魯迅的最好方式就是出版魯迅的遺著。魯迅先生治喪委員會在喪儀
一結束就表示要出版魯迅紀念集，整理魯迅的全部遺著。魯迅的老朋友許壽
裳不僅在10月21日從北平致信蔡元培，請他向國民黨政府疏通，取消對魯
迅著作的禁令，刊印《魯迅全集》，而且又在10月28日致信許廣平，認為魯
迅的物品、片紙隻字等所有遺物都是「極有意義之紀念品，均足以供後人興
感者」，「務請整理妥為收藏」

　　11月，許廣平在魯迅生前友好的協助下，編好《魯迅全集》目錄，報國
民黨政府內政部審核登記，爭取公開出版。12月，許廣平又為徵集魯迅書信
發出啟事，說「魯迅先生給認識的和不認識的各方面人士所寫的回信，數量
甚大，用去了先生的一部分生命」，「亦將為一代思想史文藝史的寶貴文獻」；
「廣平以為有整理成冊，公於大眾的必要」，「此為完成先生的文學遺產的工
作之一」。次年4月5日，許廣平又發出了徵集魯迅書信的緊急啟事。經過不
懈的努力，許廣平共徵集到魯迅書信800多封，通信人有70多位，為保存魯

迅的未刊書信作出了重要的貢獻。

（3）各地的紀念魯迅活動

11 月 1 日上午，重慶各界人士 1000 多人舉行紀念魯迅大會，主席臺正中懸掛魯迅遺像，上書「精神不死」的橫聯，四周貼滿各種各樣的標語，會場門口高懸著《新蜀報》記者敬獻的輓聯：「舉世如野草彷徨，南腔北調，三閒二心，盡是可憐阿 Q 相；獨自向熱風吶喊，故事新編，朝花夕拾，總求不變死魂靈」。

同日，由南開大學教授羅愷嵐與青玲藝話團、草原詩歌會、海風詩歌小品社、南開大學學生會、業餘教學團、婦女聯合會等 13 個團體發起的天津追悼魯迅會在市立第二十九小學禮堂召開。天津文藝界人士 100 多人到會。青玲藝話團的曹幹主持追悼會。會上，報告了追悼魯迅的意義，並由各團體及個人代表講演，大家一致通過了成立天津市文藝協會的提議，並募集魯迅先生獎學金，以繼先生的遺志。會上還展出了一些魯迅作品，散發了紀念專刊。大家在合唱專門為追悼會編寫的追悼魯迅歌後散會。〔註1〕

同日，西安文化界召開追悼魯迅大會，各界名流相繼演講，群眾情緒激昂，高呼「反對日本侵略」，「中華民族解放萬歲」的口號。會議決議成立西京文化界協會，強調團結禦侮，統一戰線，共同對敵，繼承發揚魯迅的精神。

10 月下旬，南京國立戲劇學校的進步學生冒著風險秘密舉行了追悼魯迅的大會。據參加者回憶：

> 追悼會的地點在國立戲劇學校的禮堂，劇校是 1935 年國民黨 CC 骨幹分子、國民黨政府交通部次長張道藩向國民黨中央提議建立的，余上沅任校長，張道藩親任學校訓導委員會主任委員，監管全校師生的政治思想動向。

> 聽到魯迅逝世的消息後，學生們即開始籌備在校內舉行追悼會，為了防止張道藩的破壞，各項籌備工作都秘密進行。分工由一屆的同學準備悼詞和演講，學過美術的凌頌強（即當今著名電影導演凌子風）負責繪製魯迅畫像；二屆的同學在當過音樂老師的神風的指導下練唱輓歌。準備工作就緒後，一聲鈴響，大家都到禮堂集合，除本校同學和部分教師外，還有聞訊而來的校外人士，共 100

〔註 1〕笠青《天津最早的追悼魯迅活動》，《魯迅研究資料》17 輯。

多人，擠在只能容納七八十人的禮堂，許多人只能站在室外的天井裏參加追悼會。臺上懸掛著黑色的幕布和魯迅像，像前的桌上點燃著白色的蠟燭，同學們高唱輓歌：「你的筆尖是槍尖，刺透了舊中國的臉，你的聲音是洪鐘，喚醒了奴隸們的迷夢……」。學生們在悼詞和演講中不僅表達對魯迅的敬愛與哀悼之情，而且誓言要繼承魯迅的事業，投身到抗日救亡的洪流中去為民族解放而鬥爭。後來不少學生奔赴延安參加革命隊伍，二屆的王大化創作並演出了秧歌劇《兄妹開荒》，凌頌強畢業後也經過武漢到了延安。

這次追悼會的積極支持者是學校訓導委員會的秘書石蘊華（就是解放後上海市公安局局長、「潘楊事件」當事人之一楊帆），他表面上是張道藩的助手，實際上在黨的領導下從事革命活動，也是南京救國會的負責人之一。在籌備過程中，他不僅與同學一道研究分工，出主意，還參加布置會場。會議費用原定由參加者自願認捐，他主動簽字在學校報銷。儘管張道藩事後知道大發雷霆，我們向魯迅先生表示敬仰與哀悼的這一行動還是勝利了。〔註2〕

（4）各種紀念刊物的出版

燕京大學學生自治會出版委員會出版了國內最早的一本魯迅紀念集《紀念中國文化的巨人魯迅》；上海長江書店出版了登太編輯的《魯迅訪問記》一書，這是「民主革命戰爭的大眾文學」和「國防文學」兩個口號論爭的文章彙編本；上海金湯書店出版了含沙（王志之）編輯的《魯迅印象記》，該書主要記錄1932年11月邀請魯迅到北師大講演的經過，並附有悼念魯迅的文字。

值得一提的是，著名漫畫家汪子美為紀念魯迅逝世而創作了大型的八格漫畫《魯迅奮鬥畫傳》，刊登在1936年11月出版的《時代漫畫》第32期上。這幅漫畫的八個畫面分別為：1、五四運動時期；2、語絲時期；3、阿Q正傳時期；4、打哈巴狗時期；5、轉變時期；6、掃除文壇時期；7、統一戰線時期；8、追蹤高爾基而去。有研究者指出：「汪子美是三四十年代頗負盛名的漫畫家，所畫多為政治漫畫，諷刺貪官污吏和社會畸形，或含蓄隱喻，或秉筆直刺，耐人尋味，辛辣痛快。講究構圖，筆法精妙，線如鋼絲，造型別具。此畫發表之時，恰逢魯迅剛剛去世，所以可以想見是專為紀念魯迅而作，但

〔註2〕沈踐《一次不尋常的魯迅追悼會》，《上海魯迅研究》第7輯。

從畫的風格來看，似乎與一般魯迅漫畫不同，形象塑造上也不夠『尊重』，尤其是最後一格『追蹤高爾基而去』，語氣『大不敬』」。〔註3〕

2、陝北蘇區的反響

10月22日，中國共產黨中央委員會和中華蘇維埃人民共和國中央政府發出致許廣平唁電，爲追悼魯迅先生告全國同胞和全世界人士書以及爲追悼魯迅先生致國民黨中央、南京政府電等三個電文（由中央書記處書記張聞天起草），指出：「魯迅先生的死，使我們中華民族失掉了一個最前進、最無畏的戰士，使我們中華民族遭受了最巨大的、不可補救的損失！」「魯迅先生在無論如何艱苦的環境中，永遠與人民大眾一起與人民的敵人作戰。他永遠站在前進的一邊，永遠站在革命的一邊。⋯⋯他在中國革命運動中，立下了超人一等的功績。」電文呼籲國民黨政府爲魯迅進行國葬，並設立一些紀念魯迅的文化設施，舉行紀念魯迅的一系列活動。此外，張聞天還指示劉少奇，要他在國民黨統治區組織群眾性的追悼魯迅的活動，與根據地和紅軍中舉行的追悼活動相配合，掀起全國悼念魯迅和抗日救亡的熱潮。

11月7日，共青團中央爲紀念魯迅而在保安創辦了「魯迅青年學校」，這是魯迅逝世後建立的第一個以魯迅爲名的紀念魯迅的文化機構。這個學校專門培訓青年幹部，學制爲兩個月，但是僅招收了第一期學員。1937年1月24日，第一期的81名學員在畢業後的次日就編爲六個突擊隊開赴陝北、陝甘等地工作。2月4日，學校第二期學員入學，但是學校已在2月2日改名爲「魯迅師範學校」。12月10日，陝北蘇區爲紀念魯迅，成立了「魯迅劇社」，成員有二十多人，決定每十天表演新劇一次。這些以魯迅爲名的文化機構和團體的建立對於在根據地傳播魯迅起到了重要的推動作用。不過，目前所能看到的陝北蘇區在1936年紀念魯迅的有關活動的記載較少，這可能是因爲環境所限，中共中央在通電中所提出的在陝北蘇區要舉辦的紀念魯迅的活動還沒來得及一一落實。

3、境外的反響

日本東京、法國巴黎、蘇聯莫斯科、列□格勒和馬來西亞、泰國、新加坡在魯迅逝世後陸續舉辦了紀念會、追悼會，一些境外的報刊還出版了紀念魯

〔註3〕謝其章《汪子美畫〈魯迅奮鬥畫傳〉》，《魯迅研究月刊》2004年第4期。

迅的專刊，這些紀念活動不僅表達了人們對魯迅的無限懷念，而且也有力的推動了當地進步文化組織的建立。

魯迅逝世的消息在當天傳到馬來西亞，10 月 20 日，《南洋商報》、《星中日報》、《星洲日報》等新馬地區重要的報刊都以顯著位置，刊登了上海發來的魯迅逝世的電訊。

馬華文藝界對魯迅逝世作出了迅速的反應，一些報紙都在短短的兩三天內就出版了「魯迅紀念專號」，這些紀念專號不僅有詩歌、散文、評論，而且還有照片、木刻等，這是馬華文藝界歷史上紀念文藝家最隆重、最莊嚴的一次。這些文章充分反映出了馬華文藝界對魯迅的熱愛，10 月 24 日，《南洋商報》副刊《獅聲》編輯紫鳳在編者按中說「果然兩日之間，即收到紀念文章多篇，足見魯迅先生之死，是如何震動著每個文化界分子的心呢！」10 月 25 日，《星洲日報》文藝週刊編輯哥空在編者按中寫道：「在短短數日的徵稿時間，收到各地文藝工作者的稿件，竟在四十餘篇之多，可足以證明魯迅先生在荒炎的南島文壇上，已經得到一般青年作者的深刻認識了！同時也可知道南洋文藝路線今後的動向了。」

10 月 25 日在法國巴黎出版的中國共產黨領導的《救國時報》第 63 期用兩個版刊出悼念專欄，刊登魯迅手跡、譯著、照片、傳略以及王明、蕭三、漢森等人的悼念文章。《救國時報》有關悼念、紀念魯迅的宣傳報導持續十個月之久，發表文章近三十篇。有珍貴文獻價值的文章有：10 月 30 日刊登的史平（陳雲）《一個夜晚》和 1937 年 2 月 10 日刊登的楊之華《回憶敬愛的導師——魯迅先生》等文。

泰國曼谷的華僑也舉行了紀念魯迅的大會。據會議組織者許俠回憶：

　　十月十九日晚間，魯迅逝世的噩耗，從黃浦江畔傳到湄南河畔。當吳琳曼及擔任過《中華日報》、《華僑日報》副刊編輯的黃病佛來告訴我這個惡訊時，我像驟遭電擊一樣。當即商定分頭向各報社、各學校、各團體和個人聯繫，組織「追悼魯迅先生大會」籌備會，並寫紀念文章，出專刊。

　　我們本來估計追悼會只能秘密召開，但也要堅決爭取能夠公開舉行。所以決定由我去找當時的「中華總商會」主席蟻光炎先生。蟻先生是一位態度鮮明的進步僑領，他反對國民黨賣國投降，擁護共產黨抗日救國。由於得到他的贊助，並答應參加大會主席團，使

各項工作進行得很順利，只經過三四天的籌備，魯迅先生的追悼大會，就以「暹羅華僑文化界」的名義，在當地新建的「光華堂」公開舉行。除少數受反動勢力嚴密控制的單位外，幾乎所有的華文日報、華僑學校、進步社團及不少各界知名人士都來參加。

當時參加追悼大會的人數共計一千餘人，「光華堂」內座無虛席，許多基本群眾還讓出座位，在走廊上肅立。因此，這個追悼大會的代表形式很廣泛的，就連僑居在當地的英、法等國人士，也聞訊趕來，獻了幾個花圈。許多報紙都有新聞報導，刊登大會照片或追悼文章，造成很大的影響。曼谷雖然地處東南亞一隅，但是當年，魯迅先生崇高的國際威望，也在這裡充分顯示出來。

最後還有一點須談及的，那就是由於人們對魯迅先生的敬仰崇拜，以及通過對魯迅先生逝世的追悼活動，使我們得以團結更多的朋友，並在悼魯籌備會結束的同時，成立了一個「文化聯友社」，為建立「暹羅華僑文化界抗日救國會」奠定了基礎。〔註4〕

10 月，法捷耶夫、富爾曼諾夫、肖洛霍夫等蘇聯作家得到魯迅逝世的消息之後立即趕到參加世界反侵略大會中國代表團的駐地，對魯迅的逝世表示哀悼，法捷耶夫說：「我們不久前失去了偉大的無產階級文學奠基人高爾基，今天又失去了同樣偉大的作家魯迅，這是全世界勞動人民不可彌補的損失。魯迅對於人物的刻畫、對於事物的剖析，其深刻性幾乎是無可比擬的，俄國作家中只有果戈理和陀思妥耶夫斯基與他匹敵。但是，魯迅對於勞動人民的熱愛、對人民的深刻信任，特別是對新生力量的信任，只有高爾基可以同他相比」。

11 月 3 日下午，「左聯」東京分盟發起召開了「魯迅追悼大會」，中日文藝界 700 多人出席，「情況悲壯熱烈，破東京國人集會之記錄。禮堂中央供魯之遺像，內外滿懸哀挽屏聯及郭沫若等之花圈，環供主席臺上下。」佐藤春夫首先回憶了他和魯迅的交往，郭沫若接著在致詞時高度評價魯迅，他說：「中國之偉大人物，過去人都說是孔子，但孔子不及魯迅先生，因為魯迅先生在國際間的功勳，是孔子沒有的，魯迅先生之死能得到國際間偉大的追悼，這在中國是空前的一個人。」郭沫若最後引用讚揚孔子之詞，改為紀

〔註4〕許俠《憶 1936 年曼谷舉行追悼魯迅先生大會情況》，《新文學史料》1980 年第 1 期。

念魯迅：「嗚呼魯迅，魯迅魯迅，魯迅之前，既無魯迅，魯迅之後，無數魯迅，嗚呼魯迅，魯迅魯迅」。本次大會曾印有紀念專刊，但被警察沒收，未能散發。〔註5〕郭沫若或許是首次把魯迅和孔子進行比較並認為魯迅的價值高過孔子的人。

12月13日，「蘇聯作家之家」舉行紀念魯迅晚會，法捷耶夫在演講中再次高度評價魯迅。

1937年1月7日上午10時，北馬文化界舉行紀念魯迅的大會，禮堂中央懸掛著孫中山和魯迅的遺像，黨旗和國旗交叉其間。100多位與會者向黨旗、國旗和孫總理遺像六鞠躬，主席黃亮致開幕詞，他指出：「魯迅先生的去世，在中國文化上是一個無可彌補的創傷，在前進的中國青年是失掉一把巨大領導的火炬，甚至在世界文化上，世界的前進的人們，也覺得有同樣的創傷，同樣的損失。」黃亮分析了魯迅的奮鬥精神和對人類的貢獻，強調：「他在文化上所貢獻的，他的奮鬥的精神，是比他的文學收穫更為可貴。我們寶貴他的文學貢獻，更不可忘記他的奮鬥的精神，是比他的文學收穫更為寶貴。」黃亮接著闡述了紀念魯迅的目的和意義，他說：「幾年來堆在中國青年眼前的，就是一團濃煙，而且越來越黑越厚，這一團又濃又厚的濃煙，把全中國的青年們悶得幾乎透不出氣，幾乎認不出方向前程來。我們此刻應該記起魯迅先生，這青年的導師，他遺留給我們的是這麼豐富的文學上的貢獻，是這麼一團熾熱不屈的戰鬥精神。他給我們精神上的食糧，實在是很充足了，他指示給我們的去路，實在很明顯了……他雖然死了，他的熱溫是沁透了每個青年人的心，他的精誠實際當了青年們的每一根血管，這熱溫和精誠，將要孵化出一個新的時代。」黃亮最後指出：「今天這個紀念會，算是北馬來亞文化界敬愛魯迅先生的表現。我們希望，這紀念會，是紀念魯迅先生的開始，而不是紀念魯迅先生的結束。「主席致詞後，全體肅立向魯迅像默哀三分鐘，接著由檳城學生演唱《魯迅先生紀念歌》。會議決議組織文化人俱樂部、募集魯迅紀念基金、籌建樹人圖書館、樹人夜學，籌備魯迅紀念會。會議在全場高聲三呼「魯迅先生精神不死」中勝利結束。

馬來西亞華僑界紀念魯迅的活動，不僅有力地促進了馬華文化界的團結，推動馬華文化事業的健康發展，而且也成了馬華社會統一思想、全面抗

〔註5〕張向華《一則有價值的報導——關於東京留日學生追悼魯迅大會》，《魯迅研究動態》1986年第10期。

戰的總動員。〔註6〕

　　1937 年 1 月 24 日，中野重治在《報知新聞》發表了《憶逝世的魯迅》一文，期待日中兩國知識分子團結起來，解救日中關係的惡化，他認爲魯迅是「伸出偉大之手」的人，因爲他「最瞭解日本和日本人」。在他的心中，魯迅是締造日中人民友誼的先賢。

　　同年 1 月 29 日至 31 日，由中華美術會主辦、中華留日學生會聯合會協助的「魯迅先生紀念美術展覽會」在日本東京舉行，展出了繪畫、雕塑、木刻、攝影等作品。

4、小結

　　魯迅的逝世在國內外產生了重要的影響，不僅是中國人民的重大損失，而且也是世界進步人民的重大損失。紀念魯迅的最好方式就是弘揚魯迅的精神，宋慶齡等國民黨左翼人士、中共中央、救國會等黨派團體充分利用魯迅逝世這一重大的歷史事件發起了一系列紀念活動，把經念魯迅與宣傳抗日救國運動緊密結合起來，有力地推動了抗日救國運動的開展。由此開始，紀念魯迅的活動就與政治因素緊密地結合起來，深刻地影響了二十世紀中國的文化進程。

〔註 6〕欽鴻《一九三六年～一九三七年馬來亞華僑文化界對魯迅的紀念》，《魯迅研究月刊》1991 年第 12 期。

五、「魯迅的方向就是中國新文化的 方向」——抗日戰爭時期的魯迅文化 史（1937 年～1945 年）

　　1937 年 7 月抗日戰爭爆發之後，國統區和淪陷區進步的文化界人士在中國共產黨的組織下很快就把悼念魯迅的活動與抗戰緊密地結合起來，以魯迅為旗幟，號召全民進行持久的抗戰。毛澤東也在陝北公學紀念魯迅逝世週年的大會上對魯迅作出了高度的評價，指出「魯迅的方向就是中國新文化的方向」，由此在陝甘寧邊區和各根據地掀起了學習魯迅、紀念魯迅的高潮，陸續舉行了幾次重要的紀念魯迅的大會。但是在 1942 年延安整風運動之後，為了減少魯迅對延安文藝界人士的影響，扭轉文藝界的風氣，延安再也沒有舉行過紀念魯迅的活動，只有其他根據地還在斷續的舉行一些小規模的紀念魯迅的活動。從整體上來說，魯迅對於抗戰宣傳工作起到了重要的作用，為抗戰的最後勝利作出了貢獻。在境外的香港和新加坡、馬來西亞都結合中國國內的形勢舉行了多次紀念魯迅的活動，有力地配合了國內的抗戰宣傳。另外，日本、蘇聯、捷克等國家翻譯、研究魯迅的工作都取得了重要的進展，極大地促進了魯迅在亞洲、歐洲和美洲的傳播。

1、國統區的反響

（1）魯迅著作的出版

　　魯迅逝世後，許廣平開始收集整理魯迅的遺著，陸續刊發了魯迅逝世前未發表的一些文章，並編輯了幾本魯迅的文集。1937 年 1 月 24 日，許廣平編

好了魯迅的文集《夜記》，收雜文 13 篇，由上海文化生活出版社在 4 月出版。7 月魯迅編定的《且介亭雜文》、《且介亭雜文二集》和許廣平補編的《且介亭雜文末編》由上海三閒書屋出版，收集魯迅在 1934～1936 年所寫的雜文 120 篇。11 月 1 日，許廣平整理的魯迅《病再起至沉重時的日記》（1936 年 1 月 15 日至 6 月 5 日、7 月 1 日至 5 日日記）在《宇宙風》第 50 期刊登，這是魯迅日記的首次發表，同時刊登了宋慶齡的《促魯迅先生就醫信》。11 月 12 日，因上海淪陷，英法租界成為孤島，許廣平在英商開辦的麥加利銀行租了一個特大保險箱存放魯迅手稿，確保了魯迅手稿在戰火中的安全。

《魯迅全集》的出版工作也正式啓動。1937 年春季，臺靜農初步整理了《魯迅全集》的編目，並與許壽裳一同邀請蔡元培、馬裕藻、沈兼士、茅盾、周作人、許廣平等人擔任編輯委員。但是，《魯迅全集》的公開出版遭到國民黨政府的阻撓和破壞。4 月 30 日，國民黨政府內政部下達了「警發 002972 號」批件，繼續查禁《南腔北調》、《二心集》和《毀滅》等著譯。蔡元培為了《魯迅全集》能通過國民黨政府的審核登記特地和國民黨中央宣傳部長邵力子商談，邵力子親自批示准予出版，但是內政部仍然繼續查禁魯迅著作。6 月 8 日，內政部又下達了「警發 004249 號」補充文件，提出將《十四年的讀經》、《〈花邊文學〉序言》、《太平歌訣》、《鏟共大觀》等文章一律刪去，並命令把《準風月談》、《花邊文學》分別改名為「短評七集」、「短評八集」，規定《不三不四集》（即《僞自由書》）應全部禁止，立即「停止發售」。這無疑也是在實質上禁止了《魯迅全集》的公開出版。

10 月 23 日，文藝界救亡協會在上海召開臨時執委會，決議由會議主席鄭振鐸以「魯迅週年忌座談會出席者」署名，致函商務印書館，敦促其從速印行《魯迅全集》。商務印書館的總經理王雲五在胡適的介紹下曾同意出版《魯迅全集》，但是因為上海淪陷，商務印書館被日寇炸毀而未能出版。

另外，1944 年 5 月，柳非杞編輯了《魯迅舊體詩集》一書，收錄了魯迅的舊體詩 51 首。該書由魏建功手書，許壽裳寫序，柳亞子、茅盾、胡風、魏建功、鹿地亙等分別為該書寫跋，其中鹿地亙的跋語是一首用日文寫的詩。沈鈞儒曾經審閱此書。但是因種種原因，該書後來未能出版。

（2）紀念魯迅的文章和著作

魯迅的逝世不僅使眾多的友人、學生和讀者感到傷痛，而且也觸發他們撰寫了大量的悼念文章。抗戰期間發表的悼念魯迅的文章不僅作者眾多，而

且發表的刊物也遍及全國各地。這些文章雖然隨著抗戰的進展而對魯迅的評論有不同的側重點，但都表達了對魯迅的無限懷念之情，並有力的宣傳了抗戰救國的思想。

1937 年 1 月，許壽裳從北平到上海，到魯迅墓前憑弔，歸途作《哭魯迅墓》：「身後萬民同雪涕，生前孤劍獨衝鋒。丹心浩氣終黃土，長夜憑誰叩曉鐘？」蕭紅從日本回國後，同蕭軍、金人等人在許廣平陪伴下祭掃魯迅墓，從墓地回來後，寫了《拜魯迅墓——為魯迅先生》詩。

同年 10 月，魯迅紀念委員會編選的《魯迅先生紀念集》由上海文化生活出版社出版，全書分四輯，共 800 多頁，收錄了悼念魯迅的重要文章 140 多篇，選載了逝世消息、唁電唁函、輓聯挽詞以及魯迅著譯書目、魯迅逝世和治喪經過、照片圖畫目錄索引等。參加編輯工作的有許廣平、黃源、蕭軍、胡風、雨田、臺靜農、蕭紅。這本紀念集保留了魯迅葬禮的大量資料，具有重要的文獻價值。

此前，一些書商見有利可圖就紛紛出版了紀念魯迅的文集。1937 年 1 月，上海全球書店出版了由范誠編選的《魯迅的蓋棺論定》一書，收入悼念魯迅的文章 62 篇，大都是進步作家所寫，同年 3 月再版，此書為盜印書。2 月，上海千秋出版社出版了《魯迅先生軼事》一書，收錄有關魯迅的小報新聞和紀念文章，同年 4 月再版。3 月，北新書局出版了署名為「魯迅紀念會」，實為該書店自己編輯的《魯迅紀念集》，全書共 5 輯。

魯迅研究工作也隨之展開。1937 年 6 月，上海生活書屋出版了夏徵農編輯的《魯迅研究》一書，收錄了艾思奇、許壽裳、周建人、徐懋庸、胡繩、雪葦、曹白、歐陽山等人的論文 11 篇，這是魯迅逝世後出版的第一部魯迅研究論文集。

在魯迅逝世一週年之際，國內外的眾多報刊紛紛設立紀念魯迅的專欄或專輯。

1937 年 10 月 16 日，胡風編輯的《七月》第 1 集第 1 期在上海出版，內有「魯迅先生逝世週年特輯」，刊登了紺弩（聶紺弩，下同）、柏山（彭柏山，下同）、蕭軍、蕭紅、端木蕻良、胡風等人的紀念文章及一些關於魯迅的照片和木刻；10 月 17 日，茅盾編輯、巴金發行的《烽火》週刊第 7 期在上海出版，設有「魯迅先生週年祭」專欄，發表了題為《紀念魯迅先生》的同人文章，刊登了王統照、景宋（許廣平，下同）、鄭振鐸、孟十還、黃源等人的紀念詩

文；開封出版的《風雨》第 6 期，設有紀念魯迅逝世週年的專欄，刊登了范文瀾、宋之的、吳組緗、劉峴等人的紀念文章十多篇；10 月 18 日，上海的《救亡報社》（郭沫若擔任社長、夏衍和阿英分別擔任主筆和主編）刊登了上海市文化界救亡協會《魯迅逝世週年紀念宣傳大綱》，分十個方面，列舉魯迅的功績，提出「繼承魯迅不妥協的精神」等七個紀念口號；10 月 19 日，上海《救亡日報》第 3、4 版用郭沫若手書的「魯迅先生逝世週年紀念特輯」為通欄標題，刊登了魯迅的墨蹟和許廣平、周建人、郭沫若、巴金、鄭振鐸、阿英的文章。郭沫若在題為《魯迅並沒有死》的文章中說：「對於惡勢力死不妥協，反抗到底的精神，可以說，是已經成為了我們的民族精神。我們目前的浴血抗戰，可以說，就是這種精神的表現。」10 月 20 日，該報的「魯迅先生逝世週年紀念特輯」刊登了馮雪峰的《關於魯迅》一文和其他紀念魯迅的詩歌；同日，鄒韜奮主編的三日刊《抵抗》（上海）刊登了他寫的時評《魯迅先生逝世週年紀念》；10 月 22 日，上海出版的《民族呼聲》第 4 期設有「魯迅逝世週年紀念特輯」，刊登艾蕪、羅稷南、唐弢、金丁的紀念文章；12 月 1 日，廣州出版了《烏鴉第一聲・魯迅先生百日祭專號》，刊登了斯諾、佐藤春夫等人的悼文以及輓聯、紀念詩文、魯迅語錄、逝世一瞥等，另外還附錄了自編的「魯迅先生年譜」；武漢出版的《戰鬥》旬刊第 1 卷第 4 期編有「魯迅先生週年祭特輯」，刊登蕭軍《「不同」的獻祭》和蕭紅的《「萬年青」》等文章。蕭軍在文章中重點寫出了今年紀念魯迅的不同：

> 全說：「今年紀念魯迅先生的意義不同了」。是的，我也的確感到一點不同。第一，我能公然的在中國地（此「中國地」係對上海的「租界地」而言）公然的來寫紀念這「墮落文人」的文章；第二，這些紀念文章，也能公然的在武漢這地方出特輯。至於這意義不同到怎樣的限度？這卻需要一番思考了。

> 不同了！也許魯迅先生死在今日，那些保護在送葬行列兩邊的探捕警察們，他們的用以保護我們的槍刀，會換成了送葬的白旗吧？會一同編進我們地行列，共同地唱著輓歌，也親手扶著這中華民族偉大靈魂的保姆底棺身，落進地穴……。也許還有著更大，更多的不同，等在我們底前面？先生！也許明年今日，我們會有一個更不同的獻祭，捧在你的靈前！

蕭紅則更為牽掛處於日寇佔領區中的魯迅墳墓的安危，她說：

從開炮以後，只有許先生繞道去過一次，別人就沒有去過。當然那墓草是長得很高了，而且荒了，還說什麼花瓶，恐怕魯迅先生的瓷半身像也要被荒了的草埋沒到他的胸口。

我們在這邊，只能寫紀念魯迅先生的文章，而誰去努力剪齊墓上的荒草？我們是越去越遠了，但無論多麼遠，那荒草是總要記在心上的。

12 月，上海抗戰出版社出版了汪馥泉編輯，景宋題簽的《魯迅逝世週年紀念冊》，收錄景宋、周建人等人文章 16 篇，同月，上海戰時出版社出版了《魯迅與抗日戰爭》一書，收錄了景宋、巴金等人的文章 30 篇。

1938 年，毛澤東在延安陝北公學魯迅逝世週年紀念大會上的講話開始被傳播到國統區，3 月 1 日，武漢出版的《七月》第 2 集第 4 期首次以《論魯迅》為題公開發表了由大漠（即汪大漠）記錄的毛澤東在延安陝北公學魯迅逝世週年紀念大會上的講話，同年 5 月和 8 月上海出版的《新語週刊》、《魯迅新論》等雜誌先後轉載。作為中共領導人的毛澤東關於魯迅的公開講話在國統區文化界引起了廣泛的關注，毛澤東對魯迅的高度評價也得到了進步文化人士的認可，這有力地促進了魯迅在國統區的傳播。

10 月 15 日，在武漢出版的中共主辦的《新華日報》出版了「魯迅先生逝世二週年紀念」特刊，發表了郭沫若、田漢、吳克堅等人的紀念文章。周恩來特地為這一特刊題詞：「魯迅先生之偉大，在於一貫的為真理正義而倔強奮鬥，至死不屈，並在於從極其艱險困難的處境中，預見與確信有光明的將來。這種偉大，是我們今日堅持長期抗戰，堅信最後勝利所必需發揚的民族精神！」另外還刊登了陶行知的題詞：「百戰爭真理，兩年死猶生，名著如秋月，照人造乾坤。」郭沫若在《持久抗戰中紀念魯迅》一文中指出了在當前抗戰背景下紀念魯迅、學習魯迅的意義所在：

在整個民族對於持久抗戰的時期中，現在又遇著魯迅逝世的二週年了。魯迅精神在這時特別鮮明地呈現在我們的面前。魯迅精神是什麼？便是不屈不撓，和惡勢力鬥爭到底。這種精神是值得發揚的，尤其在目前整個民族，艱苦的對於暴日作持久抗戰期間。

我們要紀念魯迅，要學習魯迅。但紀念魯迅，是應該紀念魯迅的這種精神，學習魯迅，也是應該學習魯迅的這種精神。

　　　　把魯迅精神發揚起來，從文藝的範圍擴展出去。假使人人都能
　　　夠不屈不撓地同惡勢力抗戰到底，漢奸絕不會產生，氣餒的現象絕
　　　不會出現，暴日終竟要在我們的最高戰略前潰滅的。希望明年紀念
　　　魯迅逝世三週年的時候，我們的力量已經用到了和自然界的暴力鬥
　　　爭上，我們的力量已經用到了克服建國途上的各種困難上。

在抗戰爆發後成立的全國文藝界抗敵協會（簡稱「文協」）也在所主辦的總會
刊物《抗戰文藝》第 2 卷第 7 期設立了「魯迅先生逝世二週年紀念特輯」，刊
登了魏猛克、端木蕻良、方殷、沈起予、宋之的、老舍、梅林等人的文章，
作爲紀念魯迅的活動之一；成都《文藝後防》十日刊的第 9 期出版了「魯迅
逝世二週年紀念特輯」，發表陳白塵、蕭軍、周文等人的文章。

　　在魯迅逝世三週年到來之際，一些進步報刊陸續設立了紀念魯迅逝世三
週年的專欄或專輯。

　　1939 年 9 月，《七月》第 4 集第 3 期在重慶出版，設有「紀念魯迅逝世三
週年特輯」，發表歐陽凡海、力群、力揚、胡風等人的文章和李可染、魏猛克、
盧洪基等人的畫作；10 月 1 日，《中蘇文化》第 4 卷第 3 期在重慶出版，設有
「魯迅逝世三週年紀念特輯」，刊登景宋、曹靖華、羅蓀（孔羅蓀，下同）、
蕭紅等的文章；10 月 10 日，山西民族革命出版社出版的《西線文藝》月刊第
1 卷第 3 期，設立了「魯迅先生逝世三週年紀念」專欄，刊登了穆毅、曹葆華
等人的文章；夏衍主編的桂林《救亡日報》出版紀念魯迅的特刊，發表了社
論《偉大的戰士——紀念魯迅先生》，刊登了宋雲彬、鹿地亙等人文章。史沫
特萊的《魯迅是一把寶劍》（阿累譯）也再次在這一期的特刊上發表；11 月 1
日，《文藝陣地》第 4 卷第 1 號出版了「魯迅先生逝世三週年紀念特輯」，刊
登了景宋、歐陽凡海、穆木天、蕭紅、關露等人的紀念詩文；《文藝新潮》第
2 卷第 1 期是「魯迅先生逝世三週年紀念和語文特輯特大號」，刊登了魯迅的
《關於誤譯》一文與遺信多篇和景宋、錫金（蔣錫金，下同）、周木齋等人的
文章；「文協」成都分會編輯的《筆陣》第 12 期是「魯迅逝世三週年特輯」，
發表了蕭軍、周文、孟引、有恆、豐村、揚波等人的文章。

　　10 月，重慶讀書出版社出版戴平萬編輯的《新中國文藝叢刊之三·魯迅
紀念特輯》，收錄了景宋、巴人（王任叔，下同）、王元化等人的論文和容納
改編的《長明燈》劇本，次年再版時，改名爲《魯迅的創作方法及其他》。

　　文化界出現了眾多的紀念魯迅的文章也引起了一些讀者的不滿。1939 年

11 月 25 日，廣東曲江出版的《滿江紅》半月刊第 1 卷第 10 期刊登了趙子白的《一篇眞正紀念魯迅先生的文章》一文，這篇文章認爲《民意》週刊第 97 期刊登的吳伴雲撰寫的《我們怎樣紀念魯迅先生》一文是「一篇眞正紀念魯迅先生的文章」，他在文章中多處引述了吳伴雲的話，並表示贊同：「如果哪一黨要想把他（魯迅）占爲己有，硬說他是馬列主義的信徒，那實在是過低的估計了先生，是對先生的思想和事業的一種曲解」。「魯迅是屬於全民族的，他畢生所鼓吹的，是在帝國主義和封建勢力壓迫下的中華民族如何求得平等，自由，與解放。我們決不能把他的事業局限於任何黨派的範圍內。」從歷史的角度來說，吳伴雲的觀點是值得重視的。

1940 年，在魯迅誕辰六十週年到來之際，國統區的文化界發起了紀念魯迅誕生六十週年的相關活動，並陸續發表了一些紀念文章。魯迅的誕辰實際上是農曆的八月初三，但有關人士都錯誤地把公曆 8 月 3 日作爲魯迅的誕辰。

8 月 3 日，爲紀念魯迅六十誕辰，《新華日報》在頭版發表了社論《我們怎樣來紀念魯迅先生？》，文章指出，爲了紀念魯迅，我們要「繼承他創作的光榮傳統」以及一生「爲民族、爲人民，和爲求進步而鬥爭的精神」；要「學習他堅強不妥協和堅持抗戰到底的精神」；要「加強進行新民主主義的文化運動」。該報在第 2、4 版還設立了「魯迅先生六十誕辰紀念特輯」，刊登了戈寶權、潘梓年、羅蓀、葛一虹的文章；8 月 25 日，《現代文藝》第 1 卷第 5 期在福建永安出版，設有「魯迅六十誕辰紀念」專欄，刊登了邵荃麟、許欽文、蕭天等人的文章；8 月，生活書店在重慶出版了《論魯迅》，此書爲茅盾、樓適夷主編的《問診叢刊》之二，是「魯迅先生六十誕辰專號」，收錄了景宋、馮雪峰、唐弢、蕭三、端木蕻良、歐陽凡海、周木齋、巴人等人的論文和紀念文章，還有魯迅詩鈔、袁水拍等人的詩歌、陳煙橋等人的木刻等。

爲紀念魯迅逝世四週年，一些報刊刊登了紀念專欄或專輯。1940 年 10 月 1 日，《筆陣》新 2 卷第 1 期出版，是「魯迅先生逝世四週年專輯」，刊登了丁易、菲洛、蕭曼若、揚波等人的文章、詩歌十多篇；10 月 15 日，羅蓀主編的《文學月報》第 2 卷第 3 期在重慶出版，這一期是「魯迅先生逝世四週年專輯」，刊登了光未然、冶秋（王冶秋，下同）、以群（葉以群，下同）、葛一虹、羅蓀、沙汀、李廣田的文章；同日，重慶出版的《新華日報》在頭版發表了社論《悼念青年的導師魯迅先生》，社論指出：「我們今天來紀念魯迅，不是把他當作過去來回憶，而是要把他當作現今革命戰陣面前的旗幟去追求」。該

報在第 4 版還刊登了葉劍英的《我也來紀念魯迅先生》、馮玉祥的《紀念魯迅》以及茅盾的《紀念魯迅先生》、丁玲的《「開會」之於魯迅》、陳煙橋的紀念文章和戈寶權的譯文等；10 月，福建福清出版的《原野》半月刊第 1 卷第 12 期刊登了紀念魯迅逝世四週年的詩歌和茅盾、林弢等人的紀念文章；10 月 25 日，《中蘇文化》第 7 卷第 5 期在重慶出版，設有「紀念魯迅先生逝世四週年特輯」，刊登了胡風、聶紺弩、張友漁、歐陽凡海、張西曼等人的文章；12 月 1 日，《抗戰文藝》第 6 卷第 4 期出版，設有「紀念魯迅、研究魯迅」專欄，刊登了景宋、曹靖華、郭沫若、吳組緗、艾青、歐陽山、王冶秋、羅蓀等人的文章。

在魯迅逝世五週年來臨之際，一些報刊刊登了紀念魯迅的文章。1941 年 10 月 15 日，夏衍等在桂林編輯出版的《野草》第 3 卷第 2 期為紀念魯迅逝世五週年刊登了尚鉞、林辰、孟起、耳耶（聶紺弩，下同）等人文章；10 月 19 日，重慶出版的《新華日報》為紀念魯迅逝世五週年出版了專刊，在「魯迅的方向是中華民族新文化的方向」的通欄標題下，刊登了毛澤東論述魯迅與新文化運動關係的一段文字，還發表了郭沫若、盧蘇、廖化、艾雲、歐陽凡海等人的紀念與研究魯迅的文章。21 日和 28 日，該報又先後發表了潘梓年、孫伏園、侯外廬等人紀念魯迅的文章。

但是年年撰寫紀念魯迅的文章，年年舉行悼念魯迅的活動也使一些文化界人士產生了厭煩的心理。

郭沫若在 1941 年 10 月 19 日《新蜀報·蜀道》第 513 期「紀念魯迅先生逝世五週年」專欄之（二）發表的《總是不能忘記》一文中就批評了專門寫紀念文章而不真正學習魯迅的風氣，並追問「我們到底在紀念些什麼？」他說：

> 魯迅逝世的第五週年紀念來了，大家又要做紀念文章，我自己也受了三處的催索。但文章實在不容易寫出。
>
> 前幾天遇見沈衡山先生，他也有同樣的苦楚，說：「年年寫同樣的文字，實在是沒有材料了。」
>
> 我也很知道，做些「關於紀念的事情」，並不必全在紀念被紀念者，而是在鼓勵其他。說直率一些，就是一種宣傳或示威。所以雖然魯迅有那樣的遺言，而我們還是要「做紀念」，還是不能「忘記」。

　　然而做起文字來實在勉強，好些人都一樣勉強，大都是「抱佛
腳」式的打油一般，「偉大」啦，「不朽」啦，「學習」啦，「韌性的
戰鬥」啦，只消把「四」字改成「五」字，去年的文章便可以用到
今年。

　　要說對於魯迅真有研究吧，事實上也未必，單是一部《魯迅全
集》，出版的人便大虧其本，這證明認真讀魯迅的人依然少。照《魯
迅全集》的分量來說，假使在歐美，那版費是應當客觀的，然而魯
迅的遺族卻陷在上海過著相當艱苦的生活。

　　我們到底在紀念些什麼呢？其實大家都在「管自己的生活」，
說不到研究上來，這一點也怕正是不「糊塗」的地方吧。

　　然而，僅僅「糊塗」地「生活」下去罷了，假使真的要紀念魯
迅，切實地把魯迅來研究研究，在做文學家的人，也正是一種的「自
己生活」。

　　我很希望對於魯迅確有研究的人，出來多多寫寫文章，遇著紀
念日的到來，請這樣的人出來做公開講演，或許是一個較好的辦法。

　　平時毫不研究，偏偏成為紀念文寫作專家，死者有知，魯迅是
會戚額的吧。

在郭沫若發出研究魯迅的呼籲後不久，在 1942 年就相繼出版了一些研究魯迅
的專著。

　　4 月，孫伏園所著的《魯迅先生二三事》一書作為《魯迅研究史料叢刊》
之一由重慶作家書屋出版，收錄了作者回憶魯迅前期情況和分析《藥》的文
章等共 10 篇，1944 年 2 月重慶再版，1945 年 11 月、1949 年 4 月，該社再次
出版一版和二版；何乾之著的魯迅作品研究專輯《中國和中國人的鏡子》由
桂林民範出版社出版，1946 年 11 月上海新新出版社重版；歐陽凡海著的《魯
迅的書》由文獻出版社在桂林出版，共分 4 章 10 節，20 多萬字，系統研究了
魯迅從誕生到 1927 年初的生平業績和思想、作品，1947 年 11 月，1949 年 5
月，華美圖書公司先後在香港印行一版、二版；9 月，學習出版社在桂林出版
了《中國作家與魯迅》一書，收錄了蔡元培、郭沫若、茅盾、巴金、景宋等
人的文章共 20 多篇，並附錄了魯迅先生傳略，1943 年 12 月再版。這些關於
魯迅的著作的出版進一步推動了魯迅研究工作的開展。

在魯迅逝世六週年之際，一些報刊先後發表了一些紀念魯迅的文章。

魯迅的日本友人鹿地亙撰寫的《魯迅魂》刊登在桂林《文藝生活》第 2 卷第 4 期，歐陽凡海翻譯。作者認為魯迅的著作是「反映一個時代的巨鏡」，並結合中國反侵略的戰爭，指出應該繼承魯迅遺志，以剛毅的精神進行戰鬥，建立新的和平東亞。

10 月 19 日，在重慶出版的《新華日報》為紀念魯迅逝世六週年而發表了社論《科學‧民主‧繼續前進》，文章認為魯迅畢生為致力於國民性的改造，為爭取自由和平等幸福的中國，一直主張「中國要有科學、民主」，文章強調指出，在今天民族革命戰爭即將勝利的時候，我們應該破除「精神勝利法」，更響亮地提出「中國要的是科學和民主！」此外，該報還發表了一組紀念魯迅的文章。

10 月 31 日，《文藝陣地》第 7 卷第 3 期在重慶出版，設立了「魯迅先生逝世六週年紀念會特輯」，刊登了茅盾的《關於魯迅研究的一點感想》等文章。

但是在紀念魯迅逝世六週年之際也出現了一些不和諧的聲音，10 月，勝利出版社在重慶出版了《關於魯迅》一書，收錄了梁實秋、鄭學稼、梅子等人的文章共 7 篇，集中攻擊、詆毀魯迅，這本書也是魯迅文化史上第一本攻擊魯迅的專著。

不久，另一本歪曲魯迅的專著又出版了。1943 年 1 月，鄭學稼的《魯迅正傳》由勝利出版社在重慶出版，書中充斥著歪曲、攻擊魯迅內容，此書另有勝利出版社江西分社印行的版本。這本書也是魯迅文化史上第一部歪曲魯迅的傳記。在該書出版後不久，一本重要的魯迅傳記出版了。4 月，魯迅的學生和友人王冶秋撰寫的《民元前的魯迅先生》由峨嵋出版社在重慶出版，許壽裳為這本傳記寫了序言，但這本書只是魯迅前半生的傳記，還不是魯迅一生的完整的傳記（1947 年 9 月上海再版，1948 年 10 月東北光華書店再版）。10 月，荊有麟撰寫的《魯迅回憶斷片》由上海雜誌公司在桂林出版，收錄作者於 1941、1942 年在重慶撰寫的 18 篇回憶錄，主要記述魯迅在北京時的情況，具有一定的史料價值。1947 年 4 月又以《魯迅回憶》為題再版。這兩本書對於讀者瞭解魯迅，特別是魯迅前期的真實情況有重要的參考價值和史料價值，對於鄭學稼的《魯迅正傳》一書起到了一定的反駁作用。

因為國民黨的壓制，在魯迅逝世七週年之際，報刊上刊登的紀念魯迅的文章顯著減少。目前可以看到的是在重慶出版的由共產黨主辦的《新華日報》

為紀念魯迅逝世七週年出版的專刊，刊登了洪索、林曦等人的文章。而在魯迅逝世八週年之際，國統區的報刊就幾乎沒有刊登紀念魯迅的文章了。

1945年8月15日，歷經八年的抗日戰爭取得最後的勝利，在抗戰勝利的背景下，國統區的一些報刊在魯迅逝世九週年之際發表了一些紀念魯迅的文章。

10月16日，北平《青年文化》半月刊出版了紀念魯迅逝世九週年專輯，發表了《魯迅先生沒有死》等4篇文章；10月17日上海《群眾》週刊第13卷第2期刊登了周建人的《魯迅去世已經十年了》一文；10月19日～21日，上海《文匯報》副刊《世紀風》為紀念魯迅逝世九週年，先後發表了林星垣、楊霽雲、唐弢等人的文章；10月19日、24日，北平的《中華民報》為紀念魯迅逝世九週年，在這兩天分別刊登了「魯迅先生特輯」，發表了「編者的話」和許廣平、艾思奇、歐陽山、唐弢等人的文章；10月19日，上海進步文化界人士創辦的《新文化》半月刊創刊號刊登了毛澤東的《在延安文藝座談會上的講話》（11月1日第2期登完），編者認為此文「在革命文藝方向之指示和紀念魯迅，尤其在慶祝勝利團結聲中，仍有其超等意義。」創刊號同時還刊登了周建人的6篇關於魯迅的片段回憶，魯迅侄女周曄的《伯父魯迅二三事》和許廣平、方行的文章；同月，上海《民主》週刊出版了紀念魯迅逝世九週年專輯，刊登許廣平、許傑、董秋斯、葛一虹等的6篇文章；10月21日，北平的《光華週報》1卷6期與《海風》週刊1卷4期為紀念魯迅逝世九週年，刊登了魯迅筆名錄，魯迅書信和多篇紀念文章；12月15日，上海的《文藝春秋.》月刊刊登了「魯迅書簡三十一通」和茅盾、鹿地亙、黎錦明等人紀念與研究魯迅的文章。

11月，任鶴鯉編譯的日本的小田嶽夫所撰寫的《魯迅傳》由上海新洲書報社出版，全書分共12章，並附錄有「魯迅先生年譜」。這本傳記是魯迅文化史上的第一部傳記，雖然存在許多事實方面的錯誤，但仍然有一定的參考價值。

（3）紀念魯迅的活動

1937年1月，許廣平出資、委託周建人去店鋪定製的一塊水泥石碑豎在魯迅墳前，墓碑上嵌有魯迅瓷像，刻著海嬰書寫的碑文「魯迅先生之墓」。這是魯迅墓前的第一塊墓碑，但不久就被不明身份的人員破壞掉。

「七‧七事變」爆發之後不久，魯迅逝世後成立的紀念機構魯迅先生紀

念委員會就宣告正式成立。7 月 18 日下午，魯迅先生紀念委員會在上海華安大樓舉行成立大會。茅盾、巴金等 40 多人出席。茅盾報告了大會的籌備情況；許廣平介紹了整理、出版《魯迅全集》的情況；會議主席鄭振鐸報告了全國各地有關紀念魯迅的提議和魯迅獎金募集的情況。大會最後聘請蔡元培、馬相伯、孫科等 72 位中、日、美、蘇、法等國人士擔任魯迅先生紀念委員會委員，推舉宋慶齡爲委員會主席（後改爲蔡元培），討論設立北平、上海辦事處，募集與舉辦魯迅學術獎金（由魯迅文學獎金易名）、建築魯迅銅像、出版《魯迅全集》、籌備週年紀念會、定每年 10 月 19 日公祭等決議。這些決議勾畫了今後紀念魯迅活動的具體方案，有力地推動了紀念魯迅活動的深入開展。

國統區在抗戰期間紀念魯迅的活動雖然隨著抗戰形勢的發展而有不同的側重點，但都貫穿著抗日救亡的主題，有利的促進了抗日救亡運動的開展。

在魯迅逝世一週年之際，各地紛紛舉行紀念活動，因爲抗日戰爭的爆發，這些紀念魯迅的活動都把紀念魯迅和民族救亡的事業緊密結合起來，在紀念魯迅的同時，進行抗日救國宣傳。

10 月 19 日上午，上海二十多個青年團體在南市台州會館聯合舉行魯迅逝世週年紀念，到會者約千餘人。許廣平在會上介紹了魯迅的生平，各團體代表講話，氣氛熱烈，還演唱了魯迅紀念歌。下午，上海文藝界人士爲紀念魯迅逝世一週年在浦東大廈七樓舉行座談會，百餘人到會。沈鈞儒、郭沫若、胡愈之、鄭振鐸、汪馥泉、巴金、陳望道等 7 人被推爲主席團。桌子上放著剛裝訂好的《魯迅先生紀念集》。鄭振鐸、沈鈞儒、郭沫若、田漢、陳望道、黎烈文相繼講話。會議決定組織「文藝界救亡協會」，推選郭沫若等 11 人爲臨時執委，並做出敦促商務印書館從速出版《魯迅全集》，請政府宣布對日絕交等提議。從這次會議決定組織「文藝界救亡協會」、請政府宣布對日絕交等決議可以看出紀念魯迅已經成爲組織文藝界團結抗敵的有力方式。

同日下午，上海戰時文藝協會在女青年會舉行魯迅逝世週年演講會。會議主席戴平萬致詞後，郭沫若、鄭振鐸、陳望道、田漢等人相繼發言。郭沫若在發言中說，對於惡勢力決不妥協的魯迅精神已經成了我們的民族精神，「大哉魯迅，魯迅之前，無一魯迅，魯迅之後，無數魯迅」。「因爲魯迅的偉大精神，是反抗社會一切的惡勢力，反抗到底，死不妥協。所以目前的民族革命戰爭，正是魯迅精神的最具體的表現。後方從事救亡工作的人們，也人人是魯迅，魯迅是普遍化了。」許廣平報告了魯迅生平。最後，郭沫若、何

香凝向魯迅遺像敬獻了花圈。21歲的工人吳大鈞參加了這次紀念活動，他在一篇文章中寫道：「行了開會儀式後，唱一遍《義勇軍進行曲》，再唱《魯迅先生紀念歌》：『我們永遠不能忘記你……追隨著先生的奮鬥精神……抹掉我們的淚痕，前面永遠有你光明的領導』。這歌聲很雄壯而明朗，也很能表達魯迅先生的精神」。〔註1〕從這篇文章中所寫的唱一遍《義勇軍進行曲》，再唱《魯迅先生紀念歌》的細節和郭沫若的演講中可以看出紀念魯迅的目的實質上更多的在於宣傳抗日救亡，通過紀念魯迅來凝聚起民族抗敵的信念和力量。

把紀念魯迅和抗日救亡宣傳緊密結合起來最為明顯的就是福州文化界紀念魯迅的活動。10月19日，福州文化界救亡協會舉行成立大會暨魯迅先生逝世一週年紀念會。郁達夫致開幕詞，他指出紀念魯迅最好的辦法就是「拼命地去和帝國主義侵略者及黑暗勢力奮鬥」。許欽文、楊騷、董秋芳等相繼發言。同日，西安各文化機關和救亡團體舉行魯迅逝世週年紀念大會，徐彬如等人演講。當晚，西安一些學校還召開紀念魯迅的文藝晚會，鄭伯奇、曹靖華、許壽裳等人分別出席並演講。另外，在魯迅逝世週年之際，共產黨浙南組織領導下的溫州戰時青年服務團舉行了紀念大會和大遊行，參加者有文教界人士及各界青年千餘人。紀念大會還印發了紀念刊和宣傳品。

值得一提的是，正在四川江津隱居的中共前領導人、新文化運動的主將陳獨秀在魯迅逝世一週年之際對魯迅作出了較為客觀的評價，他說：「這位老文學家終於還保持著一點獨立思想的精神，不肯輕於隨聲附和，是值得我們欽佩的。」

1938年，在魯迅逝世兩週年之際，中華全國文藝界抗敵協會、魯迅先生紀念委員會和政治部第三廳聯合發起在武漢青年會召開了魯迅逝世二週年紀念會。郭沫若擔任會議主席，周恩來、鄧穎超、博古（秦邦憲，下同）、田漢、潘梓年、任光、安娥、吳奚如等數十人出席。郭沫若致詞，重申要學習魯迅的不折不撓的鬥爭精神，他說：

今天是魯迅先生逝世的二週年紀念日，我們在目前正同日寇作持久抗戰的時候，武漢又在十分危急中，我們留漢同人，還能在這裡舉行紀念會，是有其特殊意義的。

一般人把魯迅看作文學家小說家，其實不僅如此，魯迅先生任何地方都是值得紀念的，我們在今天正同日寇進行激烈的戰爭時，

〔註1〕《上海一日·〈魯迅先生週年紀念〉》，華美出版公司1938年3月出版。

我們更應該有百折不撓的鬥爭精神，我們希望今天更能發揚魯迅精神，使中國人都成爲魯迅，那麼便不致有氣餒，妥協之表現。我們今天每個人都抱有這個志向，才能坦白的表現自己的主張，每到一個困難關頭，往往有一口氣喘不過來，便應該學習魯迅，今天大家對民族警惕，對自己警惕，到緊急困難的關頭，表現出不屈不撓的精神來，以應付當前的困難，這是目前武漢危急中紀念魯迅先生，應該特別強調的一點。〔註2〕

胡愈之、馮乃超、周恩來、博古、田漢等人也先後講話。周恩來指出：「不論在政治上、文學上，或爲人道德上，都需要我們學習魯迅先生的精神和作風。」

從《新華日報》的報導中可以看出本次紀念大會的會場布置富有意味：「會場正面，掛著魯迅先生遺像，繪著倔強而慈愛的影子，周圍布滿了各界評論魯迅先生的名言，譬如：『他熱烈的反對封建軍閥的壓迫，反對外來帝國主義，反對僞民族主義文學，擁護德謨克拉西，擁護大眾的自由，擁護革命的文學。』——蘇聯《眞理報》；『中國文學由先生開闢出一個新紀元，中國近代文藝是以先生爲寫實主義的開山』——郭沫若」。這種安排不僅突出了魯迅的「倔強而慈愛」的精神，契合了郭沫若在講話中對魯迅的評價，而且也無疑在突出郭沫若在國統區文化界的領袖地位，並顯示出中蘇友好的關係。

同日，重慶也召開了「魯迅先生逝世二週年紀念會」，文化界約 2000 多人出席大會。會議主席邵力子致詞，謝冰瑩、陳波兒向魯迅遺像獻花圈，臺靜農報告了魯迅的生平事蹟，老舍代表「文協」就學習並繼承魯迅的戰鬥精神發表了演講；福州文藝界青年也在戚公祠舉行了魯迅逝世二週年紀念會，郁達夫出席並書寫了「橫眉冷對千夫指，俯首甘爲孺子牛」一聯作爲大會的對聯。

1939 年 10 月 19 日，「文協」等 14 個文化團體在重慶舉行魯迅逝世三週年紀念會。國民黨中央宣傳部部長邵力子任主席，出席者有陳紹禹（王明，下同）、博古、董必武、吳玉章、葉劍英、葉挺、潘公展等 1000 多人。會場懸掛馮玉祥的長聯：「學博恩深群尊儒林巨擘，筆槍墨劍實開抗倭先河」。邵力子報告大會意義，王平陵報告會議籌備經過，胡風介紹了魯迅的生平，潘公展、陳紹禹先後講話，據胡風回憶，「潘公展借題誣衊，大罵『封建割據』，

〔註 2〕郭沫若《在魯迅逝世二週年紀念大會上的講話》，《新華日報》1938 年 10 月 20 日。

等於公開要取消陝甘寧邊區。王明的講話針鋒相對的說了好幾條『什麼人不配紀念魯迅先生』，每一條都是罵的國民黨反動派的潘公展本人」。「應當說，王明這次發言很尖銳有力的打退了潘公展的猖狂進攻，大快人心」。蘇聯塔斯社的羅果夫介紹魯迅在國外的影響。某劇團還上演了魯迅的《過客》，胡風認為演出很失敗：「《過客》雖然是魯迅作品裏僅有的戲劇形式的一篇，但並不是代表魯迅精神的作品，更不是能適應當時鬥爭要求的作品。如果我嚴肅地考慮過思索過，並非不能從先生的雜文裏或其他文章裏選出一些戰鬥性強而又適時的章節來加以編排，在紀念會上朗誦或表演。我實在沒有做到盡心盡力」。〔註 3〕

　　同日，「文協」桂林分會舉行紀念魯迅逝世三週年大會，參加者 100 多人。歐陽予倩主持，他在致詞中指出紀念魯迅的重大意義。胡愈之報告了上海魯迅紀念委員會的工作情況，林山也發表了演講。

　　同日，「文協」雲南分會在昆明舉行紀念會，500 多人出席。這是昆明第一次公開舉行魯迅紀念會，馮素陶任主任，孫伏園詳細介紹了魯迅的生平，張天虛、蔣南生先後講話。朱自清、聞一多、施蟄存、李何林、劉文典、楚圖南、羅庸等文化界知名人士出席。會上還朗誦了紀念魯迅的詩並演唱了「魯迅輓歌」。會議提出了紀念魯迅先生的兩個現實意義：一、加強文藝界的團結，擴大抗日民族運動。二、整肅文藝界的陣容，肅清文化漢奸！「文協」雲南分會還編輯了《魯迅先生逝世三週年紀念特刊》，刊登了楚圖南、穆木天等人的回憶文章、論文、詩歌、散文近 20 篇，以及黃新波、黃榮燦的木刻及魯迅著譯書目、魯迅筆名錄等。

　　為了紀念魯迅逝世三週年，桂林和成都兩地還舉辦了兩個展覽。

　　10 月 19 日，全國木刻界抗敵協會在桂林舉辦「紀念魯迅逝世三週年木刻展覽會」，展出了 300 多幅木刻作品，在 21 日結束後，又赴戰地和後方的一些城市展出。

　　同日，「文協」成都分會主席、成都地下黨文藝支部書記周文按照黨的指示為紀念魯迅逝世三週年而舉辦了魯迅先生紀念展覽會。展覽會場「門口掛著用白布紅字書寫的『展覽會』橫幅，室外牆上張貼著魯迅警句和紀念宣言，室內擺著四張相連的長餐桌，分別陳列魯迅畫像、1938 版《魯迅全集》兩套、魯迅致趙其文的兩封書信手稿、魯迅逝世後中外追悼刊物、紀念特輯；魯迅

〔註 3〕胡風《憶幾次魯迅先生逝世紀念會》，《魯迅研究動態》1986 年第 10 期。

編輯的《海上述林》、《〈死魂靈〉百圖》和魯迅著譯、編校的作品等。四周的牆面上貼著 200 多幅木刻和成都紀念魯迅的報刊。供陳列展品 465 件，還設立小賣部，義賣紀念魯迅的刊物、魯迅石膏像和木刻作品等。」

在爲期四天的展覽期間，觀眾川流不息，達 40200 人。這是魯迅逝世後國內舉辦的第一個紀念魯迅的展覽會，開創了魯迅文化史上用展覽的方式來宣傳魯迅的先河。

在魯迅誕辰六十週年之際，各地陸續舉行了一些紀念活動。重慶文化界在中蘇文化協會舉行了魯迅誕辰六十週年紀念會，會議主席郭沫若在講話中採用了毛澤東對魯迅的評價稱魯迅是「偉大的思想家、革命家和文學家」，「他的思想和精神是永恆的」。田漢、張西曼、葛一虹、沈鈞儒、吳可堅也相繼演講。成都、桂林、昆明也舉行了魯迅誕辰六十週年紀念會。出席成都紀念會的有葉菲洛、楊波、王朝聞、蕭曼若等；在桂林的紀念會上，司馬文森擔任主席，宋雲彬、聶紺弩、溫濤、陳閒、林林、谷斯範相繼發言。

爲了紀念魯迅逝世四週年，各地也相繼舉行了紀念活動。10 月 15 日，「文協」等 12 個團體衝破國民黨當局的阻撓在重慶巴蜀小學廣場舉行了魯迅逝世四週年紀念大會，周恩來、馮玉祥、沈鈞儒、郭沫若、老舍、葉劍英、田漢、胡風、王崑崙及國民黨渝市黨部的陳訪先和國民黨中宣部部長梁寒操等 300 多人出席。主席馮玉祥在致詞中指出魯迅的偉大精神有「眞」、「硬」、「韌」三個主要特點。陳訪先、胡風、田漢先後講話。據胡風回憶：「我的目的是想請總理講話，催了主持會議的司儀範長江幾次，但他直到會終都沒有報告總理講話。這次紀念會就這樣雖然沒有出事，但也沒有達到預期的政治影響。」（我當時只希望周恩來講話，他講話有政治影響，因而心裏還很責怪范長江膽小。其實因爲當時局勢嚴重，周恩來不能隨便在一般群眾面前講話，而范是早已得到了黨的指示的。而我呢？這樣一項重要工作，事先竟不向黨報告請示。如果事先報告了，一定會得到指示，把會開好，《新華日報》上也不會出現那條消息（按，因爲謠傳紀念會被禁止，而刊登了一條帶有抗議意味的紀念會不能開了的消息）。現在看來，我當時實在是有點獨行其是。」）〔註 4〕晚上，重慶文藝界在一心飯店舉行聚餐會，50 多人參加，主席老舍講話，周恩來在講話中結合當時的國內形勢指出魯迅具有四大特點：一、律己嚴；二、認敵清；三、交友厚；四、疾惡如仇。這也是以魯迅的精神來號召國統區的

〔註 4〕胡風《憶幾次魯迅先生逝世紀念會》，《魯迅研究動態》1986 年第 10 期。

各界人士在當前的形勢下要認清敵友，一致抗日。

「文協」桂林分會、「木協」等團體聯合發起了紀念魯迅逝世四週年大會，在桂林的文化界人士 200 多人參加。歐陽予倩在講話中指出要學習魯迅，做「一個鬥士，站在最前線，負起時代的任務」。宋雲彬、陳此生、劉季平也先後發言，熱烈讚頌魯迅精神。

成都「文協」分會也舉行了魯迅逝世四週年紀念會。10 月 20 日，重慶文藝界再次舉行紀念魯迅晚會，50 多人出席，胡風擔任會議的主席，老舍、陽翰笙、姚蓬子、潘孑農、華林等在講話中談了自己對魯迅的回憶與認識，老舍朗誦了《阿 Q 正傳》第 2 章，常任俠朗誦了《這樣的戰士》一文。

在魯迅逝世五週年之際，一些團體相繼舉行了紀念活動。「文協」等 8 個團體在重慶抗建堂聯合舉行了魯迅先生逝世五週年紀念晚會，參加者有 1000 多人。主席馮玉祥在開幕詞中概述了魯迅一生的艱苦生活；曹靖華在講話中介紹了魯迅的翻譯成就；孫伏園在講話中介紹了魯迅的少年時代；郭沫若以《魯迅與王國維》為題介紹了魯迅與王國維的學術上的聯繫與區別。演講之後，進行了文藝演出。常任俠朗誦魯迅的詩歌，石凌鶴主演了魯迅的短劇《過客》。

「文協」桂林分會也舉行了魯迅逝世五週年紀念大會，500 多人參加，李文釗主持會議並致詞。田漢在講話中闡述了魯迅和中國革命戲劇運動的關係，高度評價了魯迅在這個方面的貢獻，司馬文森、孟超、許之喬也作了專題發言。最後，聶紺弩作魯迅生平的報告。

另外，在 1941 年夏因為政治形勢的需要，中共中央根據周恩來的建議作出了黨內決定：以郭沫若為魯迅的繼承者，中國革命文化界的領袖，並由全國各地的黨組織向黨內外傳達，以奠定郭沫若的文化界領袖地位，從而進一步推動國統區的文化宣傳工作。

1942 年，紀念魯迅逝世六週年的活動較少。因為受到國民黨政府的特務和警察的干擾與禁止，全國「文協」原定於 10 月 19 日晚在重慶的中蘇文化協會西餐部召開的魯迅逝世六週年紀念會未能開成。許壽裳、孫伏園等魯迅友人失望離去。次日《新華日報》刊登簡短消息：「魯迅紀念會因故未開，參加者默然引退。」巧妙地揭露了國民黨政府壓制民眾紀念魯迅活動的卑劣行徑。

但是，「文協」桂林分會成功地舉辦了紀念魯迅的文藝晚會，在百樂廳劇

場演出了詩歌、音樂、戲劇晚會。

1943 年 10 月 19 日下午，沈鈞儒、曹靖華、孫伏園在重慶針對國民黨不准公開集會紀念魯迅的禁令，以私人的名義在天官府 7 號 3 樓秘密舉行茶會，紀念魯迅逝世七週年。參加者有 50 多人。孫伏園任會議主席，馮雪峰、曹靖華、聶紺弩、韓侍桁、常任俠相繼發言，沈鈞儒最後代表「魯迅紀念委員會」作了工作報告。

國民黨軍事委員會政治部所屬文化工作委員會舉行魯迅紀念會，胡風在會上講話。

1944 年 10 月 19 日下午，在當時還不能公開開大會的情況下，宋慶齡和沈鈞儒、茅盾等發起，在重慶百齡餐廳招開了紀念魯迅逝世八週年茶會，巴金、雪峰（馮雪峰，下同）、以群（葉以群，下同）和蘇、美友人共 100 多人參加。主席沈鈞儒，茅盾、胡風、孫伏園、張西曼等人在會上講話。紀念會進行一半，宋慶齡因事離開，混入會場的國民黨右翼分子趁機搗亂，污蔑許廣平投敵，胡風起來駁斥特務，致使這次紀念會「在艱苦環境中舉行，在混亂中散會」。

同日晚上，雲南大學學生自治會和西南聯大 5 個文藝團體在雲大至公堂舉行魯迅逝世八週年大會，參加者約 5000 人，集會時間長達 5 小時。徐夢麟代表「文協」昆明分會致詞，聞一多、朱自清、楚圖南、李何林、尚鉞講話。發言者指出，紀念魯迅，「最重要的就是學習魯迅的戰鬥精神」。聞一多在演講中高度評價魯迅，指出：「魯迅是經受了時間考驗的一位光輝偉大人物」，「他是中國歷史上最偉大的文學家」，聞一多同時還就自己以前對魯迅的錯誤認識作了自我批評。最後，聯大劇團朗誦了魯迅的《忽然想到》一文和田漢改編的《阿 Q 正傳》第 5 幕。同日，《雲南晚報》刊登了 5 篇紀念魯迅的文章。

「抗戰」勝利後，國統區終於獲得了公開舉行紀念魯迅的機會。1945 年 10 月 19 日，全國「文協」在重慶西南實業大廈舉行魯迅逝世九週年紀念會，周恩來、宋慶齡、邵力子、沈鈞儒、鄧初民、柳亞子、許壽裳、郭沫若、茅盾、老舍、葉聖陶、巴金、曹靖華、胡風、馮雪峰，及蘇聯、美國等國的友好人士 500 多人出席，許壽裳主持會議，周恩來結合當時的形勢講話，他說：

> 魯迅先生的許多話，活生生的在記憶之中，成爲奮鬥的南針……魯迅先生所說「革命的文學家至少是必須和革命共同著生命，或深切的感受著革命的脈搏的。」……抗戰勝利了，民主革命

　　的任務尚未完成，每個文學和文化工作者，在這大時代中，跟政治
　　跟革命的進展是息息相關的，無法分開的。全國如何進入和平建設
　　（文化建設也在其內），這是全國全世界人士所關心的，這次政府與
　　中共的會談，絕非兩黨的事，這是關係全國人民的事，自然也為文
　　化界所關心。魯迅先生這句話，告訴文化界的朋友，不可能離開政
　　治革命運動。所以這次會談，我們與政府雙方同意召開政治協商會
　　議，我們提議能有文化界的代表人物參加，使在協商國是的時候，
　　文化界能有發表意見的機會。很清楚的講建設政治、經濟、軍事之
　　外，文化建設也很重要。如此重要的問題，在協商國是的時候，應
　　有文化界的代表人物參與代表意見。我們希望文化界的朋友，能有
　　意見和主張提出，希望能聽到這種意見並反映到政府將召開的政治
　　協商會議之中，以致能反映在將來的施政綱領和憲草之中。

周恩來最後特別強調指出：「魯迅的立場是與革命息息相關，和人民大眾站在
一起的立場，魯迅的態度是對敵人狠，對自己嚴，對朋友和的態度。這種態
度值得每一個作家學習」。〔註5〕

　　馮玉祥、柳亞子、胡風、葉聖陶也講話，一致表示沿著魯迅的道路前進。
趙丹、徐遲、老舍分別朗誦了魯迅的作品。

　　同日，重慶《新華日報》出版紀念魯迅逝世九週年專頁，刊登了郭沫若
的《我建議》和許壽裳、景宋的文章與專論。郭沫若在文章中呼籲要倣仿蘇
聯的模式建立魯迅博物館來紀念魯迅。1946年2月廣州《文藝生活》、上海《文
萃》週刊轉載郭文。

　　晚上，上海復旦大學文學院以聯誼會的形式紀念魯迅逝世九週年，陳望
道、周谷城等教授和1000多名學生參加。到會的教授先後講話，紛紛讚揚魯
迅，周谷城勉勵學生學習魯迅不畏強權，替被壓迫的人說話的精神。

（4）魯迅著作的改編

①3個《阿Q正傳》的改編劇本

　　1937年，出現了《阿Q正傳》改編熱，相繼出現了3個改編劇本，這幾
個劇本結合當時的形勢對《阿Q正傳》進行了新的闡釋與改編。

〔註5〕《周恩來同志在重慶文化界紀念魯迅逝世九週年會上的講話》，重慶《新華日
　　　　報》1945年10月29日。

　　3 月，劇作家楊村彬、朱振林在北平將《阿 Q 正傳》改編為三幕話劇，同年 5 月，由北京師範大學的一些話劇愛好者組成的北平劇團演出了此劇，導演朱振林，李衛飾演阿 Q。但是該劇劇本後來沒有出版。

　　改編者「力求不背原作品的精神」，通過阿 Q 來反映無才無錢，「最受苦最可憐的」、「在重重壓力下的人們」的痛苦生活，但是該劇不僅沒有能反映出辛亥革命前夜農村的社會環境，時代背景模糊，而且改編者對「原作欠忠實」，情節改動較大，增加了阿 Q 與吳媽談戀愛等情節，「其內容與原小說完全不同，是一個獨立性質的另外的東西」。北平的一些報紙對該劇的改編發表了多篇評論，批評者指出該劇中的阿 Q、小 D、吳媽、趙太爺、少爺、鄒七嫂、假洋鬼子、酒店老闆、地保、王鬍子等 12 個人物中「找不出一個真正的主人翁」；人物「也不符合原著精神」，沒有刻畫出阿 Q 的靈魂與性格，「阿 Q 只不過是一個好玩的滑稽的角色而已」。讚揚者則肯定改編阿 Q 的時代意義，重點指出在中華民族中「阿 Q 依舊存在」，「在炮口下掙扎著的中華民族，阿 Q 式的精神勝利，已經是自促滅亡的主要因子。我們不願阿 Q 的悲劇在我們民族中繼續演下去」，所以把魯迅的偉大作品搬上舞臺，「仍未失掉它的時代意義」〔註6〕

　　1937 年 2 月，著名畫家許幸之完成了六幕話劇《阿 Q 正傳》的改編初稿，在多方徵求意見，四易其稿之後，將劇本刊登在 1937 年 4、5 月出版的《光明》（洪深、沈起予主編、上海生活書店發行）半月刊第 2 卷第 10、11、12 期上。劇本後來經過 5 次修改後，在 1940 年 8 月由中法劇社出版，光明書局發行，先後印行了 6 版。

　　全劇分為六幕：序幕是「未莊迎神賽會」，通過對賽會的渲染引出主人翁阿 Q，第一到六幕沿用了《阿 Q 正傳》第四到第九章的題目：「戀愛的悲劇」、「生計問題」、「從中興到末路」、「革命」、「不准革命」、「大團圓」。

　　改編本在情節和人物設計方面都有新意，既保留了原著的主要情節，又增添了魯迅的《明天》、《孔乙己》、《藥》、《示眾》等小說中的一些情節。如《明天》中的人物活動出現在戲的開頭部分，孔乙己喝酒的場面穿插在第三幕；《藥》中關於人血饅頭和《示眾》中胖孩子看行刑的情節放在第六幕；劇本在保留了原著中的許多人物的同時，也增加了魯迅其他小說中的孔乙己、酒保、紅鼻子老拱、藍皮阿五、單四嫂子、王九媽、夏四奶奶、康大叔、駝

〔註 6〕馬進《〈阿 Q 正傳〉上演的意義》，1937 年 5 月 29 日《北平新報》。

背王少爺、胖孩子、禿頭、大胖子、瘦長子等一些人物，達到 40 多人。劇本以阿 Q 的活動爲主，其他人物爲輔，從多個角度刻畫出封建專制統治下的群眾的愚昧和麻木。但是因爲人物形象眾多，該劇在人物形象的刻畫上還存在一定的問題，對某些次要人物的性格設計有違原著，如把吳媽塑造成「具有反抗的悍列的婦人」，設計了吳媽在縣衙的堂前當眾斥罵趙太爺，在阿 Q 赴刑場途中端水給阿 Q 等情節，而對主要人物阿 Q 的精神勝利法以及趙太爺、假洋鬼子的奸詐兇狠則表現的不足，這在一定程度上削弱了劇本的批判力量。

許幸之在 1981 年版後記中交代了改編該劇的目的，他指出：阿 Q 的命運「和當時的革命迅速從勝利走向失敗，從起義到瓦解的歷史命運完全一致的，合拍的，是不可分割的歷史畫卷」，「再一次展現在舞臺上，揭示人們對於歷史悲劇不該重演的警惕」。

1937 年年初，由許幸之改編的《阿 Q 正傳》在延安首次公演，劇社主任趙品三扮演阿 Q。演出受到延安軍民的熱烈歡迎，毛澤東、朱德、周恩來、張聞天、秦邦憲、王稼祥、徐特立等中央領導觀看了演出。

1937 年 5 月、6 月，田漢改編的五幕話劇《阿 Q 正傳》的劇本在《戲劇時代》（歐陽予倩、馬彥祥主編）第 1、2 期發表。這個劇本是中旅劇團爲了配合抗戰演出的需要，爲了負起救亡的責任而邀請田漢創作的。田漢改編的《阿 Q 正傳》後來演出的次數最多。1937 年 10 月由戲劇時代出版社出版單行本，1939 年 5 月改由現代戲劇出版社出版。

劇本分爲五幕，無標題，每幕的地點分別爲：紹興一村鎮酒店——咸亨字號前；趙太爺家的廚房；未莊的一端；咸亨酒店的側面、紹興府監獄的一角。劇情主要描寫阿 Q 與王鬍打架，阿 Q 調戲吳媽，阿 Q 在未莊人都躲避他之後遷怒於小 D，假洋鬼子不准阿 Q 革命，阿 Q 被關在獄中後遭冤殺。

劇本在人物和情節設計方面都有變化。全劇共有出場人物 47 人，增加了《故鄉》中的閏土、楊二嫂、；《風波》中的趙七爺、七斤、七斤嫂、八一嫂，《狂人日記》中的狂人。另外虛構了阿 Q 獄中的一些難友，如光復會員馬育才、趙太爺的佃戶陳南生、舉人老爺的佃戶劉子貴等，並把狂人虛構爲出身於有錢人家並愛上佃戶女兒的吳之光，他因爲同封建衛道的兄長決裂而入獄。劇本在情節方面最大的改動就是設計了「監獄」一幕戲，重點描寫被壓迫者的覺醒和反抗鬥爭，以突出階級鬥爭和民族鬥爭的色彩：狂人吳之光控訴封建宗法制度與家庭禮教「吃人」的罪惡；佃戶劉子貴揭露封建勢力在經

濟上對農民的殘酷剝削與欺壓。結尾寫阿 Q 被殺，光復會員馬育才說：「死了一個天真無辜的農民。朋友們，中國革命還沒有成功，殘餘封建野獸還在吃人，讓我們繼續奮鬥替千百個阿 Q 復仇吧。也讓我們去掉每個人心裏的阿 Q，爭取中國痛苦人民的真正勝利吧。」

這個改編本引起了較大的爭議，有人批評該劇第五幕憑空偽造一個監獄，「根本上是荒唐的」，也有人指出「這劇本成功部分，也是第五幕」。其實，該劇的根本問題是改編者為了配合抗日戰爭的形勢而有意的拔高了劇中許多人物形象，如把吳媽寫成潑辣風流的女子，閏土也有較高的覺悟等，有違於原著中刻畫出的那些落後愚昧的群眾形象。

1937 年 12 月 21 日，為了紀念魯迅逝世一週年，中旅劇團在武漢正式公演了該劇，洪深擔任導演，姜明氏扮演阿 Q，演出使武漢劇壇「轟動一時」，受到了觀眾的好評。田漢為演出題詞：「河山破碎已如此，我們豈肯做蟲豸？亡我國家滅我種，豈是兒子打老子？寇深矣，槍斃人人心中阿 Q 性，速與敵人戰到底！」為祝賀公演，田漢在《關於〈阿 Q 正傳〉的上演》一文中指出《阿 Q 正傳》改編演出所具有的重要的現實意義，他說，魯迅作品中的辛亥革命的主要對象趙太爺、錢太爺、假洋鬼子之流已成為漢奸，在當今抗戰中要破除阿 Q 式的精神勝利法，認清敵我，要發揚至死不妥協的精神。當時在武漢的周恩來也為《阿 Q 正傳》的演出題詞：「堅持長期抗戰，求得中華民族的徹底解放，以打倒中國的阿 Q 精神！」

此後許多劇團多次演出該劇。1938 年 4 月，上海業餘人劇團協會在成都演出該劇，趙丹、錢千里、吳茵、顧而已參加演出；1938 年 7 月，中旅劇團在香港演出該劇，唐槐秋導演；1938 年新四軍戰地服務團在皖南新四軍軍部禮堂演出該劇第 2、4 兩幕，吳強扮演阿 Q，張瑞芳扮演吳媽；1939 年 7 月 30 日，由益友、工華、精武、職婦四個劇團在上海「孤島」聯合義演了該劇，當天，許幸之的劇本還在上演，「孤島劇運史上的盛事」。1940 年 9 月，昆明青年會學生救濟委員會和西南聯大戲劇研究室合作演出該劇，導演鄭嬰；1942 年，國防藝術社在桂林，1948 年 7 月，上海交大學生在上海也演出該劇。通過一系列的演出，進步的文藝工作者打破了劇壇的沈寂，學習和繼承魯迅精神，「把文藝磨練成一種銳利的武器」，鼓舞民眾鬥志，同敵人作英勇鬥爭。

從上述 3 個《阿 Q 正傳》的改編本可以看出，改編《阿 Q 正傳》的目的更

多的在於揭示出存在於民眾中的阿 Q 的精神勝利法，服務於抗戰宣傳。〔註7〕

②《阿 Q 正傳》的 4 個插圖本
豐子愷的《漫畫〈阿 Q 正傳〉》

魯迅逝世後，豐子愷決心以《阿 Q 正傳》為題材創作連環漫畫，以這種獨特的方式緬懷與宣傳魯迅。1939 年 7 月，豐子愷創作的《漫畫〈阿 Q 正傳〉》連環畫歷經艱難曲折之後終於由北京開明書店（上海開明書店的分店）出版，收錄了漫畫 54 幅。

豐子愷在抗戰期間創作與出版這部畫集時遭到了日寇的多次破壞，但是豐子愷沒有屈服，而是把創作與出版這部宣傳魯迅作品的畫集當作對日寇的抗爭。1937 年春，豐子愷在杭州的家中開始創作《阿 Q 正傳》的漫畫，同年夏天由他的學生張逸出資印刷。這些漫畫被製成 54 塊鋅版後交給上海南市的一家印刷廠付印，但不久「八一三」事變爆發，畫稿和鋅版都被日寇的炮火炸毀。豐子愷在逃難途中暗下決心要「重作此畫，以竟吾志」。1938 春，豐子愷在武漢重繪了其中的八幅漫畫並分兩次寄給廣州《文叢》雜誌先行發表，但是先寄出的兩幅漫畫如期發表，後寄出的六幅卻在廣州遭到日寇大轟炸時下落不明。這更堅定了豐子愷創作這部畫集的意志，他說：「炮火只能毀吾之稿，不能奪吾之志。只要有志，失者必有復得，忘者必可復興。」（《漫畫〈阿 Q 正傳〉的初版序言》）。1939 年，將赴廣西宜山江浙大學任教的豐子愷因為日寇轟炸而滯留在桂林，他於是利用這一段時間僅用了 10 天就重繪完了《阿 Q 正傳》的漫畫，在經過在桂林的紹興籍友人張辛生和章雪山對畫作中的紹興風土人情不足之處的指點之後，豐子愷又作了認真修改，在 4 月將畫稿寄給上海開明書店前囑女兒印摹了一套留底以防三度丟失。這次終於順利的在 7 月由北京開明書店出版。

凌月麟評論說，豐子愷創作的阿 Q 形象「臉孔癡呆，身著補丁衣服，腰間束粗布帶，可見是一個貧困、愚昧的農民形象；從人物腰束上插旱煙杆，雙手叉腰後的動作，也顯示出阿 Q 沾了些游手之徒的習氣」。豐子愷在繪畫上「既借鑑了國外構圖法的先進技藝，又結合中國繪畫『詩中有畫，畫中有詩』的傳統，創造出筆法簡練古樸、畫面活潑有趣的風格和韻味。《漫畫〈阿 Q 正傳〉》體現了字畫相配的風格，每幅墨寫的圖畫中均摘引、手書了原著中的文

〔註 7〕凌月麟《戲劇舞臺上的阿 Q 形象——魯迅小說〈阿 Q 正傳〉的六個話劇改編本》，《上海魯迅研究》第 10 輯。

字，文字極精練，位置或左或右，容於畫面之中，起到畫龍點睛之意。漫畫還按照構圖的需要，在一些畫面中繪上兒童的形象，有幾幅寥寥幾筆，畫了貓、鳥、狗及蜘蛛等小動物，從而增添了生活情趣，加強了漫畫的感染力」。〔註8〕

　　這部連環漫畫出版後受到讀者的歡迎，成爲《阿Q正傳》插圖中流傳最廣、影響深遠的一種，對於擴大魯迅作品的傳播起到了重要的作用。豐子愷在初版序中說：「阿Q雖極普遍，然未曾有讀過者亦不乏其人」，自己的漫畫可以「使它們便於廣大群眾的閱讀，就好比在魯迅先生的講話上裝一個麥克風，使他的聲音更擴大」。（《繪畫魯迅小說》序言）。但是，這部漫畫也受到了一些批評，1940年，馮雪峰以「維山」爲名在浙江金華出版的《刀與筆》第2、3期發表了《讀漫畫〈阿Q正傳〉》和《讀漫畫〈阿Q正傳〉的更正》，批評豐子愷既「沒有在繪畫上創造出阿Q的形象」，也沒有從廣泛性和深廣性上抓住「阿Q的精神」。

丁聰的《阿Q正傳插圖》

　　爲紀念魯迅，丁聰在徵求友人的意見之後，決定爲《阿Q正傳》畫漫畫插圖。1943年，丁聰在成都半年的流亡生活中繪出了《阿Q正傳》的插圖，同年在陳白塵主編的《華西晚報》上連載。因爲戰時鑄版和紙張的條件都極差，丁聰便在創作《阿Q正傳》的插圖時特意把插圖畫成直線特別多，具有現代木刻畫刀法的畫面。1944年3月，丁聰創作的《阿Q正傳》插圖裝裱成長卷和冊頁在重慶展出，反響強烈。著名書畫家吳作人、著名美術裝飾家龐薰琹等文化界人士紛紛題詞，肯定了丁聰創作的阿Q形象。吳作人題詞說：「阿Q是人類弱點的化身，每個讀阿Q者都照見了自己。小丁這幾頁版畫裏，每刀都刻中了我們靈魂中恥辱的傷痕。」龐薰琹則結合社會現實，希望丁聰通過塑造阿Q漫畫形象來掃除大後方的阿Q精神：「阿Q的靈魂似乎到處都存在，尤其在這大後方阿Q好像更爲活躍。小丁、小丁！希望你把這些阿Q釘死在十字架上。小丁、小丁！希望把你這支筆來掃一掃清未莊文化。」

　　1945年2月，丁聰創作的《阿Q正傳插圖》由重慶群益出版社出版，收錄了丁聰繪、胥叔平刻的《阿Q正傳》插圖25幅，每幅畫的背面印有從《阿Q正傳》中摘錄的有關文字。畫集的出版得到了眾多文化界名流的支持：沈尹

〔註8〕凌月麟《美術作品中的阿Q形象——魯迅小說〈阿Q正傳〉六種插圖、連環畫》，《上海魯迅研究》第12、13輯。

默題簽、茅盾和吳祖光作序、黃苗子裝幀並作跋，成都刻字鋪的木刻名匠胥叔平雕版，胥叔平使用普通簡單的刻刀與木板，鐫刻出「原作神韻，不爽毫釐」，爲丁聰的插圖增添光彩，美中不足的是因爲戰時出版條件較差而使用了土紙本和木版印刷的方式共印刷了2000冊。1946年9月，畫集改名爲《阿Q正傳插畫》由上海出版公司重新用鋅版印刷，並新增加了許廣平的序言。

丁聰在創作《阿Q正傳插圖》的過程中準確地把握了魯迅筆下阿Q的性格，以「忠實和一絲不苟」及「認眞地、下苦功的」態度，運用「寫實的作風」，較好的塑造了阿Q的形象。插圖中的第一幅阿Q畫像就動地刻畫出阿Q「精神勝利法」的性格特徵：「畫面上的阿Q，身著破舊的衣服，右手執旱煙杆，頭歪昂、眼斜視、臉部有種高傲氣。他的兩邊有兩個兒童相陪，他們神情惶惑的注視著阿Q。整幅畫面表現了阿Q那種忌諱缺點，而有對現實心滿意足、目空一切的精神狀態」。[註9] 丁聰的《阿Q正傳插圖》在藝術上取得了一定的成功：「畫面完整而充實，構圖大膽而活潑，線條黑白而分明，顯示了畫家的成熟的藝術技巧」。一些評論紛紛對丁聰的藝術手法予以高度評價，許廣平在《序一》中稱讚畫集是「佳作之林中的一本」。茅盾在序言中指出丁聰「能夠整個地理解到阿Q這典型人物之複雜與深刻，矛盾而又統一」，因爲繪製有難度而沒有畫出阿Q的畫像，但又稱讚了丁聰在整個插圖中所塑造的阿Q形象「小丁的圖畫的《阿Q正傳插圖》無疑的還不能作爲定論的阿Q的畫像，然而它在已有的若干圖畫的《阿Q正傳》中投上了一道清新有力的光芒。」黃苗子在《跋》中說：該書是「阿Q正傳插畫的善本」，是抗戰「藝術書刊中的一顆燦星」。

丁聰的《阿Q正傳插圖》不僅極大的促進了魯迅作品在戰時的傳播，而且也具有重要的現實意義。吳祖光在《序二》中指出丁聰在戰時創作《阿Q正傳插圖》的現實意義：「《阿Q正傳》不但沒有過時，反而在此時此地更顯出它刺心貫革的鋒芒。我們的劣根性、壞習氣，一日不計消除，《阿Q正傳》的含意便是萬古常新的。」茅盾在題爲《讀丁聰〈阿Q正傳〉故事畫》的序言中指出：這些插圖「從頭到底，給人的感覺是陰森而沉重的」，這「比之輕鬆滑稽爲更能近於魯迅原作的精神」。

丁聰的《阿Q正傳插圖》在出版後受到了廣大讀者的歡迎，到1951年就

〔註9〕凌月麟《美術作品中的阿Q形象——魯迅小說〈阿Q正傳〉六種插圖、連環畫》，《上海魯迅研究》第12、13輯。

已經出版了四版。另外，國內外出版的一些《阿 Q 正傳》也喜歡選擇丁聰的《阿 Q 正傳插圖》作爲插圖：1947 年，上海時代出版社出版的羅果夫翻譯的俄文版《阿 Q 正傳》中選用了丁聰爲《阿 Q 正傳》所繪的插圖中的 12 幅插圖；1952 年，日本八卜書房出版的田中清一郎和中澤信三翻譯的日文版《阿 Q 正傳》中也選用了丁聰的這些插圖。

葉淺予繪畫的《阿 Q 正傳圖畫冊》

1937 年，葉淺予繪畫的《阿 Q 正傳圖畫冊》由東方快報社版，共收錄漫畫 12 幅。

劉建庵的《阿 Q 的造像》

1943 年，劉建庵創作的《阿 Q 的造像》由桂林遠方書店出版，收木刻畫 50 幅，根據魯迅小說《阿 Q 正傳》刻成。

2、「孤島」及淪陷區的反響

（1）魯迅著作的出版

1937 年 1 月，在上海文化界地下黨組織的領導下，胡愈之發起組織復社。復社設在鉅鹿路胡仲持的家中，主要成員有胡愈之、張宗麟、黃幼雄、胡仲持、鄭振鐸、王任叔等。在上海淪陷成爲「孤島」之後，留在上海的魯迅紀念委員會成員決定利用「孤島」的特殊社會環境，由胡愈之、鄭振鐸創辦的復社出版《魯迅全集》。

4 月，胡愈之爲出版《魯迅全集》事宜到香港同蔡元培、宋慶齡聯繫，並商議募集出版資金的問題。後復社用魯迅先生紀念委員會的名義，發出了《〈魯迅全集〉發刊緣起》、《〈魯迅全集〉募集紀念本訂戶啟事》，發售了《魯迅全集》預約券，還以蔡元培、宋慶齡的名義發出了《魯迅先生紀念委員會主席蔡元培、副主席宋慶齡爲向海內外人士募集紀念本的通函》。周恩來、邵力子、沈鈞儒在武漢，茅盾、巴金、王紀元在華南，陶行知在美國分別支持和協助了《魯迅全集》的徵訂工作。

《魯迅全集》的編輯計劃由許廣平、鄭振鐸、王任叔起草，經過上海文化界友人的集體編審。4 月 22 日，許廣平編完了《集外集拾遺》，5 月編完了《譯叢補》。編入全集的魯迅遺稿有《嵇康集》、《古小說鉤沉》、《漢文學史綱要》、《藥用植物》、《山民牧歌》等。全集的出版印刷由胡仲持、張宗麟、黃幼雄主持，校對工作由許廣平、王任叔、蒯斯曛、唐弢、柯靈擔任，復社黨

內負責人陳明負責發行工作。6 月 5 日，蔡元培爲全集作序，7 月 7 日，許廣平作全集《編校後記》，《魯迅年譜》也由周作人、許壽裳、許廣平執筆，許壽裳統稿完成。

在中共上海地下黨組織支持下，復社同仁僅用了三四個月時間就奇蹟般地在 8 月 1 日以魯迅全集出版社的名義出版了 20 卷本將近 600 萬字的《魯迅全集》。全集分甲種、乙種紀念本和普通本。甲種、乙種紀念本各印 200 部，編號，均爲非賣品。乙種紀念本附有柚木書箱，上面刻有蔡元培題字「魯迅全集紀念本」。普通本印刷 1500 部，很快銷完。這套全集前 10 卷收錄魯迅的創作、學術專著與輯校的部分古籍，後 10 卷收錄魯迅的翻譯作品。卷前有蔡元培序，各卷卷首均有魯迅各個時期的照片和墨蹟，卷末還附錄了《魯迅自傳》、許壽裳編的《魯迅年譜》以及許廣平撰寫的《編校後記》等。

這部《魯迅全集》存在一些不足之處：首先就是收文不全，不僅因爲時間和環境等原因所限沒有大範圍的搜集魯迅的佚文，而且也沒有收入魯迅的日記和一些已經保存下來的魯迅的書信，後來許廣平被日寇逮捕後魯迅 1922 年的日記被日寇破壞，由此造成了無法彌補的損失；另外，因爲時間緊張、人員不足等原因，全集中存在不少的編校錯誤。雖然如此，這部全集對於在戰爭環境下傳播和保存魯迅著作以及弘揚魯迅精神、鼓舞民眾抗日鬥爭都起到了巨大的作用。

此後，魯迅先生紀念委員會、魯迅全集出版社又陸續出版了《魯迅全集》單行本，計 20 種，約 4 萬冊。

1941 年 10 月，魯迅紀念委員會和魯迅全集出版社爲紀念魯迅逝世五週年出版了魯迅生前自己編定的《魯迅三十年集》，分三函收錄了魯迅從 1906 到 1936 年的著作共 29 種、30 冊。這套文集由許廣平借款印刷，1947 年 10 月再版。1946 年 10 月在東北解放區的大連光華書店和哈爾濱書店分別重印。

1941 年 9 月 6 日，《上海週報》第 4 卷第 11 期發表由上海文化工作者 156 人簽名的《〈魯迅三十年集〉推薦》，指出《魯迅三十年集》的出版「對於先生逝世五週年是最有意義的紀念，也是戰時文化中《全集》出版之後又一偉大的貢獻」，指出「魯迅先生的書是新時代的經典，是苦難大眾的糧食，須我們來加以推薦。」

10 月 7 日，許廣平爲王冶秋編輯的《魯迅序跋集》寫序，此書在魯迅生前已經編好，並得到魯迅的支持，收錄序跋 134 篇，20 多萬字。後來因爲太

平洋戰爭爆發，文化生活出版社負責出版該書的陸蠡被日寇殺害，此書未能出版，原稿也毀於戰火。

1941 年 12 月 8 日，「太平洋戰爭」爆發，上海全部淪陷。15 日凌晨五時，日寇逮捕了許廣平，並抄走了魯迅 1912～1925 年的日記手稿和一部《魯迅三十年集》。魯迅的藏書在機智的女傭的掩飾下幸免於日寇的破壞。

（2）紀念魯迅的文章與著作

抗戰期間，文化界的進步人士利用「孤島」的特殊環境出版、發表了一些紀念魯迅的文章，有力地宣傳了抗日救國的思想。

1938 年 8 月，新文出版社在上海出版了《魯迅新論》一書，收錄了毛澤東的《論魯迅》及瞿秋白、馮雪峰、蕭三、王明、陳獨秀等中國共產黨人論述魯迅的文章共 9 篇，這本書的出版對於在「孤島」地區傳播魯迅乃至傳播中國共產黨的文化政策起到了重要作用。

為紀念魯迅逝世兩週年，一些報刊設立了專欄或專輯。10 月出版的《文藝陣地》二卷一期設立了「魯迅先生逝世二週年紀念特輯」，發表了魯迅的手跡八幅，並刊登了景宋、王任叔、鄭振鐸、適夷（樓適夷，下同）等人的文章和魯迅遺像、遺物、喪儀與魯迅家屬等照片十多幅；10 月，《文藝新潮》月刊在上海創刊，在第 1 卷第 1 期設有紀念魯迅逝世二週年專欄，刊登了王任叔、巴金、林之材等人文章，卷首有陶元慶畫的「魯迅先生像」；上海《文匯報》副刊《世紀風》在 19 日、20 日連續兩天刊登了「魯迅先生逝世二週年特輯」，發表景宋、孔另境、唐弢等人的 5 篇文章；11 月 1 日，趙家璧主編的《大美畫報》2 卷 3 期出版了「中華民族戰士魯迅先生逝世二週年祭」特輯，刊登了許廣平提供的介紹魯迅生平活動的紀念圖片 25 幅；11 月，阿英主編的《文獻》出版了「魯迅逝世二週年紀念特輯」，發表了毛澤東的《論魯迅》和景宋等人的文章。

在紀念魯迅兩週年的時候，進步文化界內部圍繞如何繼承和發揚魯迅的雜文而發生了一場論爭。10 月 19 日，巴人（王任叔，下同）以編者的名義在《申報‧自由談》發表了《超越魯迅》一文，提出要認真學習魯迅的雜文風格。同日，鷹隼（阿英，下同）在《譯報‧大家談》上發表了題為《守成與發展》的紀念魯迅的文章，指出不應該寫「魯迅風」似的雜文，還不點名批評巴人，從而引起了關於「魯迅風」的論爭。次日，阿英又發表《題外的文章》，對巴人提出質問。22 日，巴人在《申報‧自由談》發表《題內的話》反

駁阿英。12月7日，中共地下黨領導人孫一洲（孫冶方）在《譯報週刊》上發表了《向上海文藝界的呼籲》一文，呼籲論爭雙方互相勸阻自己的戰友不要浪費精力，並肯定「魯迅風」雜文是「最厲害的工具」。12月28日《文匯報・世紀風》刊登巴人、阿英、柯靈、唐弢等37人署名的《我們對「魯迅風」雜文文體的意見》，指出：魯迅是偉大的，其雜文的幽默諷刺風格，不僅在過去、現在，就是將來也有偉大價值；認為論爭應該停止，希望文藝界加強團結，負起抗日的重任。這份公開的意見書被視為「魯迅風」論爭的小結。

1939年1月11日，為繼承發揚魯迅雜文的戰鬥傳統，《魯迅風》週刊（後改為半月刊）在上海創刊，到當年9月5日第19期停刊。《魯迅風》是「孤島」時期刊載雜文的刊物，金性堯、王任叔先後任編輯，主要作者有景宋、唐弢、石靈、柯靈、孔另境等。2月8日，《魯迅風》週刊第5期刊登《魯迅先生早期的日記》（1912年5月5日～5月22日），並發表了許廣平、柯靈介紹魯迅日記的文章。2月15日《魯迅風》週刊第6期刊登了《魯迅先生早期的日記》（1912年5月23日～6月10日）。《魯迅風》的出版對於在上海「孤島」傳播魯迅、研究魯迅起到了重要的促進作用。

10月19日，上海《文藝新聞．》第3號出版，是「魯迅先生逝世三週年特輯」，刊登景宋、蕭軍、端木蕻良、鍾望陽等人文章。

1940年，上海宇宙風出版社出版郁達夫《回憶魯迅及其他》，同年2月、7月出第2、3版。書內回憶魯迅的文章在1939年分四次在上海《宇宙風乙刊》發表。

同年，曹聚仁、鄧珂雲編輯的《魯迅手冊》由上海群眾圖書雜誌公司出版，收錄了一些有關魯迅的史料和30多篇魯迅作品，以及相的關回憶、紀念、研究魯迅的文章，並附錄了魯迅喪儀的介紹等，共400多頁。「太平洋戰爭」爆發後，此書大部分被燒毀，流行在外的不過200多本。1947年2月，上海博覽書局又再次出版，曹聚仁作《劫後重版前記》，1948年5月再版。

8月1日，上海《學習》半月刊第2卷第9期出版「魯迅先生誕辰六十週年紀念特輯」，刊登了辛石、克土（周建人）、文超等人的紀念文章7篇。

1940年第4季度，在上海「孤島」內出版的《新文藝》月刊創刊，創刊號是《魯迅先生逝世四週年特輯》，刊登了史沫特萊撰寫的《魯迅是一把寶劍》（凡容翻譯）等文章，史沫特萊在文章中高度評價魯迅的文學貢獻：

在我，彷彿魯迅並不曾死，那是因為他的著作不僅有幾小時或

者幾天或者幾星期或者幾個月的價值而已，他的著作是縱垂久遠橫
被世界的，他的著作字裏行間都滲透著爲建立一個新中國而鬥爭和
再鬥爭。他在這一鬥爭中間毫不寬容，不知道懼怕，無畏的鬥爭做
成他的性格的凸出的因素，那就是他的作品爲什麼在今天和過去一
樣的眞實生動，爲什麼在未來的若干年間對於進步力量永遠是活生
生的有權威的前驅，以及爲什麼人們難於相信他眞的死了的緣故。
中國的史家，倘不閱讀他的著作，決不能瞭解從五四到現在，從現
在到未來的若干年間這一時期的中國，因爲他著作中間，用美和有
力的言辭，表現了新中國的偉大創造的革命力量。魯迅之所以成爲
一個天才，而不僅是一個有擅長有能力的像我輩其餘的人一樣，就
因爲他具有這縱垂久遠橫被世界的普遍性和創造的才能。

1941 年 3 月，李平心撰寫的《論魯迅的思想》一書由上海長風書店出版了，
全書分爲三章 12 節，附錄「思想家的魯迅」。這是第一部系統的研究魯迅思
想的力作，1946 年改名爲《人民文豪魯迅》由心聲閣在上海重排出版，1947
年 3 月出第 3 版；10 月 16 日，上海《學習》半月刊第 3 卷第 2 期是魯迅逝世
五週年特輯，發表了蕭三、茅盾、歐陽凡海等人的十多篇文章；10 月，上海
刀筆社在「孤島」編輯出版了《刀與筆》第一集《魯迅五年祭》，封面是麥杆
創作的魯迅雕塑像，內文中刊登了紀念魯迅的論文、雜文、詩歌和版畫；11
月 8 日，蔣錫金主編的《奔流新集》第一集《直入》出版，刊名採用了魯迅
的文章名。該期發表了魯迅遺稿《勢所必至，理有固然》和魯迅與馮雪峰兩
家的合影及許廣平的文章。

1943 年 10 月 25 日，上海《太平洋週報》出版紀念魯迅逝世七週年專輯，
刊登了內山完造的《一人點頭》、關露的《一個可紀念的日子》、陶晶孫的《魯
迅的偉大》等文章、詩歌 10 多篇。

1944 年 1 月，上海中華日報社出版了楊之華編輯的《文壇史料》一書，
共分爲 4 輯。第一輯是「關於魯迅」，收錄了上海《中華副刊》刊登的「紀念
魯迅先生特輯」中的 10 多篇文章。內山完造支持本書編輯工作，他不僅提供
了 3 篇文章，還把自己珍藏的魯迅日文原稿和遺札供該書影印。3 月，此書再
版；10 月，上海《中華日報》爲紀念魯迅先生逝世八週年陸續刊登了《先生
八年祭》等 9 篇文章。

10 月 10 日，上海《文藝春秋叢刊》之一發表了小田嶽夫著、范泉翻譯的

魯迅傳記文章《魯迅先生的晚年》，12月與次年3月、6月出版的其他3期又繼續刊登了范泉翻譯的這篇魯迅傳記的譯文。為了糾正此前的一些小田嶽夫《魯迅傳》中文譯本中的錯誤，范泉在許廣平的支持下重新翻譯了此書，譯文曾經許廣平審閱。1946年9月，上海開明書店以《魯迅傳》為書名出版了范泉譯作的單行本，分為「清代」、「辛亥革命之後」、「國民革命以後」3部分，共13章。這個譯本非常暢銷，1946年11月再版，1949年1月出版了第5版。

（3）紀念魯迅的活動

在「孤島」時期，上海文化界進步人士多次在魯迅逝世忌日之際舉行紀念活動，把紀念魯迅作為凝聚文藝界抗日力量的一種有力方式，進一步推動「孤島」的抗日宣傳工作。

1939年10月19日，上海「孤島」文藝界進步人士秘密舉行了魯迅逝世二週年紀念會，會場擺放著剛出版的《魯迅全集》甲種和乙種兩種紀念本。會議主席鄭振鐸在致詞中說：「魯迅幾十年來都是生活在惡勢力的壓迫之下，但他仍然堅強的奮鬥、反抗、工作。這種『威武不能屈，富貴不能淫，貧賤不能移』的精神是值得我們學習的。……一個真正的文藝工作者，所可寶貴的，也正是有這種精神。可幸的是，回顧抗戰以來的一年多的光陰中，我們這一群真正的文藝工作者沒有一個變節，甚至沒有一個與敵人有一絲一毫的往來，而留在『孤島』的文藝工作者更是大義凜然」。許廣平在講話中對在魯迅忌日因日寇瘋狂侵略而不能到魯迅墓前致哀表示無比的悲憤，同時也欣慰於《魯迅全集》在重重困難環境下得以出版，她說：「在這偉大的抗戰裏，我們繼承他的意志，不投降、不屈服，一直工作、工作，試看《魯迅全集》在重重困苦的環境下靠了許多朋友的合作幫助居然印出來了，這就是很好的說明」，這表明魯迅永遠活在人民的心裏。復社負責人王任叔在會上報告了編輯出版《魯迅全集》的經過。會上還討論了如何學習魯迅生前所提倡的少說風涼話，多埋頭工作的精神，搞好文藝界的團結。

同日，上海青年團體集會，紀念魯迅逝世二週年，許廣平在演講中希望青年學習魯迅，艱苦抗戰，爭取「民族復興的曙光」。演講記錄經許廣平修訂後在11月1日出版的上海《鐘聲》半月刊2卷2號刊登。

同日，上海「孤島」文藝青年在某戲院舉行魯迅逝世三週年紀念會，樓適夷、戴平萬、關露、朱維基、鍾望陽、蔣錫金出席。湯湘伊作詞、戈斯譜曲的《魯迅先生紀念歌》低沉而雄壯，拉開了這次紀念會的帷幕。關露朗誦

了自己創作的詩歌《魯迅的故事》（描述童年時代的魯迅在一次遊戲中不願作奴隸角色，把小朋友召集在自己周圍的故事，讚揚了魯迅反抗壓迫的戰鬥精神，表達了中華民族「優秀的子孫不作奴隸」的英雄氣概）、蔣錫金朗誦了魯迅的散文詩，戲劇交誼社表演了容納執筆、鍾望陽等根據魯迅小說改編的獨幕話劇《長明燈》，該劇由鍾望陽、小芸、殷憂、容納等自編自導自演，劇本忠實於原著，把魯迅小說中描寫的吉光屯中死守長明燈鬼火的腐朽勢力與一定要熄滅長明燈，甚至要放火的「瘋子」的叛逆形象展現在舞臺上，起到了配合現實，鼓舞鬥志的作用。當時一位參加紀念會的文藝青年說：「這戲的展開，我們已經能夠見到先生和舊社會惡戰的一面了，人物的演出也能夠刻畫出時代的特性」。

同日，在「孤島」某一學校教室內，部分文化青年也秘密舉行了魯迅紀念會，會場上懸掛著魯迅像，兩旁排列著魯迅的 13 張照片，臺上擺放了兩束鮮花。會議主席致詞：「今天是一位世界巨人——魯迅先生逝世三週年的紀念日，我們以這樣一個儀式來紀念先生，雖不足以表示我們對先生崇敬的心情，但我們都是興奮的，因為先生的精神未死，仍始終如一地保持在我們心的深處。我們是一班文化學徒，應該學習先生的精神，並也有責任將它灌輸到每個人的頭腦中去，使中華民族能本著先生的精神發揚光大起來，這便是我們紀念先生的意義」。與會者感到「我們的前途是光明的，先生的精神永遠不死。」

10 月，上海的一些哲學社會工作者在羅稷南家中舉行「魯迅思想座談會」，集中討論魯迅思想的發展與特點，許廣平在會上作了發言。李平心後來將座談會的討論結果，寫成題為《思想家的魯迅》的長篇論文，發表於王任叔主編的《公論叢書》第三輯。

1940 年 8 月 4 日，上海各民眾團體、文藝界在法租界某劇場秘密舉行魯迅誕生六十週年紀念會，這次會議由「孤島」文化界地下黨負責人王任叔和《文藝陣地》的編輯樓適夷負責發起，原定在約 700 人的會場內舉行，並安排音樂和戲劇演出，因為白色恐怖未能實現。青年學生、工人、職員、婦女等各界的代表共 200 多人出席。會場懸掛魯迅遺像和十幅木刻，會上詳細報告了魯迅生平業績，各團體代表發表讚揚魯迅的演說，許廣平、周建人致答謝辭。最後，行列社朱維基、荒牧、屠扶、楊詩帆等五位青年詩人朗誦了紀念魯迅的詩歌《紀念已故魯迅先生六十誕辰》、《紀念魯迅先生的誕辰》、《管

自己的生活》、《仰望這顆星》，讚揚魯迅是「反抗黑暗的鬥士」、「是一支不朽的光焰」。這次活動顯示出上海人民抒發了學習魯迅的戰鬥豪情和抗戰必勝的信念，「在上海的暗空裏顯出了閃耀的姿態」。〔註10〕

（4）魯迅著作的改編

在「孤島」時期，上海先後上演了兩部由《阿Q正傳》改編的劇本，進一步促進了《阿Q正傳》在「孤島」的傳播，並在一定程度上配合了抗日救亡的宣傳。

1938年，張冶兒主演的滑稽戲《阿桂》在上海大世界四樓上演。爲了使觀眾能理解接受這個戲，編者對《阿Q正傳》進行了通俗易懂的改編，不但將阿Q改稱爲阿桂，而且採用南京方言演出，並運用南京方言中特有的大舌、翹舌的發音，突出主角阿桂那種渾渾噩噩、懵懵懂懂、是非不清、好壞不分的典型性格。劇作在突出幽默色彩的同時還盡力避免滑稽劇在當時流行的庸俗色情和粗魯的低級趣味。〔註11〕

1939年7月15～30日，中法劇社在當時新建好的新式話劇劇場上海辣斐劇場公演該劇，許幸之親自導演。中法劇社是由中法劇藝學校主辦、以該校師生和特邀的一些電影演職員組成的股份制職業劇團。《阿Q正傳》是該劇團排演的第一個戲，王竹友飾演阿Q，其他演員有盛婕、韓非、喬奇、胡導、舒適等。排演時，許廣平到現場慰問，劇社還舉行了招待文藝界的座談會，許廣平、唐弢、吳仁智、錢俊匋、孔另境、鍾望陽、汪馥泉、陶亢德、戴平萬等20多人出席。該劇在演出時同時還出版了《中法劇社首次公演〈阿Q正傳〉特刊》，收錄上海知名文化界人士趙景深等人讚揚本次公演的短文和唐弢等在座談會上的發言，並刊登了力群創作的魯迅木刻像等。

3、解放區的反響

（1）魯迅著作的出版

因爲國民黨的封鎖，延安的印刷出版條件極差，在缺少印刷設備和紙張的情況下，延安軍民克服了種種困難出版了一些魯迅著作選集，極大的促進了魯迅在各抗日根據地的傳播。

〔註10〕凌月麟《上海「孤島」時期的幾次魯迅紀念會》，《魯迅研究動態》1986年第10期。
〔註11〕朱伯璉《張冶兒初演〈阿Q正傳〉》，《魯迅研究月刊》1995年第9期。

①《魯迅論文選集》和《魯迅小說選集》的出版

1938 年 8 月，魯迅紀念委員會在 20 卷本的《魯迅全集》出版後送給了延安兩套，一套爲楠木匣裝的皮脊精裝本，一套是布面道林紙本，前者贈給了毛澤東，後者就送給當時中央書記處書記、中央宣傳部長張聞天。這兩套書在抗日根據地發揮了重要的作用。毛澤東在通讀過《魯迅全集》之後加深了對魯迅的認識與瞭解，這些對魯迅的認識後來體現在他對魯迅作出的一系列評價之中，而毛澤東對於魯迅的評價又對 20 世紀中國的文化的發展產生了深遠的影響；張聞天在讀過《魯迅全集》之後，大約在 1939 年 5、6 月間，把這套全集交給當時正在中央馬列學院學習並對魯迅有所研究的劉雪葦，要他先從《魯迅全集》中的論文部分選編出《魯迅論文選集》出版，由此擴大了魯迅在延安及各抗日根據地的傳播。

1940 年 10 月，延安解放社出版了《魯迅論文選集》上、下冊，收錄了魯迅的文章、書信、演講記錄等共 83 篇，並附有 97 條注釋，這是目前所見的最早的魯迅論文的注釋本。張聞天撰寫了該書的序言《關於編輯〈魯迅論文選集〉的幾點說明》。後來，新華日報華北分部、新華書店華北分店、晉察冀分店等處又陸續翻印了此書。

據有關人士回憶：「張聞天所藏的那套《魯迅全集》，許多篇目上已經有他劃的紅圈，意思是可以入選。雪葦把《魯迅全集》重讀了一遍，在編選的時候，除了張聞天同志劃了圈的全部入選外，又加上他認爲還應選入的，經過兩人的面商後，定名爲《魯迅論文選集》。選目確定後，雪葦同志就選文加了必要的注釋（其中有兩條是張聞天寫的：在注釋《答托洛斯基派的信》時，『Reds』和『陳××』，前者注爲『紅黨』，後者注爲『陳獨秀』，這顯然是受了當時王明、康生從『第三國際』回來後大反『托派』的影響，是不妥當的。），交給新成立的中央出版發行部編輯處尹達同志組織人力抄錄付排出版。論文集按照張聞天的圈定也選了《野草》中的《這樣的戰士》等三篇帶有理論色彩的文章。署名本來按照張聞天的意思署張、劉共同編選，但雪葦建議用集體的名義，張聞天表示就用『解放社』的名義出版」。〔註12〕

劉雪葦在該書出版後按照張聞天的指示寫了《關於一部偉大著作的出版》一文，指出了出版《魯迅論文選集》的意義：「像我們今天尚不可能得到大量

〔註12〕 參見唐天然《張聞天同志支持選編的〈魯迅論文選集〉和〈魯迅小說選集〉》，《魯迅研究動態》1988 年第 10 期。

書籍的時候，先一字一句的讀《魯迅論文選集》，研究其每個字句，都是我們民族解放戰爭所迫切需要的，也將使我們這些生活在不斷鬥爭中的後一代，學到許多戰鬥的方法，從思想意識上鍛鍊自己。」

1940年下半年，張聞天又交給劉雪葦編選《魯迅小說選集》的任務。劉雪葦提出的選目，是以照顧到魯迅小說的體裁、內容、時代的各個方面選出的，以反映全面為主，張聞天表示完全同意。劉雪葦撰寫了《關於編輯〈魯迅小說選集〉的幾點聲明》一文指出編選魯迅小說的原則：「選《狂人日記》就是比較看重它的歷史意義成分多一些，選《一件小事》，是著重其表現了作者和無產者的關聯這意義多一些，選《示眾》，則是偏與技巧的成分多一些。」

可以說，張聞天指導編輯的這兩本魯迅作品選集，在各抗日根據地還很少能看到魯迅著作的時候，迅速地擴大了魯迅著作的傳播，為廣大群眾提供了重要的精神食糧。1941年10月18日，亞蘇在《晉綏日報》、《發表的〈魯迅論文〉選集》一文中說：「廣大青年應一字一句讀這本選集，可以學到許多戰鬥的方法，從思想意識上鍛鍊著自己。」

②《阿Q正傳》的註釋本和《理水》的註釋本的出版

1943年7月15日，徐懋庸註釋的《阿Q正傳》由解放區華北書店晉冀豫總店出版，徐懋庸撰寫了46條，共1萬多字的註釋，對《阿Q正傳》的思想及現實意義作了深入淺出的闡發，這是魯迅研究史上第一部《阿Q正傳》註釋本。徐懋庸在《註釋者聲明》中闡述了他對魯迅作品的理解和為《阿Q正傳》註釋的基本意圖，以及自己註釋魯迅著作的宏大計劃。徐懋庸首先介紹了自己從事註釋魯迅小說的原因，他說自己：「對魯迅的作品，也只是淺嘗，未有高度的了悟，但因愛好特深，讀得較久較熟，有的了馬列主義和其他一些知識的幫助，所以，在與許多青年同志討論的時候，有些見解，往往被認為對魯迅的讀者可能有幫助……今年，因為重新參加文化工作了，許多朋友，又以此相勸誘，認為對研究魯迅的運動不為無益，那麼，我就試試看吧」。徐懋庸接著指出了自己註釋魯迅小說的原則：「這回的註釋，是關於作品中所包含的思想的闡發，不涉及個別文字的意義，因為，字義的解決，在讀者是比較容易的。據我研究的結果，魯迅的小說裏面的形象化了的思想，都在他的雜文，雜感之中提出著，發揮著的。由此證明了過去陳西瀅的稱讚魯迅小說，而抹殺他的雜感，真是毫無理由。魯迅的思想是成為完整的，體系的，而且只有一個體系，在論文雜感中所直說的與在小說中所表現的，完全一樣。因

此，要闡明他的小說中的思想，最好就用他自己的論說。我就是打算這樣做的。但現在手頭所有的魯迅的論說，只是一本《魯迅論文選集》，沒有《熱風》以至《且介亭文集》的各個集子，所以許多的資料，無從徵引，這是很苦的。在此附帶聲明一句：希望讀者能寄給我魯迅的書，或借、或贈、或售、或交換，我都是歡迎的。五、據我的研究，魯迅的思想體系，與馬列主義是完全一致的（早年的個別論點除外）；因此在我的注釋中，有時就直接引用馬列主義的原理，但我希望這不至於弄成教條主義的亂套。還有，據我所見，魯迅在作品中作描寫的許多社會現象，現在也還是存在的；因此，我的注釋中，有時常常聯繫到目前的現實，甚至想借魯迅以整風，但我希望這不至於變成風馬牛的胡扯。然而，希望是希望，錯誤總難免出的，這只好依賴讀者的幫助了」。

9 月，華北書店又出版了徐懋庸注釋的《理水》一書，有注釋 27 條。徐懋庸在注釋中強調用大禹的苦幹精神爭取抗日鬥爭的勝利，「爲國家爲人民的前途打算」。

10 月 25 日出版的《華北文藝》第 2 卷第 4 期還進行了關於《阿 Q 正傳》注釋的討論。

毋庸置疑，徐懋庸認爲魯迅的思想體系與馬列主義是完全一致，用馬列主義原理來注釋魯迅的這兩部小說顯得比較生硬、牽強，開創了「文革」時期工農兵用馬列主義注釋魯迅著作的先河。但是，在當時的環境下，徐懋庸對《阿 Q 正傳》和《理水》的注釋對於促進讀者對這兩部小說的理解和擴大魯迅作品在各根據地的傳播都起到了較好的作用，

③魯迅小說集《一件小事》的出版

1944 年 10 月 30 日，八路軍總政治部宣傳部以「延安印工合作社」的名義出版了由他們編選的魯迅小說選集《一件小事》，收錄了《阿 Q 正傳》、《一件小事》、《故鄉》、《祝福》、《孔乙己》等 5 篇小說，每篇小說前有導語後有注釋。這本書是八路軍總政治部宣傳部編印的「文藝讀物選叢之一」，也是魯迅文化史上由軍隊編選出版的第一部魯迅小說集。1947 年，東北解放區翻印此書時把書名改爲《魯迅小說選》。

八路軍總政治部宣傳部在書前的《編輯緣起》中說明了編印「文藝讀物選叢」的目的是爲了供給部隊中一些文化精神食糧，使戰士和幹部「在緊張的戰鬥與生產和整訓中，能得到一些生活上的調劑」。編選的標準「不是從單

純的藝術水平的觀點出發」，而是「針對著我們部隊中的幹部文化水平不高，社會知識與經驗不夠廣闊，想用這些作品來提高我們的文化水平，幫助我們瞭解中國社會各階層的面貌、感情、思想和行動，使一些抽象的社會階級概念形象化。」

在書後的《編後記》中，總政治部宣傳部說明了編選魯迅小說集及以「一件小事」為書名的原因：「這裡所選的幾篇小說，都是魯迅先生自 1918 年至 1922 年前後的作品，反映了『辛亥』及『五四』前後古老中國社會的眞實情況。讀起來令人感到十分重壓，角色也多是些遭盡磨難的人物，但又有什麼辦法呢，中國人民原來就是如此災難深重的。」編選者強調指出：「但魯迅先生不盡看到舊中國的罪惡方面，災難方面，而且也預見到前面的曙光，像《一件小事》中的車夫這個新型的人物。因而魯迅先生不僅是悲哀與詛咒舊的東西，而且歌頌新的東西，鼓舞大家有推翻陳舊的骯髒的災難的中國，而創造一個光明的新中國的決心和勇氣，鼓舞大家努力，『地上原沒有路，走的人多了，就成了路』。並且鼓勵大家在社會改造的事業中，要有決心和勇氣反省自己的缺點，以便改造自己。魯迅先生對勤勞的人民抱著極大的同情心，極大的敬仰心，和極大的希望的，這就是本書以《一件小事》為署名的意思。」

編選者結合根據地的現實對每一篇小說都撰寫了介紹性的「導語」，指明小說的現實意義，讓讀者認眞學習並體會這些意義。例如，編者為《阿 Q 正傳》撰寫了一千多字的導語，並在導語的最後結合當時的整風運動說：「我們是從舊的中國走出來的，並正在走著，舊中國和中國人的惡根性（阿 Q 相）不能不或多或少的殘存在我們的身上。我們應該正視它，把阿 Q 當作一面鏡子，去好好反省，好好改造。」〔註13〕由此可見，八路軍總政治部宣傳部編選這部魯迅小說集的目的是對戰士進行思想政治教育。

（2）紀念魯迅的文章與著作

因為中共中央在魯迅逝世之後對紀念魯迅活動的大力倡導，延安及各抗日根據地的文化界人士都積極投入了黨中央掀起的紀念魯迅的活動之中，相繼撰寫了大量的紀念魯迅的文章，並出版了一些研究魯迅的著作和雜誌，這些文章都緊密結合根據地的現實對魯迅作了新的闡釋與解讀，不僅重點突出魯迅的革命精神，而且開始把魯迅塑造成共產主義者。

〔註13〕丁景唐《關於延安出版的〈一件小事〉》，《魯迅研究月刊》1997 年第 1 期。

　　1938 年 10 月 16 日，延安大型文藝刊物《文藝突擊》創刊號設立了「紀念魯迅先生逝世二週年」專欄，發表了魯迅的一些語錄和艾思奇的《學習魯迅主義》、陳荒煤的《老頭子》、林山的《誓詞》等文章；10 月 18 日，安徽新四軍救亡旬刊社出版的四開油印刊物《救亡》第 12 期設立了「紀念魯迅逝世二週年」紀念專號，發表了李一氓的《追憶魯迅先生》等文章；10 月 20 日，中共中央機關報《新中華報》設立了「紀念魯迅逝世二週年」專版，通欄標題是「學習魯迅先生的戰鬥精神，以戰鬥的行動去紀念魯迅先生！」並刊登了柯仲平等 3 人的文章；10 月 23 日，晉察冀抗日根據地《抗敵報》設立了「紀念魯迅逝世二週年」專欄，發表了關白（鄧拓）等人紀念魯迅的詩文；10 月 31 日，延安《解放》週刊第 55 期發表了成仿吾的文章《紀念魯迅》，高度評價魯迅劃時代的功績及其歷史地位；11 月 7 日，延安出版的《解放》週刊第 56 期發表了周揚紀念魯迅逝世二週年的文章《一個偉大的民主主義者的路——紀念魯迅逝世二週年》。

　　1939 年 10 月 17 日，晉察冀《抗敵報》出版了「魯迅先生三週年祭」專欄，發表了鄧拓、田間、邵子南等人的詩文，並轉載了蕭三的《魯迅與新文字》一文；10 月 19 日，《新華日報》在頭版發表了社論《紀念偉大的民族戰士魯迅先生》，社論概述了魯迅的貢獻，號召繼承魯迅精神，「堅持我們的民族抗戰」。同日起，該報還連續兩天出版紀念專版，刊登了胡風、歐陽山、羅蓀、戈寶權、潘梓年、草明的文章；10 月 20 日，蕭三在《新中華報》發表了《魯迅逝世三週年紀念》一文，並被 30 日出版的延安《解放》週刊第 87、88 期轉載；11 月，延安的《中國青年》雜誌發表了蕭三的《魯迅與中國青年》一文，次年重慶的《文藝陣地》、《群眾》與廣東的《新華南》等雜誌又先後轉載。

　　1940 年 2 月 15 日，陝甘寧邊區文協機關刊物《中國文化》創刊，發表了毛澤東的《新民主主義的政治與新民主主義的文化》（是《新民主主義論》的一部分），首次公開披露毛澤東對魯迅的崇高評價：「魯迅是中國文化革命的主將，他不但是偉大的文學家，而且是偉大的思想家與偉大的革命家……魯迅的方向就是中華民族新文化的方向。」4 月，戰時木刻研究社出版了《戰鼓——魯迅紀念木刻展專號》，表達了受魯迅影響的木刻青年在抗戰期間對他們的木刻導師魯迅的悼念；8 月 15 日，《大眾文藝》1 卷 5 期設立了「紀念魯迅六十生辰」的專欄，刊登了周文的《魯迅先生和「左聯」》、茅盾的《為了紀

念魯迅的六十生辰》、丁玲的《「開會」之與魯迅》、胡蠻的《魯迅在生活著》
等文章；10 月 15 日，《大眾文藝》2 卷 1 期設立了「紀念魯迅先生」專欄，
刊登了茅盾的《關於〈吶喊〉和〈彷徨〉》、蕭三的《魯迅在蘇聯》、胡蠻的《魯
迅的最深苦痛》、劉雪葦的《關於一部偉大著作的出版》等文章；10 月 17 日，
延安《新中華報》發表了唐喬的論文《魯迅的方向就是新文化運動的方向——
紀念魯迅逝世四週年》；同日，延安出版的《中國文化》第 2 卷第 2 期發表了
《魯迅的方向就是中華民族新文化的方向》的社論，社論指出了魯迅成為一
個「共產主義者」的原因：「面向將來」、「依靠社會戰鬥的生活」、「依靠大眾」，
因此魯迅「就從激進的民主主義者成了一個優秀的共產主義者。這樣，他不
但發現了辛苦和飢餓的農民大眾，而且也發現了真正能阻止其沒有吃人社會
的先鋒隊——無產階級。他和嶄新的革命隊伍在一起了。」另一方面，社論
表達了「魯迅道路」足可作為知識分子的模範的觀點：「魯迅是中國文化的旗
幟，是中國文化界實行戰鬥和團結的旗幟。魯迅的方向，就是中華民族新文
化的方向。魯迅所走的道路，就是中華民族一切最優秀的、最有骨頭的、最
有遠見的知識分子所必然要走的道路。魯迅死了，中國革命事業仍是艱巨的，
而文化界需要有第二個魯迅、第三個魯迅，以致無數個魯迅，要他們起來負
擔魯迅生時還未完成的事業。」該期雜誌還刊登了林伯渠、吳玉章、董必武、
徐特立、茅盾、艾思奇、周揚、陳伯達、何思敬、丁玲、蕭三、張仲實、蕭
軍、范文瀾、何其芳、呂驥、胡喬木、張庚等 18 位延安文藝界人士共同簽名
的《魯迅文化基金募捐緣起》一文和《魯迅文化基金籌募會簡章草案》、《魯
迅文化基金使用細則草案》。文章指出發起募集魯迅文化基金運動的目的是
「幫助文化事業的發展，獎掖文化的新戰士，救濟文化工作者的困難及其遇
難的家屬，並作為中國近代新文化大師——魯迅先生的紀念」。10 月 19 日，
晉綏邊區《抗戰日報》出版了紀念魯迅逝世四週年專欄，並發表了社論《學
習魯迅先生》。社論結合抗日根據地的實際，指出紀念魯迅，「第一要學習他
倔強堅韌不妥協，為人民為民族力求進步奮鬥到底的精神」，堅持抗戰到底，
文化界要「向日寇的奴化文化開火，向汪精衛的文化開火，向封建的文化開
火，向國內仍在流行的葉青張國燾的文化開火，不到敵人消滅絕不休止，不
把落水狗打到死絕不休止」；「第二要學習他熱忱和藹、刻苦自己、待人以誠
與一切戰友團結到底的精神」，堅持團結抗戰，文化界要「打破文人相輕的惡
習，反對自劃門戶的淺見，肅清自高自大自以為是的觀念，進一步做到前進

者扶助落後者，智者教育愚者，使文化界的統一戰線眞正鞏固擴大起來」；「最後，我們還要學習魯迅耐苦耐勞、孜孜不倦的工作精神」，文化界「更要以建立一個新民主主義的有力據點來紀念魯迅先生，不論晉西北的物質條件如何不利於文化，不論晉西北的一般人士如何輕視了文化，而文化界應當衝破一切困難，切切實實做幾件有利於抗戰有利於根據地建設的工作，使文化建設不落後於政治軍事經濟的建設之後，使晉西北也成爲華北各個文化據點中的一個據點。」該報同時還刊登了魯迅頭像，以及莫邪的《魯迅的創作方法》、盧夢的《魯迅的模範精神》、亞馬的《追念之餘》、穆欣的《紀念魯迅》等紀念文章。並刊登了賀龍總司令的一段話「在前方做文化工作不會殺頭或被逮捕的，今天在這裡有槍桿子給你們放哨」。

　　1941 年，爲紀念魯迅誕辰六十週年和逝世五週年，延安掀起了紀念魯迅的高潮。

　　8 月 12 日、14 日，周揚爲紀念魯迅誕生六十週年而寫的長篇論文《精神界之戰士》在延安出版的《解放日報》第 2 版連續刊登，文章論述了魯迅早期的思想和文學觀點，指出魯迅是「精神界之戰士」；9 月 25 日，延安魯迅研究會編輯的《魯迅研究叢刊》第一輯由延安魯迅文化出版社出版，刊登了艾思奇的《魯迅先生早期對於哲學的貢獻》、何乾之的《中國和中國人的辮子》、魏東明的《魯迅創作的道路》、須旅的《辛亥的女兒——1925 年的〈離婚〉》和《一齣悲壯劇——1925 年的〈傷逝〉》、蕭軍的《時代——魯迅——時代》、金燦然的《魯迅與國故》、正義的《魯迅語言理論的初步研究——杭育杭育派的語言》、胡蠻的《魯迅的美術活動》、蕭軍的《延安魯迅研究會成立經過》等文章，此書是解放區出版的第一部研究魯迅的專著，1947 年 9 月由哈爾濱東北書店重新排印；10 月 1 日，爲紀念魯迅逝世五週年，晉東南邊區《華北文藝》第 1 卷第 6 期出版了紀念特輯，刊登了流焚的《紀念魯迅先生並談當前文藝運動二三事》、蔣弼的《〈孔乙己〉》、徐懋庸的《學習魯迅的戰略戰術》、張香山的《魯迅、周作人》、鐵耕的《懷魯迅》、張秀中的《魯迅先生與新文學》、齊語的《想起魯迅先生》、秋遠的《魯迅，活在人心裏》等回憶、研究魯迅的文章 10 多篇；10 月 5 日，《西北文藝》第 1 卷第 3、4 期合刊發表了社論《在魯迅的旗幟下前進》；10 月 3 日，蕭軍在延安《解放日報》發表了魯迅研究特刊第一輯《「阿 Q 論」集》的「前記」（《「阿 Q 論」集》當時打好了紙型，但未能付印）；10 月 14 日，蕭軍又在延安《解放日報》

發表了《魯迅研究叢刊》第一輯的《前記》；10月18日，《抗戰日報》設立了「紀念魯迅專刊」，刊登了汪濤的《魯迅先生的生平》、效農的《學習魯迅堅韌的鬥爭精神》、亞蘇的《〈魯迅論文選集〉介紹》等文章；山東的《大眾日報》和《新山東報》也出版了紀念魯迅專號，《大眾日報》刊登了章欣潮的《怎樣走魯迅先生的路》和李條生的《憶一九三六年的魯迅追悼會》等文章；膠東的《大眾報》文藝副刊《文藝短兵》在創刊號上發表了林浩的《發刊詞——為紀念魯迅先生而作》，羅竹風的《紀念魯迅先生》、李宗鎮的《魯迅的偉大精神》等文章，這些文章表示要學習魯迅，建設膠東新文藝；10月，延安《大眾文藝》第2卷第1期刊登了胡蠻、蕭三、雪葦（劉雪葦，下同）等人紀念魯迅的文章；10月21日，蕭軍在《解放日報》發表了《紀念魯迅：要用真正業績！》；11月5日，《西北文藝》1卷5期出版了「紀念魯迅專號」，刊登了林楓的《紀念魯迅並論晉西北文化運動——在魯迅先生逝世五週年紀念會上的講話》、亞馬的《魯迅是親切地活著》、慕新的《魯迅的寫作態度》、穆欣的《魯迅的愛與憎》等文章；11月，《中蘇文化》第9卷第2、3期合刊，設有「魯迅學術特輯研究」，刊登了侯外廬、歐陽凡海、茅盾、楊榮國、荊有麟等人的研究魯迅的文章。

　　隨著一些深受魯迅精神影響的文化界人士來到延安，加上延安及各根據地不斷舉行大規模的紀念魯迅的活動，延安出現了創作魯迅風格雜文的熱潮，其中以王實味創作的《野百合花》和丁玲創作的《「三八節」有感》等雜文為代表。為了統一文藝界的思想，1942年5月，以毛澤東為首的中共中央發起了整風運動，主要是用以毛澤東文藝思想為代表的中共文藝思想取代魯迅的文藝思想。毛澤東在《在延安文藝座談會上的講話》中明確指出：

　　　　「還是雜文時代，還要魯迅筆法」。魯迅處在黑暗勢力統治下面，沒有言論自由，所以用冷嘲熱諷的雜文形式作戰，魯迅是完全正確的。……但在給革命文藝家以充分民主自由、僅僅不給反革命分子以民主自由的陝甘寧邊區和敵後的各抗日根據地，雜文形式就不應該簡單的和魯迅的一樣。

1942年6月15日，蕭軍在《穀雨》1卷5期發表了《雜文還廢不得說》一文，強調延安還需要魯迅風格的雜文；但是，次日，周文就在《解放日報》上發表了《從魯迅的雜文談到王實味》一文，掀起了批判王實味雜文的運動；6月22日，周文又在《解放日報》上發表了《魯迅先生的黨性》一文，把王實味

的雜文和魯迅的雜文劃分開。

7月31日，《晉察冀日報》刊登了魯迅的《對於左翼作家聯盟的意見》，以此文來說明在文藝界進行整風的必要性，編者在「編者按」中指出：「其中對於左翼作家和知識分子的針砭，對於文藝戰線的任務，都是說得正確的，至今完全有用。」

10月19日，延安出版的《解放日報》在頭版發表了社論《紀念魯迅先生》。「以至高的尊敬和虔誠來紀念魯迅先生逝世六週年」，號召一切願意繼承魯迅精神和事業的人，都應該學習魯迅「對待文學工作的現實主義態度」和「堅持革命的大旗」、愛憎分明的政治立場和戰鬥態度。在4版，特別轉載了魯迅的遺著《答托洛斯基派的信》和《論「費厄潑賴」應該緩行》，意在用魯迅的文章來配合當時打擊王實味等「托派」的政治鬥爭，並強調在政治鬥爭中要毫不妥協要痛打「落水狗」。在這樣的政治背景下，在紀念魯迅逝世六週年之際，《解放日報》先後發表了周文、蕭三、吳玉章、何其芳等人結合整風學習魯迅的文章，如在10月18日就發表了蕭三撰寫的《整風學習中讀魯迅》一文。這充分表明延安一度出現的學習魯迅、弘揚魯迅精神的高潮在政治的高壓之下迅速的轉移了方向，被政治家巧妙地納入整風運動的話語體系之中。

9月22日，晉察冀文藝、美術、戲劇、音樂四個方面的期刊停刊後，邊區藝術界的一些同志發起組織「山社」，發刊一種綜合性藝術雜誌《山》月刊，編輯有沙可夫、秦兆陽、盧肅、孫犁、韓塞等，為紀念魯迅而選擇在魯迅逝世六週年紀念日創刊。

在整風運動開展之後，延安及各根據地紀念魯迅的文章顯著減少，僅有的幾篇紀念魯迅的文章也大多數是把魯迅納入中共文藝思想體系之內。

在延安以外的根據地，目前只能看到為數極少的紀念魯迅的文章。1943年11月7日，為紀念魯迅逝世七週年，《山東文化》第7期設立了紀念專號，刊登了凌青的《魯迅的方向就是我們的方向》、陶鈍德的《論奴才》、吳明東的《魯迅的預言》、西德的《魯迅傳略》等文章。

在延安，紀念魯迅的文章也逐漸減少。1943年10月19日，延安的《解放日報》用兩個版版面首次全文發表了毛澤東《在延安文藝座談會上的講話》，編者在「編者按」中指出：「今天是魯迅先生逝世七週年，我們特發表毛澤東同志在1942年5月《在延安文藝座談會上的講話》，以紀念這位中國文化革命的最偉大與最英勇的旗手」。這也暗示著毛澤東的文藝思想已經取代

了魯迅的文藝思想。1944年4月8日，周揚在《解放日報》發表了長篇論文《馬克思主義與文藝──〈馬克思主義與文藝〉序言》，第一次把魯迅和馬克思、恩格斯、普列漢諾夫、列寧、斯大林、高爾基、毛澤東的有關文藝理論和意見並列，從而正式把魯迅的文藝思想納入了中共的文藝思想體系之內；11月22日，陳毅在《解放日報》發表了《紀念韜奮先生》一文，從中國革命發展的規律，論及魯迅思想發展的道路，指出魯迅「是一個革命民主主義的啓蒙大師」，「其晚年不但與共產主義相結合，且成為獻身前列的最堅強的舵手和戰士。」1945年8月6日，蕭三在延安《解放日報》發表了《學習七大路線──祭魯迅六十五歲冥壽》一文，指出通過學習黨的「七大」文件，進一步認識到魯迅的方向之所以代表中國文化的方向，是「因為魯迅有明確的階級立場，無產階級人民大眾的立場」，「七大路線正是要求我們像魯迅那樣，做一個立場堅定的革命者」；10月19日，延安的《解放日報》為紀念魯迅逝世九週年發表了陳湧的《革命要有韌性──紀念魯迅逝世九週年》一文，10月22日的《晉察冀日報》轉載此文；10月19日，張家口出版的《晉察冀日報.》設立了紀念魯迅逝世九週年專欄；同日，《抗戰日報》刊登了《向中國文化新軍最偉大與最英勇的旗手學習》的專論，第四版有毛澤東論魯迅的語錄和景文的《魯迅的戰鬥精神》、白的《抗戰勝利，追念魯迅先生》等文章。次日，又刊登了殷秋的《如何學習魯迅先生》一文。

（3）紀念魯迅的活動

①紀念魯迅的大會

抗戰期間，延安及各根據地多次舉行紀念魯迅的大會，雖然每次紀念大會的主題隨著抗戰的進程和根據地政治環境的變化而有所不同，但都在很大程度上把魯迅與根據地的現實政策緊密地結合起來，並在較大的程度上推動了根據地的抗日宣傳工作。

1937年10月19日，延安的陝北公學舉行了魯迅逝世週年紀念大會，拉開了各根據地大規模紀念魯迅的序幕。校長成仿吾擔任會議主席，毛澤東等中央領導出席，這充分顯示出中共中央對紀念魯迅活動的高度重視和紀念魯迅活動的規格之高。中共中央最高領導人毛澤東在會上作了講話，他高度評價了魯迅在中國革命史上的地位，指出魯迅「是現代中國的聖人」，「他的思想、行動、著作，都是馬克思主義的。他是黨外的布爾什維克。」接著，毛

澤東又高度評價了魯迅的雜文：「他用他那一支又潑辣、又幽默、又有力的筆，畫出了黑暗勢力的鬼臉，畫出了醜惡的帝國主義的鬼臉，他簡直是一個高等的畫家。」在對魯迅的雜文進行分析之後，毛澤東論述了魯迅精神的內容，指出魯迅先生的三個特點，即「政治遠見」、「鬥爭精神」和「犧牲精神」，這三個特點「形成了一種偉大的『魯迅精神』」。毛澤東最後發出了號召：「我們紀念魯迅，就要學習魯迅的精神，把它帶到全國各地的抗戰隊伍中去，為中華民族的解放而奮鬥。」毛澤東代表中共中央的這次講話把魯迅稱為「黨外的布爾什維克」，指出「他的思想、行動、著作，都是馬克思主義的」，首次明確地把魯迅納入中國共產黨的陣營之中，並為抗戰服務。1938 年，毛澤東的這個講話被汪大漠記錄整理之後以《論魯迅》為題發表在胡風主編的《七月》雜誌上，又在國統區文化界產生了重大影響。

在魯迅逝世二週年之際，延安及各根據地都開展了紀念魯迅的活動。1938 年 10 月 19 日，中共中央在延安召開擴大的六屆六中全會，全會對魯迅致以崇高的敬意，會上全體中央委員和與會者為魯迅默立致哀，並以大會的名義向許廣平致慰問電。這也是中共歷史上首次在召開全會時對魯迅表示悼念。

同日，陝甘寧邊區文化界救亡協會在延安舉行了紀念魯迅逝世二週年大會，毛澤東、陳紹禹、周揚、沙可夫、柯仲平、丁玲、徐懋庸等 13 人被選為大會主席團成員。柯仲平主持會議，周揚在演講中指出應該繼承和發揚「魯迅的偉大的文化遺產和他的堅強不屈的革命精神」，丁玲、徐懋庸、沙可夫先後發言。會議最後通過在延安成立「魯迅研究學會」的倡議。

同日，由李一氓、徐平羽、聶紺弩、彭柏山等人發起，新四軍軍部在皖南隆重舉行了紀念魯迅逝世二週年大會。聶紺弩作了《紀念魯迅發揚魯迅精神》的報告，會後還演出了田漢編劇的《阿 Q 正傳》的第二和第四兩幕，李增援擔任導演，吳強飾演阿 Q，張茜扮演吳媽，黎堅飾演小 D，歐陽宗飾演趙太爺，這也是新四軍部隊的文工團首次演出《阿 Q 正傳》。

1939 年 10 月 19 日，晉東南抗日民主根據地文化教育界抗日救國總會（李伯釗、朱光為理事）舉行了紀念魯迅逝世三週年座談會。同日，《大眾報》在「紀念魯迅」的專欄裏，刊登了羅竹風的《紀念魯迅先生》、易拔山的《不自由的追悼》等文章。

1940 年，延安及各根據地又掀起了紀念魯迅的高潮。

1 月 4 日，陝甘寧邊區文化界抗日救亡協會召開第一次代表大會，通過了

建立新文字委員會、魯迅研究委員會等 50 多項提案。毛澤東爲大會題詞：「爲
建立中華民族的新文化而鬥爭！」「魯迅的方向就是中華民族新文化的方
向！」並在會上作了題爲《新民主主義的政治與新民主主義的文化》的報告。
毛澤東在報告中高度評價魯迅：「魯迅是中國文化革命的主將，他不但是偉大
的文學家，而且是偉大的思想家和偉大的革命家。」次日，張聞天在《抗戰
八年以來中華民族的新文化運動與今後的任務》講話中建議「組織新文化運
動大師魯迅先生的研究會或研究院等」。大會最後通過決議，組織「魯迅研究
委員會」，並成立魯迅研究會籌備委員會，以推動魯迅研究工作的開展。

　　10 月 19 日，延安各界 3000 多人隆重舉行魯迅先生逝世四週年紀念大會，
會場正中懸掛著巨幅的魯迅遺像，《解放日報》對魯迅逝世四週年的紀念大會
作了詳細報導：「一走進會場，巨大的魯迅先生的遺像便占住了人們的視線，
那嚴肅的，背負著苦難的容顏，使人不得不驀的轉換了心情，也像抗拒著沉
重的壓迫似的。」魯藝的歌唱隊在會場演唱了《魯迅紀念歌》，現場散發了邊
區印刷廠編印的《魯迅先生逝世四週年紀念特刊》和《魯迅逝世四週年延安
各界紀念大會宣言》等大會印刷的宣傳品。《魯迅逝世四週年延安各界紀念大
會宣言》不僅介紹了各根據地的在抗戰中取得勝利，而且用魯迅的名義來證
明各根據地正在從事的各種政治和文化活動的正確性，以突出各根據地在民
主與文化方面比國統區優越：

　　　　在他死後不到四年，我們底抗戰的今天——形成了「百團大戰」
　　光輝的業績，升起了抗戰建國最後勝利的信號！

　　　　政治——我們正在實現著新民主主義。

　　　　軍事——我們正在準備實現加緊地「反攻」。

　　　　文化——我們早就統一著「槍」和「筆」。

　　　　「爲中國獨立解放而戰鬥到底；爲人類中被侮辱與損害者而戰
　　鬥到底」。

　　　　……

　　　　魯迅是憎惡「腐化墮落」的：我們要堅決肅清一切「官僚主義
　　的傾向」、「貪污腐化的現象」。

　　　　魯迅一生是爲大眾的：我們要堅決加緊開展「大眾文化活動」。

　　　　魯迅是痛恨奴隸和奴才的劣根性的：我們要堅決反對「奴化教

育政策」「漢奸文化」政策，文化上的「復古主義」無原則的「讀經」
「尊孔」。

魯迅是喜愛自由平等的：我們要堅決實現真正的民主政治，爭
取真正的憲政實施。

魯迅是主張「團結抗敵」的：我們要堅決反對「分化離間」破
壞「抗日統一戰線」的傾向和行爲。

丁玲主持會議，吳玉章講述了魯迅的偉大業績。蕭軍、周文、周揚、馮文彬、
朱寶庭、張庚、艾思奇、蕭三等各界代表相繼發言。中國文藝界抗敵協會延
安分會代表周文在講話中指出了魯迅對新文藝運動的影響：「魯迅先生在生前
培養了實力，在新文化運動上起了先進的領導作用。」但是在魯迅逝世之後，
「今天延安的文藝工作還得擔負起對外領導全國文藝運動之任務。今後延安
文藝界更應加強團結，真正對中國文藝理論能有所建樹，對全國文藝運動發
揮其先進領導作用。」西北青年救國會代表馮文彬號召：「中國青年學習魯迅
先生堅定的戰鬥意志，勝利的革命信心，大膽的創作氣魄，不出風頭之虛心
學習，艱苦奮鬥，不屈不撓的精神，並指出魯迅先生與中國青年的血肉相關，
爲中國新青年的母親，中國青年應秉承魯迅先生的遺志，向魯迅先生所指示
給中國青年的方向英勇前進！」丁玲在最後總結會議工作時提出了成立魯迅
研究委員會、魯迅研究小組、魯迅材料室、雕塑魯迅銅像、進行募捐以創辦
文學獎金、電訊魯迅家屬並予以救濟等今後幾年魯迅的七項具體任務。會上
還有同志提議在延安建立魯迅博物館，請全國定 10 月 19 日爲魯迅節等。最
後通過了大會宣言和致「文協」總會、各分會及全國文藝界的通電。丁玲在
這次會議中提出的紀念魯迅的七項工作較爲詳細的指明了根據地魯迅研究工
作的主要方向和任務。〔註 14〕

同日，晉綏邊區文化界「爲中國新文化導師魯迅先生逝世四週年」舉行
紀念式，軍政各界首長出席講話，晚上還召開紀念晚會。

爲紀念魯迅逝世四週年，延安文化俱樂部還在 11 月 2 日到 5 日舉辦了紀
念魯迅先生的展覽會，這是各根據地首次舉辦的紀念魯迅的展覽。展覽內容
分爲「魯迅著作」、「魯迅在國外」、「魯迅書信照片」和「魯迅死後」等四部
分，展品有 200 多件，其中有魯迅手書的茅盾作《答國際文學社問》原稿。

〔註 14〕 參見潘磊《略論延安的魯迅紀念活動》，《魯迅研究月刊》2005 年第 2 期。

展覽吸引了大量的觀眾，有 600 多人冒雨參觀。

在中央領導和文化界人士的大力支持與參與下，延安的魯迅研究工作很快就取得了較大的成績。

1941 年 10 月 18 日下午 5 時，延安各界在中央大禮堂舉行魯迅先生五週年紀念大會，參加者有 1000 多人，會前散發了《魯迅先生逝世五週年紀念特刊》與《魯迅語錄》。大會主席蕭軍介紹了延安紀念與研究魯迅的情況，提到成立了「魯迅研究會」，出版了《魯迅研究叢刊》第一輯、《阿 Q 論集》、《魯迅論文選集》、《魯迅小說選集》，創作了魯迅畫像，製成了魯迅石膏像，舉辦了魯迅展覽會等。蕭軍在系統地總結了近年來延安地區的魯迅研究工作之後，針對紀念魯迅流於形式的現狀呼籲「紀念魯迅：要用真正的業績！」蕭三、丁玲也相繼發表講話。大會最後通過了繼續出版《魯迅論文選集》的提案和慰問魯迅先生家屬信。

同日，邊區政府、魯迅藝術文學院也分別舉行魯迅先生逝世五週年紀念會。

10 月 19 日，晉冀魯豫邊區文化界在太行山北部某地舉行了魯迅逝世五週年紀念大會，600 多位各界代表參加，大會號召全區文藝工作者深入生活，克服主觀主義，粉碎敵人的新進攻。

同日，晉綏邊區文聯召開紀念魯迅逝世五週年紀念會，100 多人參加。林楓作了《紀念魯迅並論晉西北文藝運動》的報告，報告分為「紀念魯迅要學習魯迅」、「抗日根據地文化運動的任務」、「對文化工作人員的希望」、「文化運動的組織工作」、「集中力量」等五部分，並刊登在 11 月 5 日出版的《西北文藝》第 1 卷第 5 期上。

10 月，八路軍 115 師的「文藝習作會」也舉行魯迅紀念會，並討論民族形式問題，同時在《戰士報》出版了紀念魯迅的專號。

1942 年 5 月，在延安整風運動中，為整頓文風、反對黨八股，中共中央將魯迅的《答北斗文學社問》一文列入《宣傳指南》，作為必須精讀的文件之一。20 日，延安的《解放日報》為配合黨的整風運動，刊登了魯迅的《對於左翼作家聯盟的意見》一文。23 日，毛澤東在延安文藝座談會上的講話中，號召「學習魯迅的榜樣，做無產階級和人民大眾的『牛』，鞠躬盡瘁，死而後已」。6 月 16 日，為幫助整風學習，「魯藝」印出了列寧《論黨的組織與黨的文學》和魯迅的《對左翼作家聯盟的意見》兩篇著作，作為研究參考資料，

以推動延安文藝界的整風運動。

在這樣的背景下，1942 年，延安及各根據地紀念魯迅的活動都與正在開展的整風運動結合起來。

9 月 6 日，晉綏邊區軍區政治部了召開了爲期 6 天的文藝工作座談會，會場懸掛著魯迅的巨幅畫像。參加會議的有旅團記者、通訊員、歌劇團文藝工作者和文聯代表共 40 多人。政治部主任甘泗淇在講話中要求文藝工作者學習魯迅，改變文風，他指出「文藝是思想革命的工具，我們的方針應是爲了抗日、爲了大眾，表現的手法應採取單刀直入、說實話，簡潔明確，表現的態度應是與人爲善的，每個文藝工作者都要學習魯迅嚴肅認眞、一絲不苟的寫作精神」。

10 月 18 日，延安各界 1000 多人舉行魯迅逝世六週年紀念大會，丁玲、周揚、蕭三、塞克組成主席團，丁玲、吳玉章、蕭三等發表了講話。

在舉行紀念大會的中央大禮堂外面貼著魯迅的遺言：「我解剖自己並不比解剖別人留情面」，「由於事實的教訓，明白了惟有新興的無產階級，才有將來。」這兩句魯迅的名言也暗示廣大文藝工作者要嚴格解剖自己的思想，改變自己的文風，要站在無產階級的立場上，並和毛澤東在延安文藝座談會上的講話精神保持高度的一致。徐特立在發言中針對延安出現的王實味「托派」思想和以王明爲代表的教條主義特別指出：「魯迅先生始終是站在革命政黨的立場上，他從來沒有背離它。魯迅先生看重革命行動，實際工作，因此魯迅先生是眞正理論和實際聯繫的。」蕭三則配合整風運動指出：「魯迅先生是沒有歪風的人。」可以說，這次紀念魯迅逝世六週年大會的主題與整風運動緊密結合起來，以魯迅作爲整風運動的榜樣來要求廣大文藝工作者轉變自己的思想傾向，和黨中央保持高度的一致。

10 月 19 日出版的《解放日報》發表了社論《紀念魯迅先生》，社論指出：「魯迅先生是中國新文學運動底先進戰士和指揮員，是我們民族解放鬥爭在文化思想戰線上最優秀的代表。」魯迅的著作是「近十年來中國革命鬥爭的紀念碑。不僅文學者作家可以從他那裡吸取無窮的豐富的思想和創作的養料，而且每個中國人，中國革命的戰士，可以從先生遺著中學習無數寶貴的東西。」社論指出了廣大文藝工作者要學習魯迅的三個方面：「現實主義態度」、「正確的政治立場」、「對托派匪徒的嫉惡和痛擊」。「現實主義態度」內涵被轉換爲「黨的革命政策和路線」，「對托派匪徒的嫉惡和痛擊」內涵具體

化為對王實味的痛擊。「正確的政治立場」：「魯迅先生有著最明確的政治立場，最清楚的原則的戰鬥態度。他堅持革命的大旗，明分友敵之區別。對於阻礙革命前進的黑暗勢力，他是堅持的英勇的搏鬥，毫不留情，力主落水狗必須痛擊，提倡『韌性的戰鬥』。而對革命的隊伍，對於革命的政黨，則『願意尊奉其命令』，則『俯首甘為孺子牛』。並且以得引為共產黨的同志而自豪。對於革命隊伍縱有缺點，魯迅先生亦主張『一面進軍，一面克服』」。〔註 15〕可以看出，社論明確地要求廣大文藝工作者把魯迅的精神和毛澤東在延安文藝座談會上的講話精神結合起來，並指出學習講話精神就是學習魯迅。

　　10月23日，晉西北各界舉行魯迅逝世六週年紀念會。周文在會上介紹了魯迅的生平，並闡述了魯迅的政治、文藝思想，對魯迅生前政治上主張民主，文藝上主張大眾化，思想上主張科學的論點作了詳細介紹，同時號召晉西北文藝界更加集中力量，發揮文藝的戰鬥作用，並學習魯迅先生的韌性戰鬥精神，堅持對敵鬥爭。周而復、劉亞雄也發表了講話。

　　在1942年舉行紀念魯迅逝世六週年之後，延安就再也沒有舉行過紀念魯迅的活動，不過在其他的根據地陸續舉辦了一些紀念魯迅的活動。

　　1942年膠東文協為紀念魯迅逝世六週年發起了木刻競賽，並大量徵求歌曲創作；1943年，膠東文協為紀念魯迅，又發起了創作競賽徵文，林一山、羅竹風、馬少波等17人組成委員會；1943年11月19日，新四軍浙東部隊在解放紹興所屬的上虞縣某鎮後舉行了紀念魯迅逝世七週年紀念會，100多人參加；1944年10月22日，新四軍軍部舉行紀念魯迅逝世八週年座談會，華中解放區文化界人士於毅夫、范長江發言，讚揚魯迅反對國民黨一黨專政的精神，揭露國民黨當局在重慶阻撓紀念魯迅的情況。會議最後還建議用通俗文體編輯《魯迅故事》，作為群眾讀物和學校教材。

　　抗戰勝利後，為了慶祝勝利和在戰後建設新民主主義的新文化，各根據地又掀起了紀念魯迅的高潮。

　　1945年8月15日，東北解放區工青婦及文化界在長春聯合舉行紀念魯迅逝世九週年紀念會，2000多人參加，這是東北人民首次舉行紀念魯迅先生的大會。東北作家聯盟的田兵主持會議。中蘇友好協會的代表單非文作了《魯迅和俄國文學》的講話、新青年同盟的張為作了《魯迅與青年》的發言、東北電影公司張辛實作了《魯迅與電影》的報告、文化青年同盟的關沫南作了

〔註15〕參見潘磊《略論延安的魯迅紀念活動》，《魯迅研究月刊》2005年第2期。

《魯迅和人民革命》的發言、東北作家聯盟的古丁作了《跟魯迅學習》的報告。在報告結束之後舉行了文藝演出，首先，由工人聯盟的代表演唱了歌頌魯迅先生的小調，接著，由東北電政技術員聯盟的代表朗誦了《聰明人和傻子和奴才》，最後，由東北電影公司的演員演出話劇了《過客》（畢影扮演過客）和許幸之改編的話劇《阿 Q 正傳》（浦克扮演阿 Q）。可以說，這次紀念魯迅的大會，充滿著慶祝抗戰勝利的喜悅氣氛。

　　而在稍後舉行的兩次紀念魯迅的大會上，會議的主題更多的是在討論戰後建設新文化和促進國共合作的問題。

　　10 月 19 日，晉察冀解放區文化界 1000 多人在張家口集會，紀念魯迅逝世九週年。晉察冀邊區文聯代表鄧拓在講話中指出我們應該沿著魯迅的方向繼續戰鬥，在任何時候決不放下手中的「投槍」。大會發出了致郭沫若並轉全國文藝界的通電，爭取言論、出版自由，廢止國民黨在文化新聞上的一黨專政。邊區文聯還宣布，原來的魯迅文學獎金委員會繼續在張家口工作，歡迎各種文藝作品應徵。會後還舉行了文藝晚會。

　　同日，晉綏邊區為紀念魯迅逝世九週年舉行了有 200 多人參加的座談會，主要討論在抗戰勝利後文化戰線上的同志應該如何學習魯迅建設新民主主義新文化以及如何促進國共合作的問題。《抗戰日報》社長周文主持會議。在發言中，大家認為，在這即將進入和平建設時期，文化戰線上的同志，應向魯迅學習，提高自己的思想，更好的為工農兵服務，建設新民主主義新文化。大家認為，魯迅畢生奮鬥，迄今只有解放區實現了先生的遺志，為了使先生的遺志在全國範圍內實現，需要加緊努力，爭取和平、民主團結，要求國民黨政府實行中國共產黨對時局的六項主張，將國共會談已達成的協議馬上實現。會上，還提到今後邊區將繼續舉行魯迅文藝獎金徵文活動，號召大家努力寫作。

　　②建立以魯迅名字命名的學校和圖書館

　　抗戰期間，延安及各根據地陸續建立一些以魯迅為名的文化機構，不僅表達了對魯迅的紀念，而且有力的促進了抗日宣傳工作。

　　建立延安魯迅藝術文學院

　　為了紀念魯迅並培養革命的文藝幹部，中共中央決定在延安創辦了魯迅藝術文學院。

　　1938 年 2 月，毛澤東、周恩來、林伯渠、徐特立、成仿吾、艾思奇、周

揚聯名發出了《魯迅藝術學院創立緣起》一文，文章指出建立魯迅藝術學院
的目的：

> 藝術——戲劇、音樂、美術、文學是宣傳鼓動與組織群眾最有
> 力的武器。藝術工作者——這是對於目前抗戰不可缺少的力量。因
> 之培養抗戰的藝術幹部，在目前也是不容稍緩的工作。

> 我們邊區對於抗戰教育的實施，積極進行，已建立了許多培養
> 適合於抗戰需要的一般政治、軍事幹部的學校（如中國抗日軍政大
> 學、陝北公學等）。而專門關於藝術方面的學校尚付闕如；因此我們
> 決定創立這藝術學院，並且以已故的中國最偉大的文豪魯迅先生為
> 名，這不僅是為了紀念我們這位偉大的導師，並且表示我們要向著
> 他所開闢的道路大踏步前進。

4 月 10 日，魯迅藝術學院在延安舉行了開學典禮，毛澤東等中央領導出席了
成立大會。沙可夫擔任副院長。1939 年 5 月 10 日，延安魯迅藝術學院舉行成
立一週年紀念會，毛澤東、朱德、張聞天、劉少奇、陳雲、李富春等中央領
導出席並題詞。李富春的題詞是「發揚魯迅的精神 創造中國大眾的新藝術」。
11 月，吳玉章擔任院長、周揚為副院長。1940 年 5 月，為紀念延安魯藝成立
二週年，學校改名為「魯迅藝術文學院」毛澤東題寫了校名「魯迅藝術文學
院」和校訓「緊張、嚴肅、刻苦、虛心」。中共中央幹部教育部部長羅邁（李
維漢）為學校題詞：「高舉魯迅的旗幟，為新民主主義文化奮鬥」。6 月，魯藝
改組系級機構，增設了美術工場、音樂工作團、評劇研究團、文學研究室、
美術研究室、部隊藝術訓練班、漫畫研究會等機構，還有實驗劇團，學制也
從 9 個月改為三年。1941 年 3 月，魯迅藝術文學院調整了教育方針：「魯藝是
新民主主義的文藝學院，既要培養抗戰需要的藝術人材，還要為革命成功後
造就一批文藝工作者和幹部」。為此，學院調整了機構，組成了文學部、戲劇
部、音樂部、美術部。1943 年 4 月，魯藝併入延安大學成為其中的一個學院，
改名為「魯迅文藝學院」。在延安整風後，魯藝創作並演出了一大批為廣大人
民群眾所喜聞樂見的新秧歌劇，如《兄妹開荒》、《白毛女》等，為抗戰宣傳
作出了重要貢獻。1945 年抗戰勝利後，魯藝又組織了三個赴前方開闢工作的
文藝工作團。11 月，全體師生員工由周揚帶領隨延安大學的遷校隊伍開赴東
北、華北辦學，極大地推動了各根據地的文藝宣傳工作。

柯藍在《向魯迅先生致敬》一文中回憶了魯藝的學習和生活情況：

直到一九三九年我才進了我嚮往的魯藝。一進魯藝就學魯迅藝術文學院的校歌，歌詞是：「我們是藝術工作者，我們是抗日戰士。踏著魯迅開闢的道路奮勇前進……」這是我們的校歌，也是我們的共同誓詞。在當時由於抗日戰爭，交通不便，延安不可能有許多書籍，特別是文藝書籍。我在魯藝學習，自然產生了研究魯迅的強烈願望。特別是毛主席的名著《新民主主義論》一書出版後，毛主席對魯迅先生的崇高評價，認為他是中國新文化的方向，是中國新文化的主將，這更使我想有系統地讀讀魯迅先生的書。來延安之前我初讀過魯迅先生的《彷徨》、《吶喊》、《熱風》、《花邊文學》、《華蓋集》、《準風月談》等，和他翻譯的《死魂靈》、《毀滅》、《表》等，以及他編的《海上述林》。可是在延安就找不到這些書了。記得到一九四零年之後，我才從別人手裏輾轉借到《毀滅》，書皮都磨破了。我反覆再三閱讀。……我記得從抗戰前線回來的同志們告訴我，許多堅持敵後游擊隊的演劇隊和文工團的同志們，由於經常穿插敵後，要輕裝通過敵人封鎖線，不能多帶行李衣物，有時把棉被裏的棉絮抽下來丟掉，減輕分量，可是那一本心愛的《毀滅》，卻捨不得丟掉。

魯迅藝術文學院是以自學為主的，各系也有老師上課。文學系在延安北門外，有老師何其芳、沙汀、陳荒煤和從蘇聯回來的蕭三。搬到延安橋兒溝時，又增加了周立波、嚴文井兩位老師。平日的課程有「名著研究」、「寫作講座」，後來茅盾同志來延安，也為我們講授過「市民文學」，還發了油印講義。在上述幾位老師上課時，都講授過魯迅先生的美學、文學思想。而周立波同志在他主講的「名著研究」中，就專門分析過魯迅先生的《祝福》、《過客》、《肥皂》、《孔乙己》、《藥》、《風波》、《故鄉》、《傷逝》、《阿 Q 正傳》，等等。總之，由於國民黨反動派對抗日根據地和延安的封鎖，棉布、糧食後來我們可以自己生產，但文藝方面的書籍，由於我們印刷、紙張條件差，無法解決，要冒風險到外面去運進來，也自然只是少數的魯迅先生的書。因此，我們在魯迅藝術文學院學習，大多是學習研究魯迅先生的作品。魯迅先生寫的東西，一般比較深奧，當時我們這些文學青年不但不能透徹理解，有些連看也看不懂。例如魯迅先生

一九二四年寫的短篇小說《肥皂》，許多同學就看不懂，幾次請求周立波同志分析講解，使我們對魯迅先生這篇含義較深的小說才有所領悟。這說明我們當時對魯迅先生的作品是認眞學習、認眞研究的。正因爲如此，在延安魯迅藝術文學院文學系同學中（先後辦了五期，同學總共不到一百人），至今還堅持在文學崗位上的，應該說都受到過魯迅先生作品的哺育和薰陶。我們都沒有忘記魯迅先生「橫眉冷對千夫指，俯首甘爲孺子牛」的爲革命鞠躬盡瘁的精神對我們的影響。但，也要指出一點，當時在學習、研究魯迅先生的作品時，也出現過某些個別的繁瑣的引證和爭辯。例如在討論魯迅先生的短篇《藥》時，就繁瑣地研究在該篇結尾，爲什麼要寫一隻烏鴉向遠處的天空箭也似的飛去。紛紛猜測這只烏鴉有什麼寓意，甚至還寫文章爭論不休。這當然也可以說是當時的一番盛況吧。至於魯迅藝術文學院其他系學習魯迅先生的情況，我就記不太清楚了。好像當時魯藝的美術系，對魯迅先生關心、扶植木刻的情況，以及他編輯、介紹的德國女畫家珂勒惠支的版畫集，也曾專門有所研究。

在魯迅藝術文學院之外，延安還創建了以魯迅名字命名的中小學。

1937 年 2 月 2 日，經中央蘇維埃政府批准，魯迅師範學校在延安正式成立，這是陝甘寧邊區創辦的第一所中等師範學校。1939 年 9 月 22 日，該校與邊區中學合併，改名爲陝甘寧邊區師範。

爲了培養烈士遺孤和幹部子女，1938 年 4 月，延安幹部子弟學校和延安師範學校幹部子弟班合併爲魯迅小學，毛澤東親自爲該校題詞：「學習之後，就要工作，工作之中還要學習。學習與工作，都是爲著一個總的目的——打倒帝國主義及其追隨勢力，建立自由平等的新中國與新世界」。同年 8 月，該校被併入邊區中學小學部。

另外，在魯迅逝世後，爲了紀念魯迅，延安的蘇維埃中央圖書館改稱爲魯迅圖書館。1939 年年底，陝甘寧邊區教育廳擴建魯迅圖書館（史沫特萊捐贈外文圖書），毛澤東和邊區政府主席林伯渠分別捐款 290 元和 300 元。1942 年 6 月 7 日，魯迅圖書館在延安正式對外開放。

③各根據地建立的紀念魯迅的學校和劇團

爲了培養抗日文化力量，各根據地也陸續建立了一些以魯迅名字命名的學校。

　　1939 年 4 月，山東抗日根據地建立了魯迅藝術學校，同年初夏，膠東也成立了魯迅藝術學校；1939 年晉東南魯迅藝術學院，設立文學、戲劇、美術、音樂四個系和一個實驗劇團，1941 年停辦；1940 年，晉冀豫抗日民主根據地建立魯迅藝術學校；同年 11 月，中共中央華中局、新四軍軍部指派邱東平、陳島、劉保羅、孟波、莫樸等人在鹽城籌辦魯迅藝術學院華中分院，次年 2 月 8 日開學，設立文學、戲劇、美術、音樂四個系和一個實驗劇團，劉少奇兼任院長，後改爲新四軍軍部魯迅文藝工作團。學校大門的迎壁牆上有莫樸繪的魯迅指引青年前進的壁畫，題爲「踏著魯迅的道路前進！」；1942 年 10 月 19 日，魯迅藝術學院晉西北分院成立，次年春開學，歐陽山任院長，賀龍、林楓、周文等 7 人爲董事，賀龍擔任董事長；1947 年，晉察熱遼根據地建立魯迅藝術學院，設立文學、戲劇、美術、音樂四個系和一個文藝工作團，另外還設立了少兒藝術班、短期訓練班等；1945 年，東北解放區建立了東北大學魯迅文藝學院，不久改爲四個魯迅文藝工作團和一個音樂工作團，1948 年底，又再次合併爲魯迅文藝學院，呂驥、張庚擔任正副院長，下設戲劇系、音樂系、美術部、舞蹈班、文藝研究室、文藝工作團、音樂工作團等機構；1949 年 9 月，原來的魯迅藝術學院改建爲東北魯迅文藝學院，設立了戲劇、美術、音樂三大部，並附設多種藝術團體。其中的美術部後來改建爲解放後的魯迅美術學院，成爲解放後唯一一所以魯迅名字命名的高校，也是解放前成立的眾多以魯迅名字命名的學校中在解放後唯一保留下來的學校。〔註 16〕

　　另外，各根據地還成立了一些魯迅名字命名的演出劇團。1940 年 9 月，華中魯藝爲適應抗戰形勢，改編爲兩個魯藝文工團，軍部文工團、三師文工團。在紀念魯迅誕生六十週年之際，軍部文工團根據田漢的劇本演出了「影子戲」（類似民間皮影戲，但人物形象是用香煙盒紙製作）《阿 Q 正傳》的片段。1941 年膠東文化界救亡協會在戰爭環境下，把「抗戰劇團」、「膠東劇社」等劇團改編爲「魯迅劇團」，堅持抗戰宣傳。

④建立魯迅研究會

晉察冀邊區魯迅研究會

　　1940 年 7 月 25 日，中華全國文藝界抗敵協會晉察冀邊區分會成立，成仿吾、鄧拓、沙可夫、田間、魏巍、康濯、何乾之等 50 多人出席，會議討論通過建立魯迅研究會、魯迅文學獎金等提案。1941 年 1 月，晉察冀邊區政府所

〔註 16〕高傑《以魯迅命名的學校》，《魯迅研究月刊》1992 年第 8 期。

在地張家口正式成立了魯迅學會，這是魯迅研究史上第一個正式成立的魯迅研究會。魯迅研究會爲進一步傳播魯迅著作而編輯出版了不定期的《魯迅活頁文選》，在第一輯中收錄了魯迅後期的雜文12篇，共有40多頁，書前有提要，每篇加注釋，是魯迅著作的一種普及本。5月3日，爲紀念魯迅，開展邊區文藝運動，晉察冀邊區成立了魯迅文藝獎金委員會，沙可夫擔任主任，田間、沃渣等爲委員。

1942年7月12日，晉察冀邊區文聯魯迅文藝獎金委員會評定出本年第一季度獲獎的文藝作品13篇。12月上旬，晉察冀邊區文聯召開了二次常委會，討論健全魯迅研究會籌委會組織問題，推舉孫犁、何洛、鍾惦棐爲魯迅研究會籌備委員。12月25日，晉察冀邊區文聯魯迅研究會召開會議，討論今後工作，20人到會。文聯主任沙克夫報告加強魯迅研究工作的意義以及對今後研究工作的希望。會議決定從魯迅的創作、思想方法、學術、傳記等4方面開始研究，並計劃出版研究叢書，以普及爲主。

延安魯迅研究會

在中央領導人的倡議下，延安文化界的一些人士發起成立了魯迅研究會，並在1941年1月15日舉行了成立會議，艾思奇擔任會議主席，蕭軍報告籌備經過和研究綱領，並宣布了第1、2批參加研究會的23人名單，此外還向贊助會員發了聘書。會議選舉了艾思奇、蕭軍、周文組成幹事會，周揚、陳伯達、范文瀾、丁玲、蕭三、胡蠻、張仲實等10人組成的編輯委員會。會議決定延安魯迅研究會今後要開展魯迅思想、生平、創作、翻譯、魯迅作品在國外等專題的研究。蕭軍在一篇介紹該會成立經過的文字中說：「在延安研究魯迅，以我看，那是比中國任何地方全要不同。在別的地方用一倍力量，在延安時應該用三倍或者幾倍的力量。」

延安魯迅研究會在成立之後就致力於開展魯迅研究工作，相繼發起、組織了一些紀念、研究魯迅的活動，有力地推動了延安的魯迅研究工作。3月15日，延安魯迅研究會在「文協」舉行了第一次工作座談會，范文瀾、江豐、劉雪葦、艾思奇、舒群、羅烽、丁玲、周文、蕭軍出席，討論魯迅研究論文題目、出版研究論文集、設立魯迅文學獎金等問題。5月1日，延安魯迅研究會爲紀念魯迅逝世五週年，發出《敬徵關於討論阿Q文獻》的啓事。5月20日，延安魯迅研究會發出徵集魯迅有關論文和實物的啓事。6月7日，延安魯迅研究會舉行第二次工作會議。7月3日，延安「魯迅文化基金籌募會」召開

發起人會議，決定成立管理委員會，舉行勸募和保管的工作。1942 年 1 月 15 日，延安魯迅研究會在藍家坪「文抗」協會舉行會議，蕭軍報告兩次座談會所確定的事項的落實情況，並對今後的魯迅研究工作和紀念活動作出了若干規定。但是，在 1942 年整風運動之後，延安魯迅研究會的活動逐漸停止，已經編輯好的《魯迅研究叢刊》也無法出版，蕭軍等人也相繼受到了批判。1945 年抗戰勝利後，蕭軍等人來到東北，延續了延安魯迅研究會的一些工作，繼續出版了一些有關魯迅的書籍，對於在東北地區傳播魯迅做出了重要的貢獻。

4、魯迅著作的改編和魯迅的藝術形象

　　在延安及各根據地，爲了向廣大群眾宣傳魯迅，還陸續出版了一些關於魯迅的通俗讀物。孫犁非常重視魯迅著作的普及工作，他在《關於魯迅的普及工作》一文中指出了普及魯迅的意義並提出了普及魯迅著作的計劃：「邊區已經有許多同志開始魯迅的研究工作，但我想這種研究工作的目的，應該是使魯迅普及，普及到農村，使男女老幼對魯迅有一個清楚的認識，使他們熟悉魯迅，像他們熟悉孔子一樣。（當然魯迅不是孔子，而我們使他們熟悉魯迅，也不是叫他們像熟悉孔子那樣。）這種認識和熟悉，是要在人民中間散發一種力量，一種打下新民主主義文化的根基的力量。因此，我們馬上就應該開始下面幾種工作：第一，編製通俗詳細的魯迅傳。這裡面要包括魯迅一生的事蹟，學術研究，創作成績，及其人生觀，爲人民鬥爭的功業等等，這專輯一定要和中國近代史配合起來。第二，改編魯迅有名的小說，成爲通俗故事或短劇。如《阿 Q 正傳》、《故鄉》、《祝福》等。其實魯迅的作品是很大眾化的，不過有時在章法上過於嚴密，或有時用了些古典，在民間閱讀，有時還不方便。最好我們把它改編成一種朗誦小說，能隨時講述朗誦，使婦孺也能懂。但不能過多損害原作的精神和藝術性。第三，魯迅一生對大眾文藝努力的成果很大，並且替後來者規定了方向。如對神話傳說，新文字，木刻畫。我們要把魯迅這種精神和成果告訴大家，使大眾自己來繼續這種工作。我們要把魯迅的精神，廣播於華北的農村……」

　　1940 年 9 月，孫犁編著的《魯迅的故事》由新華書店晉察冀分店出版，孫犁在《後記》中說，「我希望讀者重視這小書，毛澤東同志說，魯迅的方向就是中國新民主主義文化的方向。從這些故事，讀者不難發見一些魯迅的腳印。我們一定要把這些故事，當做對我們，也就是對我們社會的教育。不能

夠像聽平常故事一樣，隨便聽過便罷，我們要拿這些故事做鏡子，照一照我們自己或我們身邊的人。還有沒有像魯迅在故事上批評指責的那種情形。」1941 年，孫犁又爲青少年編寫了《少年魯迅讀本》，共 14 課，連載於邊區《教育陣地》，爲魯迅著作在各根據地的普及做出了重要貢獻。

另外，在 40 年代，以古元、力群、石魯、王式廓、彥涵等人爲代表的延安畫派在學習《講話》之後，在創作風格上逐漸擺脫歐洲版畫的影響，體現出大眾化和民族化的特點，陸續創作出一大批富有民族特色的反映現實的優秀之作，中國版畫也由此開始走上民族化的道路。1942 年，劉鐵華創作的《魯迅像》就是體現這種風格轉變的代表作之一：畫面中的魯迅，身著長衫，腳穿橡膠鞋，臂夾書卷，迎面而來，塑造了一個正直儒雅的形象。面部的輪廓和長衫的線條，都採用中國傳統繪畫中的鐵線描，擺脫了版畫中的歐化傾向，顯出肖像藝術的民族化之風。〔註 17〕另外，畫家張仃爲延安魯迅研究會設計了以魯迅頭像爲主的會徽，並爲紀念魯迅的大會繪製了巨幅的魯迅像。

5、境外的反響

在抗戰期間，境外的香港、新加坡、馬來西亞等地一些進步文化界人士在魯迅逝世週年之際陸續發表了一些悼念魯迅的文章，有力地宣傳了抗戰救國的思想，但是，日本軍國主義勢力也試圖利用魯迅來美化他們的侵略戰爭，出現了以魯迅爲主人翁的宣揚日中友好的小說，這顯示出魯迅在境外接受狀況的複雜性。

（1）日本的反響

1937 年，爲了紀念魯迅逝世一週年，魯迅文化史上的第一部《魯迅全集》——《大魯迅全集》由日本改造社出版，第一卷是小說集，包括《吶喊》、《彷徨》等；第二卷是散文詩、回憶記、歷史小說集，包括《野草》、《朝花夕拾》、《故事新編》等；第三、四、五、六卷是隨筆雜感集，包括《熱風》、《且介亭雜文末編》等雜感；第七卷是書信和日記，收錄《兩地書》、日記、書信等。每卷還附有解說，最後一卷還附有魯迅年譜和鹿地亙撰寫的《魯迅傳》。

《大魯迅全集》刊行的出版公告高度評價魯迅的文學成就：「魯迅是東洋獨一無二的文學至寶。他呼吸的世界是民族的，活生生痛苦的世界。同時，

〔註 17〕李允經《爲版畫藝術中的魯迅造像評選「十佳」》，《魯迅研究月刊》1990 年第 10 期。

他既對內，又對外，在不斷的苦戰著。在最後尚存一息，他也沒有屈服的意思。他從沒有放棄藝術家前進之道、捍衛之道，爲人之道。他遺留的一切小說、隨筆、散文詩等，及至僅只一頁兩頁，都是感人肺腑的。越咀嚼越有嚼頭，益益散發出深奧的東方的品味。作爲爲人的深刻性，作爲藝術品的高尚價值，是現代超絕一切的高水平。此人的筆力讓我充分認識鄰邦的複雜現象和心理。」

這部《魯迅全集》雖然收錄魯迅的著作還不能說比較完備，但是在當時的條件下，也屬難能可貴的了，對於魯迅在日本乃至朝鮮和臺灣等國家和地區的傳播起到了重要的促進作用。另外，這部全集動員了佐藤春夫、山上正義、增田涉、井上紅梅、松枝茂夫、鹿地亙、日高清磨瑳、小田嶽夫等幾乎所有的日本當時的魯迅翻譯家參與翻譯，不僅盡可能的保證了全集的翻譯質量，而且也通過這次翻譯有力地推動了日本的魯迅研究。〔註18〕

抗戰期間，日本不僅出現了竹內好的《魯迅》等多部研究魯迅的專著，而且出現了魯迅的傳記和以魯迅爲主人公的小說。

1941年12月，單外文譯述的小田嶽夫撰寫的《魯迅傳》在僞滿洲國新京（長春）出版，小田嶽夫在這本傳記中稱讚魯迅是「時代的英雄」、「可以和孫文匹敵的重要人物」、「一個寂寞的、孤獨的時代的受難者」。這本書是國內出版的第一部魯迅傳記，雖然其中的錯誤較多，但在當時比較暢銷，1942年5月再版，1943年5月，長春藝文書房印行了第3版。1946年9月，上海開明書店又出版了范泉翻譯的譯本，糾正了小田嶽夫在《魯迅傳》中的一些史實錯誤。

1944年，竹內好撰寫的《魯迅》一書出版，這本書是日本魯迅研究史乃至整個魯迅研究史上劃時代的著作，標誌著魯迅文化史上的「竹內魯迅」的誕生。這本書是竹內好在1942年即將被強徵入伍前，「在被逐趕的心情和朝不保夕的環境下」，「懷著留下一本書的願望」，「竭盡全力」寫成的，包括「序章、關於生與死」、「關於傳記的疑問」、「思想的形成」、「關於作品」、「政治與文學」、「結語、啓蒙者魯迅」等6章。竹內好說：「我只是從魯迅那裡得出我的教訓。對我來說，魯迅是一個強烈的生活者，是徹底的文學家。魯迅文學的嚴肅性打動了我。特別是在最近，我反省自己，觀察周圍時，發現了以

〔註18〕彭定庵主編《魯迅：在中日文化交流的座標上》，春風文藝出版社 1994 年 5 月出版。

前沒有注意的方面，激奮心靈的事很不少。魯迅的嚴肅性，那是不容易做到的，我現在對他有了更深刻的認識。我想知道他是怎樣成爲可能的，他是根據什麼成爲文學家的。我想拿來和自己作比較，學習他。」竹內好「通過個人的生存形態和民族的發展形態兩個角度把握到了魯迅精神的特質，他在個人——人生——民族——文化的所有層面上賦予了魯迅相當普遍性的意義，使得人們能夠從精神活動的全部領域中去感受、體會、理解和學習魯迅」。〔註 19〕

竹內好認爲作爲文學家的魯迅要比作一個啓蒙者的魯迅更爲偉大，他首先指出：「魯迅是文學家，是眞正的文學家。他雖然也是啓蒙主義者、學者、政治家，但是正因爲他是文學家，也就是說正由於他放棄了這一切，他才實現了這一切。」其次，「魯迅歸根結蒂也是一個啓蒙主義者，是眞正的啓蒙主義者，是傑出的啓蒙主義者。正如把孫文被稱爲革命之父，也可以稱魯迅爲中國現代國民文化之母。他遺留下的足跡是巨大的。」竹內好特別指出：「不是將魯迅偶像化，而是破壞偶像化的魯迅，自我否定魯迅的象徵，中國文學才能從魯迅生出無限的新的自我。這是中國文學的命運，是魯迅的中國文學的教訓。」

「竹內魯迅」不僅「抓住了正在反思造成這場戰爭的所謂日本的『近代』到底具有什麼品質、未能阻止它發生的弱點何在、又返過來由此對經過戰爭以嶄新的形象得以再生的中國抱有驚歎和敬意的廣大日本人的心」（丸山升《魯迅在日本》），而且創造了研究魯迅，乃至研究中國文學和文化的新的研究範式，對日本及東亞的魯迅研究產生了深遠的影響，但是，竹內好是借助研究魯迅來闡發自己的思想，因此，「竹內魯迅」也帶有一定的時代局限性。

1945 年 9 月 5 日，日本作家太宰治創作的魯迅文化史上第一部以魯迅爲主人公的小說《惜別》由朝日新聞社出版，這篇以魯迅與藤野先生的師生之情爲題材的小說雖然在日本戰敗後才出版，但卻是太宰治在 1943 年應日本文學報國會的請求而創作的。日本文學報國會邀請太宰治創作《惜別》的目的，是希望他用魯迅和藤野先生的師生之情來表現《大東亞共同宣言》所倡導的「五項原則」中的第二項「獨立親和」原則，在一定程度上體現出當時日本倡導的「大東亞共榮」的國家意識形態色彩。

太宰治在小說中，以一個朋友回憶的形式，描繪了仙臺時代的魯迅，將青年魯迅塑造爲「三民主義的信奉者」和虛無思想的孤獨者，是日本培養起

〔註 19〕劉國平《「竹內魯迅」論》，《魯迅研究月刊》1994 年第 10 期。

來，具有日本風格的作家，他和藤野先生以及太宰治虛構的一位日本學生田中卓都因爲日語不標準、不熟練而產生了自卑感，三人也因此建立了友誼。小說通過藤野先生之口表達了「東洋整體是一個家庭」的觀念，體現出了「大東亞共榮」的觀點。不過，小說也通過藤野先生之口表達出了「不要欺侮支那人」的立場，強調「支那之保全」，在某種程度上批判了日本的侵華戰爭。〔註20〕這篇小說也充分表明了一些日本人對魯迅的誤讀與政治利用。

（2）香港地區的反響

在抗戰初期，香港多次舉行了紀念魯迅的大會或展覽，不僅促進了魯迅在香港地區的傳播，而且也有力地宣傳了抗戰救亡的思想，爲發動民眾支持國內的抗戰作出了貢獻。1941 年 12 月，隨著「太平洋戰爭」的爆發，香港和南洋地區相繼淪陷於日寇的鐵蹄之下，進步的文化界受到日寇的迫害，悼念魯迅的活動也隨之被禁止。

1938 年 10 月 9 日，香港中華藝術協進會邀請文化界人士舉行了題爲「怎樣紀念魯迅」的座談會，討論怎樣「紀念魯迅」，茅盾出席並講話。10 月 17 日，香港中華藝術協進會發表了魯迅紀念活動的計劃《如何紀念偉大的戰士——魯迅》，強調要把紀念魯迅與抗戰形勢結合起來，要學習發揚魯迅決不妥協的鬥爭精神：「當此武漢的戰爭一再展開，以及日人開始大規模進攻華南的時候，我們來舉行偉大的文學導師，英勇的民族解放戰士——魯迅逝世二週年紀念，是有著重大的意義的。我們必須把紀念魯迅的工作與目前整個嚴重的局勢，緊密地聯繫起來，特別是要學習魯迅決不妥協的精神，打擊目前因華南戰爭爆發而可能更形活躍的動搖妥協挑撥離間的陰謀事實。」

會議決定香港文化界今後主要進行如下的紀念工作：「A、學習魯迅的戰鬥精神：（一）反帝反封建；（二）反漢奸；（三）高度的政治警覺性；（四）絕對不動搖妥協投降；（五）正視現實，暴露醜惡。B、學習魯迅的創作方法：（一）深刻的觀察；（二）嚴密的分析；（三）具象的表現；（四）尖刻的諷刺。C、紀念魯迅的實際工作：（一）出版紀念專號；（二）舉行盛大的紀念會；（三）用實際行動來發揮魯迅的精神，隨時隨地的肅清動搖妥協的亡國陰謀；（四）熱烈的號召募集魯迅藝術文學院的基金，將這項工作作爲一種運動普遍的伸展開去；（五）接收並發揚魯迅之文學遺產，加強抗戰文學運動。」

〔註20〕董炳月《「仙臺魯迅」與國民國家想像》，《魯迅研究月刊》2005 年第 10 期。

　　可以說，這個紀念魯迅的活動計劃把紀念魯迅與抗戰宣傳的工作緊密地結合起來，以弘揚魯迅的戰鬥精神來加強抗戰期間的文學活動，並批駁鼓吹對日妥協投降的言論。

　　10月22日，在廣州淪陷的次日，香港文化界人士400多人集會紀念魯迅逝世二週年，流亡在香港的廈門兒童救亡劇團首先演唱了紀念魯迅的歌：「我們永遠不能忘記你／我們每個中國的子孫／我們盡各自的力量／追隨先生的奮鬥精神／二年光陰過得快／到如今四萬萬五千萬的同胞／已經結成鐵一般的戰線」。陽翰笙代替蔡元培擔任會議主席，他在致詞中說：「在今天我們紀念魯迅先生的死，我們要學習魯迅先生不屈不撓的精神，戰鬥的精神，不妥協，不苟且的精神和敵人戰鬥到底！第二，魯迅先生生前是主張抗日的，主張中國人大聯合起來打擊敵人，主張抗日的民族統一戰線的。敵人最怕的是中國的大團結，所以他們是想盡力量來挑撥離間，分裂我們，好像最近在港散佈各種無聊的謠言。所以，今日我們紀念魯迅先生，要加強和擴大民族統一戰線。第三，武漢緊急與廣州的淪陷，托派漢奸親日派又放出妥協求和的空氣，在這時候我們要學習魯迅來揭破他們，打擊他們、消滅他們，才能保障我們勝利的把握。」茅盾接著介紹了魯迅的生平，他說：「我們要學魯迅，就得研究魯迅先生一生戰鬥的過程……我們紀念魯迅先生要抗戰到底！」許地山鼓勵大眾要學習魯迅的不願做奴隸的精神。漫畫家陳伊範在發言中強調「在這抗戰中，我們要學習魯迅的不屈不撓的戰鬥精神，和日本帝國主義戰鬥到底！」大會最後在演唱《救亡進行曲》後散會。另外，當時誤傳上海的魯迅故居失火，魯迅的部分藏書被毀，大會為此特向許廣平發去了慰問電。

　　這次紀念魯迅的大會較好地貫徹執行了香港中華藝術協進會發表的魯迅紀念活動的計劃，在廣州淪陷的次日，把紀念魯迅與抗日工作很好地結合起來，不僅弘揚了魯迅的戰鬥精神，而且鼓舞了文化界人士抗日到底的士氣。

　　為紀念魯迅逝世三週年，1939年10月19日，「文協」香港分會等團體舉行了魯迅逝世三週年紀念會，胡喬木、戴望舒、葉靈鳳、劉思慕、陸丹林、馮亦代、袁水拍等文化界人士出席。林煥平、陸丹林先後講話，《救亡日報》記者葉文津介紹了延安魯藝的情況以及在平漢鐵路抗日前線上紀念魯迅的情形，他特別指出，魯迅先生感召之大，就是在前方的人也不會忘記十月十九日這一天。紀念會還演出了節目。同日，香港《大公報》副刊《文藝》的編輯楊剛召開了題為「民族文藝的內容與技術問題」的紀念魯迅座談會，許地

山等 20 多人出席。10 月 22 日上午，爲紀念魯迅逝世三週年，在香港璿宮劇場上演了由容納執筆改編的獨幕話劇《長明燈》。

1940 年，「文協」香港分會等文藝團體聯合舉行了魯迅誕生六十週年紀念會，300 多人出席。會場上懸掛著葉淺予等人創作的巨幅魯迅肖像。

據郁風回憶：

> 抬頭正面只見一幅巨大的魯迅頭像，在燈光下黑白分明如刀切的面部造型，簡潔、誇張，但一看就是魯迅，給人以不能忘記的深刻印象。許地山主持開會了，蕭紅報告生平，張一麐講話，徐遲朗誦詩，長虹歌詠隊的合唱，都是站在這幅巨像前」。「現在說到那幅巨型頭像了，他就是葉淺予作《耕耘》贈讀者的那幅魯迅畫像的放大。紀念會的前一天，在香港堅道 13 號 A，全國漫協香港分會的會址，一間大廳的地上鋪好一塊三米多高，兩米多寬的白布，用木炭打好格子，在《耕耘》贈讀者那幅畫像上也用鉛筆打好同樣數量的格子，參加者有漫協同人張光宇、丁聰、謝謝、葉淺予、糜文煥、張正宇、郁風，大約是淺予先用墨線鉤稿，然後每人負責多少格，工具『畫筆』只是一團舊報紙，攢的緊緊地，就用它醮墨汁拍到布上，形成不規則的有空隙的墨點，掌握好每人與別人相接處的疏密濃淡的統一，就算完成。據發表這照片的《星島日報》說明，只用一個半小時。這種在普通白粗布上面用墨、也可用水彩和廣告色畫畫的辦法，在抗戰開始時被漫宣隊和其他美術工作者普遍採用過，畫好後，掛在街頭或上下用竹竿挑起舉著遊行。〔註21〕

會上還演唱了專門爲紀念魯迅誕生六十週年而創作的《獻詩》（趙不煒作曲）：「今天給生命歡呼，八月浙江潮誕生，民族魂誕生了，歡娛今天，八月三日，歡呼革命人道主義者的誕生。」

會議主席許地山首先致詞，他指出，古往今來去世後受人「祝壽」者，實無幾人，近代則僅先總理孫中山先生一人。蕭紅接著介紹了魯迅的生平事蹟，徐遲朗誦了魯迅的作品，長虹歌詠團演出了宣傳抗戰節目。會議在全場合唱的《魯迅先生紀念歌》的歌聲中結束。

這次紀念魯迅的大會取得了很好的效果，據星島日報報導：「這只可以說魯迅先生的思想、行動在民族革命的思潮中，是繼續高漲著，有一種推動的

〔註21〕 郁風《那個時代的最強音》，《魯迅研究動態》1987 年第 9 期。

力量存在著。中國的抗戰已進入了第四年，多少英勇的戰士為人民大眾的幸福犧牲了個人的利益，這正同魯迅先生一樣，一生在艱苦鬥爭中不屈不撓，未被壓迫的民族呼號吶喊，為自由正義抗爭到底。黑暗中，執著火炬，奮勇前進，不妥協不投降，他是一個民族革命的鬥士，中國不亡，魯迅先生的精神是永不朽的。」

當天晚上，香港「漫協」在香港孔聖堂集體演出了由他們集體創作的啞劇《民族魂魯迅》，張宗古扮演魯迅，這是魯迅形象首次出現在舞臺上。

據郁風回憶：

> 原定有個專為晚會而寫作的報告劇《民族魂魯迅》，好像是蕭紅寫的，但太長，只有一個星期時間，很難排演。於是有一天我們在廠區的小小的加拿大餐廳，有丁聰、亦代、徐遲和我，喝了許多咖啡，談了許多設想，逐漸落實到現有條件可行的程度，弄出一個四場啞劇《民族魂魯迅》。首先，啞劇不要臺詞，全靠表演和舞臺氣氛，再就是利用《耕耘》剛發表的「慣於長夜過春時」作為主題音樂，這樣，腳本的構架就打起來了。據丁聰回憶，第一場就是他演獨角戲，表現那個時代彷徨的青年。大約第二場就有柔石等五人被捕和殉難，然後是魯迅出場，在月光下徜徉沉思，隨著音樂，有男生伴唱：「慣於長夜過春時……月光如水照緇衣」。扮演魯迅的是一位叫張宗古的同志，他屬於業聯，亦代記得他是上海銀行的職員，如今不知道在哪裏了。由於他的相貌、體形、高度比較像魯迅，就由他扮演。張正宇給他化妝，醮鬍子）。同時演出的還有田漢改編、著名電影演員李景波自導自演的話劇《阿Q正傳》第五幕；馮亦代導演、業餘聯誼社業餘劇團（工人店員、銀行職員組成）演出的《過客》。〔註22〕

10月19日，「文協」香港分會等團體聯合舉行魯迅逝世四週年紀念會。林煥平擔任主席，胡愈之講話，他介紹了自己參加過的上海、武漢、桂林紀念魯迅的活動情況，認為紀念魯迅的活動已經和民族救亡運動緊密結合起來，他指出，「每到這一天，參加這一個會的時候，就感到這一天必是歷史上永不磨滅的一天。凡是中華民族的兒女永不會忘記這民族的鬥士的。其次，每一次參加這個會，就會想到當前的中國，想到我們的民族」。最後香港業餘聯誼社

〔註22〕郁風《那個時代的最強音》，《魯迅研究動態》1987年第9期。

朗誦了魯迅的《過客》。

在此期間，「文協」香港分會、中華全國漫畫界協會、中華木刻協會還舉行了木刻展覽會，展出了兩百多幅木刻作品，其中有多幅魯迅肖像的木刻。《星島畫報畫刊》出版的展覽會特輯的《前記》說：「這次展覽同時也是為了紀念中國新木刻誕生的十週年。特輯刊出展覽會的主要內容：一、全國木刻家創作木刻兩百十件。二、木刻宣傳招貼，抗戰門神畫、斗方、木刻連環畫等。三、木刻專集，木刻刊物。四、有關中國木刻運動之史料。五、德國木刻大師丟勒作品全集，荷蘭拜因《死的舞蹈》木刻連環畫，布利斯著《世界木刻史》等西方木刻參考資料」。這是一次內容豐富、頗多精品的展覽，也是第一次以紀念魯迅的名義展示中國木刻運動在初期成長發展的狀況。

10 月 21 日到 23 日，蕭紅為紀念魯迅誕生六十週年而創作的話劇《民族魂魯迅》在楊剛主編的香港大公報文藝劇刊上連載，這是第一部以魯迅為主人公的話劇劇本。同期，香港漫畫家協會的成員丁聰、馮亦代、郁風等和徐遲也集體創作並上演了四幕啞劇《民族魂魯迅》。

為紀念魯迅逝世五週年，1941 年 10 月 19 日，「文協」香港分會在福建商會四樓舉行了紀念魯迅逝世五週年晚會，柳亞子、茅盾、林煥平、喬木（胡喬木，下同）、夏衍、楊剛、唐英偉等 300 多位文化界人士出席。在全體與會者向魯迅遺像行禮並默哀三分鐘後，會議主席馬鑒致詞，胡風介紹了魯迅的生平，徐遲朗誦了魯迅的作品，柳亞子、茅盾、林煥平、喬木、夏衍講話。

在上述活動之外，香港地區也陸續出版了大量的魯迅著作，1939 年還出版了一本由國內外的世界語工作者蔡岩、方善境等人翻譯的世界語版的《魯迅小說選》，收錄了《狂人日記》、《故鄉》、《傷逝》等 11 篇小說，不僅進一步推動了世界語的傳播，也推動了魯迅著作在世界與讀者中的傳播。

（3）新加坡、馬來西亞的反響

1939 年 10 月 15 日，在魯迅逝世三週年來臨之際，針對新馬地區一些文藝界人士宣揚的不必年年在魯迅忌日舉行紀念活動的觀點，旅居馬來西亞的郁達夫在新加坡《星洲日報》的副刊《晨星》上發表了《魯迅逝世三週年紀念》一文，強調應當在魯迅忌日舉行紀念魯迅的活動：

> 有人說，我們日日可以展誦先生的遺著，便日日可以紀念魯迅，正不必限定這一日逝世之日，來一番熱鬧。流成事過即忘的，追逐時髦的現象，這話，雖然也有理由；但我們對一位值得崇拜的

對象，總想越紀念越好，越是從各方面來懷念他的人格，思想，行動，越可以勉勵我們自己，安慰我們自己。假使我們於日日紀念他，學習他之外，更在這一個特定的日子裏，再來一次熱烈的紀念，那不是更好嗎？

郁達夫最後強調說：

總之魯迅是我們中華民國所產生的最偉大的文人，我們的要紀念魯迅，和英國人的要紀念莎士比亞，法國人的要紀念服爾德、毛裏哀有一樣虔敬的心。雖則因目下時局和環境的關係，我們或不必鋪張，不必叫囂，但我們的要熱烈紀念他，崇仰他的這一般熱忱，想是誰也深深地感到的。

1939年10月19日，爲紀念魯迅逝世三週年，郁達夫主編的《星洲日報・晨星》刊登了多篇回憶紀念魯迅的文章，並連載了特約蕭紅撰寫的《魯迅先生生活散記》一文。

相比於香港地區紀念魯迅活動的規模，新加坡、馬來西亞地區的紀念魯迅的活動不僅規模更大，而且也更爲隆重。

1937年10月19日，新加坡的30多個華人團體舉行了紀念魯迅逝世週年大會，馬華文藝界、教育界、出版界、新聞界的人士以及海員、電車工友，甚至小學生，共2000多人參加，這是新馬地區舉行的第一個盛大的紀念魯迅的集會。會場正中懸掛著魯迅遺像，會場上張貼著悼念魯迅的長聯：「生抱大無畏精神，暴露封建流毒，攻擊社會蟊賊，老而彌篤，××××，始終努力奮鬥，長使青年齊敬仰。」「舉國正在眞誠團結，收復領土主權，打倒民族敵人，武則用槍，文則用筆，展開全面抗戰，緬維先覺是憑依。」

青年勵志社的負責人、《星中日報》編輯主任胡守愚擔任大會主席，他在開幕詞中說：「我們紀念魯迅，不在於形式上的紀念，而貴在學習魯迅的奮鬥精神。魯迅的偉大，在於他一生不爲惡劣勢力所屈服，自始至終不斷以最堅強的精神與惡勢力搏鬥，至死不渝，這是我們青年所應該學習的。」這次紀念魯迅的大會，不僅極大的促進了魯迅在新馬地區的傳播，而且有力地推動了新馬地區的華人華僑支持祖國抗戰的運動。〔註23〕

此後，新馬地區又陸續舉行了幾次小規模的紀念魯迅的會議。1939年10月19日，新加坡愛同校友會和青年勵志社舉行的魯迅先生逝世三週年紀念

〔註23〕彭小苓《馬來西亞華僑文藝界的魯迅紀念》，《魯迅研究資料》第12輯。

會，郁達夫出席並致詞。據王映霞回憶：

> 二十八年的十月十九，除掉看見各報的副刊上出了紀念專刊之
> 外，我還去參加了一次星洲各學校所聯合組織起來的魯迅先生逝世
> 的三年忌。那一天的會場並不十分寬大，可是自十一二歲的小學生，
> 以至三四十歲的男女教員們，全都自願參加擠成了滿滿的一堂。會
> 場中的空氣嚴肅，以及每個參加者的哀容，爲文化水準低落的南洋
> 所不易多見的，而同時，在馬來群島的檳榔嶼，馬六甲，吉隆坡，
> 亦都以大小不同的儀式舉行莊嚴的哀悼。〔註24〕

新馬地區多次舉行紀念魯迅的會議，與當地的左翼文化人的大力推動有著密
切的關係。新加坡學者王潤華指出：「共產黨在新馬殖民社會裏，爲了塑造一
個代表左翼人士的崇拜偶像，他們採用中國模式，要拿出一個文學家來作爲
膜拜的對象，這樣這個英雄才能被英國殖民主義政府接受。魯迅是一個很理
想的偶像和旗幟。」因此，「魯迅作爲一個經典作家，被人從中國移植過來，
是要學他反殖民、反舊文化，徹底革命，」他們「要利用魯迅來實現本地的
政治目標：推翻英殖民地。」在這樣的背景下，魯迅「以左翼文人的領袖形
象被移居新馬的文化人用來宣揚與推展左派文學思潮。除了左派文人、共產
黨，抗日救國的愛國華僑都盡了最大的努力去塑造魯迅的英雄形象。」〔註25〕

　　新馬地區華人作家雖然遠離中國，但因爲文化的親緣關係，他們在創作
中也受到了國內新文學作家的影響，其中又以受到魯迅的影響最爲突出。

　　馬來西亞作家韓山元（章翰）在《魯迅對馬華文藝的影響》一文中指出：
「魯迅是對馬華文藝影響最大、最深、最廣的中國現代文學家；在馬來西亞
廣泛流傳著一個小冊子《偉大的文學家、思想家》，全是歌頌魯迅如何偉大的；
魯迅的作品作爲經典被新馬作家最大程度的模仿、移植，光是《阿Q正傳》
就有上十個摹寫本、改寫本；魯迅的雜文在新馬被極度推崇，成爲一種主導
型的寫作潮流；新馬作家、學者房修、趙戎、高潮、方北方等論述文學問題
處處以魯迅爲依據；魯迅逝世後新馬文化界對他的悼念，是新馬追悼一位作
家最隆重、最莊嚴、空前絕後的一次。」韓山元特別強調魯迅對馬華文化界
的影響：「魯迅是馬華文藝影響最大、最深、最廣的中國現代文學家。作爲一

〔註24〕 王映霞《雜憶魯迅先生》，《魯迅研究資料》17輯轉載。
〔註25〕 王潤華《從反殖民者到殖民者：魯迅與新馬後殖民文學》，轉引自西海枝裕美
　　　　《「1999東亞魯迅學術會議」綜述》，《魯迅研究月刊》2000年第12期。

位偉大的革命家、思想家，魯迅對於馬華文藝的影響，不僅是文藝創作，而且也遍及文藝戰線、文藝工作者的世界觀的改造各個方面。不僅是馬華文學工作者深受魯迅的影響，就是馬華的美術、戲劇、音樂工作者，長期以來也深受魯迅的影響。不僅是在文學的領域，就是在星馬社會運動的各條戰線，魯迅的影響也是巨大和深遠的。」「我們找不到第二個中國作家，在馬來亞享有魯迅那樣崇高的威信。」

受到魯迅的《阿 Q 正傳》的影響，新馬地區的一些作家結合新馬地區的社會情況創作了各種南洋版的《阿 Q 正傳》，如吐虹的《「美是大」阿 Q 別傳》、丁翼的《阿 Q 外傳》、林萬菁的《阿 Q 後傳》、李龍的《再世阿 Q》等，這些南洋版的《阿 Q 正傳》揭露出殖民統治下新馬地區華人的「拜金」、「逐色」、「忘祖」（反對學習華語，不承認自己是中國人）、「崇洋」等國民劣根性和「精神勝利法」。這些作品作爲魯迅的《阿 Q 正傳》的模仿之作，雖然在藝術上還存在不成熟之處，但對於揭露新馬地區區華人的國民劣根性以及傳播魯迅都起到了一定的促進作用。

（4）朝鮮的反響

在日本侵略者殖民朝鮮期間，魯迅的著作是禁止出版於傳播的。1941 年 1 月，日本總督府警務局發出了《朝鮮總督府禁止單行本目錄》，禁止《阿 Q 正傳》、《現代小說集》、《魯迅選集》、《魯迅文集》、《魯迅遺著》等魯迅著作在朝鮮出版。但是在殖民統治的黑暗時代，一些朝鮮知識分子仍然對魯迅懷有仰慕之情並深受魯迅精神的鼓舞。1942 年末，詩人金光均寫了題爲《魯迅》的一首詩，描寫處於人生逆境中的詩人在夜晚想起魯迅的堅韌和孤軍奮戰的精神，由此受到魯迅的鼓舞與影響才堅強的生活下去：

> 魯迅啊！
> 一到這樣的夜，就想起您
> 全世界被眼淚淋濕的黑夜
> 在上海馬路的哪一個胡同裏
> 魯迅先生寂寞地坐著守衛的燈火
> 燈火向我耳語
> 這裡有一位傷心的人
> 這裡有一位堅強對待人生的人

在四十年代，又有一些朝鮮作家在創作上和人生觀上受到魯迅的影響。作家

李炳注在回憶自己四十年代讀到《魯迅選集》時的情景說：「當時，我是一個二十歲的青年。這是一本二百多頁的薄書，不到兩個鐘頭，就讀完了。然而，即刻也就知道這不是一讀就放棄的書。當時我迷惑於法國象徵主義的文學，魯迅使我感到慚愧。就想起來了『這不是眞正的文學嗎？忽視我們鄰邦的這樣的文學，到今我做什麼』的悔心……我知道，無論如何，魯迅是讓人感到有震撼力的作家。」李炳注開始文學活動時，也仍然依靠魯迅：「不寫文章時，我是個魯迅的徒弟。發生什麼事，以魯迅的精神來判斷和處理。但是從我開始寫文章發表時，魯迅成爲尷尬的老師。在實踐時，我覺得他的精神太嚴格，或者是我的意志太懦弱，可是，我想永遠堅持做魯迅的徒弟。這是很無理的事，因此發生了筆禍事件，我坐牢十年，如果此筆禍事件的原因歸因於魯迅的話，這是太過分的。坦白的說，其筆禍事件的原因在於我本身，因爲我沒有充分學習魯迅的精神和技法。」〔註26〕

（5）蘇聯的反響

　　抗戰期間，因爲中蘇友好，蘇聯的魯迅研究也逐漸開展起來。1938 年，蘇聯科學院出版社爲紀念魯逝世二週年而出版了蘇聯科學院東方學研究所編譯的《魯迅 1881～1936》一書，該書收錄了蕭三、盧多夫翻譯的《阿 Q 正傳》，斯圖金翻譯的《奔月》、《祝福》、《白光》、《示衆》、《狗的駁詰》，蕭三翻譯的《上海文藝之一瞥》等文章，以及中國文化研究室集體撰寫的《魯迅，他的生平和文學、政論的活動》、陳紹禹（王明）的《中國人民的重大損失》、蕭三的《紀念魯迅》等文章，進一步擴大了魯迅在蘇聯的傳播。1939 年，羅果夫在《文學報》發表了《魯迅與俄國文學》，介紹了魯迅對俄國文學的翻譯以及魯迅所受到的俄國文學的影響。1942 年，蘇聯塔斯社中國分社社長羅果夫因爲從事魯迅研究而向許廣平提出了 26 個提問，內容涉及魯迅的文學創作與翻譯等問題。許廣平對這些問題作了下詳細的回答，並把這些回答以《研究魯迅文學遺產的幾個問題》爲題發表於 1945 年 9 月 29 日、10 月 6 日的上海《週報》第 4、5 期上。1945 年，蘇聯國家出版社出版了《魯迅選集》，收錄了魯迅的小說 9 篇、散文詩 5 篇、雜文 6 篇、書信若干，以及魯迅自述傳略，羅果夫還爲這本選集撰寫了長篇序言《魯迅的文學遺產》。這是蘇聯出版的第一部魯迅著作選集，它的出版不僅促進了魯迅在蘇聯的傳播，而且極大地推

〔註26〕金河林《魯迅和他的文學在韓國的影響》，《韓國魯迅研究論文集》，河南文藝
　　　　出版社 2005 年出版。

動了蘇聯的魯迅研究工作，參與翻譯這本選集的羅果夫、艾德林、費德林、波茲得涅耶娃後來都成爲蘇聯魯迅研究的代表人物。

（6）捷克的反響

1932年，捷克學者雅羅斯拉夫‧普實克到中國遊學，希望研究中國的歷史，在北京居住了兩年之後，普實克自我感覺收穫不大。但是，普實克的一位中國朋友王福時送給他的幾本魯迅著作，卻對普實克產生了重大的影響，不僅改變了普實克的學術道路，而且通過普實克也影響到了著名的「布拉格學派」的形成。普實克後來回憶當時讀到魯迅著作的情形時說：「魯迅對於我來說是一扇通向中國生活之頁──中國的新文學、舊詩歌與歷史等等──的大門」。「魯迅的著作不僅爲我打開了一條理解新的中國文學與文化的道路，並且使我理解了它的整個發展過程」。1936年6月，普實克致信魯迅提出翻譯魯迅著作的請求，魯迅在7月回信表示同意，並應普實克的要求寫了一篇《序言》。1937年12月，布拉格人民出版社出版了普實克和費拉斯塔‧諾沃特娜翻譯的魯迅小說選《吶喊》，收錄了《阿Q正傳》、《孔乙己》、《藥》、《白光》、《風波》、《明天》、《狂人日記》、《故鄉》等 8 篇小說，另外還有馮雪峰撰寫的評論魯迅的文章一篇以及普實克撰寫的《後記：魯迅及其作品》。普實克在後記中介紹了魯迅的生平和著作，並分析了選集中的 8 篇小說，此外還介紹了魯迅的葬儀及東京紀念魯迅的情況。這部魯迅小說集是捷克歷史上出版的第一部魯迅著作，普實克撰寫的《後記》也是捷克歷史上第一篇介紹與研究魯迅的文章。它的出版具有重要的意義，極大地促進了魯迅在捷克的傳播與研究。

（7）美國的反響

美國的魯迅研究在 30 年代末 40 年初取得了重要的進展。1938年，王際眞翻譯了魯迅的《風波》和《祝福》，相繼刊登在紐約的《遠東雜誌》第 2 卷第 3、4 兩期，次年，他編撰的《魯迅年譜》刊登在紐約的《中國學會會報》第 3 卷第 4 期，1940年，王際眞又翻譯了魯迅的《明天》、《孤獨者》、《傷逝》、《幸福的家庭》，其中《明天》刊登在《遠東雜誌》第 3 卷第 3 期，後三篇小說則發表於上海的英文刊物上。1941年初，哥倫比亞大學出版社出版了王際眞翻譯的魯迅小說選《阿Q及其他》，收錄了《阿Q正傳》、《在酒樓上》、《狂人日記》、《肥皂》、《頭髮的故事》等 11 篇小說和王際眞撰寫的長篇《導言》，這是美國出版的第一部魯迅小說選集，極大的促進了魯迅在美國的傳播和研

究。後來，王際眞又翻譯了魯迅的《端午節》、《示眾》，收入哥倫比亞大學出版社 1944 年出版的《現代中國小說選》。

（8）德國的反響

1937 年，德國波恩大學的王澄如以《魯迅：生平與作品——論中國革命》的博士論文獲得了博士學位，這是用西方語言撰寫的研究魯迅的第一篇博士論文。論文的主要觀點是認爲從 1919 年起開始，魯迅的創作就與他的革命觀點密切相關。〔註 27〕「二戰」後，德國漢學家重新開始因戰爭而中斷的魯迅研究工作，陸續出版了魯迅的一些小說的德文譯本：卡爾姆在 1947 年出版了題爲《祝福》的德文本魯迅小說集；同年，萊斯格發表了《風波》的德文譯本；奧斯卡·本爾在 1948 年發表了《故鄉》的德文譯本。這些譯文對於魯迅在德語世界的傳播起到了重要的促進作用。

（9）英國的反響

英國譯介魯迅作品的開始於 1930 年。當年，米爾斯把敬隱漁翻譯成法文的《中國現代短篇小說家作品選》譯成英文，由倫敦特里奇出版公司出版，這本小說選中有魯迅的《阿 Q 正傳》和《孔乙己》，但是這個譯本的錯誤較多。1936 年，埃德加·斯諾的夫人尼姆·威爾斯在倫敦的《今日生活與文學》第 10 卷第 5 期發表了《現代中國文學運動》一文，在文章中介紹了魯迅的文學成就：「毫無疑問，魯迅是中國所產生的最重要的現代作家。他不但是一位創作家——多半是中國最好的小說家，也是一位活躍的知識界領袖，是最好的散文家及評論家之一。」同年，斯諾編譯的《活的中國——現代中國短篇小說選》在英國和美國同時出版，該書的第一部分是「魯迅的小說」，收錄了魯迅的《藥》、《孔乙己》、《祝福》、《一件小事》、《風箏》、《離婚》和《論「他媽的！」》等 7 篇作品。斯諾在《編者序言》和《魯迅》這兩篇文章中都對魯迅作出了高度評價。這些都在較大的促進了魯迅在英國的傳播與研究。

（10）越南的反響

1936 年，越南漢學家鄧泰梅看到了一本紀念魯迅的刊物，由此才知道魯迅並開始敬仰魯迅。他認爲對魯迅的最好的紀念就是把魯迅的作品介紹給越南的讀者。1943 年，鄧泰梅翻譯的《阿 Q 正傳》和《野草》的部分篇章在《清毅》雜誌發表，這也是魯迅作品傳入越南的開始。1944 年，鄧泰梅陸續出版

〔註27〕 曹衛東《德語世界的魯迅研究》，《魯迅研究月刊》1992 年第 6 期。

了《魯迅的生平與文藝》和《現代中國文學中的雜文》這兩部介紹與研究魯迅的專著，極大地推動了越南傳播魯迅、研究魯迅的工作。

6、小結

在抗日戰爭的初期和中期，由於中共的組織與倡導，在國統區、淪陷區和陝北蘇區甚至香港和新馬地區都掀起了紀念魯迅的熱潮，不僅先後舉辦了多次紀念大會，而且陸續發表了許多紀念文章、出版了許多紀念與研究的著作，有力地推動了抗日救國的宣傳工作。但是由於國民黨政府的明令禁止和中共中央的政策轉變，國內外紀念魯迅的活動也隨之明顯降溫。不過，魯迅仍然被中共成功地納入了自己的意識形態體系之中，成爲中共官方文藝理論體系中的一個重要的組成部分，這既深刻地影響了二十世紀中國的文化進程，同時也深刻地影響魯迅的命運。在國外，日本、蘇聯、捷克的漢學家爲翻譯魯迅和研究魯迅做了很多工作，甚至出現了第一部《魯迅全集》和第一部《魯迅傳記》以及第一篇用西文撰寫的研究魯迅的博士論文，這些都充分地證明魯迅不僅在中國文化革命的主將，而且是世界級的大文豪。

六、「寒凝大地發春華」──四十年代末的魯迅文化史(1946年~1949年10月1日)

　　抗戰勝利後，因為政治環境的改善，國統區和解放區都在魯迅逝世十週年之際舉行了隆重的紀念活動，臺灣地區也在光復後也首次舉行了紀念魯迅的活動，這些活動不僅表達了和平民主建國的政治訴求，而且極大地推動了魯迅精神的傳播。但是隨著局勢的發展，國統區開始禁止紀念魯迅，而在延安之外的解放區卻掀起了紀念魯迅的高潮。

1、國統區的反響

（1）魯迅著作的出版

　　1946 年，為了保存魯迅的手跡，許廣平編輯了《魯迅書簡》一書，並公開以魯迅先生紀念委員會編印的名義由中共地下黨所設的民聲書店在上海出版了鉛印本，收錄了魯迅在 1923 年到 1936 年所寫的書信 800 多封，並附編了 12 封。書後有楊霽雲撰寫的「跋」和許廣平撰寫的「編後記」。1948 年 6 月 10 日，《魯迅書簡》由魯迅全集出版社再版，分上下兩冊。魯迅書信集的出版對於保存魯迅手稿、推動魯迅研究發揮了重要的作用。1947 年 11 月，司空無忌編注的《魯迅舊詩新詮》一書作為文懷沙主編的文學叢刊第一輯由重慶光華書店出版，這是國內第一本魯迅舊詩注釋本，對於魯迅舊體詩的傳播起到了一定的促進作用。

　　抗戰勝利後，為了滿足一些讀者閱讀魯迅著作的需要，1946 年 10 月，許廣平借高利貸再次印刷了 1000 部《魯迅全集》，很快就售完全部書籍，其中

廣平借高利貸再次印刷了 1000 部《魯迅全集》，很快就售完全部書籍，其中駐滬的中共代表團就訂購了 100 多部運往解放區。這次重印的《魯迅全集》對於魯迅在抗戰後的傳播起到了極大的促進作用。同年，作家書屋看到《魯迅全集》熱銷，就在上海借「魯迅全集出版社」的紙型，再次翻印了《魯迅全集》，內容與 1938 年版全集相同，1948 年 2 月又重印。另外，唐弢編輯的《魯迅全集補遺》作爲文藝復興叢書第 1 輯由上海出版公司出版，收錄了魯迅從 1912 年至 1934 年的佚文 35 篇，附錄 8 篇，許廣平作「後記」，唐弢作「編後記」，1948 年 6 月再版。這本書對於保存魯迅的佚文，促進魯迅研究也發揮了重要的作用。1947 年 10 月，魯迅全集出版社在上海再版了《魯迅三十年集》，12 月，又以哈爾濱魯迅全集出版社的名義重印。1948 年 6 月，上海春明書店出版中華全國文藝協會編輯的現代作家叢書《魯迅文集》，許廣平作「後記」。12 月 15 日，上海出版公司以魯迅全集出版社的名義翻印了《魯迅全集》20 卷，標明爲第 3 版。這些魯迅著作的陸續重印不僅進一步滿足了一些普通讀者閱讀魯迅著作的需要，而且有力地促進了魯迅的研究與傳播工作。

臺灣光復後，因受日本殖民者奴役而與中國文化隔絕了五十多年的臺灣同胞掀起了學習國語的熱潮，1947 年 1 月，臺北東華書局爲配合臺灣同胞學習國語，出版了《中國文藝叢書》，要幫助 600 多萬臺胞「真正理解祖國的文化」，使他們對祖國的語言「學習的更爲正確」（《〈中國文藝叢書〉發行序》）。這套叢書的第一輯就是臺灣作家楊逵翻譯的《阿 Q 正傳》，該書採用中日文上下欄對照的方式排印，方便讀者閱讀。這本書不僅有利於臺灣同胞學習國語，而且促進了魯迅著作在光復後的臺灣的傳播。

（2）紀念魯迅的文章與著作

1946 年，是抗戰勝利後的第一年，也是魯迅逝世十週年，文化界相繼舉行了大規模的紀念魯迅的活動。

國統區各地的眾多的報刊都刊登了紀念魯迅逝世十週年的專版或專欄，不僅表達了對魯迅先生的緬懷之情，而且表達了抗戰勝利的喜悅和民主建國的願望。

早在 2 月，由魯迅文藝社編輯發行的《魯迅文藝》月刊就在天津創刊，編者在創刊號上發起了紀念魯迅徵文，後陸續收到 64 篇文章，但因故未能選登。該刊 1 卷 2 期和 3 期還分別發表了何乾之撰寫的紀念魯迅的文章和葛伊易作詞的《魯迅紀念歌》。

　　進入 10 月，報刊上掀起了紀念魯迅逝世十週年的高潮。10 月 1 日，鄭振鐸、李健吾編輯的《文藝復興》月刊第 2 卷第 3 期出版了紀念魯迅逝世十週年專輯，發表了許廣平的《十年祭》、郭沫若的《魯迅與王國維》、唐弢的《魯迅全集補遺編後記》和馮雪峰、辛苗、李廣田、蔣天佐、靳以等人的文章共 12 篇，許、郭的文章同年又被上海、南昌、漢口、香港等地的一些報刊轉載；10 月 12 日，中華全國文藝協會總會在《新華日報》、《文匯報》和香港的報紙發表了《魯迅先生逝世十週年紀念文告》，就紀念活動在作出了指示與安排；10 月 15 日，上海《文藝春秋》月刊第 3 卷第 4 期出版了「紀念魯迅先生逝世十週年特輯」，發表了茅盾、田漢、陳煙橋、孔另境、熊佛西、魏金枝等人的紀念文章 20 多篇；10 月 17 日，上海《文匯報》副刊「世紀風」出版了「魯迅逝世十週年紀念特刊」，發表了曹靖華、何乾之、艾蕪等人的紀念與研究魯迅的文章；18 日，《文匯報》副刊「筆會」設立了「魯迅先生逝世十週年祭專輯」，同時開始連載馮雪峰的《魯迅回憶錄》（即《回憶魯迅》）1929 年部分，至 12 月 7 日停，共刊登了 26 節回憶錄；19 日，《文匯報》發表了社論《魯迅逝世 10 週年》，並刊登了採訪許廣平的文章和唐弢、曾嵐、朱世中撰寫的紀念魯迅的文章；10 月 18 日，胡風編輯的《希望》第 2 集第 4 期出版了紀念魯迅逝世十週年專輯，特別刊登了魯迅 50 歲時的照片和魯迅致胡風的書信六封，並發表了胡風、艾蕪的評論以及有關紀念魯迅的圖畫和由胡風作詞，董戈作曲的頌歌等；同日，上海時代出版社編印的《時代》第 6 卷第 41 期出版了「魯迅逝世十週年紀念特刊」，發表了景宋、曹靖華、羅蓀、費德林、羅果夫等人的文章共 5 篇，並刊登了魯迅遺像、魯迅畫譜以及荒煙刻的魯迅像，這是蘇聯漢學家首次集中的在中國發表紀念魯迅的文章；同日，重慶出版的《新華日報》為紀念魯迅逝世十週年而發表了社論《魯迅的方向》，具體闡述了「魯迅的方向」和「魯迅的精神」。

　　此外，上海《大公報》、《聯合日報晚刊》、《時代日報》、《中華時報》等報紙和《新文化》、《文萃》、《時代週刊》、《世界知識》、《少年讀物》等雜誌在魯迅逝世 10 週年之際，均出版紀念特刊或發表紀念文章。

　　值得一提的是，1946 年 10 月 15 日出版的《文藝春秋》第 3 卷第 4 期刊登了「魯迅活著會如何」的專欄，刊登了茅盾、蕭乾、施蟄存、田漢、周而復等 15 位文化界人士的文章，這些文章都在不同程度的體現出《中國共產黨中央委員會為紀念「七七」九週年宣言》中的內容。例如，熊佛西在文章就

說：「假如魯迅先生現在還活著的話，他必以他那隻鋒銳的筆，領導我們作如下的呼籲：一、反對內戰。二、要求美軍即日退出中國。三、要求實現民主的聯合政府。四、要求實現增寫的決議案。」這幾點要求基本上都是照搬了中共宣言中的內容。主編范泉在《編後》中對魯迅研究提出了很多很好的建議並首次提出了拍攝魯迅傳記電影的建議：「第一，分類研究魯迅先生廣泛的思想範疇裏的各個部門，出版專著；第二，從事撰寫創作本的《魯迅傳》；第三，整理魯迅先生遺著，訂正並擴大《魯迅全集》的印行，把未出版和新發現的遺著一律編入新《魯迅全集》；第四，創設『魯迅紀念館』，將魯迅的一切遺物和有關的史料對象集中公開永久展覽，俾能便利於學者的研究；第五，編寫《魯迅傳》電影腳本，把魯迅先生戰鬥的一生搬上銀幕，讓中國的人民大眾都能夠認識魯迅的精神。」

　　1946 年，臺灣進步文化界人士在臺灣光復後首次可以公開地紀念魯迅了。10 月 18 日，臺灣作家楊逵為紀念魯迅逝世 10 週年而在臺南的《中華日報》上用日文發表了《追弔魯迅先生》一文，這是臺灣光復後最早出現的紀念魯迅的文章；10 月 19 日，《和平日報》副刊《新世紀》第 68 期刊登了黃榮燦創作的木刻「魯迅先生遺像」；同日，《和平日報》的《每週畫刊》第 7 期設立了「魯迅先生逝世十週年紀念木刻專輯」，在該專輯頭條發表了黃榮燦的《中國木刻的褓姆——魯迅，——石在火種是不會滅的》一文。黃榮燦認為魯迅的木刻思想含有「反帝」、「反封建」、「反侵略」、「爭民主」的因素，不但適合大陸，而且也適合戰後的臺灣，他指出：「魯迅先生把木刻從西歐搬回中國的老家以後，他苦心的哺育著，領導著，他以新的戰鬥姿態配合現實，關切著民生的命運，而踏上英勇的前進的階段！所以木刻在今天才能刻畫出敵人的野蠻，殘暴，和醜惡的現實來！」黃榮燦呼籲：「魯迅先生的艱苦的鬥爭精神，我們應該加以充分發揮和強調去說明的，所以我們木刻工作者必須儘量去接受魯迅先生的革命精神，配合著我們的工作——木刻，給現實無情的暴露，和無情的打擊！我們知道，偉大藝術家是曾經盡過他所應盡的任務，今天，我們也應儘量地去發揮刀筆的威力，去作為祖國爭取民主，搶救危急意旨！」〔註1〕黃榮燦由此也為在臺灣傳播魯迅木刻思想的第一人。

　　11 月 1 日，臺灣文化協進會編印的中文雜誌《臺灣文化》第 1 卷第 2 期

─────────────

〔註 1〕黃英哲《黃榮燦與戰後臺灣的魯迅傳播（1945～1952）》，《魯迅研究月刊》2001
　　　　年第 8 期。

出版了「魯迅逝世十週年特輯」，發表了臺灣作家楊雲萍的《紀念魯迅》、許壽裳的《魯迅的精神》、黃榮燦的《悼魯迅先生——他是中國第一位新思想家》、雷石榆的《在臺灣首次紀念魯迅有感》等文章和論文，並刊登了臺灣作家謝似顏輯錄的《魯迅舊詩錄》51 首，另外還刊登了臺灣島外的作家的文章，有史沫特萊的《記魯迅》、陳煙橋的《魯迅先生與中國新興木刻運動》、田漢的《漫憶魯迅先生》等文章，並刊登了多幅魯迅的照片與圖畫。楊雲萍在文章中指出了魯迅對臺灣文化界的影響：「民國十二三年前後，本省雖在日本帝國主義的宰割下，也曾經掀起一次啓蒙運動的巨浪。而對此次運動，直接地，間接地影響最大的，就是魯迅先生。他的創作如《阿 Q 正傳》等，早已被轉載在本省的雜誌上，他的各種批評、感想之類，沒有一篇不爲當時的青年所愛讀。」楊雲萍表示，「臺灣的光復，我們相信地下的魯迅先生，一定是在欣慰」，而「要使魯迅先生，在地下躺著永遠的欣慰，卻是我們的責任！」許壽裳來臺後擔任臺灣省編譯館館長，負責推行中國文化、中國語，編寫中小學教科書及一般社會讀物，協助執行臺灣中國化的文化政策。他認爲戰後臺灣的文化重建，除了推行國語之外，更要推廣魯迅的思想，以「誠」與「愛」來改造國民性。他在這篇文章中重點向臺灣人民宣傳魯迅的戰鬥精神，指出魯迅「爲大眾而戰，是有計劃的韌戰，一口咬住不放」。而魯迅「雖遭過種種壓迫和艱困，至死不屈」，但他的精神「復深感後世人心，綿延至於無已」；雷石榆認爲魯迅「是我們二十世紀的偉大導師，是民族的，甚至是世界的聖人」；木刻家黃榮燦認爲魯迅「是人類的導師」，「不僅是一位最偉大的前進的文學家，並且是一位偉大思想家，有著爭取民主自由最堅決和最勇敢的行動力，」「他底生命所換來的也是今天人類共同進步的事業」「他在狂風暴雨中建築了人類的巨碑。」

爲了紀念魯迅逝世十週年，國內也相繼出版了一些書籍。

1 月，受到過魯迅指導的青年木刻家陳煙橋爲紀念魯迅逝世十週年而撰寫了《魯迅與木刻》一書，作爲《新藝叢書》之一由中國木刻用品合作工廠在福建崇高出版。書中收錄了論述魯迅與木刻的文章 6 篇，同年 9 月再版；7 月 25 日，克維編輯的《魯迅研究》（上集）一書由嘉陵江出版社出版，收錄了茅盾、景宋、鹿地亘、荊有麟、黃文玉、楊榮國、侯外廬、歐陽凡海、杜子勁等「左翼」文化界人士撰寫的紀念與魯迅的論文 9 篇；12 月，夜柝根據小田嶽夫《魯迅傳》編譯的《魯迅先生的一生》由北平藝光出版社出版，書中附

錄了魯迅殯殮情況和部分追悼魯迅的文章。

在紀念魯迅逝世十週年掀起了紀念魯迅的一個高潮之後，因爲國民黨政府的壓制等因素，國統區紀念魯迅的報刊逐漸減少。1947 年 10 月，「文學研究會」爲紀念魯迅逝世十一週年，編輯出版了油印本「魯迅先生紀念特輯」，有周建人、景宋的題詞和周曄《伯父魯迅的二三事》等 3 篇文章；10 月 19 日，上海《時代週報》發表了景宋、馬敘倫、林如稷的紀念文章；11 月 1 日，上海《文藝復興》第 4 卷第 2 期爲紀念魯迅逝世十一週年，刊登了鄭振鐸、許壽裳、唐弢、柯原等人研究魯迅的文章。此後直到全國解放，國統區都幾乎沒有再刊登過紀念魯迅的文章。

不過，這一時期陸續出版了幾部重要的回憶、研究魯迅的著作，爲魯迅研究打下了堅實的基礎：1947 年 6 月，臺灣作家楊雲萍編輯的、許壽裳撰寫的《魯迅的思想與生活》一書由臺灣文化協進會出版，收錄了許壽裳回憶、研究魯迅的文章 10 篇，這本書對於在臺灣傳播魯迅起到了重要的作用；許壽裳撰寫的《亡友魯迅印象記》一書由峨嵋出版社在上海出版，許廣平作《讀後記》，該書收錄了許壽裳回憶魯迅的 25 篇文章，寫出作者和魯迅 35 年的深厚友情以及對魯迅的深切懷念，爲魯迅生平研究提供了第一手的參考資料，具有重要的價值；1948 年 1 月，王士菁撰寫的《魯迅傳》由新知書店在上海出版，這是國內學者撰寫的第一部魯迅傳記，全書分 10 章，40 多萬字。許廣平作序、周建人作後記，10 月大連再版，1949 年 1 月哈爾濱出版東北第 2 版，這本傳記雖然顯得冗長瑣碎，但對傳播魯迅的生平事蹟具有一定的價值；7 月，林辰撰寫的《魯迅事蹟考》由開明書店在上海出版，孫伏園寫序，收錄作者從 1942 年到 1945 年所寫的 10 篇有關魯迅生平史實的研究、考證文章，1949 年 1 月再版。這本書考證出了魯迅生平中的幾個重要史實，爲魯迅研究做出了重要貢獻。

（3）紀念魯迅的活動

①整修魯迅墓、保護魯迅故居

抗戰勝利後，在抗戰中被多次損壞的魯迅墓終於可以得到修繕的機會了。

1946 年 5 月 26 日，許廣平、曹靖華陪同蘇聯駐華大使館參事、漢學家費德林、塔斯社遠東分社社長施維卓夫、副社長葉夏明等蘇聯友好人士憑弔魯迅墓。費德林表示，在魯迅逝世十週年紀念日前，願意協助許廣平把墓地修

好，並提議在墓地建立一個莊嚴、樸素、雄偉的紀念物。許廣平對此表示感謝。5 月，許廣平又陪同郭沫若、馮乃超、田漢、周信芳、于伶等文化界人士憑弔魯迅墓。在魯迅忌日前後，上海的一些進步青年紛紛前往瞻仰魯迅墓，並在墓地上留下了許多悼念魯迅的詩篇。1947 年 9、10 月，魯迅墓進行改建。許廣平親自設計魯迅墓整體改建方案，整個改建工程共用了國幣 5500 萬元。修葺後的魯迅墓為花崗岩石廓蓋野山式圓頭形花崗石墓碑，碑上鑲瓷質燒製的長橢圓形魯迅遺像，下端刻著周建人所書的陰文金字碑文：「魯迅先生之墓，一八八一年九月二十五日生於紹興，一九三六年十月十九日卒於上海。」整修一新的魯迅墓為各界人士悼念魯迅提供了一個很好的處所。

但是，1946 年，北平處於國民黨的白色恐怖之中，西三條魯迅故居及魯迅藏書、遺物隨時可能遭到破壞。地下黨北平重要成員、魯迅的學生與摯友王冶秋以國民黨第 11 集團軍少將參議長的公開身份，和北平地下黨重要成員、《大公報》記者徐盈為此秘密聯繫，決定採取了軍隊出面的保護方法。他倆拜訪朱安說明了意圖，假借第 11 集團軍的名義貼出布告，將該處房屋列為軍隊徵用的民房，從而確保魯迅故居不會遭到他人的侵犯和破壞。另外，許廣平在 10 月 24 日飛到北平，在北平魯迅故居整理魯迅藏書，11 月 5 日返滬，帶回了一些重要的魯迅手稿。經過許廣平和王冶秋等人的努力，終於確保魯迅在西三條的故居中的文物免遭免遭劫難。

1947 年 31 日，朱安致信許廣平，希望在自己病重期間許廣平能託人照料西三條魯迅故居及魯迅藏書、遺物。許廣平在天津女師的同學，中共黨員、中國民主同盟北平臨時工作委員會主任、婦女聯盟會會長劉清揚受許廣平之託擔當了這一重任，她和徐盈及北平民盟負責人、公開身份是北平地方法院院長的吳晁恒商議，決定採用法院查封的方式保護故居。1950 年 3 月，許廣平將保存完整的魯迅在西三條的故居捐獻給國家，用於設立魯迅紀念館。

此外，為了保護魯迅在紹興的故居，許廣平在 1948 年 4 月致信堂叔周東山，提議在紹興新臺門設立一個魯迅紀念室。

②紀念魯迅的大會

在魯迅逝世十週年之際，國統區召開了多次紀念魯迅的大會，這些大會不僅表達了對魯迅的紀念，而且也表達了和平民主建國的政治訴求。

1946 年 9 月，魯迅先生紀念委員會和中華全國文藝協會為紀念魯迅逝世十週年，聯合發出關於紀念與研究魯迅的徵稿啟事，要求投稿者對於魯迅精

神有所闡發，使人民革命事業能夠沿著魯迅道路向前發展。

9月28日至30日，中華全國木刻協會為紀念魯迅逝世十週年，並檢閱抗戰以來的木刻創作成就，在上海大新公司畫廊舉行了《抗戰八年木刻展覽會》，展出了113位木刻家的897幅作品。開幕前一天，20多位在滬木刻家到魯迅墓前向敬愛的導師魯迅敬獻了花圈。許廣平、內山完造等出席了展覽開幕式。中華全國木刻協會在展覽結束後精選出了75位木刻家的100幅作品編輯成《抗戰八年木刻選集》一書，由上海開明書店在10月出版。

10月19日下午，全國文藝界協會、中蘇友協等12個文化團體在上海辣斐大戲院舉行魯迅逝世十週年紀念大會。周恩來、李維漢、郭沫若、茅盾、沈鈞儒、邵力子、葉聖陶、巴金、馮雪峰、胡風等1000多人參加。會議主席邵力子致詞後，周恩來、沈鈞儒、葉聖陶、郭沫若、茅盾相繼發言，許廣平致答謝詞。李健吾、白楊分別朗誦了魯迅的《過客》和許廣平的《魯迅先生十年祭》，並放映了魯迅喪儀的新聞電影。

周恩來在魯迅遺像前鄭重地表達了中共對於國共和談的態度，並在講話中結合當時的形勢闡明了紀念魯迅的意義：

> 魯迅先生逝世那年，國內就已進行談判，到今天足足談了十年了，還不能為人民談出一點和平來。我個人對此更有說不出的難過。但是人民既然一致的有了這個要求，只要能團結起來，就一定能把和平民主統一爭取到的。今天，我要在魯迅先生的遺像前，在各位人民的面前，說明我們的信念和努力：我們絕不放棄和平統一談判，即使被迫得為自衛而反抗，也仍要為求得和平統一而努力，我今天就這樣的鄭重作這個誓言。
>
> ……
>
> 魯迅先生曾說：「橫眉冷對千夫指，俯首甘為孺子牛」。這裡就說出了魯迅先生的方向，也即是魯迅先生的立場。魯迅先生最痛恨的是反動派，對於反動派所謂之「千夫所指」，我們是只有「橫眉冷對」的，不怕的，我們要「以眼還眼，以牙還牙」。可是對於人民，我們就要對孺子一樣的為他們做牛，要誠誠懇懇老老實實地為人民服務。過去歷史上有過多多少少的暴君、獨裁者，結果都一個個倒下去了，為後世所唾罵；但是歷史上的多多少少的奴隸、被壓迫者、農民，還是牢牢的站住的，而且長大下去。現在是人民的世紀，一

切由人民決定，一切都為人民，所以我們應該站在魯迅的立場，朝
著魯迅所走的方向，像牛一樣的為人民去努力奮鬥。魯迅、聞一多
都是最忠實、最努力的牛，我們要學習他們的榜樣，在人民面前發
誓：做人民的奴隸，受人民的指揮，做一條牛。〔註2〕

周恩來的講話在文化界引起了較好的反響，這次紀念魯迅的大會也取得了成
功。10 月 22 日，周恩來專門致電黨中央，彙報上海紀念魯迅逝世十週年活動
的具體內容和再版《魯迅全集》的情況。

10 月 20 日上午，上海各界群眾 1000 多人首次祭掃魯迅墓。周恩來、李
維漢、潘梓年、郭沫若、許廣平、沈鈞儒、茅盾、田漢、雪葦、葉聖陶、胡
風、馮雪峰、洪深、陳白塵和曹靖華等參加祭掃儀式。周恩來在魯迅墓旁栽
種了一棵柏樹。文化界人士也栽種了 12 棵萬年松。默哀完畢，郭沫若、沈鈞
儒、葉聖陶、茅盾、曹靖華、胡風、田漢、馮雪峰、洪深等相繼發言，許廣
平致答謝詞。

10 月 19 日，各地還舉行了幾個紀念魯迅的大會。在重慶，重慶文化界人
士舉行魯迅紀念會，沈起宇主持，艾蕪作了關於魯迅作品研究的講話，中共
四川省委書記吳玉章在講話中闡述了魯迅參與新文化運動的特點，民盟主席
張瀾和鄧初民、馬哲民、周穎等知名人士也出席本次大會；在北平，雖然還
不能公開舉行紀念魯迅的活動，但一些進步人士和青年都設法舉行了一些悼
念活動。10 月 19 日，北平燕京大學的進步師生，在適樓禮堂舉行魯迅紀念晚
會，聞家駟和吳晗分別以《魯迅精神》、《魯迅先生的道路》為題發表演講；
同日，北平「文協」秘密舉行集會，紀念魯迅，參加者 70 多人。會議主席馬
彥祥在講話中對當局禁止公開紀念魯迅表示抗議，劉清揚在演講中號召大家
學習魯迅堅韌不拔的精神，有不少人因為激憤而流淚。會上有人提議在北平
建立一個魯迅紀念館。最後，光未然朗誦魯迅的《聰明人和傻子和奴才》。

為了紀念魯迅逝世十一週年，各地也相繼舉行了一些活動。

1947 年 10 月 19 日上午，許廣平、周建人、郭沫若、茅盾、胡風、曹靖
華、許傑、以群、內山完造、羅果夫及上海文藝界人士、青年學生共 700 多
人一同祭掃修葺一新的魯迅墓。茅盾任臨時司儀，並發表簡短演說。

同日，平津的各大學師生紛紛集會紀念魯迅，北平學生在北大遊藝室舉
行了紀念會，北大壁報聯合會不僅舉辦了魯迅書刊展覽會，還組織了紀念晚

〔註2〕周恩來《在魯迅逝世十週年祭上的演說》，《文匯報》1946 年 10 月 20 日。

會，邀請馮至、李廣田、丁易等教授演講，另外還演出了紀念魯迅的文藝節目；南開大學的新詩社、文藝社在校內舉行了有 300 多人參加的紀念魯迅的晚會，郭慶遭、張道科分別以《魯迅作品》、《魯迅的思想及道路》爲題發表了演講。會上還討論了《過客》的藝術和思想。

　　在魯迅逝世十二週年之際，北平部分大學分別舉行了紀念會；上海仍然不能公開紀念魯迅，10 月 19 日，一些進步人士只能悄悄到魯迅墓地敬獻花圈，祭掃魯迅墓。

（4）魯迅著作的改編和魯迅的藝術形象

①越劇《祥林嫂》

　　1946 年 3 月下旬，上海雪聲劇團編導南薇、演員袁雪芬在看到丁英（丁景唐）的論文《祥林嫂——魯迅作品之女性研究之一》之後，被祥林嫂的悲慘命運感動，決定將魯迅的小說《祝福》改編成越劇《祥林嫂》。

　　該劇分爲五幕十場，另外還有序幕和尾聲，劇本基本上保持了原著的精神。但是爲了吸引觀眾而在序幕和第一幕中增加了阿牛（劇本將阿牛的年齡提高了十幾歲）和衛姑娘（即後來的祥林嫂）青梅竹馬，後來又追求她的情節，這在一定程度上削弱了該劇的社會批判性。

　　在當時上海凡接觸魯迅作品就有被視爲「赤化」嫌疑的險惡環境中，許廣平對於南薇和袁雪芬將魯迅作品改編成越劇的勇敢行爲表示支持，不僅同意她們改編的劇本，而且還大力支持該劇的上演。

　　5 月 6 日，該劇在明星劇院舉行預演，許廣平邀請了田漢、洪深、黃佐臨、史東山、費牧、張駿祥、歐陽山尊、李健吾、白楊、丁聰、張光宇等文藝界知名人士前往觀看，他們不僅肯定了該劇所揭露的封建禮教對婦女的迫害的社會意義，而且肯定了該劇對於越劇內容題材改革乃至整個戲曲改革的重要作用。演出轟動了上海，連續三個星期每天演出兩場，場場爆滿。《文匯報》、《時事新報》、《新聞報》等報紛紛發表讚揚該劇的消息和評論。10 月 19 日，爲紀念魯迅逝世十週年，該劇再次公演一週。

　　該劇所引起的強烈社會反響也引起了政治家的注意。周恩來對該劇所取得的出人意料之外的社會意義表示讚賞，他高度評價了該劇的政治意義：「在國統區，在沒有黨的領導下，演出《祥林嫂》，出乎意外。」國民黨當局對該劇演出後的強烈反響很惱怒，使用軟硬兼施的辦法對袁雪芬和雪聲劇團進行

迫害，先是試圖讓袁雪芬給國民黨頭面人物唱堂會，許諾讓她出任越劇工會「理事長」，從而拉攏袁雪芬，在被袁雪芬堅定地拒絕的情況下，又在報刊上警告「袁雪芬向左轉，會被觀眾唾棄」，並進一步採取盯梢、發恐嚇信、敲詐勒索等恐怖手段恐嚇袁雪芬。但是在地下黨和進步文化界人士的支持下，袁雪芬不但沒有向國民黨政府屈服，而且認識到演出背後的政治問題。1956 年，在紀念魯迅逝世二十週年之際，袁雪芬撰文說「是《祥林嫂》把我引向進步、引向革命，引我找到了黨。」

1948 年上半年，由進步電影工作者支持的上海啓明影業公司將越劇《祥林嫂》搬上銀幕，內容基本上按照 1946 年演出本拍攝，演員是雪聲劇團成員，南薇導演、袁雪芬飾演祥林嫂，范瑞娟飾演賀老六，這是我國第一部越劇影片。但是，電影改編者爲了加強戲劇氣氛和人物的反抗性，特地增加了祥林嫂砍門檻的情節：再度喪夫的祥林嫂在捐了門檻之後，仍被魯四老爺視爲不祥之物，逐出魯府，絕望之中，她用斧頭砍壞了土地廟的門檻。編者的這一改動意在拔高祥林嫂的思想性格，突出祥林嫂的反抗性，但卻違背了魯迅原著的精神。〔註 3〕

②《藥》的木刻插圖

魯迅作品這時期也出現了新的木刻插圖，1946 年 9 月 18 日，葛原創作的《魯迅短篇小說〈藥〉木刻插圖十二幅》，由中國木刻協會新藝叢書社出版、中國木刻用品合作社工廠發行，畫前刊登了《藥》的全文。這是首次出版的木刻插圖本的《藥》。

2、解放區的反響

（1）魯迅著作的出版

抗戰勝利後，解放區的印刷出版條件有了很大的改善，爲了滿足廣大讀者閱讀魯迅著作的要求，解放區的一些出版機構陸續翻印了大量的魯迅著作。

1946 年到 1947 年，大連光華書店先後翻印了魯迅先生紀念委員會編輯的魯迅著作單行本和魯迅全集出版社在 1941 年出版的《魯迅三十年集》；1948 年 9 月 15 日，東北光華書店又翻印了魯迅先生紀念委員會編的《魯迅全集》，印數達到 3500 部，這樣的數量在當時來說是相當龐大的，對於促進魯迅著作

〔註 3〕凌月麟《「越劇界的一座紀程碑」——越劇〈祥林嫂〉的六次公演》,《上海魯迅研究》第 9 輯。

在解放區的傳播起到了相當大的作用。

1948 年 10 月，許廣平和郭沫若等愛國人士從上海取道香港到達安東，秘密進入解放區。東北光華書店、東北書店先後支付了一批魯迅著作的版稅，許廣平放棄了新華書店東北書店的版稅，而把民營的光華書店版稅兌成 5 根金條捐給了東北魯迅藝術文學院，支持該學院的辦學。

（2）紀念魯迅的文章與著作

在延安整風運動之後，延安地區紀念魯迅的文章和活動在官方的控制下逐漸稀少，而隨著延安的文藝界人士陸續開赴各解放區，紀念魯迅的活動又在各解放區陸續開展起來，進一步擴大了魯迅精神在全國各地的傳播。

1946 年 6 月，晉察冀魯迅學會主編的「魯迅學刊」在《晉察冀日報》上創刊；10 月 19 日，邯鄲出版的《北方雜誌》月刊出版了紀念魯迅逝世十週年專輯，發表了范文瀾、任白戈、荒煤、于黑丁的文章；中共中央東北局機關報《東北日報》在 10 月 19 日、20 日出版了紀念特刊，發表了蕭軍、金人、何乾之、草明、鑄夫的文章；在魯迅逝世十週年之際，東北文化社編輯的《魯迅先生逝世 10 週年紀念特刊》由東北書店出版，收錄了毛澤東論魯迅和公木、王季愚、李雷、沃渣、張望等人撰寫的 5 篇紀念文章，並刊登了塞克作詞、張棣昌作曲的歌曲《我們要高舉魯迅的戰旗》；1948 年 10 月 15 日《文化報》第 65 期出版了「紀念魯迅先生逝世十二週年專刊號」，刊登了一些紀念魯迅的文章，該報由蕭軍在 1947 年 5 月 4 日創辦並主編，共出版了 72 期，陸續發表了不少紀念與研究魯迅的文章，是東北解放戰爭期間魯迅研究的園地；10 月 15 日，陝甘寧邊區文化協會群眾文藝編輯委員會編輯、新華書店出版的《群眾文藝》第 3 期轉載了魯迅《對於左翼作家聯盟的意見》，並刊登了毛澤東論述魯迅的言論和其他紀念魯迅的文章、歌曲等。

解放區陸續出版了一些研究魯迅的著作，這些著作不僅反映出解放區魯迅研究的狀況，展示了解放區魯迅研究的水平，而且也極大的促進了解放區傳播與研究魯迅的工作。

1946 年，大連「文協」先後出版了盧正義編選的《魯迅論》第一、二輯，第一輯收錄了許壽裳、蕭紅、景宋、胡風有關回憶與紀念的文章，第二輯收錄了毛澤東、瞿秋白、王明、蕭三的論文，編者分別撰寫了《保衛魯迅》和《英雄的氣息》兩篇文章作為這兩輯的「前記」；5 月，上海生活書店和張家口新華書店分別出版了何乾之撰寫的《魯迅思想研究》，這本書很受讀者歡

迎，10 月東北書店再次出版，1948 年 10 月出版第 2 版，1949 年 4 月出版第
3 版；1947 年春，蕭軍在哈爾濱創立了魯迅文化出版社，先後重印了魯迅作
序的《八月的鄉村》、《生死場》和《魯迅研究叢刊》第一輯，並編輯出版了
《魯迅論文選輯》第一、二輯等有關魯迅的書籍；1948 年，劉雪葦撰寫的《魯
迅散論》一書由大連光華書店出版，收錄了作者研究魯迅思想和《野草》等
作品的論文共 6 篇，並附錄了「魯迅年譜」；同年，張望在 1946 年 12 月東北
魯藝編完的《魯迅論美術》一書由大連大眾書店出版，收錄魯迅論述美術的
文章 33 篇，書信摘錄 16 封，這是國內最早出版的系統的輯錄魯迅美術文章
的書，佳木斯東北書店在 10 月又出版了該書的增訂本；12 月 1 日，動力編委
會編輯的《魯迅的方向》一書由遠東出版社在大連出版，這是動力文叢的第
一輯，收錄了軍（蕭軍）、胡繩、劉方白、鳳子等人有關魯迅的文章 4 篇；12
月，華東新華書店出版了《魯迅論中國語文改革》一書，收錄了魯迅論述中
國語文改革的文章 11 篇，次年 9 月，浙江新華書店再次翻印。

（3）紀念魯迅的活動

①建立東北魯迅藝術文學院

1946 年春，延安魯迅藝術文學院師生奉中共中央命令，奔赴東北解放區，
1948 年 11 月，在瀋陽成立了「東北魯迅藝術文學院」，為東北解放區培養了
大量的藝術人才。後來，該校在 1953 年改名為東北美專，1958 年又改名為魯
迅美術學院，成為唯一一個在解放區創建並在建國後保留魯迅校名的學校。

②紀念魯迅的大會

在 1942 年的「整風」之後，魯迅的文藝思想逐漸被邊緣化，毛澤東的文
藝思想成為延安乃至整個解放區文化界的唯一的指導思想。延安在 1942 年舉
行過紀念魯迅逝世六週年的大會之後就沒有再舉行類似的大會，不過，東北
解放區在魯迅逝世忌日之際卻延續延安的傳統陸續舉行了多次紀念魯迅的大
會，各地解放區也先後舉行了一些小型的會議，這些會議都結合當時的政治
形勢對魯迅作了新的詮釋與解讀。

抗戰勝利後，延安組建的東北幹部隊伍和東北文工團開赴東北，一時間，
延安的許多著名的作家和文藝工作者匯聚在東北的哈爾濱，他們的到來，不
僅推動了東北革命文藝運動的開展，而且也促進了魯迅在東北解放區的傳播。

1946 年 10 月 19 日，哈爾濱文化界在莫斯科劇場舉行魯迅逝世十週年紀

念大會，各界代表共 2000 多人出席。會場正中懸掛著魯迅像，講臺兩邊掛著魯迅的詩句「橫眉冷對千夫指，俯首甘爲孺子牛。」羅烽主持大會，他結合解放戰爭的形勢指出「我們要學習魯迅先生的韌性戰鬥精神，要持久不懈。」蕭軍介紹了魯迅的生平，敘述了魯迅怎樣從以醫學來拯治中國人的肉體轉變到以文學作藥來拯救中國人的靈魂的過程，他還特別介紹了魯迅始終保持民族氣節，勇敢地和反動封建勢力、資產階級反動文人、漢奸賣國賊作鬥爭的光輝歷史。東北政委會副主席和東北民主聯軍政委彭真在講話中闡述了魯迅的革命精神。最後，蕭軍建議：「一、在哈爾濱成立魯迅學會，以廣泛的深入的研究魯迅的思想和精神；二、成立魯迅文化出版社，大量介紹魯迅的著述譯作；三、成立魯迅社會大學，以補救職業青年的失學問題」。同日，佳木斯舉行座談會，賽克、呂驥、張庚等 10 多人出席。

　　1948 年 10 月 19 日，哈爾濱文化界又在文化俱樂部舉行魯迅逝世十二週年紀念大會，洛甫（張聞天，下同）、蔡暢、李立三、東北政委會主席林楓、副主席高崇民和呂驥、張庚、周立波、古元、草明等東北文化界人士及黨政軍民各界代表共 1000 多人出席。大會還同時展覽了魯迅的照片及木刻數十幅。會場正中懸掛著魯迅先生的巨幅畫像。與會者懷著無限崇敬的心情，首先向魯迅畫像鞠躬致敬。丁玲首先介紹了魯迅生平和偉大業績，她說，魯迅先生生平的歷史，是一部偉大的戰鬥歷史，他與舊社會反動勢力進行了堅定不移的反抗，他始終站在人民大眾的立場上，爲人民說話；雖然先生在臨死前幾年身體不健康，但他仍然堅持鬥爭的武器，繼續與統治者做各種鬥爭。魯迅先生前後共寫了六百多萬字，他的各種著作，得到全世界的尊敬。林楓、高崇民接著代表政府講話，林楓指出：「今天紀念魯迅先生是處在東北大解放的前夜，是全國解放戰爭偉大勝利時期」，因而有著重大的現實意義和深遠意義。他向文化工作者提出，要以投入革命鬥爭的實際行動來紀念魯迅先生，「文化教育工作者目前的任務是徹底肅清人民思想中帝國主義與封建殘餘的遺毒，這是一個較長期且艱巨的工作，要有耐心不怕麻煩的決心，只有不斷地改造和提高人民的思想」，才是真正的「紀念魯迅先生」。高崇民在講話中提出：「要學習魯迅先生爲人民服務的精神，做人民大眾的牛。」最後東北音樂文工團演出了紀念魯迅的文藝節目。晚上，文藝工作者又舉行小型茶話會，洛甫報告形勢，金仁、丁玲、宋之的朗誦了《爲了忘卻的紀念》、《論「第三種人」》等作品。

　　同日，晉冀魯豫邊區文聯、北方大學以及文藝研究會聯合舉行魯迅先生逝世十週年紀念座談會，70 多人參加。邊區文聯主席於黑丁在致詞中介紹了魯迅一生的戰鬥方向。北方大學校長范文瀾在報告中號召大家學習魯迅的硬骨頭精神，會上還朗誦了魯迅的作品。同日，太岳解放區文聯籌委會邀請文化、教育、戲劇等各界代表 20 多人舉行座談會，會上討論如何學習魯迅，改進文藝工作，並通電美國及上海文藝界，全面抵抗美國與蔣介石的軍事進攻；同日，晉綏邊區文化界 200 多人集會紀念魯迅，《抗戰日報》社長周文和力群等十多人發言，最後決議致電延安，要求更有力地制止蔣介石擴大的內戰的陰謀，周文說：「魯迅一生的事業，就是中國人民反帝反封建的革命事業。中國人民的革命事業經過了長期曲折的道路是更加壯大，更加向前發展了，我們決不再做亡國奴，我們要結束蔣介石的獨裁專制統治，要求美國退出中國」。力群指出：「紀念魯迅，就是要學習他善於揭露和教育群眾誰是當前國家民族最危險的敵人的那種精神，必須打破群眾與幹部的糊塗觀念，應當指出今天蔣介石和汪精衛一樣，美國反動派比日本帝國主義更兇猛、狡猾」。

　　為紀念魯迅逝世十二週年，晉綏解放區文化界 80 多人集會，賀龍參加了會議並就文化問題發表講話，他指出：「在目前全黨的總任務下，文藝工作還落後於軍事的發展，並號召大家組織起來，向各個角落發揮筆桿子的力量，在培養幹部上，創作上，從各方面準備力量，迎接新的局面」。陝甘寧邊區文協主席柯仲平介紹了魯迅的戰鬥業績，並鼓勵大家用魯迅奮不顧身的這種工作精神，和熱愛黨熱愛人民的偉大精神來戰鬥，在毛主席的帥旗下，循著魯迅的方向，負起賀司令員所指示的任務，向西北、向全國，充分發揮人民文藝軍的重大作用。與會同志決定將土改、整黨運動中所學到的東西，加工變成文藝創作，以適應土改後廣大群眾的文化要求。同時，大家還提議出版文藝刊物，創辦藝術學校，培養文藝工作幹部，進行文藝批評，總結經驗，改造舊劇，學習馬列主義，提高政治理論和藝術水準。經過深入討論，決定會後由文聯籌備，迅速成立各種小組，訂出各方面的計劃，具體執行。十月劇社在會後兩週就寫出《翻身曲》、《慶祝東北解放》、《生產小唱》、《人民解放軍進行曲》、《獻給黨代會》、《向大西北進軍》等 8 首歌曲和《半副擔架》、《兩親家》、《櫃中迷》等 3 個劇本。

　　同日，由中共晉綏分局領導的晉南工委在臨汾解放劇院召開魯迅逝世十二週年紀念會，臨汾的文學教育界 100 多人出席。

解放區紀念魯迅的活動不僅促進了解放區文藝工作的開展，而且也在政治上起到了統一思想認識，為解放全國在文化上作了充分的準備。

③建造第一座魯迅塑像

魯迅逝世後不久，社會上就有不少人建議塑造魯迅像來永遠紀念魯迅。據《魯迅先生紀念集》中的記載，當時居住在北平的法國文學家華羅琛夫人致信某報，建議發起募捐建造魯迅像：「偉大的作家魯迅先生，他有豐富的學力，崇高的人格，為全國所景仰，如高爾基之在蘇俄，魯迅先生之死，不僅為中國之損失，亦即全世界的損失——他的筆、他的心，完全為大眾奮鬥，文化界的追悼會，紀念冊，均不能表彰其崇高偉大的精神，我們應樹立他的像及碑銘，在通衢要道，使洋車夫以至婦孺都能瞻仰，若能發起此運動，我可捐洋五十元，以盡綿薄。」但是，這一建議因為隨後爆發的抗日戰爭而無法落實。在抗戰勝利後，剛從蘇聯回國的郭沫若在重慶紀念魯迅逝世九週年的會上發表了題為《我建議》的演講，他指出蘇聯對於作家的重視體現在為作家多多塑像，我們也應該參照他們的榜樣來紀念魯迅先生，在北平、上海、廣州、杭州、廈門，以及其他任何地方都建立魯迅像，最好能塑造魯迅的銅像。但是，郭沫若的建議在當時的環境下依然無法落實。

1948 年秋，為了表達解放區人民對魯迅的敬仰，東北解放區的大連市政府、友協、青聯等機關團體發起成立了建造魯迅銅像的專門委員會，並募集到了 30 多個單位以及數千名群眾的捐款共 50 多萬元舊幣，順利地塑造了我國第一座魯迅銅像，該像為 70 公分直徑的正面圓形象，由重托工業專門學校青年教師于錫湧創作。10 月 19 日上午 10 時，大連市紀念魯迅逝世十二週年籌備委員會在大連魯迅公園舉行了魯迅銅像的落成典禮，以此紀念魯迅逝世十二週年。〔註4〕

④魯迅故居的保護

1949 年 1 月，北平解放後，軍管會文物部在王冶秋的領導下，派專人負責管理魯迅故居及魯迅藏書、遺物，確保了魯迅故居和魯迅藏書、遺物的安全與完整。1950 年 2 月，許廣平從東北解放區到達北平，3 月，她和周海嬰一起將魯迅故居及魯迅藏書、遺物等全部捐獻給國家。有關部門迅速行動，很快就建立起了魯迅故居展覽室，並對外開放，接待觀眾參觀。

〔註 4〕蕭彬如《魯迅先生的第一座銅像》，《紀念與研究》第 9 輯。

（4）魯迅的藝術形象

在解放區，有關機構還以藝術創作的形式紀念魯迅。

1946 年 10 月，爲紀念魯迅逝世十週年，東北解放區的郵政機構發行了紀念魯迅的郵票三枚，這是出現最早的紀念魯迅的郵票，但是這些珍貴的郵票現在已經很難再見到。

1949 年 7 月 2 日到 19 日，來自解放區和國統區的文藝工作者匯聚北平，參加全國文學藝術工作者第一次代表大會。這次大會在會場上懸掛的巨型會徽和發給代表的用會徽製作成的大會紀念章比較富有象徵含義：會徽的圖形爲毛澤東和魯迅的側面重疊頭像，毛在前魯在後。頭像上方飾以紅旗，上書「1949」，頭像的左前方到右下方環書著「中華全國文學藝術工作者大會」十五個字。會徽和紀念章選用毛澤東和魯迅的頭像，是因爲這兩個人分別是解放區和國統區的文化領袖，代表著解放區和國統區的文化界的兩種文化力量，另外，也以此暗示解放區和國統區的文藝工作者都要團結在毛澤東和魯迅的旗幟下，以毛澤東的文藝思想爲指導，共同開創新中國文藝事業的新局面。這已經是魯迅和毛澤東的第二次並列了，據《紅色中華》報導，此前在 1935 年 12 月在瓦窯堡召開的西北抗日救國代表大會上，毛澤東和魯迅就已經被同時推舉爲名譽主席。〔註 5〕

3、境外的反響

（1）香港地區的反響

境外紀念魯迅的活動主要集中在東亞地區，其中又以香港的紀念活動爲最多，幾乎每年都舉行紀念活動。這不僅與許多進步文化界人士爲躲避國民黨政府的迫害而移居香港有很大的關係，而且也和中共在香港的地下黨組織在香港地區的發動密切相關。

1946 年 10 月 18 日，香港文藝界在六國飯店舉行魯迅逝世十週年紀念會，會議主席黃藥眠致開幕詞，林平、陳其瑗、李伯球、千家駒、劉思慕等演講，與會者一致強調要學習魯迅的韌性戰鬥精神，出席會議的 103 位文藝界人士還一致簽名通過了《響應美軍撤華書》，呼籲美軍推出中國；10 月 27～31 日，香港「文協」分會爲紀念魯迅逝世十週年，舉行了魯迅藝術學院木刻展覽會，展出反映解放區人民生活的作品 100 多幅，不僅紀念了魯迅，而且也宣傳了

〔註 5〕甘曉驥《第一次文代會會徽》，《魯迅研究月刊》1990 年第 12 期。

延安解放區的民主與祥和的生活。

1947 年 10 月 19 日，「文協」香港分會舉行了魯迅逝世十一週年紀念會，會議主席周鋼鳴首先致詞，鄧初民、王任叔、邵荃麟等相繼發表演講，闡發了魯迅的韌性戰鬥精神。同日，香港《華商報》發表了社論《紀念魯迅先生》。

1948 年 10 月 19 日晚上，「文協」香港分會在六國飯店舉行魯迅逝世十二週年紀念茶會，會議主席郭沫若發表了講話；21 日，香港達德學院舉行了魯迅逝世十二週年紀念會，胡繩作了題爲《魯迅爲什麼是中國知識分子改造的典範》的報告，臧克家、曹禺也先後發表講話。會上還朗誦了詩歌《紀念魯迅先生》並表演了由魯迅小說《離婚》改編的說書，馬思聰還演奏了小提琴。

境外出版的紀念魯迅的報刊和著作較少，相關著作多集中在香港地區。

1947 年 10 月，司馬文森、陳殘雲編輯的《魯迅十一年祭》由香港文藝生活社出版，收錄了夏衍的《魯迅論新聞記者》和宜閒、雲彬、柏塞等人的紀念文章，並刊登了精印的名畫家余所亞所畫的魯迅像一幅。

1948 年 9 月，爲紀念魯迅逝世十二週年，香港文藝出版社、香港生活書店出版了《魯迅的道路》，這本書是大眾文藝叢刊第 4 輯，共有 18 篇文章，書中只有排在第一篇的胡繩撰寫的《魯迅思想發展的道路》一文與魯迅有關，但是爲了紀念魯迅而採用此篇文章名作爲書名。

（2）馬來西亞的反響

在馬華地區，一些進步的文藝界人士相繼舉行了紀念魯迅的活動。1947 年 10 月 19 日，馬華文藝界舉行紀念會，到會的數百人，不僅有文化藝術界的人士，還有職工總會、青年組織、婦女聯合會的代表。作家金丁擔任主席，他在開幕詞中說：「今天紀念魯迅先生逝世十一週年，當不勝悲痛，悲痛的不僅是失去了偉大的導師，而更大的卻是民族苦難未過去而且日勝一日。但另一方面，今天紀念魯迅先生又感到莫大驕傲，魯迅先生是民族的光榮，他的戰鬥精神，是中華民族的表現。」胡愈之追憶了上海人民爲魯迅的死而舉行的「中國第一次人民的葬儀」的情形。當天晚上，星華文藝協會在大世界大西洋劇院舉行紀念魯迅的文藝晚會。當地的報紙報導說，「從節目內容和參加演出的單位來看，這樣的紀念晚會是空前盛大的。如果有美中不足的話，一是缺乏與魯迅有直接關係的節目；二是過於側重反映中國社會的節目，缺乏反映本地問題的節目。」這也從一個方面表明紀念魯迅的會議更多的是在關心祖國的問題，並以此來凝聚馬華地區華人的民族認同感。

（3）朝鮮的反響

1946 年，金光洲、李容默合譯的《魯迅短篇小說集》全三卷本由首爾出版社出版，這是魯迅主要短篇小說最初的韓文譯本。另外，1947 年，韓國漢城大學文理學院爲紀念魯迅逝世十一週年舉辦演講會，但是因爲資料所限，具體情況不明。

（4）日本的反響

「二戰」後，日本的魯迅研究陸續開展起來。1948 年，日共黨員鹿地亙撰寫的《魯迅評傳》由日本民主主義文化聯盟出版，這本書實際上是鹿地亙在戰前和戰後撰寫的回憶與研究魯迅的文章的結集。因爲作者與魯迅有過交往，所以對魯迅的認識與評價比較客觀，對於魯迅在日本的傳播起到了重要的作用。同年，日中文化研究所編輯的《魯迅研究》一書由八運書店出版，收錄了阪本德松的《魯迅論》、島田政雄的《魯迅與「革命文學」》、寺田良藏的《魯迅與小說》、赤津益造的《阿 Q 和中國農民的生活》、增田涉的《魯迅和日本》、齋藤玄彥的《魯迅與蘇聯》和鹿地亙的《魯迅與中國革命》等文章，這是日本進步人士撰寫的研究魯迅的成果的集中展示，也是戰後日本出版的第一部關於魯迅的綜合評論集，這些文章大多突出魯迅的戰鬥精神和革命精神，評價魯迅是「啓蒙主義者」、「革命的民族主義者」、「偉大的革命家」，「中國無產階級文藝的傑出代表」，這些文章在戰後日本的環境下對於魯迅精神的傳播也起到了一定的作用。

4、小結

在抗戰勝利的背景下，國統區和解放區都在魯迅逝世十週年的背景下掀起了一個紀念魯迅的小高潮，不僅翻印了相當數量的《魯迅全集》，而且召開了紀念魯迅的大會，開始把紀念魯迅與和平民主建國的政治訴求結合起來，賦予紀念魯迅活動新的政治內涵。但是，在國民黨的政治高壓下，國統區在紀念魯迅逝世十週年之後很少有機會能舉行紀念魯迅的活動，而解放區卻轟轟烈烈地開展了紀念魯迅的系列活動，把紀念魯迅與建設新中國結合起來。在國外，魯迅研究工作也取得了一定的進展，其中以日本的魯迅研究最爲突出，這些研究成果都比較突出魯迅的革命性，研究者希望能從魯迅那裡借鑒一些革命精神資源來改造日本戰敗後的社會狀況。

七、「魯迅嚮往的時代來了」──「十七年」時期的魯迅文化史（1949 年 10 月 1 日～1966 年 5 月）

　　新中國成立之後，魯迅嚮往的時代終於來到了。新中國誕生後不久就迎來了魯迅逝世紀念日，郭沫若特地撰寫了《魯迅先生笑了》一文來讚揚新中國的誕生。國家很重視對魯迅的紀念與研究工作，相繼建立了上海魯迅紀念館、北京魯迅博物館、紹興魯迅紀念館、廈門魯迅紀念館、廣東魯迅紀念館等紀念魯迅的場館，多次在魯迅紀念日舉行紀念大會，並在 1956 年到 1958 年出版了新版的《魯迅全集》。但是，在五、六十年代，國家領導人毛澤東為了加強社會主義建設而在政治和文化領域陸續發動了一些社會運動：1952 年發動了「三反運動」，1957 年發動了反「右派」的運動，1959 年發動了反「右傾」的運動，1966 年 6 月發動了「文化大革命」，這些政治運動深深的影響了五、六十年代紀念與研究魯迅的工作。

1、魯迅著作的出版

　　1950 年 11 月，馮雪峰在上海組建了魯迅著作編刊社，帶領王士菁、楊霽雲、林辰、孫用等魯迅研究專家，開始了整理、收集、注釋、編輯魯迅著作的工作。1951 年初，馮雪峰調到北京擔任人民文學出版社社長，魯迅著作編刊社也隨之遷到北京，併入人民文學出版社成為該社的魯迅著作編輯室，開始了新版《魯迅全集》的編輯與注釋工作。

　　1950 年 10 月 23 日，馮雪峰起草了《魯迅著作編校和注釋的工作方針和

計劃草案》，他特別指出了注釋魯迅著作的原則與方針：

1、注釋工作是繁重而困難的，必須一邊工作，一邊作謹慎的深入和廣博的學習和研究，並且還必須把這樣的學習和研究算作我們工作中的最重要的部分。

學習和研究：首先是毛澤東思想和思想方法，最近三十年來的中國革命史和中國近百年史，等。其次是魯迅著作的內容和思想，近代世界文藝思想，中國古文學知識，等。

2、注釋必須絕對嚴守科學的客觀的方法態度和歷史的觀點，正唯如此，事實上就不能不有關於時代環境的說明和帶有歷史評價的意義。這不僅是關於魯迅本人的，而尤其是關於和魯迅有關聯的一切人物、事件和思想學說。

因此，注釋的方法和觀點，必須是馬列主義毛澤東思想的科學歷史的方法和觀點。立場和標準，是中國人民革命的利益和前進的方向。而注釋的目的固然在於使讀者能夠更容易地讀懂魯迅作品，但還必須能起一種對於魯迅思想的闡明作用，使魯迅思想的進步的、革命的、新民主主義的本質更照明於世。

3、注釋以普通初中畢業學生能大致看得懂為一個大概的標準，因此不僅注釋條文的文字必須淺顯而簡要，並且注釋的範圍也不得不相當廣。

4、以上的注釋範圍是以關於魯迅的小說、散文和雜文的著作為主。此外，關於他的書簡、日記中的人與事，以及一切序文後記中所涉到的人與事，也盡可能的加以查考和注釋。

5、注釋工作，主要的依靠調查研究的廣博和精確可靠。……我們調查研究的工作，擬分三方面進行，即（1）查書查刊物查報紙和其他，儘量借用圖書館和私人藏書。（2）訪問人和地方。（3）經常請教顧問。

6、注釋初稿以至二稿三稿，都先印刷多份，送給文化界各大家和魯迅各老友和中共中央宣傳部、中央出版總署翻閱修正和補充：大約總須經過二三次以至四五次六七次的修改糾正，然後近於定稿，再由中宣部和中央出版總署最後審查批准出版。

從這份草案中可以看出，馮雪峰特別強調要以「馬列主義毛澤東思想的科學歷史的方法和觀點」來進行魯迅著作的注釋工作，而且，注釋的樣稿要經過「文化界各大家和魯迅各老友和中共中央宣傳部、中央出版總署翻閱修正和補充」後才能定稿，定稿後，還得「再由中宣部和中央出版總署最後審查批准出版」。這不僅「使魯迅思想的進步的、革命的、新民主主義的本質更照明於世」，而且把《魯迅全集》的出版工作上升為國家行為。

　　1956 年，為了紀念魯迅逝世二十週年，經過注釋後的新版《魯迅全集》陸續開始出版，至 1958 年出齊，史稱 1958 版《魯迅全集》。全集專收魯迅的創作、評論和文學史著作及部分書信，魯迅的翻譯作品和古籍輯校則另行整理編輯。編者在每一卷卷首都寫了「本卷說明」，並附錄了魯迅不同時期的一些照片和相關墨蹟，末卷還附有簡略的《魯迅著譯年表》。全集在校勘方面比 1938 年版全集有所進步，糾正了 1938 年版全集中出現的許多印錯的文字和標點。

　　這套全集雖然存在著一些問題，例如，因為受到政治壓力，在「擇取較有意義的，一般來往信件都不編入」的名義下，當權者刪除了涉及「兩個口號」論爭以及批評 30 年代周揚等人宗派主義、關門主義錯誤的信件，最後只收錄了 384 封書信，沒有收全當時已經搜集到的 1165 封魯迅書信；另外，受到國內外政治環境的影響，不僅在注釋中存在一些注釋被掌管意識形態和文藝界領導權者利用權勢作了手腳的現象，如在《我的種痘》一文中對當時已被打成右派的丁玲的注釋是：「當作者寫這篇文章的時候，正盛傳她在南京遇害，還沒有知道她已經變節」；而且魯迅的一些文章也被刪改，如第 4 卷《〈豎琴〉前記》一文在介紹蘇聯「綏拉比翁的兄弟們」這一文學團體時，就刪除了魯迅原文中「托羅茨基也是支持者之一」這一句話。此外，魯迅日記仍然沒有收入全集，但是後來出版了裝幀相同的《魯迅日記》，也算有所彌補了。

　　1958 年版《魯迅全集》雖然存在一些問題，但是對於在新中國傳播魯迅起到了重要的作用，全集中增加的約 5800 多條、共 54 萬多字的注釋不僅可以較好地幫助讀者理解魯迅作品，而且本身也具有重要的學術價值，但是在「文革」開始以後，「四人幫」卻在這套《魯迅全集》的注釋上大做文章，認為注釋存在政治問題，在實際上禁止這套全集出版發行。

2、紀念魯迅的文章與著作

（1）紀念魯迅的文章

1949 年 7 月，全國文藝工作者第一次代表大會在解放後的北平舉行，來自國統區和解放區的文藝工作者團結在一起，相繼成立了新中國文藝界的兩大組織：中國全國文學工作者協會和中華全國文學藝術界聯合會。這兩個組織對於紀念與研究魯迅的工作都發揮了重要的組織作用。另外，中共中央的機關報《人民日報》為紀念魯迅也陸續發表了多篇社論，通過紀念魯迅的社論來向全國人民特別是全國文化界傳達出政府的政策方針。

①《人民日報》刊登的紀念魯迅的文章

1951 年 10 月 19 日，《人民日報》為了配合當時正在開展清除思想領域不良思想的運動而在紀念魯迅逝世十五週年之日發表了題為《學習魯迅，堅持思想鬥爭！》的社論。

社論指出：

> 魯迅先生所堅持的思想鬥爭，在中華人民共和國成立以後，得到了最廣大的發展的可能性。在《論人民民主專政》一文中，毛澤東同志指示我們，要「在全國範圍內和全體規模上，用民主的方法，教育自己和改造自己，使自己脫離內外反動派的影響（這個影響現在還是很大的，並將在長時期內存在著，不能很快地消滅），改造自己從舊社會得來的壞習慣和壞思想，不使自己走入反動派指引的錯誤路上去，並繼續前進，向著社會主義社會和共產主義社會發展」。這就充分說明在革命勝利後的今天，我們在文化思想戰線上的鬥爭任務的重大。

社論最後發出呼籲：

> 為完成毛澤東同志所教給我們的光榮任務，我們必須學習魯迅堅韌的戰鬥精神，在文化思想工作上加強和鞏固馬克思列寧主義思想的領導，肅清帝國主義、封建主義的思想影響，並且對自由資產階級和小資產階級的各種錯誤思想進行嚴肅的批判。讓我們團結一致，獻出一切力量，向著新的勝利進軍吧！

這是《人民日報》創刊之後首次在魯迅逝世之際發表的紀念魯迅的社論。社論首先明確地把魯迅的思想納入馬列主義思想體系之中，然後針對解放後思

想文化領域出現的各種思潮，強調知識界要以魯迅爲榜樣，接受馬克思列寧主義的眞理，用韌性的戰鬥精神來堅持開展思想鬥爭，肅清帝國主義、封建主義、自由資產階級和小資產階級等各種錯誤思想的影響，從而加強和鞏固馬克思列寧主義思想的領導。

　　1952 年，在文化領域出現了繼承民族遺產問題的錯誤傾向，爲了糾正這些錯誤傾向，10 月 19 日，《人民日報》又發表了題爲《繼承魯迅的革命愛國主義的精神遺產——紀念魯迅逝世十六週年》的社論。

　　社論首先說：

　　　　憎惡舊中國的反動落後，熱愛新中國的突飛猛進，這才是革命的愛國主義。有了革命的愛國主義，才能正確的批判與接受過去所有的民族遺產。

社論最後指出：

　　　　中國正在進入偉大的大規模的有計劃的經濟建設時代。魯迅所痛惡的舊中國正在變爲過去，魯迅所熱望的新中國正在變爲現實。但是必須承認，就在經濟建設的前夜，雖有三年來新中國的迅速進步，舊中國的落後的負擔還沉重的壓在全國人民的身上。中國的重工業和其他近代工業，近代的陸上水上空中交通事業，近代的農業，近代的勞動、居住、衛生和文化生活條件，婦女和兒童的應得的地位，這一切都還在難以忍受的低下的水平上。我們的任務是艱巨的。當然，這些低下的水平決不是什麼可愛的東西，我們決不是因爲要保存這些而愛國，恰恰相反，正是因爲要消滅這些而愛國的。

這篇社論雖然是針對文化領域出現的繼承民族遺產問題而撰寫的，但是社論的重點卻是強調人們要繼承魯迅的革命愛國主義的精神遺產，並指出繼承了魯迅的革命愛國主義精神遺產不僅能正確解決繼承民族遺產的問題，而且能解決當下的經濟建設中的各種問題。

　　在五十年代，政府一方面大力宣揚魯迅的精神，一方面又在文藝領域中繼續用毛澤東的文藝思想取代魯迅的文藝思想，並對一些堅持魯迅文藝思想的人進行整頓。據藍棣之在《魯迅與毛澤東》一文中考證，中央檔案館裏有一篇文獻說明：「解放初期，江青出席文藝界一個會議時說，新中國文藝的指導思想應當是毛澤東文藝思想。胡風當場表示，在文藝上的指導思想應當是魯迅的文藝思想。江青回家給毛澤東說了以後，毛澤東很不高興。」

　　1955 年，政府發起了對魯迅的親密學生胡風的大批判，4 月號的《人民文學》刊登了沛翔撰寫的《在接受民族遺產問題上胡風怎樣歪曲了魯迅先生》一文，文章重點指出：「他自稱爲是魯迅的信徒，實質上卻是魯迅的叛徒」。

　　遠在美國的胡適卻看出了批判胡風運動的實質，他在 1956 年 4 月 1 日致雷震的信中說：「例如胡風一案，我搜了許多材料，才明白這個我從來沒有見過的湖北鄉下人，原來是這個文藝復興運動的一個忠實信徒，他打的仗可以說是爲這個運動的文學方面出死力打的仗。所以胡風夾在『清算胡適』的大舉裏，做了個殉道者，不是偶然的。你們在臺北若找得到《魯迅書簡》（九四六～九六八頁），可以看看魯迅給胡風的第四封信（1935 年 9 月 12 日）就可以知道魯迅若不死，也會砍頭的！」（《胡適書信集》下卷，北京大學出版社 1995 年出版）

　　爲紀念魯迅逝世二十週年，《人民日報》在 1956 年 10 月 19 日發表了由胡喬木撰寫的社論《偉大的作家，偉大的戰士》。

　　社論結合當時國內的情況讚揚魯迅是眞實的馬克思主義者，最後指出了當前學習魯迅精神的迫切性：

> 　　建設著新生活的人民，不但迫切地需要魯迅式的藝術，而且迫切地需要魯迅式的工作人員用魯迅式的熱情和頑強性爲他們服務。讓我們最廣泛的傳播魯迅的思想遺產，讓我們的文藝戰線和一切爲人民服務的人們都用魯迅的鬥爭精神武裝起來，讓我們的青年都受到魯迅的作品的教養——這就是我們對於這位偉大的作家和偉大的戰士的最好的紀念。

這篇社論論述魯迅是偉大的作家和偉大的戰士，「是時代和人民的忠實的兒子」，並進一步指出魯迅晚年已經成爲馬克思主義者，他的一生「是大無畏的革命精神跟嚴謹的實事求是的精神相結合的典範」，是爲了批評當時社會上出現的那些「在敵人和困難面前屈服」，「在人民面前打官腔，擺臭架子，粉飾自己的錯誤和缺點」；「民族的自大狂」；「浮誇、武斷和宗派習氣」；把馬克思主義教條化等一系列不良的社會風氣。因此，社論最後強調「建設著新生活的人民，不但迫切地需要魯迅式的藝術，而且迫切地需要魯迅式的工作人員用魯迅式的熱情和頑強性爲他們服務。」

　　②《文藝報》刊登的紀念魯迅的文章

　　1949 年 10 月 25 日，中華全國文學藝術界聯合會主辦的《文藝報》第 3

期設立了「魯迅先生逝世十三週年紀念」的專欄，刊登了法捷耶夫的《關於魯迅》、曹靖華的《法捷耶夫口中的魯迅》、郭沫若的《繼續發揚韌性的戰鬥精神》、許廣平的《從魯迅的著作看文學》、祜曼的《魯迅教導我們向蘇聯學習》等文章，另外還刊登了唐因撰寫的《訪魯迅先生故居》一文和四幅魯迅故居的照片，對於新開放的魯迅故居作了詳細的介紹，此外，紀念專欄中還刊登了一幅魯迅塑像。

從這些文章中可以看出，作者大多都緊密結合當時的國際國內的政治形勢來談論魯迅。

郭沫若的文章緊密結合國內的建設形勢，他在《繼續發揚韌性的戰鬥精神》一文中說：

「橫眉冷對千夫指，俯首甘為孺子牛」，在今天依然是我們的戰鬥指標。

今天，建國的大業已經開始，這又是更宏闊而長遠的一場鬥爭——要和一切落後的現實鬥，和自然的威力鬥，和技術的頑強性鬥。要把戰爭的創傷醫好，要把落後的農業中國建設成為先進的工業中國，還需得全中國的人都成為「孺子」的「牛」。

為了紀念魯迅先生，大家趕快把頭埋下去，替新中國做「牛」吧，而且要做的十分地心甘情願。

而許廣平和祜曼的文章則緊密地結合了中蘇友好的形勢來說魯迅，以魯迅與俄國文學的關係來突出中蘇友好的歷史淵源。

許廣平在《從魯迅的著作看文學》一文中最後強調：「所以我們如其要把文學搞好，除了吸收魯迅文學遺產的優良部分之外，更其需要加緊向蘇聯學習，這是我們今天最正確可行的大路了」。祜曼在《魯迅教導我們向蘇聯學習》一文中說：「魯迅先生教導我們向蘇聯學習，是從中國革命的實際出發，而不是從表面形式出發。創造民族形式的藝術，乃是為了群眾看得懂，乃是聯繫群眾並且適應勞動人民的需要，乃是反映人民的生活並用它來教育人民。作為作家的魯迅，他是革命的現實主義者，他的創作就是民族藝術的典型，魯迅先生是世人公認的『中國高爾基』。為了我們更好的為人民服務，我們就應該更堅決地繼承魯迅先生的遺志，更好的向蘇聯學習。」

蘇聯作家撰寫的紀念魯迅的文章也緊密結合了當時中蘇友好的形勢。

法捷耶夫在《關於魯迅》一文中說：「對於我們，俄國作家們，魯迅的創

作是這樣親切，除了我們本國作家以外，其他國家作家底創作中，再沒有像魯迅底創作那樣的親切了。他是和柴霍甫與高爾基並駕齊驅的。而我們愈是廣泛地使俄國讀者熟識魯迅，——我們將這樣做——那麼在俄國人民中就會愈加廣泛的傳播開對於魯迅的血緣般親切的感情。魯迅本人那樣樂意地把俄國古典作品翻成中文，也不是偶然的。」

羅果夫在為自己所編輯的《魯迅與俄羅斯文學》一書撰寫的序言《魯迅與俄羅斯文學》中指出：「現在中國解除了國民黨反動派的統治和帝國主義的壓迫，在人民民主的中國展開了現代中國文學的廣大前途。現代中國文學史創立在帶著戰鬥的現實主義傾向的人民性傳統和它第一個創始人魯迅的最進步的文學觀點上的。在這空前的歷史奇蹟中占著重大地位的仍舊是中華人民共和國和蘇維埃聯邦的文字之交。這種文字之交，也就是偉大的魯迅不顧血腥迫害的威脅而把它那麼愛惜地和虔誠地發展過來的」〔註1〕

《文藝報》在第7和第11期又出版了「斯大林萬壽無疆」專欄和「中蘇兄弟同盟萬歲」專欄。由此可以看出，在中蘇友好的時代裏，中蘇雙方的作家都拿魯迅作為中蘇友好的榜樣，希望以魯迅與蘇俄的文字之交來推動當下的中蘇文化交流，由此帶動中蘇友好的發展。

1950年10月25日，胡喬木為了配合當時整頓工作作風的需要而在《文藝報》3卷1期發表了《我們所已經達到的和還沒有達到的成就》一文，呼籲大家學習魯迅的戰鬥精神、工作精神和學習精神：

> 魯迅式的戰鬥精神、工作精神和學習精神——這是醫治我們中間的懶懶散散、嘻嘻哈哈、無事奔忙而又敷衍了事的最好藥方。更多的傳佈和使用這個藥方吧！讓我們更多的溫習魯迅，讓我們有更多的老作家和新青年在政治的熱情和藝術的嚴肅性方面趕上魯迅吧，——這絕對不是什麼苛求，這是魯迅的後繼者不可逃避的天職，而且在我們今天做起來比魯迅多了不知多少的有利條件，因此我們不但應當這樣做，也一定能夠這樣做，也已經有不少人這樣做著。而且依靠我們的繼續努力，依靠我們的自我批評和改善工作，我們定將鞏固和擴大這個勝利，當我們注視著遙遠的前方的時候。我們已經得到了偉大的勝利，讓我們歡呼：活著的和將要活著的，一切大大小小的魯迅萬歲！

〔註1〕參見《文藝報》一卷四期「紀念十月革命」專欄，1949年11月10日出版。

爲紀念魯迅逝世二十週年，《文藝報》引人矚目的連續出版了兩個紀念魯迅的
專號。

1956 年第 19 號的《文藝報》是「魯迅紀念專號」，刊登了宋慶齡、許廣
平、巴人和王瑤等人撰寫的紀念、研究魯迅的文章。

專號中的一些文章不約而同的突出了魯迅逝世後新舊中國的巨大變化，
宋慶齡在題爲《讓魯迅精神鼓舞著我們前進！》的文章中說：

> 魯迅先生離開我們已經二十年了。這期間我們的國家已經發
> 生了巨大的變化，魯迅先生當年所向往的，爲此而戰鬥的偉大事業
> ——中國人民爭取解放的事業，已經取得了勝利，並且正以驚人的
> 速度向著社會主義社會前進。我們覺得遺憾的是魯迅先生已不能和
> 我們同享勝利的歡樂，但魯迅先生的精神卻好像仍和我們在一起，
> 鼓舞著我們勇敢熱情地去追求新事物，毫不容情地去反對舊社會遺
> 留下來的一切陳腐的東西，時刻警惕著任何敵人的陰謀。爲了紀念
> 魯迅先生，讓魯迅精神永遠鼓舞著我們前進吧！

魏建功在《憶三十年代的魯迅先生》一文中說：「我們已經到了寬闊光明的今
天，爲了創造更美滿的明天，還得賡續著先生的方向，繼承著先生的精神，
努力前進。」

川島在《北京魯迅博物館裏有一張照片》一文中記述了一張丟失七年的
魯迅照片又失而復得的故事，他說：

> 在我們的國度裏，一個人遺失了一件東西，又找回來，是一件
> 不以爲奇的常事，但是能自動地把七年以前私自拿去的東西又送回
> 來，在我的見聞中，卻是創舉。傳說中的「合浦還珠」，是神話，在
> 我們的時代裏卻成了現實。

> 這一張照像，現在就存在北京的魯迅博物館裏。

> 魯迅先生在生前是多麼的希望我們有長進呀，幾年來，我們已
> 經有了巨大的長進，從這張小小照片的經歷上，也可以多少看出一
> 點來，這是我們紀念魯迅先生時差可告慰的事。

> 我們人民自己建國才七年，北京城裏就能有這麼一個魯迅博物
> 館，在博物館裏也就應該有這麼一張照像。

臧克家在《「魯迅六週年祭」在重慶》和《在反動統治下魯迅年祭的遭遇》兩
篇文章中回憶了他所經歷的兩次國民黨特務破壞在國統區紀念魯迅的活動，

在全國上下都在轟轟烈烈地開展紀念魯迅逝世二十週年的時候，這無疑是以國民黨破壞紀念魯迅的活動的專政來反襯出在新中國紀念魯迅的活動的民主與自由。

而《重要的歷史文獻——中國共產黨中央在魯迅先生逝世時發出的三個電報》則明確指出：「至於電文中所提到的紀念魯迅的建議，在當時國民黨的黑暗統治下不能實現時可想而知的；只有在今天，在勝利了的中國人民自己當家作主的時候，我們才能用更大的規模和行動來紀念魯迅先生。」

專號中的另一些文章則重點介紹了魯迅和中國共產黨的親密關係。

許廣平在《爲魯迅逝世二十週年作》一文中以魯迅家屬的身份感謝黨對魯迅的關心和紀念，並按照當時人民日報社論的精神強調知識分子要像魯迅那樣接受馬克思主義的改造，她說：

> 在黨和人民的力量維護下，魯迅遺留下來的文稿、什物，以至他的棺木，絕大多數都完整無缺的保存下來。今天，當魯迅逝世二十週年的時候，我的心情是難以盡述的。我深深地感到，紀念魯迅不僅是爲著他個人，更重要的也是告訴和鼓勵我們所有的文藝工作者和全體人民：魯迅雖是從舊時代來的，而當他誠懇的接受馬克思主義的思想，接受黨的指示之後，他的工作，於人民就更有意義，人民就永遠記得他。

許廣平最後特別強調指出黨紀念魯迅並不是爲了魯迅個人：「再說一句：我們不是紀念魯迅個人，凡是爲人民做過有益的工作，爲中國革命事業貢獻過力量的戰鬥者，人民就永遠不會忘記他，黨也永遠不會忘記他。」

作爲一個和魯迅有過交往的地下黨員，韓托夫在《一個共產黨員眼中的魯迅先生》一文中回憶了魯迅支持上海地下黨的事蹟並把魯迅稱爲黨外的布爾什維克，他說：

> 當魯迅先生在上海期間，不僅始終和我們黨靠攏，而且從各方面支持和幫助黨的活動。當時，黨的文化系統的活動經費非常困難，甚至要想租一間開會接頭的地方，也苦於沒有錢。魯迅先生曾慷慨的捐助我們。自魯迅先生逝世之後，我永遠當作一位偉大的非黨的布爾什維克來紀念他。

樊宇撰寫的《「在你們的身上寄託著人類和中國的將來」》一文則提供了魯迅致紅軍賀電的線索，他說：「我翻閱舊日記，查出了這樣一段：1947.7.27 新華

日報載：1936.2.20，紅軍東渡黃河，抗日討逆，這一行動得到全國廣大群眾的擁護，魯迅先生曾寫信慶賀紅軍，說：『在你們的身上寄託著人類和中國的將來』。《新華日報》當是晉冀魯豫解放區的而不是重慶的《新華日報》。」

魯迅在花園莊旅館避難期間結識的日本友人長尾景和撰寫了《在上海「花園莊」我認識了魯迅》一文，回憶了魯迅對共產黨的高度評價，他在這篇應訪日參加中日友好活動的許廣平之約而撰寫的文章中說：

> 對當時中國政治的腐敗，先生非常憤慨。當時他肯定地說，中國一定要走向共產主義，通過社會主義來拯救中國，此外沒有別的道路可走。將來中國也一定會這樣的。他又談到帝國主義的末路，談到美國的資本主義危機。

此外，專號還刊登了一些研究魯迅的學術論文，兩篇論述魯迅藝術特點的論文都在不同程度上突出了魯迅作品中的人民性特點。

巴人在《魯迅小說的藝術特點》一文中分析了魯迅小說的藝術特點，他指出：

> 魯迅小說的藝術結構，總是用生活的斷片和場景的相互銜接來代替故事情節的進展；用人物的言談、行動的鮮明對比、對照或補充的辦法，來突現出主人的性格也同時區別了其他人物不同的性格，由此而反映出生活事件的重大社會意義。並且在這種生活場面的移行中間，魯迅總是揀那最適當的時候和最適當的場合，點破主題。連同主題的點破，也揭示了主人公的靈魂的本質或命運的結局，這也是魯迅自己想學習的畫人在於點眼的方法。這一切就是魯迅在大部分的短篇小說中所共有的藝術手法。正是這種藝術手法形成了魯迅小說的藝術風格：行文簡練，思想精闢與表現含蓄這三者之完美結合。在這裡，由魯迅所創造的藝術境界——藝術的真實：他從社會生活事實的基礎上產生，但它不同於社會生活事實：也有魯迅自己對社會生活的獨特看法，貫徹著魯迅的思想威力，使他所創造的藝術境界和藝術真實，具有了戰鬥力量和教育作用。因而是魯迅小說的藝術特點顯出了深廣的生活感受同深刻的思想力量兩者之交融一體的結合，是戰鬥的現實主義，是革命的現實主義。較之一切批判現實主義者，魯迅是更自覺地站在人民立場上以致無產階級立場上的偉大的現實主義者！

王瑤在《論魯迅作品與中國古典文學的歷史聯繫》一文中則指出了魯迅的作品繼承了中國古代文學中為人民所喜愛的精華部分，他說：

> 值得加以探討的是在魯迅的全部創作中也無不浸潤著中國古典文學的滋養，這是構成他創作特色和藝術風格的衝要因素，也是使他與中國文學史上的偉大的古典作家們保持歷史聯繫的根本原因……通過他的民主革命的理性照耀，他是在傳統文獻中能夠有明確抉擇的。對於那些糟粕部分，他自然是堅決地給以「一擊」的；但他也從古典文學中學習到了很多東西，繼承並發揚了那些長久為人民所喜愛的精華，而這正是構成他的作品的偉大成就的重要因素。

司徒喬撰寫的《魯迅先生買去的畫》一文雖然是一篇回憶魯迅的文章，但也體現出魯迅關切人民的思想，他說：「從魯迅先生買去的畫，我得到這麼一個啟示：只有關切人民的畫，才會得到魯迅先生的喜愛。這個啟示，一直指示著我的創作道路」。

專號中的兩篇研究魯迅思想的論文則重點指出魯迅思想的批判性。

姚虹在《關於「采薇」》一文中說：

> 我認為「采薇」的思想意義，首先是揭露了封建統治者的「王道」的內幕，抨擊了封建階級御用文人暗藏在「為藝術而藝術」口號內的反動的政治企圖；其次，批判了消極反抗的思想及其行動的陳腐性和軟弱性。

王述在題為《魯迅反對改良主義、自由主義的鬥爭》的文章中說：

> 魯迅先生逝世整二十年了。他向帝國主義和封建主義，堅決鬥爭了一生，他「全身沒有一個妥協的細胞」，和自由主義根本無緣。他從青年時代起，就一貫的反對改良主義、自由主義，反對它在一切時期的種種不同的表現。在這方面，存在著我們應該向他繼承的寶貴傳統……現在，我們懷著感激的心情，來重讀他的文集。他的文章裏所指謫的舊社會的種種病態並不是沒有遺餘，他的敵人也並不是還沒有殘留。我們回憶了他反對改良主義、自由主義的鬥爭，就是要學習他的原則性、堅定性，和他的對敵人決不妥協的革命精神。

另外，在魯迅逝世二十週年之際開始出版新版的《魯迅全集》，編者之一林辰特地撰寫了《二十年的願望——參加〈魯迅全集〉編著工作有感》一文，介

紹了他在編輯《魯迅全集》過程中的一些感想。

緊接著，《文藝報》又在 1956 年第 20 號出版了「魯迅逝世二十週年」紀念特輯，並出版了《魯迅先生逝世二十週年紀念大會上的報告和講話（附冊）》。

專輯的第一篇文章是日本共產黨黨員宮本顯治為紀念魯迅逝世二十週年而撰寫的《魯迅與今天的日本》一文，這篇文章指出當前的日本的解放鬥爭還需要學習魯迅的堅韌而細緻的戰鬥精神，在文章最後，作者強調指出：

> 在魯迅逝世後二十週年的今日，作為同屬亞洲的同胞，同在無產階級的國際團結中與共同敵人帝國主義進行鬥爭的人，我們對魯迅的戰鬥的生平與事業，重新表示敬意和追思。為了實現魯迅所衷心渴望的中日兩國人民排除帝國主義的障礙，全面地開展友好的日子，我們要加緊鬥爭。我們祝願魯迅所熱愛的中國人民的新的國家日益繁榮，特別是我們日本的人民，一定要團結一致，為了建立獨立、和平與民主主義的日本而前進。

蒲且撰寫的《魯迅作品在國外》一文則從宏觀的角度介紹了魯迅在世界各國的傳播狀況，重點突出魯迅在世界各國的影響：

> 魯迅先生的作品，在世界各國受到愈來愈多的廣大讀者的重視和歡迎。許多亞非作家從來沒有翻譯過魯迅的作品的，現在也翻譯了或希望翻譯出版魯迅的作品。埃及的作家阿卜德爾·賈番·密加微已將魯迅的作品《狂人日記》、《藥》、《一件小事》、《孤獨者》和《鑄劍》譯成阿拉伯文。印度尼西亞共產黨總書記艾地建議我國外文出版社出版印度尼西亞文「魯迅選集」。他說：這樣的文藝書，很適合印度尼西亞的「一般知識分子和中間人士的興趣。」

> 讀過魯迅先生作品的許多外國作家，都給予這些作品以及高的評價。法國作家羅阿在一九五四年八月給我國翻譯家羅大岡的信中說：《魯迅小說選集》中，「有很令人欽佩的作品」。「像〈故鄉〉這樣的短篇小說，可以給世界上所有的進步作家作為典範」。羅阿在信中還進一步指出：《故鄉》這篇傑作，無論「在內容和形式方面都富有典型的、深刻的中國特色，但同時又有廣泛的世界性」。澳大利亞作家艾倫·馬歇爾在談到外文出版社出版的魯迅短篇小說時說：「魯迅作品的簡練、尖銳和深刻，不僅說明他觀察力的敏銳，同時也說

明他的文學修養之高。這些都是世界水平以上的作品」。埃及的作家
阿卜德爾‧賈番‧密加微在給《中國文學》編輯部的信中，述說了
魯迅的作品在許多爭取民族獨立的地區所發生的影響。他說：「我讀
了偉大的作家魯迅的作品，如〈阿 Q 正傳〉、〈魯迅短篇小說選〉，
我簡直無法表示出我對魯迅的敬愛。」「這位偉大的作家對我的寫作
技巧有很大的影響，我有十五篇以上的短篇小說是受到了魯迅作品
的啟發而寫出來的，我們從魯迅學習了如何以新的方式和技巧改寫
我們的民間故事。」他在信中還說「正在計劃更深入地研究魯迅」，
並希望《中國文學》編輯部能幫助他找到有關研究魯迅的材料。

在文中最後，作者指出：「魯迅的作品，隨著社會主義革命、爭取民族獨立和
世界和平運動的波瀾壯闊的發展，將日益得到世界各國更為廣泛的讀者的喜
愛。」

專輯中還刊登了兩篇研究魯迅的論文，這兩篇文章都以其獨特的學術價
值而成為魯迅研究史上的經典之作，對魯迅研究起到了一定的推動作用。

唐弢在《魯迅雜文的藝術特徵》一文中敏銳地指出了魯迅雜文的藝術特
徵：

邏輯思維和形象思維必須有一個寬廣的活動的場所，一切偉大
作家都在這個精神世界裏展開他們辛勤的勞動。如果說魯迅雜文的
藝術特徵在於它抒寫時代時具有高度的形象性和邏輯性，具有砍鋼
削鐵的說服力和追魂攝魄的感染力，在馳騁自如、指揮倜儻下形成
了它的戰鬥風格。那麼，讓我們就在這個根本問題上去學習魯迅吧。

王瑤出身古典文學研究，他的《論魯迅作品與中國古典文學的歷史聯繫（續
完）》一文則令人信服地研究了魯迅和中國古代文學的關係，並指出了學習魯
迅繼承古代文學遺產方法的重要意義：

魯迅的作品與古典文學的聯繫不只給我們說明了繼承民族優
良傳統的重要性，而且由於這些作品在思想和藝術上的不朽價值，
它本身已經成為我們民族傳統的一個組成部分，成為我們應該首先
向之學習的重要遺產。認真的學習魯迅的作品對於社會主義文化建
設和現實主義文學的發展，都具有極其重大的意義。

此外，專輯還刊登了欽文的《魯迅先生與故鄉》和陳則光的《魯迅先生在廣
州》兩篇文章，介紹魯迅與他的故鄉及他生活過的廣州的關係，以及兩地對

於魯迅的紀念。

值得注意的是，專輯刊登了原來的太陽社成員現在的小說史專家阿英的《關於〈中國小說史略〉》一文，該文站在無產階級的立場指出《中國小說史略》在政治上存在一些不足之處，這在紀念魯迅逝世二十週年的高潮中顯得特別突出：

> 《中國小説史略》的這些成就，都標識了中國小説研究在「五四」時期新的進展，發展了前人的部分。不過這究竟是完成在新民主主義初期的著作，所以論《紅樓夢》，則至於曹雪芹的「自敘說」，論農民革命和譴責小説，在政治上就不可能有更高的理解，若干論斷，也必然難跳出唯心範疇。還達不到從階級關係上進行研究分析。因爲是「史略」，以及當時很多材料還沒有發現，也就不可能「詳」。但這絲毫不能言卻魯迅先生的偉大，和《中國小説史略》應有的光輝。

從上述內容可以看出，《文藝報》「紀念魯迅逝世二十週年專號」按照當時國內和國際形勢塑造了魯迅的光輝形象，把魯迅塑造成體現出國家意志的符號與象徵：不僅以新舊社會紀念魯迅的情況來突出新中國的巨大變化，而且突出了魯迅和共產黨以及人民的密切聯繫，另外，也表現出魯迅對國際左翼運動特別是第三世界國家和人民的獨立與解放運動的影響。

③《人民文學》刊登的紀念魯迅的文章

1949 年 10 月 25 日，中國全國文學工作者協會主辦的《人民文學》雜誌創刊，茅盾擔任主編，艾青擔任副主編。創刊號醒目的設立了「魯迅先生逝世十三週年紀念」的專欄，刊登了巴金的《憶魯迅先生》、胡風的《魯迅還在活著》、鄭振鐸的《中國小說史家魯迅》、馮雪峰的《魯迅創作的獨立特色和他所受俄羅斯文學的影響》等文章，另外還刊登了剛剛建成開放的魯迅故居的照片：魯迅故居（庭院一角、工作室）和一幅魯迅書信手跡。

從中可以看出，與同日出版的《文藝報》刊登的紀念魯迅逝世十三週年的文章相比，《人民文學》中的文章顯然更多地側重於對魯迅的紀念與學術研究，而《文藝報》中的文章則更貼合當時的政治形勢。

1956 年，國內相繼舉辦了一些紀念魯迅逝世二十週年的大規模的活動，使紀念魯迅的活動達到了一個歷史的高潮。但是，政府在 1957 年發動了「反右傾」運動，陸續打倒了丁玲、馮雪峰等文藝界領導人，從而使紀念魯迅、

研究魯迅的活動急轉直下，處於歷史的低潮。

1957 年 9 月號的《人民文學》發表了社論《粉碎丁玲、陳企霞、馮雪峰反黨集團，保衛黨對文學事業的領導》，拉開了批判「丁玲、陳企霞、馮雪峰反黨集團」的序幕；10 月號的《人民文學》又在頭條位置發表了阿瑛（阿英）的《從對黨的關係上揭發反黨分子丁玲、馮雪峰的醜惡——並論馮雪峰對魯迅和黨的關係的侮蔑》一文和何家槐的《發揚魯迅的戰鬥精神，粉碎文藝界反黨集團》。前者批判馮雪峰誣衊魯迅和黨的關係，後者強調要發揚魯迅的韌性戰鬥精神來批判文藝界的反動集團，可以說，這兩篇重要的文章都是用魯迅的名義來進行政治批判的，魯迅由此也被當做政治鬥爭的工具。

④《文藝月報》刊登的紀念魯迅的文章

為紀念魯迅逝世二十週年，國內許多報刊都刊登了紀念魯迅的專輯或專欄，其中最有代表性的是上海市作家協會主辦的《文藝月報》出版的紀念魯迅逝世二十週年專號（1956 年 10 月 10 日第 46 期）。

《文藝月報》這一期紀念魯迅的內容十分豐富，不僅刊登了魯迅的《「越鐸日報」出世辭》、《對於北京女子師範大學風潮宣言》等幾則未發表過的文章和書信，而且刊登了回憶與研究魯迅的文章，以及一些與魯迅有關的美術作品。

專輯刊登的研究魯迅的文章主要有：茅盾的《如何更好的向魯迅學習》、許廣平的《魯迅在日本》、陳望道的《紀念魯迅先生》、巴金的《秋夜》、王統照的《第一次讀魯迅先生小說的感受》、巴人的《雜憶、雜感和雜抄》、宋雲彬的《魯迅和章太炎》、周曄的《魯迅是怎樣獨立思考的？》、王世德的《讀魯迅著作有感》、陳安湖的《論「狂人日記」的思想》、葉鵬的《論阿Ｑ正傳》、唐弢的《魯迅與戲劇藝術》、羅稷南的《漫談魯迅先生的翻譯工作》、陳煙橋的《魯迅先生與中國木刻運動》、欽文的《魯迅先生與古典文學》等文章。

專輯刊登的回憶魯迅的文章主要有：沈尹默的《魯迅生活中的一節》、黃源的《憶念魯迅先生》、鄭奠的《片斷的回憶》、川島的《一件小事》、余荻的《回憶魯迅先生在廈門大學》、趙家璧的《記魯迅先生與良友公司的幾件事》、於海的《憶起魯迅的話》、孔另境的《憶魯迅先生》、金如鑑的《回憶魯迅先生》、許秉鐸的《魯迅先生看話劇》等文章。

在 1956 年，戲劇和電影界為紀念魯迅逝世二十週年陸續演出了一些由魯迅的著作改編的戲劇和電影，專輯刊登了一些演員談論演出這些劇作體會的

文章，主要有袁雪芬的《重演祥林嫂有感》、白楊的《生活是一切創作的源泉》、戚雅仙的《我演祥林嫂的幾點體會》、顧月珍的《我演祥林嫂的一些體會》等文章。另外還刊登了佐臨（黃佐臨）創作的劇本《阿 Q 的大團圓》。

美術界爲紀念魯迅逝世二十週年也創作了一些與魯迅有關的美術作品，專輯刊登了蕭傳玖創作的《魯迅像》（雕塑）、趙宗藻創作的《魯迅像》（木刻）、楊祖述和陳煙橋合作的《魯迅在作聯成立會上的講話》（油畫）、張聿光創作的《紹興禹王廟下集會》（彩墨畫）、潘韻創作的《三味書屋》（國畫）、王仲清創作的《〈離婚〉插圖》（彩墨畫）、趙延年創作的《離家》（套色木刻）、曹劍鋒創作的《魯迅在上海演講》（素描）、張樂平創作的《出賣民族的「民族主義文學」》（漫畫）、章永浩、沙志迪和王大進合作的《魯迅在寫作》（雕塑），另外還刊登了《行將完成的魯迅先生紀念館、新墓和紀念亭》和《魯迅故居照片》等攝影作品。

專輯另外還刊登了一些與魯迅相關的文章，主要有徐金的《「祝福」和紹興的風俗迷信》、蒯斯曛的《回憶魯迅全集的校對》、揚波的《魯迅的書》、傅東華的《紀念魯迅先生詩一首》、羅洪的《魯迅故居話舊》、朱嘉棟的《魯迅在南京》和蕭惠芬的《兩個激動的參觀者》等文章。

這一期專輯中有一些文章比較重要。

茅盾的《如何更好的向魯迅學習》一文刊登在專輯中魯迅的佚文之後，顯示出文章的重要性。茅盾當時是中國作家協會的主席，他在文章中提出在「百家爭鳴」的環境下應當加強對魯迅作品藝術性的欣賞與研究：

> 首先必須能懂、能欣賞，然後能夠更好的學習。我們自然要學習魯迅的戰鬥精神，學習魯迅做學問的方法和精神等等，但是，文學工作者或文學愛好者對於偉大作家魯迅的學習，總不能忽略文學創作這一面。大家都承認必須向文學遺產學習，而魯迅是首先必須要學習的；可是，要學得好，真能做到這一點，首先第一是提高我們對於魯迅作品的理解力和欣賞力。從思想內容上去理解魯迅的作品，這個工作我們做了一些，但欣賞魯迅作品的高超的藝術性，我們一向是比較忽略的。爲了填平這一缺陷，我希望在「百家爭鳴」的號召下大家來各抒己見。

茅盾的這一觀點主要針對當時文化界普遍重視魯迅思想的戰鬥性而忽視魯迅著作的藝術性的傾向，應當說這一觀點是富有真知灼見的，但是隨著 1957 年

「反右傾」運動的開展，茅盾的這一觀點很快就杳無消息了。

另外，揚波的《魯迅的書》和蕭惠芬的《兩個激動的參觀者》也提供了很有價值的資料。這兩篇文章分別講述了一位國統區的青年以及一位越南青年和一位馬來西亞的華人青年對魯迅的敬愛，他們甚至要冒著生命的危險來保存魯迅的書。這兩篇文章用真實的故事有力地說明了魯迅對於國統區的青年乃至越南和馬來西亞青年的深刻影響。

揚波在文章中講述了自己經歷過的幾個保存《魯迅全集》的故事，告訴新中國的讀者在國統區保存魯迅的著作是一件不容易的事，甚至是一件很危險的事。他說：

> 記得魯迅逝世三週年紀念的時候，我在成都文協工作，會刊「筆陣」要我寫稿。我想後方看到《魯迅全集》的人很少，就將《魯迅全集》作一概略介紹吧，於是將全集帶到會裏。那時正是秋天，成都平原的氣候很好，日本飛機不分晝夜的轟炸騷擾，我們七天跑了八次警報，有七次在夜裏十一點鐘以後出城，在田野裏蹲到天亮。我出城什麼東西也不帶，就提一包《魯迅全集》。這樣跑了幾次之後，聽說有人帶一本聯共黨史跑警報，被反動軍警逮捕了，我才不再帶《魯迅全集》跑警報。

> 也是這年，成都文協舉辦了魯迅紀念展覽會，登報徵求來很多魯迅的書和刊物，還有魯迅的紀念物，都是敬仰魯迅的人珍藏多年的。記得有個青年送來一部絨面燙金的《海上述林》，並附了一封信，說這部書是他在「八一三」抗戰後，從上海逃難帶出來的，在流亡途中，什麼東西都丟盡了，只保存了這部魯迅編輯的《海上述林》；想起長眠在滬濱的魯迅先生，特送來參加魯迅紀念展覽會，希望妥為保存。我們對應徵來的這些魯迅的書和紀念物，感到所負的責任很重大，最擔心的是怕敵機來一顆炸彈炸光，於是借了兩口大皮箱，準備一有警報，就裝箱運出城去。每天展覽之後，由我雇車拉出城避空襲。我在城外租一間草屋，左右兩家回民，都是疏散下鄉的。草房蓋在荒冢中，四周一片蘆葦瀟瀟。地下老鼠打穿了洞，死人骨頭也露出來。在這塊荒地上，我每天叫車子把兩口大皮箱拉來拉去，引起了小偷的注意，晚間來光顧我了。第一夜，把我的房門打開，門「吱呀」一響，我從床上爬

起來，小偷逃跑了。第二夜，在我床底下挖了一個大洞，不知道
爲什麼沒有鑽進來。第三夜，又在我床側邊挖了一個洞，大概堆
的箱子太沉，沒有搬動。我被小偷弄得一夜比一夜緊張，老睡不
穩覺。屋頂是新稻草蓋的，老鼠半夜爬上屋頂吃稻穀，悉悉索索
的常把我驚醒過來，我莫可奈何的將人家教我的話念一遍「我沒
有什麼好偷的，皮箱裏都是書，不值錢的。」

就這麼著，爲了保護魯迅的書和魯迅的紀念物，白天防空襲，
夜晚防小偷，直到展覽會結束，一一還給了應徵者，我才輕鬆的透
過一口氣。當時我雖然弄得疲憊不堪，但是想到展覽會有一萬多參
觀者，心裏就感到最大的愉快。

皖南事變後，我決定離開成都。那時剛著手研究魯迅，也只得
將這個計劃放棄了。我把《魯迅全集》寄放到一個成都朋友鄉下的
家裏。雖然我什麼書籍也不會帶，到了牛市口車站，憲兵還是翻箱
倒篋的檢查一番。

一九四二年，我在重慶安定下來，一旦從轟轟烈烈的救亡工作
轉入地下生活，就不免有點苦悶。我和一個朋友談起，他說：「我近
來每晚讀幾篇魯迅的雜文，人就覺得增加了力量，精神得到了安慰
和鼓舞」。我聽了想，別的反動派要壓制，學習魯迅和研究魯迅，反
動派是無法禁止的。我於是去找一個書店的朋友，想託他把成都的
一部《魯迅全集》帶來，他笑了笑說：「恐怕危險吧，有人帶一本高
爾基的小說，在成都牛市口車站被憲兵沒收了，連人也幾乎沒有走
脫。魯迅是中國的高爾基……」我苦笑了下。

後來，我發現重慶有一家舊書鋪出租《魯迅全集》，我租了兩
本帶迴學校，關著房門讀。有個喜歡新文藝的學生看見了，他要借
去看，我把書包好了給他。不料他看時，被學校的事務主任看見了，
警告說：「這是共產黨的書，不能看。」學生赫得一聲不響，趕緊將
書還給我。我的功課增加了一半，爲了備課，要往古典文學裏鑽。《魯
迅全集》一次只能租兩本，又沒有參考書，我的學習和研究魯迅的
計劃又放棄了。

蕭惠芬在文章中講述了兩位國外的魯迅愛好者的故事。她說：

那一次，越南作家代表團團長鄧泰梅同志來參觀。他看上去總有五十歲左右吧，頭髮發白，臉龐的表情是靜穆而莊嚴的。在參觀魯迅先生的作品和遺物時，神情中一直透露著滿意的微笑，使人感到他的微笑中還包含著複雜的感情。後來，他走上了三樓的休息室，連坐也沒有坐便壓制不住感情的激動，從身邊掏出一本布滿金字的越南翻譯本《魯迅小說集》來，興奮得告訴我們：這是他在 1944年越南沒有解放時翻譯的。但是出版以後，立刻遭到了反動政府的禁止。他自己偷偷的只藏下了兩本。這次到中國來，他把兩本全帶來了。在北京，他已送給許廣平同志一本，這是他最後的一本，特地帶來送給魯迅紀念館。」

我至今印象還很深刻的是，當他一手遞過那本精緻的小說集時，他的神情也顯得那麼爽朗而愉快起來，頓時年輕了不少。

還有一個中年人，我記得他是一個來自馬來亞的華僑。他在參觀魯迅故居和陳列物時，眼睛裏一直閃耀著感激的光芒，內心裏好像被什麼在衝擊著。後來才知道他在年青的時候為了保留一部《魯迅全集》，曾經冒過生命的危險。他告訴我們：他活了三十多年，這是他第一次踏上祖國的土地。他一直住在馬來亞。年青的時候，他和其他的華僑一樣，非常愛好祖國的文化藝術，所以他曾經收藏過大批的中國新文藝作品。可是太平洋戰爭後，在馬來亞的華僑便遭到了日本帝國主義的迫害。華僑中的進步青年到處被搜查和逮捕，因此他也被迫把自己收藏的大批新文藝書籍全丟在火裏燒了。但是最後，他拿到《魯迅全集》時，他失去了勇氣，怎麼也捨不得把它們投入火裏。於是他決定，寧願冒著生命的危險，一定要把它們更好的收藏起來。後來他就給它們藏在廚房的柴堆裏，一直保存到現在。

這位華僑講完了這一段故事，他又用感激和歡樂的聲調告訴我們：在異國的華僑對於偉大的魯迅先生都是這樣的熱愛和景仰的！

從上述內容可以看出，《文藝月報》的這一期紀念魯迅逝世二十年的專號不僅充分展示了各界文藝工作者對魯迅的紀念，而且也充分表現出國內外人民對魯迅的敬仰與熱愛。

（2）紀念魯迅的著作

①《魯迅》圖片集

1956 年，人民美術出版社爲紀念魯迅逝世二十週年出版了《魯迅》圖片集，「首先是用以紀念魯迅逝世二十週年的獻禮之一，其次是爲了保存一些重要的資料，以供美術家們在創作上和教師們在教學工作上的參考」。這是建國後首次出版的魯迅圖片集，收錄的比較全，但是因爲政治上的原因，對一些照片進行了「修飾」，如 1933 年在宋慶齡家中拍攝的歡迎蕭伯納的合影就抹去了林語堂和伊羅生；另外魯迅在 1933 年和楊銓、李濟的合影照也只介紹楊銓而不介紹李濟。雖然如此，這部魯迅圖片集的出版在很大程度上促進了美術工作者創作有關魯迅的美術作品的工作。

②《紀念魯迅美術選集》

1956 年 10 月，人民美術出版社爲了紀念魯迅逝世二十週年而出版了由著名美術家野夫編選的《紀念魯迅美術選集》一書，集中展示了國內著名的美術家爲紀念魯迅、宣傳魯迅而創作的一些優秀的美術作品，收集了「各種畫種的魯迅像、魯迅生平事蹟、魯迅故鄉、故居的風景和魯迅小說的插圖等等共計 78 幅」（按：實有 70 幅）。

刻畫魯迅像的美術作品主要有：陶元慶的素描《魯迅像》、葉淺予的素描《魯迅像》、鄧中鐵的素描《魯迅像》、司徒喬的素描《魯迅遺容》、力群的素描《魯迅遺容》；劉開渠的雕塑《魯迅像》、王朝聞的雕塑《魯迅像》、蕭傳玖的雕塑《魯迅像》、張松鶴的雕塑《魯迅像》、應眞華的雕塑《魯迅像》、謝家聲的雕塑《魯迅像》；左輝與姜燕的國畫《魯迅像》、張充仁的油畫《魯迅像》；彥涵的木刻《魯迅像》、劉峴的木刻《魯迅像》、洪世清的木刻《魯迅像》、力群的木刻《魯迅像》、荒煙的木刻《魯迅像》、曹白的木刻《魯迅像》、楊訥維的木刻《魯迅像》、陳煙橋的木刻《善射者魯迅》，另外這本畫冊的封面是羅工柳的木刻《魯迅像》、扉頁是力群的另一幅木刻《魯迅像》。

刻畫魯迅生平事蹟的美術作品主要有：趙延年的木刻《離家去南京》和《魯迅去德國領事館遞抗議書》、王琦的木刻《魯迅與「三・一八」》、野夫的木刻《魯迅憑弔廈門鄭成功衛國城堡遺跡》、張漾兮的木刻《魯迅與瞿秋白》和《路是人走出來的》、張懷江的木刻組畫《魯迅與方志敏》、趙宗藻的木刻《魯迅與茅盾起草祝賀紅軍長征勝利賀電》、汪刃鋒的木刻《魯迅在上海》、李樺的木刻《魯迅在「木刻講習會」》、陳煙橋的木刻《魯迅提倡木刻》和《唯

有無產者才有將來》、黃永玉的木刻《一九三六年的一個晚上》、沃渣的木刻《新木刻的導師——魯迅》、楊訥維的木刻《魯迅與青年》；陳秋草的國畫《魯迅在「左翼作家聯盟會」上的講話》、沙更世的國畫《魯迅在演講》；徐悲鴻的素描《魯迅與瞿秋白》、曹劍鋒的素描《魯迅在上海演講》；李宗津的油畫《魯迅與瞿秋白》。

描繪魯迅故鄉、故居的風景的美術作品有：古元的水彩畫《紹興魯迅故居》；宗其香的國畫《魯迅幼年生活》、張仃的國畫《紹興魯迅故居三味書屋》、張樂平的國畫《紹興魯迅故居後院》；夏子頤的木刻《魯迅故鄉——黃浦莊風景》、邵克萍的木刻《月夜看社戲》、楊可揚的木刻《質鋪與藥店》。

魯迅小說的插圖主要有：蔣兆和的國畫《阿 Q 像》、司徒喬的國畫《魯迅與閏土、水生》和國畫《〈一件小事〉插圖》；艾中信的素描《〈阿 Q 正傳〉插圖之三》和素描《〈祝福〉插圖之四》、丁聰的素描《〈阿 Q 正傳〉插圖之七、八》；劉建庵的木刻《怒目而視的阿 Q》、李天心的木刻《阿 Q 吐了一口唾沫道「呸」》、古元的木刻《祥林嫂》和《閏土與水生》、顧炳鑫的木刻《〈藥〉插圖》、劉葦的素描《單四嫂子——〈明天〉插圖》、劉繼鹵的線描《〈故事新編〉中的女媧》、潘雨辰的青田石刻《〈故鄉〉人物象》、曹白的木刻《魯迅與祥林嫂》。

另外，這本畫冊中還收錄了黃新波的木刻《悼念》、張望的石版畫《魯迅嚮往的時代來了》和米穀的漫畫《接過魯迅的投槍》。黃新波的木刻《悼念》主要表現魯迅逝世時人們為魯迅送葬時的情景；張望的石版畫《魯迅嚮往的時代來了》主要表現魯迅所向往的新社會已經在中國大地上實現了；米穀的漫畫《接過魯迅的投槍》創作於 1951 年 10 月 19 日，主要表現工農兵接過魯迅的戰筆作為投槍去批判反動思想，畫面上方是閃耀著光輝的魯迅頭像，其下是寫著「宣傳馬克思列寧主義和毛澤東思想，肅清帝國主義、封建主義思想，批評資產階級和小資產階級思想」的旗幟，旗幟下十三位手持筆狀投槍的工農兵正在刺向一個背著「反動思想」包袱逃跑的小丑。

野夫為該書撰寫了題為《紀念魯迅逝世二十週年》的前言，他重點介紹了魯迅對中國新興美術的關懷和影響，並介紹了出版這本紀念選集的原因：

> 魯迅是中國文化革命的主將，同時也是新興美術的開拓者。他培養青年、保護新生力量以及幫助文藝青年各種文藝創作和其他有關文化活動，是無微不至的。當年與他通信最密切的許多文藝青年

當中，有不少是美術青年如：羅清楨、李霧城、李樺、曹白、賴少其等等，許多進步的美術團體如：「一八藝社」、「春地美術研究所」、「野風畫會」等等，由於他的關懷和扶植，而得到蓬勃的發展。他經常親自到這些團體去講演，或者送書捐錢給這些團體。爲了提倡木刻藝術，曾舉辦「木刻講習會」，請日本內山嘉吉先生主講，他自己擔任翻譯。後來，還自費出版木刻紀程、引玉集、柯勒惠支版畫集、士敏土和鐵流的木刻插圖等等，對革命的美術運動貢獻過很大的力量。

今年十月十九日，是魯迅逝世二十週年的紀念日。爲了紀念這位偉大的文化革命導師和新興美術開拓者，過去每逢這個日子來臨，好多美術工作者曾創作過不少紀念品。今年，關於這方面的創作活動，開展得比往年較有計劃。爲了通過這次的紀念活動，推動美術界對魯迅思想的研究與提高和繁榮今後的美術創作，特將今年和過去一部分作品，編成這一本集子，作爲美術工作者對魯迅逝世二十週年的獻禮。

但是這些關於魯迅的畫作特別是關於魯迅肖像的畫作有一個特點，那就是比較突出魯迅的革命性和戰鬥性的一面。周作人對當時出現的一些魯迅畫像就表示不滿，他在致曹聚仁的信中說：「常見藝術家所畫的許多像，皆只代表他多疑善怒的一面，沒有寫出他平時好的一面，良由作者皆未見過魯迅，全是暗中摸索，但亦有其本有戲劇性的一面，所見到的只是這一邊也。」〔註2〕

③姚文元的《魯迅——中國文化革命的巨人》

1959 年 9 月，姚文元撰寫的《魯迅——中國文化革命的巨人》一書作爲「中國現代文學研究叢書」的第一本出版。該叢書「編輯例言」指出：「《叢書》必須貫徹在馬克思列寧主義、毛澤東思想指導下的百家爭鳴方針。研究著作要爲思想戰線上的興無滅資鬥爭服務。」從上述內容可以看出，作爲該套叢書的第一本，姚文元的這本書是爲當時思想戰線的鬥爭服務的。

姚文元在該書《後記》中說，這部「重點是研究魯迅後期成爲共產主義者之後在文化、思想領域中的偉大貢獻」的魯迅研究專著，「著重是想以毛澤東思想爲指導，研究魯迅後期在政治、思想鬥爭和文化鬥爭上的主要戰績，

〔註 2〕曹聚仁《魯迅的一生》，臺北新潮文化事業公司 1987 年出版。

以及他對於政治、歷史、文藝所提出的一些深刻有益的見解，這些選擇又是從我們此時此地的實際需要出發的」。

在該書《序論》中，姚文元從階級鬥爭的立場明確地指出當前「那些胡風分子、右派分子、修正主義者」對魯迅的「歪曲」是「用作他們反黨反馬克思主義的武器」。

姚文元在該書中設立了「魯迅對資產階級反動文人和反動文藝的批判」；「魯迅對資產階級道德的批判」；「魯迅同帝國主義和國民黨反動派的鬥爭」；「魯迅對小資產階級知識分子和小資產階級思想的批判」等章節來一一介紹魯迅的觀點。

在《結束語》中，姚文元強調要學習魯迅的戰鬥精神，他說：

> 我們今天處在和魯迅不同的歷史時期，我們正在實現魯迅和一切前輩共產主義者的理想。但魯迅的一生和他留下的著作，對我們仍舊有很大的教育意義。我們看到，一個革命者，一個革命的文學工作者，在他辛勞的一生中，為人民創造了多麼巨大的精神財富。他把自己每一寸光陰，都獻給了中國的革命鬥爭，他的每一步足跡，都深深地印在歷史上。我們學習魯迅，就要同他一樣，全心全意為工農兵服務，把全部精力獻給當前的社會主義建設。在黨的領導下，同群眾一道生活和鬥爭，同群眾一道分擔困難的考驗和勝利的歡樂，同群眾一道踏著歷史的道路勇敢的前進，並且永遠也不停頓。

1961 年 8 月，該書又重新出版，姚文元在後記中說：

> 今年是魯迅誕生八十週年。紀念魯迅最好的辦法，就是繼承他徹底的革命精神和腳踏實地的工作精神，進一步建設社會主義的民族的新文化。這方面，我們還有長遠的戰鬥任務和建設任務。魯迅在當時許多深刻的見解，今天對於我們建設社會主義文化還是很寶貴的。

姚文元的這本專著是「四人幫」在 60、70 年代歪曲魯迅、利用魯迅的代表作，充分暴露了「四人幫」利用魯迅來進行政治鬥爭的目的。

④陳白塵執筆的電影文學劇本《魯迅》（上）

1960 年初，上海電影局邀請陳白塵參加《魯迅》劇本的創作，並指定他為執筆人。1961 年 1、2 月合刊的《人民文學》刊登了陳白塵執筆的電影文學

劇本《魯迅傳》（上）的第三稿，插圖分別是：趙延年《魯迅去南京》（木刻）、司徒喬《魯迅與閏土》、吳作人《李大釗與魯迅》（水墨畫）、蔣兆和《阿Q像》、《魯迅回憶劉和珍和楊德群》、韋啓美《在中山大學緊急校務會議上》（油畫）。同年年底出版的《電影創作》第六號上刊登了《魯迅》的第五稿。1963年1月，上海文藝出版社出版了電影文學劇本《魯迅》，由陳白塵執筆、葉以群、唐弢、柯靈、杜宣、陳鯉庭參與創作，先後修改了六稿，這是建國後創作的第一部以魯迅爲主人公的電影文學劇本。

陳白塵在《後記》中對劇本的不足之處作了說明：「作爲偉大的文學家、思想家、革命家的魯迅先生，作爲五四文化運動的旗手的魯迅先生的傳記，在這劇本裏沒有得到應有的、充分的表現，這可能引起來自各個方面從各種角度提出的不滿；而作爲一個電影劇本，它在戲劇性和藝術性的要求上，有可能引起更多的責難。作爲執筆者，是瞭解這些不足，也未嘗不想努力克服這歷史性和藝術性二者之間的矛盾，使之獲得完整的統一。但苦惱的是，爲執筆者才力所限，力不從心！徒喚奈何！所幸的是創作組多數同志都是研究魯迅的專家，由於他們畫出了藍圖，我總算賴以敷衍成篇，略具電影劇本的形式。」

這個劇本主要描寫魯迅在1909年1927年的革命活動，突出了魯迅的革命精神，從劇本的「內容提要」中可以看出創作劇本的背景和目的：

> 《魯迅》是一部反映我國文化革命的主將，偉大的文學家、思想家、革命家——魯迅生平的傳記電影文學劇本。全劇分爲上下集，這是上集，內容主要是表現魯迅在一九零九年——一九二七年這近二十年間的革命鬥爭和創作活動，著重於描寫五四運動前後魯迅在文化戰線和思想戰線上的重大鬥爭，以及魯迅在這一系列的革命鬥爭中，在黨的關懷和影響下，從進化論者成爲階級論者，從革命民主主義開始邁向共產主義的思想轉變和發展過程。劇本塑造了自辛亥革命、五四運動至四‧一二反革命政變這一歷史時期中國社會的深刻變化。

爲了突出魯迅的革命性，劇本不僅把魯迅的革命活動作爲主要情節，而且幾乎全部內容都是描寫魯迅的革命活動，甚至虛構了一些魯迅的革命故事，如魯迅和李大釗在西三條魯迅家中會見等，這些都在一定程度上神化了魯迅和中國共產黨的關係，有違歷史事實。

（3）新中國魯迅研究的興起

　　新中國建立之後，受到政府大力提倡魯迅的影響，許多學者加入了魯迅研究的陣營，掀起了魯迅研究的一個高潮，唐弢、王瑤、陳湧等一批傑出的魯迅研究專家相繼發表了一些影響深遠的重要論著，有力地推動了魯迅研究的發展。魯迅研究也逐漸形成了從政治意識形態角度和從藝術角度進行研究的兩種研究範式。但是，在1957年的反右運動之後，魯迅研究受到了「左」的思想的極大的干擾，逐漸被政治意識形態化，最終在「文革」中達到了歪曲利用魯迅的高峰。直到八十年代初才逐漸恢復了從藝術角度研究魯迅的研究範式。

　　陳湧是從政治意識形態研究魯迅的代表，他在建國初期從政治意識形態的角度撰寫了《論魯迅小說的現實主義》（1954年）、《為文學藝術的現實主義而鬥爭的魯迅》（1956年）等多篇在魯迅研究史上產生重要影響的論文。例如，陳湧在前文中基本上是用毛澤東在《中國社會各階級的分析》一文中的觀點來解讀魯迅的小說：「魯迅在五四和以後一個時候便以其深刻的現實主義的力量真實地表現了：資產階級不可能領導中國革命走向勝利，農民的被壓迫的地位是必然走向革命化的，他們是中國革命在農村裏的真正的動力，但農民本身卻具有他們的弱點，而知識分子呢？他們許多人都是聰明、正直的，是每一個革命時期首先覺悟的分子，但當他們對現實還沒有明確堅定的認識，當他們把自己『孤獨』起來的時候，他們是軟弱無力，毫無作為的。」這種從政治意識形態的角度研究魯迅的研究範式在建國初期一度比較盛行，用魯迅來論證新民主主義革命和社會主義革命的合理性，雖然也取得了一些成果，但也在較大的程度上使魯迅研究淪為政治的附庸，把魯迅捧上「聖壇」。

　　王瑤和唐弢則是從藝術角度研究魯迅的代表。王瑤在新中國初期撰寫了多篇從古代文學角度研究魯迅的文章，其中以1956年發表的《論魯迅作品與中國古典文學的歷史聯繫》一文為代表，這篇論文通過梳理魯迅小說中的知識分子形象與中國傳統知識分子的精神聯繫，魯迅小說與中國古代詩歌傳統的關係，說明中國現代文學與古典文學傳統的歷史聯繫，而這種聯繫對於社會主義文化建設和社會主義文學的發展都具有極其重大的意義。錢理群在《試談王瑤先生的魯迅研究》（《魯迅研究月刊》1990年第1期）一文中指出：「王瑤先生的魯迅研究特具『史』的眼光，總是把魯迅置於中國現代文學發展的歷史聯繫與過程中去把握他的歷史貢獻與地位」，「他的研究的特定目的、方

向與視角：『透過魯迅看現代文學』，即使通過對魯迅的道路，精神、創作成就的研究，來探討、把握中國現代文學發展的某些規律，經驗教訓，以作為當代文學發展的借鑒。」

唐弢曾經與魯迅有過密切的交往，對魯迅的理解較為深入，他在 1961 年發表了《論魯迅的美學思想》一文，從「美和真」、「善和美」的角度分析魯迅的美學思想，指出：魯迅「和車爾尼雪夫斯基不同，由於魯迅對藝術特徵的深刻的理解，他不僅是一個唯物主義者，而且在美學問題上發表了許多合乎辯證法的意見；但是，又和車爾尼雪夫斯基一樣，魯迅當時也沒有上升到馬克思和恩格斯的辯證唯物主義。」這篇研究魯迅美學思想的論文對於當時盛行的從政治意識形態角度研究魯迅的研究範式是一種有力的反駁。

3、紀念魯迅的活動

（1）紀念魯迅的幾次大會

五十年代，國內各地陸續舉行了一些紀念魯迅的大會，在 1956 年魯迅逝世二十週年之際，國內紀念魯迅的活動達到了一個高潮。

①紀念魯迅逝世十三週年大會

1949 年新作中國成立後不久，就迎來了魯迅逝世的紀念日。10 月 19 日，全國文聯、全國總工會、全國青聯、全國學聯、全國婦聯和北京市總工會等 12 個團體發起舉行了魯迅逝世十三週年紀念大會。在京的文藝工作者、工人、青年、婦女及各界人士共 1000 多人參加了本次大會。郭沫若、聶榮臻、吳玉章、馬敘倫、茅盾、周揚、丁玲、馮雪峰、羅常培等 48 人組成大會主席團。郭沫若擔任主席，他在講話中重點對比了國民黨反動派壓迫紀念魯迅的活動的情況和新中國紀念魯迅的熱烈的情況。吳玉章、陳伯達、許廣平、魏建功等相繼發言。吳玉章指出：「魯迅所以偉大，是由於他堅定地站到無產階級立場上，學習和掌握了馬列主義，因此不僅揭露了黑暗，而且指出了人類的光明前途。」會上還朗誦了《阿 Q 正傳》中的一段和《立論》、《淡淡的血痕中》兩篇文章。會議最後通過決議，請人民政府在京、滬兩地建立魯迅銅像和整理魯迅故居、建立魯迅紀念館。同日，北京大學、清華大學、北京師範大學、《文藝報》、《人民文學》雜誌社、全國美協和國立藝專等機構也紛紛舉行紀念會。（參見《人民日報》1949 年 10 月 20 日的相關報導）

同日，在瀋陽市也舉行了紀念魯迅逝世十三週年大會，瀋陽文化界、青

年界的代表 1000 多人參加。大會由東北文藝協會副主席舒群主持，他首先回顧了「魯迅先生逝世十三週年的過程中，中國起了的巨大變化」，指出：「當魯迅先生逝世時，正是中國革命主力——中國工農紅軍突破國民黨反動派的圍剿北上抗日的時候，而今天，國民黨反動派已基本上被打垮，全國開始了一個大的建設」，在這樣一個偉大的歷史時刻來紀念為民族解放奮鬥一生的魯迅先生，意義尤其重大。中共東北局宣傳部副部長劉芝明在講話中聯繫新中國成立這一偉大歷史事件說：「我們可以告慰於魯迅先生的是：我們已經『在這可詛咒的地方，擊退了可詛咒的時代』，中國人民勝利了！」他指出：「魯迅精神是中華民族在長期的迫害和反抗中樹立起來的，這種魯迅精神集中體現了中國人民的最好的品質、優良的性格、偉大的人格，成為中國人民戰鬥的象徵。」魯迅文藝學院院長塞克在講話中指出：「魯迅先生是最早和最徹底接受中國共產黨的政治思想的領導，因而它能成為文學工作者的一面旗子。」翻譯家金人重點介紹了魯迅的國際主義精神：「當所有的反動派狂妄的叫囂攻擊蘇聯的時候，魯迅先生便不折不扣的攻擊反動派，他大量的介紹了蘇聯的文藝理論和文藝作品，給中國新文藝運動找出了一個方向。」大會最後在《沒有共產黨就沒有新中國》的歌聲中結束。

　　這兩個在建國後最早舉行的紀念魯迅的大會都明顯地突出了魯迅和中國共產黨的關係，強調魯迅接受中國共產黨的領導，從而把魯迅納入中國共產黨的話語體系之內，並暗示廣大知識分子要像魯迅那樣接受中國共產黨的領導。

②紀念魯迅逝世十四週年大會

　　1950 年 10 月 19 日，全國文聯在北京舉行魯迅逝世十四週年紀念會，這也是北京解放後第二次舉行的紀念魯迅的大會。這次紀念魯迅的大會不僅具有廣泛的代表性而且具有很強烈的政治色彩：出席會議的 900 多位代表中有北京及各地在京的文藝工作者、各民族文藝工作者的代表、工人、戰鬥英雄、學生、各機關領導同志、各國駐華使館文化參贊、各國記者，這充分顯示出本次大會的廣泛代表性。大會的政治色彩體現在會議的發言人和發言內容。全國文聯主席郭沫若在開幕詞中號召大家學習魯迅愛祖國、愛人民，仇視帝國主義、封建主義以及國民黨反動派統治的精神。政務院文化教育委員會秘書長胡喬木指出：「我們有責任認真學習魯迅先生的工作精神，學習魯迅的密切關心政治、隨時用自己的筆熱烈地尖銳地準確的打擊人民的敵人，學習魯

迅對於文學藝術事業嚴肅認眞的工作態度和學而不厭、力求進步的學習精神，爲此必須改善對於魯迅的思想和藝術的傳播工作」。北京市文聯主席老舍回憶了在重慶紀念魯迅時受到國民黨反動派壓迫的情形。朝鮮駐華使館文化參贊崔英、塔斯社駐中國分社社長羅果夫、出版總署副署長周建人、胡風以及戰鬥英雄、工人和學生代表也在會上講話。會後放映了根據《祝福》改編的越劇電影《祥林嫂》。這一切都顯示出這次紀念魯迅的大會更多地是在突出會議的政治色彩，是在利用紀念魯迅來達到宣傳新中國的思想和文化政策的政治目的。

同日，上海舉行紀念魯迅逝世十四週年紀念會，陳毅、陳望道、夏衍、馮雪峰、巴金、許廣平等 100 多人出席。會後，祭掃了魯迅墓。天津在當晚也由李霽野主持舉行了紀念魯迅逝世的座談會，80 多位文化藝術界的人士出席。（參見《人民日報》1950 年 10 月 20 日的相關報導）

③紀念魯迅逝世十五週年大會

1951 年 10 月 19 日，在抗美援朝、改造知識分子和建設社會主義的背景下，全國文聯等團體在北京聯合召開了紀念魯迅逝世十五週年大會。周恩來、郭沫若、沈鈞儒、茅盾、李立三、陳毅、馬敘倫、胡喬木、周揚、蕭華、馮雪峰、丁玲、許廣平、周建人，以及首都各界群眾和在京的國際友人共 1200 多人出席。郭沫若在開幕詞中緊密結合當時的形勢說：「魯迅是我們的民族英雄，紀念他，一方面要感謝他的貢獻，一方面要學習他。我們要學習魯迅的戰鬥精神去反對帝國主義並肅清我們內部的買辦思想、封建思想殘餘；也要學習他對人民、對革命、對祖國的熱愛，獻身於祖國的建設，是我們的祖國成爲強大的世界和平的堡壘」。陳毅代表政府講話，他首先結合抗美援朝戰爭指出：「魯迅的戰鬥精神，不論對我們任何一個方面的工作都可以作爲寶貴的教訓。軍事工作方面也如此」。最後，陳毅又結合當時的改造知識分子運動強調了魯迅學習馬列主義的進步過程對知識分子思想改造的意義。沈鈞儒、陳伯達、茅盾也先後發表了講話。

同日，上海、天津、重慶、武漢、西安、瀋陽、南京、紹興等地文化界也都舉了紀念魯迅七十誕辰和逝世十五週年的紀念活動。（參見《人民日報》1951 年 10 月 20 日的相關報導）

④紀念魯迅逝世十六週年大會

爲紀念魯迅逝世十六週年，1952 年 10 月 19 日，全國文聯在中央文學研

究所禮堂舉行講演會，樓適夷、胡風、陳學昭、田間、王士菁等 150 多人出席，馮雪峰作了《如何學習魯迅》的報告。受到當時改造知識分子運動的影響，這次紀念魯迅的會議無論在規模上還是在出席會議領導人的級別上都顯得比較低調，不僅沒有政府的領導人出席，甚至全國文聯的領導人也基本沒有出席這次會議。

10 月 18 日晚，華東文聯籌委會和上海文聯聯合舉行魯迅逝世十六週年紀念會。夏衍在會上結合改造知識分子運動的情況指出：「這次的紀念會是在文藝整風和思想改造取得勝利的情況下舉行的，因而更有其特殊意義。魯迅先生終其一生，不但對革命的敵人及其走狗幫閒做了不屈不撓的鬥爭，也對進步文藝界內部的錯誤思想、錯誤作風經常提出尖銳地批評。」夏衍號召華東的文藝工作者應更進一步學習魯迅戰鬥的現實主義精神，把文藝工作向前推進一步。19 日上午，夏衍、賴少其、彭柏山、熊佛西、魏金枝等 20 多人祭掃魯迅墓，敬獻花圈。

18 日下午，天津的紀念會舉行，有 1000 多人參加。周建人介紹了魯迅的生平。（參見《人民日報》1952 年 10 月 20 日的相關報導）

⑤紀念魯迅逝世十七週年的活動

1953 年 10 月 19 日，文學藝術界的著名人士丁玲、柯仲平、蕭三、陽翰笙、鄭振鐸、孫伏園、曹靖華、周立波、沙可夫、李伯釗、曹禺、陳荒煤、焦菊隱、阿英、張天翼、沙汀、艾蕪、魏巍、艾青、王亞平、張庚、馬少波、陳白塵、王震之、胡風、劉開渠、田芳、於蘭、周立波以及中國作家協會文學講習所學院、首都各文學藝術團體的工作人員和工人、戰士、學生、教育工作者、政府機關和人民團體的幹部共二萬多人紛紛前往阜成門西三條瞻仰魯迅故居，以此來紀念魯迅。

同日，上海文聯舉行座談會，夏衍、彭柏山、章靳以、魏金枝、黃宗英、劉雪葦等出席，與會者表示要學習魯迅精神，創作更多更好的作品。（參見《人民日報》1953 年 10 月 20 日的相關報導）

⑥紀念魯迅逝世十八週年的活動

1954 年 10 月 17 日，北京圖書館和中國作家協會聯合舉辦紀念魯迅逝世十八週年演講會，北京大學文學研究所研究員陳湧作《關於文學遺產的一些問題》報告，工人、文藝工作者、機關幹部、軍人和學生共 1500 人出席大會。

⑦紀念魯迅逝世二十週年大會

10 月 19 日，全國文聯和全國作協爲紀念魯迅逝世二十週年，在北京舉行了新中國建立以來最隆重的紀念魯迅的大會。周恩來和應邀來京參加紀念活動的各國作家，以及北京的各界人士、在京的國際友人共 1500 多人參加了大會。

全國文聯主席郭沫若致開幕詞，他結合國內和國際的政治形勢指出：

我們今天在紀念魯迅。我們中國的文化工作者就是要以魯迅爲榜樣，以自我犧牲精神創造性地從事一切活動。我們要繼承祖國的優良遺產，同時也要學習世界各國的優秀文化，努力創造中華民族的新文化，爲人民幸福服務，爲祖國建設服務，爲人類進步服務……我們願和世界各國的文化工作者緊密地攜起手來，爲提高人類文化、保衛世界和平而共同努力。

文化部部長茅盾在《魯迅——從革命民主主義到共產主義》的報告中闡述了魯迅思想的發展歷程，並對當前的魯迅研究工作提出了批評和建議，他指出：

> 近幾年來，研究魯迅的工作，頗有成就，然而也有缺點。其中最應當引起我們警惕的，是研究工作中的教條主義傾向。這種研究方法往往不從魯迅著作本身去具體的分析，不注意這些著作產生的背景資料（社會的和個人的），而主觀地這樣設想：某年某月發生某事，對於魯迅思想不能沒有某些影響罷？然後在魯迅著作中去找證據。或者是：馬克思主義的大師們對於某一問題抱著怎樣的見解，因而，馬克思主義者的魯迅也不可能抱著另外的見解，於是在魯迅著作中找證據。對於魯迅作品的解釋，也曾有過庸俗社會學的觀點，最突出的例子是認爲《藥》的結尾處的《烏鴉》必有所象徵，因而發生了種種奇怪的猜測。企圖在魯迅的片言隻語中找尋「微言大義」，在某些人中，也成爲一種癖好。這一些偏向，都有害於魯迅研究工作的正確開展，也有害於正確的學習魯迅。

茅盾最後結合國內和國際文藝界的形勢強調：

> 爲了更好的向魯迅學習，我們必須加強我們的研究工作。在研究魯迅著作時，它的思想性和藝術性兩個方面，應當同樣重視，而且貫徹「百家爭鳴」的方針，使得研究工作更加活躍，更加深入。
>
> 我們要繼承和發揚魯迅的精神，更大力的開展我國人民和世界

各國人民之間的文化交流，相互學習，爲人類的文化繁榮做出更多的貢獻！

中宣部部長陸定一代表政府講話，他對文藝工作者提出了如下的要求：

革命的文藝家，要學習魯迅先生向敵人衝鋒陷陣的精神，同時要學習魯迅先生對同志和朋友講團結的精神。

現在，中國政治的第一個根本問題是社會主義建設，是把我國建設成爲繁榮富強的社會主義國家。我們黨的文藝工作者，應該同一切具有愛國思想的黨外的文學家藝術家團結起來，應該同一切贊成社會主義的文學家、藝術家團結起來，在藝術上應該允許各種不同的創作方法、不同藝術流派共存和競賽。

黨的文藝工作者和社會主義現實主義的文學家藝術家，應當成爲團結的核心，去團結別人，幫助別人，並且虛心學習別人的長處。一切這樣做的，就是對的，不這樣做，不論是右的或者左的，都是不對的。

我們希望全國一切老的和新的文學家藝術家，包括在臺灣的文學家藝術家在內，在愛國的口號下團結起來！

我們應該同亞洲、非洲、拉丁美洲各國的文藝家，在反對殖民主義的口號下團結起來！我們應該同全世界各國的文藝家，在維護和平的口號下團結起來！

出席會議的 18 位外國作家代表也在大會上作了發言。

一些作家重點談論了魯迅與自己所在的國家的文化交流，並表示要繼承魯迅的遺願進一步發展所在國與中國的文化交流，促進兩國人民之間的友誼。

蘇聯作家鮑里斯‧波列沃伊在發言中重點介紹了魯迅對中蘇文化交流的貢獻，他說：

魯迅的名字是中蘇兩國文學傳統友誼的象徵，是我們新文化交流的象徵，是我們兩國人民兄弟般感情的象徵。這也就是爲什麼我受了我們的同事，蘇聯作家們的委託，在這個莊嚴的大會上來講話的時候，讓自己少講一些被紀念者的鮮明和突出的性格，而來談談他生平事業的一個方面現在是怎樣被繼續著。

魯迅已經奠定了我們兩國文學的友誼的基礎。在這次大會上，

我想告訴大家，目前我國人民對中國文學的興趣正像春潮那樣高漲起來。

魯迅的作品在我們蘇維埃時代出版了三十四次，它們被翻成十六種蘇聯各民族的文字，印了將近一百二十萬冊。

保加利亞作家尼古拉・馬里諾夫在講話中說：

今天，魯迅成了我們共同的兄弟、同事和導師。我們，保加利亞人民，應該衷心感謝魯迅，因為他第一個向中國進步階層介紹了保加利亞文學的古典作家。在完成社會主義建設和保衛和平各項任務中，我們與魯迅所培養的中國作家們比過去任何時候能夠更多的互相瞭解，互相幫助，互相學習，我們感到非常高興。為保衛和平和人類幸福而鬥爭的所有愛好自由的人們之間的友誼萬歲！

羅馬尼亞作家阿烏埃勒・米哈在講話中說：

我們，羅馬尼亞作家們不僅因為能夠從這位受過考驗的、勇敢的戰士和現實主義大師的生活及作品中吸取教訓而感謝他，同時也因為他對於羅馬尼亞文學的關懷和熱愛而感謝他。因為他曾以翻譯高爾基、富爾曼諾夫、法捷耶夫和肖霍洛夫的作品那種熱烈心情把我們老作家米海伊・沙杜維亞努的作品譯成了中文。

現在，魯迅的作品不僅成為中國人民的財產，也是所有為自由而鬥爭、為生活和幸福而鬥爭的人民的財產。現在，他的崇高使命成為一切把自己生命和創作獻給為社會進步、為全世界人民的自由和和平的鬥爭的作家們的使命了。

南斯拉夫作家伊伏・安得利奇在講話中表達了進一步加強斯、中兩國人民之間友誼的願望：

願這次紀念偉大的革命戰士和作家魯迅的大會——我們代表團代表南斯拉夫全體作家所出席的大會作為中南兩國在文化上進一步更廣泛的合作的新的動力。願這一合作在中南兩國文化發展上和社會主義建設上開花結果和對我們兩國有益。

捷克斯洛伐克作家沙利・斯蒂芬在講話中說：

對於人人都明瞭的死火的寓意，我不想再多說，魯迅不但在文學裏，並且也在生活裏，在思想家和革命家的工作裏，復活了死火。今天，這股烈火正熊熊的燃遍中國，這也是魯迅的功績。

請允許我們也來靠近這個火焰，暖和自己。願他的光亮照耀我們共同的和平事業。願這一切更進一步的加強中捷兩國的友誼。

匈牙利作家薩米奧‧喬治在講話中說：

但是我們不僅尊敬作為我們裴多菲的兄弟和他的詩的譯者的魯迅，首先，我們是把他作為一位偉大的作家來尊敬的。他的影響在全世界，包括我們祖國在內，正在日益擴大中，前幾天，我們又用匈牙利文出版了一本很厚的他的作品選集。我們需要魯迅的話，正如需要世界任何偉大人物的話一樣，他的話也是對我們講的，他是我們的。在這裡作為外行的我，不想來談論他的作品。這些，你們比我知道得多，我也不想引用他作品中的話，只是想指出他的以「野草」為題的小冊子。在這部作品，我想提到他的詩，我以為這首短短的小詩是特地為我們，為我們匈牙利乃至任何全世界為真理與社會主義的奮鬥的任何人民的任何人而講的。我們應該從這首小詩中學到：今後只是不說謊是不夠的，將來，永遠也不許以悠閒的沉默的態度來代替勇敢的仗義執言。

越南作家潘魁介紹了越南翻譯、紀念魯迅的近況，他在講話中說：

今天，我們兩國的文化交流更加廣泛和豐富了。在中國現代的新思想中，給我們帶來了魯迅的思想。今天，我們榮幸的參加大文豪的紀念會，我們堅信先生的「不寬恕敵人」的思想將會深入到每一個越南人的心靈，以反抗美帝國主義及其走狗，迅速地實現我們親愛的祖國和平統一。

朝鮮作家韓雪野在講話中談到魯迅對他以及朝鮮文學的影響，他說：

我們研究文學和學習偉大的魯迅先生的文學，對於我們解放後的文學具有巨大意義。學習貫穿在他的作品和雜文中的不屈的革命精神，對我們文化的發展是非常需要的。

魯迅逝世二十年了，但是魯迅先生的先進文學和他的革命精神不僅活到今天新中國社會主義改造時期，而且還要繼續活下去。同時，對於朝鮮的革命發展，也將發生巨大的影響和其巨大的作用。

蒙古作家喬然爾查文‧爾哈木蘇倫在講話中指出：

蒙古人民共和國的千千萬萬個讀者都非常尊敬和愛戴世界上的一切進步的著名的作家，也非常喜歡閱讀他們的著作，當然對偉

大的作家魯迅來說更是不能例外了。我們的作家們正在學習著魯迅
的著作，我們的幸福的兒童們正在學習和研究著魯迅的童年生活。
我們的牧民、工人、知識分子們都能用自己民族的語言文字，非常
欽佩和愉快的閱讀著中國古典的和現代的文學名著。像《阿 Q 正
傳》、《狂人日記》、《在酒樓上》、《明天》、《孔乙己》、《故鄉》、《藤
野先生》、《幸福的家庭》、《一件小事》等等，魯迅的著作也在廣泛
的流傳著，這一點我認爲今天特別應當記載的。

緬甸作家吳登佩密介紹了魯迅對緬甸作家的影響，他說：

新中國是亞洲的先鋒，同樣，魯迅先生也是亞洲文學的先鋒，
他在促使緬甸文學界中近代作家的增長起了巨大的鼓舞作用。在建
設我們新緬甸的過程中我們將以魯迅先生爲榜樣擔負起我們的文學
任務。魯迅先生用他的筆桿支持國際友好和爭取和平的事業，我們
將如魯迅先生一樣盡我們最大的力量爲鞏固友誼與和平而努力。祝
中緬友好日加鞏固。

日本中國文化交流協會會長片山哲在致本次紀念魯迅大會的信中說：

現在在日本，文化界和出版界也在舉行紀念活動，來歌頌魯迅
先生的偉大事業。爲著中日兩國之間的和平與發展而共同努力的時
候，更有許多東西要向魯迅先生學習！爲了中日兩國之間的共同繁
榮和相互促進友誼，不僅僅要學習魯迅先生的遺訓，還要進一步加
強兩國之間的文化交流。

一些作家重點對魯迅的文學成就進行了評論。巴基斯坦作家艾阿默德・阿里
在講話中指出：

沒有別的作家比魯迅更善於表現中國了。我們可以把他和別人
比較，但比較是對藝術家們不公平的。在某一歷史情況下人類的立
法者、領導者誕生了，給墮落的人類帶來希望，像烏爾都文作家昌
德，或者英國的狄更斯。在他們的作品中，哀愁和人道主義是最突
出的。但沒有作家像中國的現實主義者魯迅和蘇聯人類靈魂的分析
家高爾基那樣相似了。兩人都表現了人類苦惱的詩意和他們合於人
情的希望和願望。正像高爾基代表蘇聯的靈魂一樣，魯迅代表中國
的靈魂。在魯迅和高爾基作品中那些生動的人物，無論在弱點和優
點上，在成功處和失敗處，他們的糊塗和敏感都是相同的。他們都

以強烈的感情回顧過去的不幸，又同樣瞻望著光明的未來。他們的
畫幅都極寬大，他們的世界充滿愚蠢、歪曲、失敗的人物，但是那
些人仍帶著希望。

波蘭作家奧爾格爾德・魏得志在講話中指出：

　　由於語言的隔閡，魯迅只是中國文學的新時期的開端，而沒有
成為世界文學新時期的開端。也許正是由於他的卓越，這個新時期
也就告終了。模仿只是意味著貧乏。

　　如果他是無可匹敵的話，那麼他不是高高在上的，他並不是高
出於中國和中國傳統的。他的阿Q象徵了那個時代的民族的某些無
能為力，被魯迅用尖銳諷刺的筆鋒所寫出的阿Q死時的環境則反映
了隨著1911年革命而來的失望情緒。

　　魯迅也不是只能運用一種風格的人。除了《藥》裏的具有社會
原因的被壓抑的殘忍之外，我們也看到了《社戲》裏的童年回憶的
優美，《故鄉》中對人類命運的同情的沉思，以及「一件小事」裏對
道德責任問題的深刻的洞察。

英國作家約翰・索麥菲爾德認為：

　　魯迅小說的特點就是作者對於人的深刻理解，不論是個別的人
或是他們的社會關係——以及他把這種理解傳達給讀者時所用的簡
潔的筆法。當然，魯迅是一位地道的中國作家，他所描述的人物和
事件是最足以說明他所寫的特殊社會的特色的：在他所寫的人物的
生活裏，他反映出了他的國家在那一段時期裏最重要的社會現象。

　　但這並不是說他的作品對於西方讀者只有「文學上」的意義。
絕不是如此。這些小說對於我們的生活和社會問題也有現實意義。
他的作品是民族形式的，但它的內容卻有一種普遍性的吸引力——
真正的藝術作品都具有這種性質。

　　魯迅寫作的風格我讚美不盡，簡潔的文字中隱含著深刻的見識
和理解。我所說的不僅是文學技巧方面，在語言的運用上也是如此，
明快的語言是從對於人們和社會的複雜性的深刻瞭解中產生的。

　　他在把自己祖國的文學傳統和西方的影響協調的結合起來這
一點上也獲得了巨大的成就。

這些特性的結合是的魯迅的作品成為人類進步力量的有力武器——我重複地說，人類，因為他不僅是屬於一個國家而是屬於全世界的。

另外，魯迅用一種對人類的愛來寫作，但他並不是軟弱的人道主義者，因為他也用憎恨和諷刺，來揭露生活的敵人。

澳大利亞作家迪姆芙娜・古沙克在講話中說：

魯迅打破了你們的古典傳統，把你們舊社會裏底層人們在文學上生動的描寫出來。

在外國讀到他的作品的譯本我很感動，像一個人被任何偉大的藝術品感動一樣，但只有我來到中國以後，我才認識到他的的確確是一位現實主義作家，和高爾基、契訶夫、巴爾扎克、易卜省、狄更斯、蕭伯納、亨利・羅森一樣。

一些作家重點評論了作為革命家的魯迅以及魯迅對他們所在國家乃至世界和平事業的重要作用。

印度尼西亞作家普拉姆迪亞・阿南達・杜爾在講話中說：

世上數以百計的作家被公認為偉大的，因為他們成功的表達了自己，表達了自己的心靈：願望、愛情、哀憂、思憶、幻想和希望。但是，魯迅是他的民族的喉舌，是他的人民的聲音。魯迅體現了充滿對全人類有良好願望的人們的道德覺悟。他不是僅僅停留在希望上，他正是採用了他認為好的和恰當的方式——文學，而積極鬥爭，來實現它。

現在我們共同紀念他。他的作品表達出來的道德覺悟，不僅在中國可以聽到，而且在整個地球上都有反響。

阿爾巴尼亞作家斯捷利奧・斯巴賽在講話中說：

因為阿爾巴尼亞人民的命運，正如貴國新文學的奠基人魯迅所說的「是同災難深重的中國人民大眾的命運相同的」。所以，魯迅小說中的人物也有著普通的阿爾巴尼亞人的心、靈魂和憂慮。

我們——阿爾巴尼亞人民共和國的作家，在這些意願的指導下，將向您們學習「政治上的遠見，戰鬥的毅力，自我犧牲的精神」，將向藝術的天才魯迅學習。我們努力做到您們的魯迅，也就是我們

的魯迅所教導的要「大膽的説，大膽的笑，大膽的罵和戰」，同世界全體進步作家並肩作戰，摧毀「可詛咒的時代」，使得勞動的歌聲、和平的歌聲在全世界得勝。光榮屬於中國新文學的奠基人魯迅！光榮屬於中國的新文學！兄弟團結和世界和平萬歲！

意大利作家馬拉帕脱在講話中強調指出：

歐洲的作家在鬥爭和反抗的時候所重新擔負起來的並且傳佈給歐洲人民的就是魯迅所擔負的使命，這個使命在他的最沉痛的著作中的一篇裏的主人公曾説過：「我們不願意再被人吃掉，不願意被吃人肉的人吃掉。」

爲了魯迅，爲了他一生的光輝和他的著作，我們應該工作，爲保衛自由、正義與和平而工作，同樣也爲歐洲和全世界的精神和文化的團結而工作。這些天來，在莫斯科，我感覺到了歐洲的道德和文化的統一，突破了人爲的阻礙正在日益取得成就。在這裡，在新中國的首都，我感覺到了全世界的道德和文化的統一已經不僅是一個希望了，它是活的現實。

這個全世界人民的道德和文化的統一，也是魯迅的傑作。我們應當以他的名義而鬥爭，我們鬥爭是爲了他的著作不致被人歪曲。

德國作家蒙茲多克在提供給大會的講話稿中指出：

魯迅就是用他那驚人的力量和這些壞處作鬥爭的。他教導我們，文學應用來幫助人民大眾向剝削者和統治者進行鬥爭，否則文學就失去它的目的、價值和意義了。魯迅通過《阿Q正傳》不是描寫了在過去血腥統治的黑暗年代裏被侮辱與被損害的普通人民的形象嗎？魯迅以他那現實主義的手法在他的作品裏表現了現實中的矛盾。魯迅還活著，從他寫過的字裏行間證實他已看見了新中國。魯迅嚮往未來，歌頌未來，他讓古老的、受壓迫的奴隸變成了新的、人道主義的、政治的人。在新歷史時期的陽光普照大地之前，馬克西姆·高爾基，伊凡·奧爾勃拉哈特，安那託裏·法朗士和你們的魯迅的社會主義現實主義已在地平線上發射出黎明之光，把沉睡的喚醒起來，迎接改變世界的暴風雨。

日本作家長與善郎在講話中説：

坦率地説，文章中經常出現「吃人」這句話的《狂人日記》等

作品的熱情的、純粹的人道主義者的魯迅先生，如果多活上十二三
年，那會怎樣呢？雖然，革命性質固然不同於古來的易姓革命；但
在那種混亂時期，人們往往容易失掉冷靜的理性，而趨於狂亂，說
不定會遭到什麼災禍的。所以魯迅先生也未必一定能夠保證安全，
是不是會免於「逃跑的時間比寫作時間多」，也未可斷言。為什麼呢？
因為人類還遠沒有變得聰明起來。為使國家免於病死，有時候還不
能不進行自己對自己的手術，無辜的流血也還在所難免，這雖然是
歷史昭示給我們的現實，但在那樣憎恨「吃人」的野蠻暴力，那樣
熱愛自由的人道主義者的魯迅先生，是否會贊成那種斯大林式的暴
力的大量流血的革命手段，坦白的說我至今還是懷疑的。

印度作家班納吉在提供給大會的講話稿中說：

　　然而使魯迅在世界文學史上成為獨具一格而無與倫比的是，他
不僅僅是位作家、思想家或理想家——像世界上其他許多偉大的作
家那樣，而且他還是一位革命工作者。毫無疑義，他的作品裏面的
壓倒一切的偉大力量，和那種力量的壓倒一切的激烈迅猛，都是所
向無敵的。但如果說他是一位偉大的革命作家，那麼應該說他是一
位更為偉大的革命戰士——他是現代中國新文化大軍的最偉大最英
勇的旗手。這種偉大的革命作家與偉大的革命戰士的史無前例的結
合，就造成了魯迅在整個世界文學史上獨特的地位——他是無與倫
比、登峰造極的。

危地馬拉作家米蓋爾·安赫爾·阿斯德里亞斯在提供給大会的讲话稿中指出：

　　對於我們中美洲和南美洲的詩人們來說，這是我們要向偉大的
中國詩人學習的第一個榜樣：必要的時候，必須起來反對這種淒苦
的現實，我們的人民的眼淚和血必須永遠和我們書本上的墨水混合
在一起，我們必須永遠為了描寫這千百萬無衣無食的人的痛苦而寫
作，必須對這樣的不公平提出抗議。你們的詩人所教導我們的另外
一點，便是：永遠要記住，如果我們脫離了人民大眾，我們就不免
會掉入剝削者的羅網。我們的全體人民跟我們在一起，我們跟我們
的全體人民在一起，這就是我們這些作家，當前的拉丁美洲的詩人
和小說家所必須做到的。我們應該說出這些苦痛，我們必須參加到
解放事業的鬥爭中去，在更大的程度上把自己貢獻給戰爭的前線，

貢獻給我們應該稱作「墨水的戰爭」的這個事業；如果我們想一想
億萬人已經掌握自己的命運的中國所發生的變化，這個「墨水的戰
爭」的結果現在已是可以預見的了。

這次紀念大會邀請了亞、非、歐、美、大洋洲的 18 個國家的學者、作家
出席，不僅反映出魯迅已經在世界範圍內產生了廣泛影響，成為世界文化偉
人，而且也是政府利用魯迅來進行文化外交的一個鮮明的體現，充分反映出
國家利用魯迅來聯合世界上的左翼文化力量，建立最廣泛的革命文化戰線、
突破西方在政治、經濟、文化等領域對中國封鎖的目的。

在 20 日和 22 日又接著舉行了紀念魯迅先生的學術報告會，由郭沫若、
茅盾、周揚、馮雪峰、老舍等主持，在會上作的報告有巴人的《魯迅小說的
藝術特點》，任繼愈的《魯迅同中國古代偉大思想家們的關係》，李長之的《文
學史家的魯迅》，陳湧的《為文學藝術的現實主義而鬥爭的魯迅》，唐弢的《魯
迅雜文的藝術特徵》、臧克家的《魯迅對詩歌的貢獻》。朝鮮作家韓雪野和捷
克作家克列布索娃作了關於魯迅的專題報告，未及參加紀念大會的德國作家
蒙茲多克，危地馬拉作家阿斯德里亞斯也在報告會上發言，應邀參加大會的
印度作家庫馬爾因交通不便，在紀念大會和學術討論會後到達北京。

20 日晚上舉行了電影晚會，放映了由夏衍根據魯迅同名小說改編的彩色
故事片《祝福》和紀錄片《魯迅生平》，受到外賓和觀眾們的熱烈歡迎。

⑧全國各地紀念魯迅逝世二十週年的活動

1956 年，在魯迅逝世二十週年之際，國內發起了大規模的紀念魯迅的活
動。從《文藝報》刊登的《全國各地積極籌備紀念活動》這一則消息中可以
看出當時紀念魯迅的盛況：

在首都，屆時將有盛大的紀念會。

青年團中央委員會為了使全國青年更好的學習魯迅，特發布了
通知，要求青年團組織廣泛的在青年中組織紀念活動，宣傳魯迅先
生的高度的愛國主義思想和為人民服務的精神。

全國各大城市也要分別舉行紀念會。

為了紀念魯迅先生而拍攝的文獻紀錄片《魯迅的生平》和根據
魯迅的同名小說改編的彩色影片《祝福》，已經攝製完成，將於十月
中和觀眾見面。

在出版方面，人民文學出版社將出版十卷集的《魯迅全集》，茅盾、巴金等著的《憶魯迅》。外文出版社出版英文版的《魯迅選集》。

全國各地的報刊，都將發表紀念魯迅先生的文章和特輯，《文藝月報》等刊物並將編紀念魯迅的專輯。

在各地舉行的紀念活動中，上海舉行的紀念活動比較有代表性。

10 月 19 日，上海也舉行了紀念魯迅逝世二十週年的大會，宋慶齡、陳毅、曹荻秋、巴金、靳以、許傑、唐弢、沈志遠、鍾民、王一平、袁雪芬、李琦濤、樊春曦等 15 人組成了大會主席團，文化藝術界及各界代表約 2000 參加。巴金在開幕詞中指出：「魯迅先生是中國偉大的創作家、思想家和革命家。他的全部作品已經成爲了優秀的人類文化遺產的一部分。魯迅的創作道路跟他的生活道路是一致的。先生一生從來沒有停止過對真理的追求。他始終生活在青年的中間，在培養青年的工作上注入了深厚的愛。他的光輝的榜樣把多少青年人教育成勇敢的戰士」。唐弢在《魯迅先生在上海》的報告中概括敘述了魯迅如何通過鬥爭實踐，完成了自我改造的過程，在上海時期對「新月派」、「民族主義文學」和「第三種人」進行的鬥爭。

陳毅代表上海市政府講話，指出魯迅是從舊民主主義到新民主主義以至共產主義的高級知識分子的代表人物，他追求真理，經過探索階段，最後終於使自己成爲一個無產階級戰士。紀念魯迅，必須學習魯迅的思想方法，在黨的領導下，聯繫群眾，積極參加實際鬥爭。陳毅強調：「學習魯迅，必須認真研究他的作品，避免搬弄教條，要求能完全消化魯迅給我們的寶貴遺產，不要以教條主義和狹隘主義對待他」。紀念會還放映了電影《魯迅生平》和《祝福》。（參見《文匯報》1956 年 10 月 20 日的報導）從巴金、唐弢和陳毅的這些講話中可以看出他們都緊密地結合當時正在進行的改造知識分子的運動，強調廣大知識分子要在黨的領導下，學習魯迅，改造自己的思想。

⑨紀念魯迅誕辰八十週年大會

1961 年 9 月 25 日，爲紀念魯迅誕辰八十週年，首都文藝界和其他各界 1400 多人在政協禮堂舉行了紀念大會。周恩來出席大會，陳毅、陸定一、郭沫若、黃炎培、陳叔通、吳玉章、徐特立、茅盾、周揚、許廣平等組成主席團。外國駐華使館文化官員、前來參加我國國慶和正在我國訪問的外國文化代表團成員、在京的外國和平人士、外國專家、外國駐京記者等應邀出席。全國文聯主席郭沫若在題爲《繼續發揚魯迅的精神和本領》的開幕詞中說，「今

天是魯迅先生的八十誕辰，我們來紀念他，爲他祝壽。祝他的革命人格萬古長青，祝他的偉大作品永垂不朽」。茅盾介紹了魯迅從革命民主主義走向馬克思主義的道路之後，論述了對文藝工作者的創作活動和提高修養具有實際意義的三個問題：「一、魯迅作品如何服務於整個革命事業。二、魯迅作品的民族形式和個人風格。三、魯迅的『博』與『專』」。報告之後進行了文藝演出，有魯迅作品朗誦、評劇《祥林嫂》和紹劇《女弔》等文藝節目。（參見《人民日報》1961 年 9 月 26 日的報導）

（2）建立上海魯迅紀念館

1950 年 7 月，華東軍政委員會批准了籌建魯迅紀念館的計劃，決定恢復魯迅故居，1951 年 1 月 7 日，上海魯迅紀念館在山陰路大陸新村魯迅故居西側正式開館，這是新中國建立的第一個人物性紀念館。1956 年，爲紀念魯迅誕辰七十五週年和逝世二十週年，中央文化部決定將魯迅從萬國公墓遷葬於虹口公園並在園內建立魯迅紀念館。

魯迅墓的設計比較有特點，整個墓園的設計意在莊嚴高雅，亦平易近人。設計者設計了園中有墓，墓中有園的布局。墓的設計一反隱於碑後的慣例而是讓魯迅長眠於面向供群眾活動，兒童玩耍的平臺，毛澤東題字的墓壁則作爲壯闊的背景樹於墓後，墓壁東西各有許廣平和周海嬰手植的檜柏一株，墓前兩側種植了廣玉蘭，墓壁旁的牆面與花廊石都用毛石砌成，寓意魯迅鐵骨錚錚、堅貞不屈的豪邁性格。魯迅紀念館被設計成庭園式，表現紹興水鄉城鎮的風光，外形採用黛瓦、坡頂的江南民居形式，內部是寬敞、樸素的串連式陳列廳，中心帶有花園，採用了馬頭山牆，白色牆面，青灰瓦頂，漏空的磚砌欄杆，院內廊柱與花廊，包括外牆四周的勒腳都用天然毛石砌造，表現出魯迅堅如磐石、威武不屈的精神。

上海魯迅紀念館對於紀念魯迅、宣傳魯迅作出了重要貢獻，從建館到 1966 年因「文革」爆發而閉館就已經接待了近 500 萬名觀眾，另外，在五十年代響應「文藝爲人民、爲社會主義建設服務」的號召，還製作了《魯迅生平》圖片到上海郊縣舉行流動展覽，流展期間接待了 35 萬名觀眾，收到了良好的社會反響，崇明一中的一位教師說「農村生活雖然很艱苦，我要以魯迅爲榜樣，忠誠黨的教育事業，發揚魯迅的孺子牛精神，教育青少年學生」。奉賢一位青年農民說：「我看《魯迅》圖片後，感到給人有一種新的生命和動力，抓好農業生產，支持國家建設」。一位工人說：「在當前技術革新中，我要學習

魯迅說的『路是人走出來的』，敢想敢闖的精神。」

　　在「文革」中，魯迅故居和魯迅紀念館的陳列都按照政治形勢的發展做了改動，1967 年 11 月，根據「突出政治」的要求拿掉了故居中的一些展品，並在故居中增加了一些魯迅文摘。1969 年 9 月，又對魯迅故居進行較大的改動，撤掉瞿秋白的寫字臺，關閉三樓海嬰的臥室和客房，在底層會客室擺放毛主席語錄牌。1971 年 11 月，按照張春橋的指示重新布置陳列，1972 年 9 月 15 日，又在上海市委寫作組的指導下，重新修改完陳列。〔註 3〕

（3）修建魯迅墓、塑造魯迅像

　　為紀念魯迅逝世二十週年，政府決定把魯迅的墓遷到虹口公園。1956 年 10 月 14 日，在上海隆重舉行了魯迅遺體遷葬儀式。茅盾、周揚、許廣平、巴金、靳以等 10 人先行到萬國公墓起靈，巴金和上海市副市長金仲華把繡著「民族魂」字樣的紅旗覆蓋在靈柩上。上午 9 時。宋慶齡、茅盾、周揚、許廣平、金仲華、鍾民、李琦濤、巴金、靳以等 11 人在哀樂聲中扶著靈柩進入虹口公園。新墓地滿放著各界人士敬獻的花圈和鮮花，墓碑前放著中共中央、國務院和宋慶齡等獻的五個大花圈。巴金報告了籌備遷葬的經過，茅盾和許廣平講話。茅盾說：「二十年前，我們許多人都希望把魯迅墓改建得和他的崇高的人格相稱。現在希望成為現實了」。許廣平說，「我們今後一定會完成和發揚魯迅的遺願，來建設新中國，團結一切可以團結的力量，為人類友好合作的和睦的大家庭而堅持奮鬥，不斷前進」。上海市副市長金仲華為魯迅塑像揭幕。參加遷葬儀式的有黨和政府部門的負責人、作家、工人、學生和各國駐上海的外交人員近二千人。（參見《人民日報》1956 年 10 月 15 日的報導）

　　1956 年，魯迅靈柩遷葬到虹口公園後，新墓面積到 1600 平方米，並在墓穴平臺前增加了一座魯迅像：身穿中式長衫，腳穿膠底「陳嘉庚鞋」，身軀微前傾坐在藤椅中，面容蕭穆慈祥，目光炯炯，注視遠方，左手握洋裝書，充分體現了偉大革命文學家的精神風貌。這座塑像由參加過人民英雄紀念碑墓座浮雕創作的中央美術學院華東分院的雕塑家蕭傳玖教授創作，他把魯迅像處理成上身長於下身，這樣從下方仰視全像，因為透視的關係，可以達到很好的視覺效果。蕭傳玖在杭州用泥塑完成初稿，在徵求各方面的意見後定稿並翻成古銅色石膏坐像運到上海，作為魯迅新墓坐像的原稿。由於新建的魯

〔註 3〕參見《四十紀程》上海魯迅紀念館 1990 年 12 月編印。

迅紀念館和魯迅墓必須在魯迅逝世紀念日前竣工，於是先以白水泥翻製魯迅坐像。10 月 14 日，魯迅靈柩舉行隆重遷葬儀式，上海副市長金仲華爲魯迅像揭幕。許廣平充分肯定塑像的藝術效果。1973 年，楊振寧和杜聿明參觀魯迅墓時說：「我覺得這個像很好，雖然魯迅不太高興，但很有精神，看出是在反抗。」

　　據參加當時翻造魯迅塑像的上海魯迅紀念館職工虞積華回憶：

> 1961 年 3 月，魯迅墓成爲國務院公布的全國重點文物保護單位，又適逢魯迅誕辰八十週年，於是紀念館向文化局報告，結合整修魯迅墓，擬將水泥像改鑄成銅像，以示莊重和永久。市政府秘書長張叔平親自過問此事，並詢問當時很緊缺的銅材有無著落。上海紀念館的同志發現在原東海艦隊司令部南面的大華果園內有一座日寇侵滬陣亡將士的紀念碑，足有三層樓高的碑頂有一座兩公尺高的銅麒麟。市政府同意將此銅麒麟作爲翻鑄魯迅像的材料。
>
> 從碑頂取下的銅麒麟足有兩公尺高，內部是空心的，厚度超過一公分，如何分解這隻銅麒麟成了館內的大問題。當時正值大躍進的年代，對困難主張「有條件上，沒有條件也要上」，館內領導組織知識分子參加體力勞動鍛鍊，決定由我們這些拿筆桿的書生們，用16 磅的大錘去砸銅碎。這銅麒麟雖不能說很厚，但它是銅和其他金屬的合金鑄成的，又硬又韌，掄二三十下方能砸下巴掌大的一塊。我們憑著一股子勁，用螞蟻啃骨頭的方法，連續幹了近一星期，硬是將這一龐然大物給肢解成碎塊，雖然很累，但能親手將這一侵略者的遺物砸爛，心裏感到十分解氣。〔註4〕

可以說，屹立在魯迅墓前的魯迅坐像用侵華陣亡日寇紀念碑上的銅麒麟鑄成，更有紀念意義，也是對魯迅先生最好的紀念。

（4）建立紹興魯迅紀念館、北京魯迅博物館、廈門魯迅紀念館和廣州魯迅紀念館

　　爲了紀念魯迅、宣傳魯迅，國家又在魯迅曾經生活過的地方陸續建立了多家魯迅紀念館，用這些專業機構來進一步推動紀念魯迅與宣傳魯迅的工作，從而把紀念魯迅的活動納入到國家的意識形態體系之中。

〔註 4〕虞積華《追憶魯迅銅像翻鑄記》，《上海魯迅研究》第 16 輯。

1952 年 10 月，廈門大學在魯迅在廈任教期間居住過的集美樓二樓設立了魯迅紀念館，重點展示魯迅在廈門時期的史料，是國內唯一一所設在高校的魯迅紀念館。學校後來多次對該館進行整修或調整。

1953 年，紹興市在魯迅故居東側建立了紹興魯迅紀念館。魯迅紀念館是一座中西結合的新建築：陳列廳建築呈「回」字形，內有寬敞的序館、陳列室和休息室；中間是花壇，種植的花草樹木中，有兩株棗樹和丁香，是 1975 年從北京魯迅故居後園移來的；序館正中有 2 米多高的魯迅塑雕胸像。陳列室裏展出了有關魯迅生平的 600 多件展品，其中有實物、手稿、信札、照片、模型和美術作品、書刊和各種版本的魯迅著作。陳列室共分五個部分：一、（1881～1887），介紹魯迅少年時期在故鄉紹興生活和學習的情景。二、（1898～1912），介紹魯迅青年時期在南京、日本，特別是辛亥革命時期在紹興的主要活動情景。三、（1912～1927），簡要介紹魯迅在北京、廈門、廣州時期的戰鬥業績和革命實踐活動。四、（1927～1936），介紹魯迅在上海戰鬥的十年。五、發揚魯迅革命精神。（參見紹興紀念館介紹）

1954 年初，文化部決定在北京魯迅故居的東側籌建魯迅紀念館（後改名為魯迅博物館）。1955 年 11 月 20 日，文化部長沈雁冰、茅盾主持召開會議，郭沫若、周揚、夏衍、王冶秋、馮雪峰、許廣平、林默涵和蘇聯專家出席，批准了魯迅紀念館第 13 次設計方案。這座博物館的建設體現了中蘇友好關係，不僅博物館陳列大廳由蘇聯專家設計，而且陳列中擺放的魯迅半身雕塑像也由蘇聯雕塑家阿茲古爾雕塑。1956 年夏，完成陳列展品製作和布陳，並在 10 月 18 日舉行了預展。郭沫若、沈鈞儒、吳玉章、沈雁冰、胡喬木、周揚、胡愈之、夏衍、內山完造等參觀。10 月 19 日，魯迅博物館正式對外開放。1958～1959 年，魯迅博物館製作了「魯迅生平事蹟展覽」到北京郊區和東北、西北、中南、西南各省展出，觀眾人數超過了 230 萬人，極大的促進了魯迅在全國各地的傳播。

1959 年 10 月，廣州市在中山大學大鐘樓魯迅曾經居住的地方建立了廣州魯迅紀念館，重點展示魯迅在廣州的生活和創作的情況。不僅復原了魯迅當年的臥室兼工作室，緊急會議室和教務處辦公室，而且在陳列內容中系統地介紹了魯迅得主要革命活動：一、「青年時期到五・四運動前後的革命實踐」；二、「魯迅在廣州」；三、「魯迅後十年成為中國文化革命偉人的實踐」；四、「紀念魯迅」；五、「學習魯迅」。

（5）建立魯迅公園

1950 年，爲紀念魯迅先生，青島市將海濱公園更名爲「魯迅公園」，這是國內第一個以魯迅爲名的公園。1986 年 10 月，爲紀念魯迅先生逝世五十週年，青島市的青年又捐款修建了一尊 3 米高的魯迅花崗岩雕像，立於公園的正門之處。魯迅公園是青島市區著名的海濱遊覽勝地，成爲遊人觀潮、聽濤、賞月、垂釣、消閒的理想境地。

（6）籌拍電影《魯迅傳》

爲了紀念魯迅，上海天馬電影製片廠的著名導演陳鯉庭提出拍攝一部魯迅傳記片，上海市文化局長石西民就這一創作方案請示文化部，得到了文化部黨組書記錢俊瑞的支持，於是在 1960 年啓動了電影《魯迅傳》的拍攝工作。

上海電影製片廠在 1960 年成立了《魯迅傳》創作組，由陳白塵、葉以群、柯靈、杜宣、唐弢、陳鯉庭集體編劇，負責創作劇本，經過六次修改，終於在 1962 年底完成了劇本的定稿；1961 年成立了攝製組，于伶擔任歷史顧問，陳鯉庭擔任導演，趙丹飾演魯迅，於藍飾演許廣平，孫道臨飾演瞿秋白，藍馬飾演李大釗，於是之飾演范愛農，石羽飾演胡適，謝添飾演阿 Q，此外，還有衛禹平、白穆、韓非、梁波羅、任申等著名演員在片中扮演各種角色，可謂星光燦爛，雲集了當時中國電影界的精英。

在籌拍《魯迅傳》期間，周恩來總理雖然沒有專門接見創作組的成員，但是他就《魯迅傳》的拍攝作了六點指示。1960 年 4 月 3 日，周總理設家宴宴請抗戰期間在重慶從事影劇活動的白楊、張瑞芳、陳鯉庭等一些文藝工作者。吃飯前，陳鯉庭、柯靈就拍攝《魯迅傳》一事徵求總理的意見。根據柯靈、陳鯉庭當年的傳達稿，周總理當時發表了六條意見：一、總理首先指示：《魯迅傳》影片應以毛主席在《新民主主義論》中對魯迅的評價爲綱。二、關於黨的領導，總理指示應該寫瞿秋白同志和魯迅的戰鬥友誼。三、總理詢及關於創造社、太陽社同魯迅的筆戰問題，準備如何處理？我們告訴他：初步打算是想避開內部矛盾不寫。總理說，可以接觸一點，這不要緊。當然，寫得太多是不好的。四、關於劇中涉及某些健在的人物應用眞名或假名的問題。他說：一般可用假名，但像許廣平，就不能用假名了。在反面人物中，總理認爲章士釗可以不要提了。章士釗是統戰對象，銀幕上不要去碰他。五、總理還提到內山完造（內容略）。六、送火腿的事，總理說是有的，不光送給他一人，給毛主席黨中央，此事由馮雪峰經手，不提它算了。

　　兩年多來，《魯迅傳》創作組和攝製組為這部影片的拍攝付出了大量的勞動，不僅召開了多次討論會，而且走訪了許多見過魯迅的各界人士，收集了大量的資料，許多演員還先後到紹興體驗生活，趙丹為了演好魯迅，不僅把家裏布置成魯迅的書房，而且模仿魯迅的形象，穿起長衫，留起鬍子，模仿魯迅抽煙喝酒。

　　但是，當時上海市委第一書記、市長柯慶施和上海市委宣傳部部長張春橋按照江青的指示，要求上海的文藝界、電影界要「大寫 13 年」，重點寫反映建國後社會主義建設的題材。1964 年「四清」運動期間，電影界的目標是清除「夏（衍）陳（荒煤）路線」，張春橋到天馬電影製片廠和海燕電影製片廠蹲點，並直接下到攝製人員最多的《魯迅傳》攝製組。沈鵬年首先揭發演員趙丹、謝添的問題，接著又把攝製組到紹興體驗生活，途經杭州向周揚、夏衍請示工作說成是「遊山玩水」。張春橋聽後說「這不是裴多菲俱樂部嗎？」不久，有關方面傳達張春橋的指示：「電影《魯迅傳》攝製組的黨組織爛掉了。」〔註 5〕由此，《魯迅傳》還沒有正式開拍就被迫下馬。

　　「文革」中，趙丹飾演魯迅還成為他遭受批鬥的一大罪狀。據黃宗英回憶，

　　　　趙丹按史氏表演體系，書寫《角色自傳》和《角色自我設計》，他曾清清楚楚明明白白在筆記本上寫道：」我無論如何不能抱著主席誇讚魯迅的幾個偉大去創造角色，那就糟了，必須忘掉那幾個偉大。」為此，文革中，他險些被活活打死。數不盡啊，九番十次一百回為了這句「反動透頂的話」，趙丹受盡了人間磨難。其實，趙丹說「必須要忘掉幾個偉大」，不過是演員如何進入角色的技巧途徑而已，與對領袖的尊重與否是完全不搭界的。趙丹雖然沒演成魯迅，但魯迅的硬骨頭精神助他挺過重重磨難，又「活潑潑地出山」來了。

〔註 6〕

（7）捐獻「魯迅號」飛機

　　為支持抗美援朝戰爭，全國文聯在 1951 年 6 月 5 日向文藝界發出了捐獻「魯迅號」飛機的通知：「希望全國的文藝工作者行動起來！為了保衛祖

〔註 5〕田一野《籌拍歷史巨片〈魯迅傳〉始末》，《大眾電影》（總 386 期）1985 年 8
　　　月。
〔註 6〕黃宗英《癡迷 20 年趙丹只為演魯迅》，《文匯報》2004 年 3 月 6 日。

國，爲了紀念魯迅先生，大力展開創作，爲深入抗美援朝的宣傳努力，爲捐獻『魯迅號』飛機而努力！」各地的文藝工作者積極響應，廣大作家紛紛捐獻自己的稿費，文藝團體則舉行義演募捐。中央文學研究所在歡迎中國人民赴朝慰問團歸國大會上，丁玲、張天翼、周立波、康濯、馬烽等當場捐獻1200多萬元和金戒指兩枚。作家陳煒謨也在發表的《學習魯迅精神，發揚光榮傳統》一文的文末注明「稿費用作捐獻『魯迅號』飛機」。〔註7〕經過各地文藝工作者的努力，不僅捐獻出三架「魯迅號」飛機，超過原定捐獻一架飛機的目標，而且掀起了宣傳抗美援朝戰爭的新高潮，爲抗美援朝戰爭的勝利作出了貢獻。

（8）發行紀念魯迅的郵票

1951年10月19日，爲了紀念魯迅逝世十五週年，郵電部發行了《魯迅逝世十五週年》紀念郵票，編號紀11，全套兩枚，圖案相同，顏色不同，均爲魯迅像和詩句：右邊是魯迅半身像，左邊是魯迅《自嘲》詩中的「橫眉冷對千夫指，俯首甘爲孺子牛」兩句詩的手書及簽名。郵票的設計者是孫傳哲，其中面值400元的郵票印刷了200萬枚，800元的郵票印刷了400萬枚。這套郵票是郵電部發行的第一套中國文化名人郵票，魯迅也成爲新中國郵票上的第一位文學家。

爲了紀念魯迅誕生八十週年，郵電部在1962年2月26日又發行了《魯迅誕生八十週年》紀念郵票，編號紀91，全套一枚，面值8分，以魯迅的頭部塑像作爲圖案，突出魯迅深邃的目光和飽含憂思的眉心。郵票的設計者是萬維生，雕刻者是謝筎聲，共印刷了800萬枚。

（9）魯迅作品入選中學語文課本

1950年，中央人民政府出版總署編審局編輯出版了新中國第一套初、高中語文教材，這套教材的《編輯大意》明確指出：「無論哪一門功課，都有完成思想政治教育的任務。這個任務，在語文學科更顯得重要。要通過語文來完成思想政治教育的任務，不能單靠幾篇說理文。一種思想內容或一個政治道理，可以用一篇說理的論文來表達，也可以用一篇小說，一首詩歌，一個歷史故事，或者一個自然科學故事來表達。」在這種指導思想下，魯迅的作品被賦予了思想教育的任務。在50年代中蘇友好的背景下，這套教材不僅選

〔註 7〕劉傳輝《魯迅與陳煒謨》，《魯迅研究資料》19輯。

錄了魯迅的一些涉及蘇聯的作品，而且也在對這些文章的解讀、闡釋方面體
現出中蘇友好，把魯迅描繪成中蘇友好的使者。例如，對《鴨的喜劇》一文，
教材就要求學生把歷史和現實進行對比：愛羅先珂在軍閥統治下的北京感到
「沙漠一樣的寂寞」，而「現在北京是人民的首都，許多蘇聯的友人來到北京，
對蓬勃的新氣象都表示讚頌和熱愛。中蘇兩國人民已結成兄弟般的友誼，不
再有什麼冷漠了。把這兩種不同的情況，比較比較」。

　　據研究者統計，「1950～1955 中學語文課本中共選錄了魯迅作品 16 篇，
其中《一件小事》、《故鄉》、《社戲》、《我們不再受騙了》、《記念劉和珍君》、
《為了忘卻的記念》、《藥》、《〈吶喊〉自序》、《祝福》、《『友邦驚詫』論》、《藤
野先生》等成為以後各個時期各種版本的基本保留篇目，基本確定了新中國
語文教材收錄魯迅作品的內容」。

　　1957 年，「反右」鬥爭的擴大化也影響到中學語文課本中魯迅作品的選錄
與解讀。1959～1960 年，教育部相繼下發了關於語文教學的指導意見，指出
「語文學科必須通過語言和文學的因素來進行思想政治教育，離開這些因
素，就不成其為語文課，進行思想政治教育是語文教學的首要任務」；「語文
教學和其他其一切工作一樣，應該政治掛帥，以毛澤東思想為指針。語文是
思想性政治性很強的一門課程，必須極大的提高學生的共產主義思想覺悟和
道德品質，這是極其重要的政治任務，必須很好的完成。」在這種思想指導
下，為了配合「反右」鬥爭，語文課本中選入了《論「費厄潑賴」應該緩行》；
為了配合改造知識分子運動，語文課本中選入了《對於左翼作家聯盟的意
見》；為了批判資產階級思想，語文課本中選入了《文學和出汗》、《「喪家的」
資本家的乏走狗》；為了鼓勵人們戰勝自然災害，語文課本中選入了《中國人
失去了自信心了嗎？》和《鑄劍》等文章。此外，「在 1958 年以後各個版本
教材的練習中，政治教育已經成了最主要的學習任務，理解所謂的『思想意
義』成了語文學習的重要目標。」〔註8〕

　　從上述內容可以看出，在五十年代，中小學語文課本對魯迅作品的選
錄和闡釋都緊密結合當時的政治形勢，並且以魯迅的文章為政治服務，這
不僅在相當大的程度上歪曲了魯迅，而且也影響了廣大青少年對魯迅的接
受。

〔註 8〕參見董奇峰、苗傑《中學語文教材（1950～1977）中魯迅作品的選錄與解讀》，
　　　　《中國現代文學研究叢刊》2002 年第 1 期。

4、魯迅著作的改編與魯迅的藝術形象

　　新中國建立後，爲了宣傳魯迅，一些藝術家陸續創作了一些以魯迅爲題材的美術作品對魯迅的小說《祝福》進行改編，先後創作了三個越劇劇本和一個電影劇本，這些劇本在演出後都獲得了較好的反響。另外，程十發用國畫的寫意手法創作了《阿 Q 正傳一百零八圖》，也取得了極大的成功。

（1）顏仲和趙延年的木刻《魯迅像》

　　1959 年，顏仲創作了木刻《魯迅像》，重點突出魯迅「俯首甘爲孺子牛」的精神。版畫研究家李允經在評價這幅魯迅像時說：「準確精美的造型，對比強烈的黑白，簡練有力的刀法，木刻藝術所獨具的刀味、木味，體現了力之美，展示了魯迅偉大人格的風采」。〔註9〕

　　1961 年，趙延年應上海人民美術出版社之約，創作了木刻《魯迅像》，這幅魯迅像非常成功，形象地刻畫出了魯迅的精神。李允經對這幅木刻作出了高度的評價：「作者以粗放的刻刀，勁銳的線條，強烈的黑白，突顯了魯迅嚴厲、冷峻、輕蔑的神態，突顯了魯迅硬骨頭的風采。自有新興木刻藝術以來，有許多版畫家爲魯迅刻像，但是能和趙作《魯迅像》比肩者，至今罕見。」〔註10〕

　　這兩幅木刻魯迅肖像都是魯迅文化史上爲魯迅造像的經典之作，多次被作爲插圖或封面使用，進一步促進了魯迅精神的傳播。

（2）《祝福》的越劇改編

　　越劇《祥林嫂》在 1946 年演出的成功極大的影響了解放後對《祝福》的越劇改編，在某種程度上也可以說，50 年代先後出現的三個越劇劇本《祝福》都是在解放前創作的越劇《祥林嫂》的基礎上的進一步修改與提高。

　　1950 年初夏，東山越藝社在上海南京大戲院演出了《祝福（祥林嫂）》，南薇編導，范瑞娟、傅全香領銜主演，演出得到了觀眾的好評。

　　這次演出的劇本對雪聲劇團的越劇《祥林嫂》的劇本進行了兩處重要的修改：第一處修改是將第一幕中由祥林媽與祥林弟弟祥根商量出賣祥林嫂以換取采禮的情節，改爲由封建家族的代表衛癩子與祥林媽計劃將祥林嫂賣到

〔註 9〕李允經《爲版畫藝術中的魯迅造像評選「十佳」》，《魯迅研究月刊》1990 年第 10 期。

〔註10〕李允經《趙延年魯迅作品插圖自選集・序言》，《魯迅研究月刊》2005 年第 1 期。

賀家坳來換取采禮；第二處修改是刪除了阿牛少爺這個角色。這兩處重要的修改都突出了劇本中的階級衝突，不僅反映出了封建族權對勞動婦女的摧殘與迫害，而且更好地體現了魯迅原著的精神。

范瑞娟在《演餘雜感》中說，第一次演出《祥林嫂》時，「爲湊合戲劇性的濃鬱」，增加了祥林嫂和阿牛幼年時代青梅竹馬的憧憬，「把兩個不同階級的人物，處理成了觀眾唯一同情的對象，無形中把階級的對立性沖淡了、模糊了」。「在解放後，我們對於階級的立場和觀點逐步明確起來，我想在《祝福》的演出中，不需要像牛少爺這種類型的人物出現，前進的觀眾們，一定與改編者有同感吧！」傅全香在當時所寫的《全香寄語》一文中說：「我把原著仔細地研讀了好幾遍，覺得祥林嫂不只是代表封建壓迫下苦難的農村勞動婦女，更反映了中國最近三十年來半封建社會的時代背景。」

1955 年 9 月，爲紀念魯迅先生誕生 74 週年，合作越劇團在上海瑞金劇場改編演出了越劇《祝福》，紅楓編劇、金風導演，戚雅仙飾演祥林嫂，畢春芳飾演賀老六。全劇分爲八場：第一場「逃出了衛家山」；第二場「到魯府做工去」；第三場「白篷船搶走了她」；第四場「頭上碰了一個大窟窿」；第五場「我不知道春天也會有狼」；第六場「第二次進魯府」；第七場「希望破滅了」；第八場「人死了究竟有沒有靈魂」。

編導在《關於〈祝福〉的主題思想》一文中指出：祥林嫂最終被「政權、族權、神權、夫權」這四條繩索「緊緊的束縛死了」。「她的遭遇不只是她個人的不幸，是代表著舊社會成千上萬被迫害的勞動婦女的一個典型」。戚雅仙在《我演祥林嫂的幾點體會》一文中說：「祥林嫂的受盡折磨的一生，緊緊地抓住我的心，使我時時想起老一輩婦女的悲慘命運，更使我看到壓在婦女頭上的那座大山——封建社會。我同情她，愛她，更爲她的遭遇不平，憤怒而仇恨，因而也從中得到了力量。」

編導爲增強劇本的思想性，在劇本中增加了衛癩子在祥林病危之際慫恿祥林媽出賣祥林嫂並咒罵她的一些言行，另外在劇本的最後一場，增加了祥林嫂和廟祝的對話：「我一生做牛做馬受磨折，究竟有什麼大罪名？」但廟祝沒有回答，冷酷的世界也沒有一點回音。這是編導對魯迅描寫祥林嫂的疑惑，以戲曲的語言予以體現，並有所發揮，基本符合原著精神。這兩處增加的內容一方面表現出封建族權對祥林嫂的迫害，另一方面也表現出祥林嫂在封建族權、神權的壓迫下出現了反抗性思想的萌芽。

　　爲紀念魯迅逝世 20 週年，1956 年 10 月，袁雪芬任院長的上海越劇院在大眾劇場重新改編演出了越劇《祥林嫂》。劇本由袁雪芬、吳莊志、張桂鳳集體改編，吳琛擔任導演。袁雪芬和傅全香分別飾演祥林嫂，范瑞娟飾演賀老六。全劇分爲十幕，對以前的劇本進行了重大的修改：首先是刪除了以前劇本中出現的並有正面描寫的祥林這個人物形象，取消了祥林在病中聽到衛老二與娘商量出賣祥林嫂，勸說她趕快逃走的情節；其次是刪除了描寫阿牛少爺與祥林嫂感情糾葛的情節；再次是刪除了 1948 年電影中爲表現祥林嫂反抗性而增加的砍門檻的情節，只表現了祥林嫂對靈魂有沒有的疑惑以及她思想裏出現的朦朧的覺醒。這次重新改編演出《祥林嫂》也是袁雪芬按照總理的指示進行的：1949 年全國第一次「文代會」期間，周恩來總理請夏衍捎話給袁雪芬，希望她能把《祥林嫂》改好、排好，要把魯迅原著的精神很好的體現出來。

　　袁雪芬這次修改的《祥林嫂》劇本比以前的劇本更符合魯迅原著精神，1956 年 9 月下旬，她對《新聞日報》記者說：「十年後的今天，當我重新飾演祥林嫂，是有很多感觸的，今天我不僅要反映給觀眾偉大魯迅的愛和恨，同時還要告訴他們，路是怎樣走過來的。」報刊上發表的評論認爲劇本「不但正確、眞實和生動傳達了魯迅先生對受侮辱和受損害者的深切的同情，並且繼承了原著的樸實無華的風格」（《新民晚報》，1956 年 10 月 21 日）

　　1962 年 5 月，上海越劇院爲紀念《講話》發表 20 週年，在人民大舞臺上演了《祥林嫂》。劇本由袁雪芬、吳琛、張桂鳳修改，吳琛執筆，魏金枝擔任文學顧問，桑弧擔任導演，演員基本是原班人馬。劇本由分幕制改爲分場制，在 1956 年劇本的基礎上增加了 4 場，共分爲 14 場，在結構上更加戲曲化。這個劇本在以前劇本的基礎上進一步突出了思想性，不僅直接表現了封建的族權、夫權和神權對祥林嫂的迫害以及她的抗爭，而且也揭露出封建專制政權是壓迫祥林嫂，造成祥林嫂悲劇的元兇。

　　另外，袁雪芬在表演中進一步運用戲曲唱、念、做的表現手段，加強了對祥林嫂的內心刻畫，獲得了較大的成功。魏金枝在《上海戲劇》撰文指出「越劇《祥林嫂》的改編，因爲它可以吸收電影《祝福》的長處，更重要的是利用吸取這一表現形式的特點，從最近這次演出的效果看，確乎比電影《祝福》更深地體現了原作的主題思想。」次年 10 月，爲紀念魯迅逝世 27 週年，

再次演出經過修改加工的《祥林嫂》。〔註11〕

（3）彩色故事片《祝福》

1956 年，爲紀念魯迅逝世二十週年，北京電影製片廠攝製了我國第一部彩色故事片《祝福》，影片的編導和演出人員都是國內第一流的，夏衍擔任編劇，桑弧擔任導演，白楊主演祥林嫂。

這部影片的創作帶有政治任務的色彩。夏衍說：「《祝福》是魯迅先生的名著，已經是舉世皆知的經典著作，這部影片要在紀念魯迅先生逝世二十週年的日子上映，所以我接受這一改編工作就把它看作是一件嚴肅的政治任務。在改編工作中我力求做到的是：一、忠實於原著的主題思想，二、力求保存原作的謹嚴、樸質、外冷峻而內熾熱的風格，三、由於原作小說的讀者主要是知識分子而電影觀眾卻是更廣泛的勞動群眾，因此除嚴格遵守上述原則之外，爲了使沒有讀過原作以及對魯迅先生的作品中所寫的時代背景、地理環境、人物風俗等等缺乏理解的觀眾易於接受，還得做一些通俗化的工作。」

夏衍在《雜談改編》一文中還說，《祝福》「是從短篇小說改編爲要在銀幕上放映一點半鐘的電影」，也是「一個十分困難的問題，——特別是對於已有定評的經典著作」。但是，夏衍改編的劇本取得了成功，「影片結構嚴謹，筆觸深沉，既保持了魯迅作品中的冷峻、凝重的藝術風格和悲劇氣氛，又突出了許多電影特點。比如，注重運用人物的形體動作和表情刻畫人物；以視覺形象爲主簡潔明瞭地揭示人物性格；增加的祥林嫂砍門檻等戲具有再創作的意義」（《祝福》影片介紹）。白楊在《祝福》中塑造的祥林嫂形象達到了她表演藝術的高峰，她的「表演自然、清新、含蓄、細膩，她準確地把握了祥林嫂的心理發展過程和人物在各個不同時期的形體動作特徵，成功地塑造了祥林嫂形象」（《祝福》影片介紹）。

影片上映後的得到了廣大觀眾和評論家的好評，認爲「是一部思想性和藝術性很高、足以代表新中國電影水平的影片」。國外的觀眾也對電影《祝福》給予了高度評價，1957 年 5 月首先在莫斯科公映，白楊、魏鶴齡兩位演員應邀前往出席隆重的開幕式。蘇聯電影發行部門洗印了 500 部俄語譯製片拷貝

〔註11〕 凌月麟《「越劇界的一座紀程碑」——越劇〈祥林嫂〉的六次公演》，《上海魯迅研究》第 9 輯。

送往各地放映，因供不應求又加印 300 部，創造了中國影片在蘇聯上映的最高紀錄。隨後該片又在東南亞各國和英國等發行上映，當地報刊都相繼發表了評介文章。〔註12〕

該劇不僅是中國電影史上名著改編的經典之作，而且也獲得了眾多的國際獎項：在 1957 年榮獲的捷克斯洛伐克第 10 屆卡羅維·發利國際電影節特別獎，1958 年又在墨西哥國際電影節獲得銀帽獎。

（4）黑白電影文獻紀錄片《魯迅生平》

1956 年，為紀念魯迅逝世二十週年，上海電影製片廠拍攝了表現魯迅一生業績的電影文獻紀錄片《魯迅生平》，並在 10 月 19 日正式公映。這部影片的創作雲集了國內一流的藝術家：著名魯迅研究專家唐弢擔任編劇，著名導演黃佐臨擔任導演，著名作曲家李煥之擔任配樂，著名攝影家錢渝擔任攝影，著名電影演員石揮擔任影片解說。

影片按照毛澤東作出的「魯迅不但是偉大的文學家、思想家，而且是偉大的革命家」的評價進行創作，在 40 多分鐘的片長裏，用 11 個場景展示了魯迅的偉大的一生：「第一場是序幕，介紹影響魯迅成長的歷史傳統和生活氛圍；第二場表現了魯迅成長過程中的第一個轉折點，即書香門第的沒落和他少年時代同農民的接近；第三至六場，按照時間為序，以工作與生活地點變化為線索，介紹了魯迅作為一個愛國主義者尋求科學知識、棄醫從文，辛亥革命前後的熱情和苦悶與學術研究，五四新文化運動中的文學成就，扶植文學新人，大革命中反帝反封建的鬥爭等生活歷程和思想變化。第七至十場表現了共產主義者魯迅在上海，在中國共產黨領導下英勇的進行反文化圍剿的鬥爭，細心培養文學青年與木刻青年，同蘇聯文化界的聯繫，與共產黨領導人瞿秋白的親密友誼，擁護黨的抗日民族統一戰線政策，抱病工作、直至生命最後一刻的光輝事蹟和革命精神。第十一場尾聲，展示了建國前後黨和人民對魯迅的紀念活動及魯迅精神的發揚光大。」

影片的創作也帶有鮮明的時代色彩，不僅在片中用較多的文物資料重點突出了魯迅與共產黨的親密關係，而且也用魯迅收藏和翻譯的俄國與蘇聯作家的作品來突出魯迅對中蘇文化交流的貢獻以及對蘇聯社會主義制度的嚮往。另外，影片受當時「左」傾思潮的影響，不僅把胡適、梁實秋等「新月

〔註12〕朱安平《〈祝福〉：成功在於創造》，《大眾電影》2006 年第 3 期。

派」文人和「自由人」胡秋原、「第三種人」蘇汶等都作爲「買辦資產階級的代言人」進行批判，而且還把他們比作狐狸和老鼠用漫畫加以醜化。

　　影片提供了大量的珍貴的影像資料，不僅首次輯入了歐陽予倩、程步高、姚克、柯靈、王士珍、程勤生（以上兩人爲攝影師）等人組成的明星影片公司攝影隊拍攝的魯迅遺容、群眾在萬國殯儀館弔唁和爲魯迅送葬的悲壯畫面，也首次編入了上海文藝界人士在魯迅逝世十週年之際祭掃魯迅墓的活動以及 1947 年 10 月由許廣平、周建人等修繕一新的魯迅墓的場景鏡頭。另外，影片攝製組除在攝影棚和上海紀念館進行拍攝外，又到北京、紹興、杭州、廣州、南京、廈門等地選拍外景，拍下了許多與魯迅生活與活動有關的舊址的珍貴鏡頭並拍攝了在 1956 年 10 月 14 日舉行的魯迅靈柩遷葬儀式和虹口公園內魯迅墓、魯迅坐像的場景以及眾多觀眾參觀上海魯迅紀念館新陳列的場景。這些影像資料大部分都是第一次在電影中出現，不僅極大地促進了魯迅精神的傳播，而且也更好的保存了魯迅的一些珍貴的影像資料。〔註 13〕

（5）電影《阿 Q 正傳》

　　1957 年，香港長城電影製片有限公司和新華電影影片公司聯合攝製了電影《阿 Q 正傳》，電影劇本由徐遲改編，袁仰安擔任導演，關山飾演阿 Q。影片遵循魯迅原著精神，大獲成功，關山也因在此片中的成功演出而在 1959 年獲得瑞士洛迦諾國際電影節最佳男主角獎。

（6）程十發的《阿 Q 正傳一百零八圖》（連環畫）

　　程十發曾經對友人說「魯迅先生可以說是我學習連環畫的啓蒙老師啊！」他敬仰魯迅，愛讀魯迅作品，認爲魯迅作品是具有極大的「社會與歷史威力」，從 1956 年到 1981 年，先後爲《孔乙己》、《阿 Q 正傳》、《傷逝》創作了插圖。其中影響最大的是他在 1961 年爲紀念魯迅誕生八十週年而創作的連環畫《阿 Q 正傳一百零八圖》。這套連環畫在廣州《羊城晚報》連載時就引起了很大的社會反響。1963 年 5 月，程十發對原作進行了進一步加工，並用魯迅的原文作爲連環畫的文字說明，由上海人民美術出版社出版線裝小 32 開本，上下兩冊。著名魯迅研究專家丁景唐以出版社的名義撰寫了前言，稱讚程十發將《阿 Q 正傳》改編成連環畫的意義及其精湛的藝術成就，指出程十發別具一格地運

〔註 13〕 凌月麟《魯迅業績在銀幕上的再現》，《上海魯迅研究》2005 年春季號、秋季號。

用水墨寫意的形式，生動地再現了魯迅原著的精神，採用比較樸實、醇厚的風格和獨具個性的線描筆法，在作品中反映了辛亥革命期間廣闊而動盪的時代氛圍，展現了當時江南鄉鎮逼真的自然風光和衰敗的社會景象。

凌月麟指出：「作者按照魯迅『哀其不幸，怒其不爭』的態度和發揮『寫神』這一中國畫的創作思維，形象生動地塑造了阿 Q 的典型形象，既畫出阿 Q 的形，更注意刻畫出阿 Q 的神。作者用簡練而由粗放的畫法勾畫出阿 Q 形式時，不僅外形上接近原著，例如畫阿 Q 的癩瘡疤、厚嘴唇、瘦骨伶仃和破爛衣衫，而且更主要通過人物的表情、神態、動作、刻畫出阿 Q 的內心世界，顯示其貧困落後的狀態、愚昧麻木的性格、可憐而又可悲的特徵以及自卑自嘲的『精神勝利法』，將作品中的人物描摹得淋漓盡致，真實可信」。

《阿 Q 正傳一百零八圖》刻畫阿 Q 的神，「突出的表現在於它不像一般的連環畫，在描述故事情節時將人物安排在場景內，或連續的置於角度變化的場面中，而是用象徵性的寫意手法，以想像的連續性取代場景的連續性。他在塑造阿 Q 的形象時，大膽設計構圖、虛實巧妙結合、人景合理配置，在一些畫面中採用簡略的背景，甚至不要背景；而有的畫面中，只見背景，卻不出現人物，以此來揭示人物的內心世界」。例如第 36 幅：畫面上用簡潔的廚房做背景，有灶臺和種種炊具。第 37 幅為：畫面是吳媽被阿 Q 的「求愛」嚇的連叫帶哭跑了出去。第 38 幅表現阿 Q 一個人跪在空板凳邊，頭朝天發愣，此時畫面上大半部是一片空白，灶臺和炊具等廚房背景沒有了，從而給讀者留下了無窮的回味。「這一處理，既避免了場景的重複，又用一片空白暗喻了阿 Q 一場空的戀愛悲劇」。

另外，程十發在創作這本畫冊時以淺淡的水墨色彩為主，在繪畫著色的技法上，他善於創造，利用顏色在宣紙上的變化，使畫達到一種變化莫測的特殊效果。「作者在這部作品的每幅畫面上，或人物身上，或在背景的某個地方，恰到好處的繪一抹淡淡的褚色，這一處理產生了特殊的藝術效果，既豐富畫面層次、增加了色彩，又突出了人物主體、產生立體的感覺，同時烘托出當時灰暗而凝重的社會氛圍，減少沉悶之感」。〔註14〕

（7）豐子愷的《繪畫魯迅小說》

1950 年 4 月，豐子愷創作的《繪畫魯迅小說》一書由上海萬葉書店出版，

〔註14〕凌月麟《美術作品中的阿 Q 形象——魯迅小說〈阿 Q 正傳〉六種插圖、連環畫》，《上海魯迅研究》第 12、13 輯。

這部畫冊收錄了豐子愷在 1949 年 5 月上海解放後為宣傳魯迅、教育群眾而用毛筆漫畫的方式創作的《祝福》、《孔乙己》、《故鄉》、《明天》、《藥》、《風波》、《社戲》、《白光》等 8 篇魯迅小說的插圖共 140 幅。豐子愷在《繪畫魯迅小說》的序言中說明了自己為魯迅小說創作插圖的原因：「魯迅先生的小說，大都是對於封建社會的力強的諷刺。賴有這種力強的破壞，才有今日的輝煌的建設」；「魯迅先生的諷刺小說，在現在還有很大的價值。我把它們譯作繪畫，使它們便於廣大群眾的閱讀。就好比在魯迅先生的講話上裝一個麥克風，使他的聲音擴大。」豐子愷的毛筆漫畫是汲取了中西畫法的風格，引申發展而形成一種極具幽默與浪漫情調的風格，不僅準確生動地描繪出魯迅小說中的情景，而且有力地表達出魯迅原著的精神。

（8）《魯迅生平事蹟展覽圖片（1881～1936）》

1960 年，文物出版社出版了由魯迅博物館編輯的《魯迅生平事蹟展覽圖片（1881 年～1936 年）》，共 38 幅，這也是正式出版的第一套魯迅展覽圖片。這套展覽圖片把魯迅的生平劃分為 1881～1909，1909～1927，1927～1936 三個階段，內容基本上是魯迅博物館中的魯迅生平陳列展覽的縮略，主題是「魯迅光輝的一生，完全貢獻給了中國人民的革命事業，特別是革命文化事業」，重點突出魯迅的革命性以及魯迅與中國共產黨的關係。例如，在表現魯迅在「五·四」運動前後的生平時，不僅有周令劍創作的表現學生在示威遊行的油畫，而且有中共「一大」會址的照片和艾中信創作的油畫《毛澤東同志領導的馬克思主義小組》。在表現魯迅在 30 年代生平時，不僅有魯迅、茅盾、田漢聯名發出的歡迎出席國際反帝大會各國代表的宣言，而且也有「蘇區」的《紅色中華》報對國際反帝大會的詳細報導。

這套展覽圖片的出版不僅宣傳了魯迅的革命精神，而且極大地促進了魯迅在全國各地的傳播。

5、境外的反響

（1）日本的反響

日本投降後，一些進步的知識分子開始反思戰爭，並探討日本民族的出路問題，在這樣的背景下，一些知識分子開始研讀魯迅的作品，並從魯迅的思想中尋找解決日本民族問題的參考，相繼出版了增田涉的《魯迅的印象》、竹內好的《魯迅雜記》、川上久壽的《魯迅研究》、山田野里夫的《魯

迅傳》、丸山升的《魯迅及其文學與革命》和《魯迅和革命文學》等回憶與研究著作。

在這些知識分子的帶動下，日本開始大量出版魯迅作品，很多大學的文學系都設有「魯迅作品研究」的課程，日本的進步青年也掀起了一個學習魯迅和研究魯迅的高潮。

①舉行紀念魯迅的會議

1951 年秋季，中華留日同學會及其他幾個民主團體聯合在東京舉行了高爾基、魯迅逝世十五週年紀念會。中野重治在紀念高爾基、魯迅逝世十五週年的文章中說：「我對這兩位雖生長於舊的時代，然而能夠以自己的努力過渡到新的時代的這一點上感到很大的意義」。「1951 年的日本和過去是完全不同的，在名義上還有著一部憲法，但，這還是不合理想的、非常落後的」。「過去的軍國主義，正在變質爲雇傭兵的精神……」。

在這樣的背景下，與會者認爲日本的解放鬥爭還應該學習魯迅的堅韌而細緻的現實戰鬥精神，要促進魯迅的著作在日本的人民群眾，特別是工人階級之間充分地普及，因爲魯迅的雜感、論文的主題，對於闡明日本所發生的問題，是有不少可以直接、間接的教育的。〔註15〕

②成立「魯迅研究會」和「魯迅之友會」

1952 年，一些日本進步青年在東京組織了「魯迅研究會」，主要成員是東京大學的學生和其他大學的學生，宗旨是通過宣傳介紹魯迅作品，團結更多的進步青年。「魯迅研究會」定期聚會，以魯迅作品爲教材，聯繫日本社會的實際，提出各種問題並聘請研究魯迅的專家予以解答輔導，如他們在學習《無花的薔薇之二》時，就請人做了題爲「三・一八慘案和魯迅」的輔導報告。另外，「魯迅研究會」還出版了油印的刊物《魯迅研究》，用來交流學習心得，發表學習成果。

「魯迅研究會」的主要成員尾上兼英、丸山升、伊藤虎丸、檜上久雄、新島淳良、高田淳等人後來大都成爲日本新一代魯迅研究的佼佼者。作爲在日本戰後崛起的魯迅研究者，他們與竹內好那一代魯迅研究者有重要的區別。

1955 年，「魯迅研究會」負責人尾上兼英在回答中國文學研究者岡崎俊夫的提問時闡述了他們這一代魯迅研究者與竹內好那一代魯迅研究者的重要區

〔註15〕宮本顯治《魯迅與今天的日本》，《文藝報》1956 年第 20 號。

別：「從結論來說，竹內研究魯迅的態度是正確的。和我們的差別，是竹內的出發點和現在的歷史條件、環境是不同的。可是，戰後的竹內並沒有離開戰前的『姿態』，——極而言之，他是原地不動的研究魯迅。在日本帝國主義壓迫下看魯迅和在外國帝國主義壓迫下殖民地化的現在，儘管外在條件是類似的，但從主體的條件來說，我們感受到的壓迫是不同的。日本社會的狀態，和當時也是不同的。特別是關於後期的魯迅，竹內是在不能充分理解的條件下估量的，我看這一點他現在也沒有改變。因此在出發點上，我覺得我們是有危機感的質的不同。」〔註16〕

　　1954 年 7 月，竹內好等人爲了促進魯迅的研究工作而發起組織了「魯迅之友會」，該會通過一系列活動，團結了越來越廣泛的魯迅作品的讀者。

　　「魯迅研究會」和「魯迅之友會」通過舉辦一些學習與研究活動有力地促進了魯迅的作品在日本進步青年中的傳播。

③建立魯迅碑

　　1960 年 12 月，爲了發展中日友好，紀念魯迅，宮城縣日中友好協會在仙臺市舉行了魯迅碑的揭幕儀式。碑高五米，寬 1.8 米，重達十噸，碑的設計採用了中國漢代古碑的式樣，用稻井石製成魯迅浮雕，郭沫若題寫了橫標。碑文如下：

> 　　中國的文豪魯迅，從一九零四年秋到一九零六年春在仙臺醫學
> 專門學校（東北大學醫學部的前身）學過醫學。他痛心於祖國的危
> 機，以拯救民族靈魂爲急務，而志向於文學。仙臺就是他走向轉折
> 的地方。從此他寫出了許多作品和評論，爲中國新文學帶來曙光。
> 我們這些敬仰魯迅的人們，爲了紀念他在這裡的留學生涯，建設紀
> 念碑，深遠永遠的傳達他偉大的精神。

據村松勝三郎回憶：「1955 年，高橋剛彥先生在訪中歡迎會上與半沢正二郎先生談起關於魯迅在仙臺留學一事，爲了發展日中友好，他們商量用什麼方式來紀念魯迅先生，又如何開展學習魯迅的活動，所想到的第一步就是籌建魯迅紀念碑。1959 年 8 月，宮城縣日中友好協會的一次全體大會上，正式提出建立魯迅紀念碑，預算爲 30 萬日元。同年 8 月 29 日，在東京召開的日中友好協會第 9 次全國代表大會上，出席會的三春重雄先生在這次會議上發表了

〔註16〕彭定庵主編《魯迅：在中日文化交流的座標上》，春風文藝出版社 1994 年 5
　　月出版。

建立魯迅紀念碑的計劃，引起了很大反響，日本的 NHK 電臺通過廣播向全國廣播了此事。」

　　爲了建立魯迅碑，宮城縣日中友好協會設立了特別委員會負責具體事宜。該委員會首先發起了募捐資金的活動：1959 年 12 月，在東北劇場放映了改編魯迅原作的電影《祝福》，並由半沢先生做了紀念魯迅的演講，4000 多名觀眾參加了這次電影會。1960 年，又向日本國內的 150 多位知名人士發出了募捐信，並得到了這些知名人士的支持。經過不懈的努力，相繼克服了土地問題、資金問題和運輸問題之後，終於完成了魯迅碑的建造。這也是國外設立的第一塊紀念魯迅的石碑。〔註17〕

　　④演出紀念魯迅的話劇

　　1954 年，劇作家霜川遠志爲了改變一些日本人認爲「魯迅的文章難懂」的觀念，決定將魯迅作品形象化，把魯迅著作搬上舞臺。他首先嘗試在廣播、電視節目中播放一些魯迅作品片斷，在取得一定的經驗之後，他將《阿 Q 正傳》改編成話劇，並在同年正式演出。演出獲得了一定的成功，不僅促進了魯作品在日本的傳播，而且有助於日本讀者形象地理解魯迅的精神。霜川遠志在改編完《阿 Q 正傳》之後，又開始創作以魯迅生平爲題材的話劇。1956年，他首先創作了描寫魯迅在仙臺留學期間對藤野感念之情的話劇《藤野先生》，並在魯迅逝世二十週年之際在東京上演。該劇雖然取材於魯迅的同名散文，以魯迅留學仙臺爲題材，但又依據其他材料進行了一些補充。

　　⑤「丸山魯迅」的誕生

　　1965 年，丸山升出版了《魯迅及其文學與革命》一書，第一部分的題目是「關於『寂寞』——魯迅與辛亥革命」，主要研究魯迅早期思想在日本的形成及在辛亥革命之後的幻滅；第二部分的題目是「關於『黑暗』和『光明』——魯迅的『革命的復活』」，通過分析《吶喊》、《彷徨》來探討魯迅在北平（「三‧一八」事件）、廈門、廣州時期魯迅思想的變化，認爲「四‧一二大屠殺」促使魯迅的思想「由進化論向階級論發展」。不久，丸山升又出版了《魯迅和革命文學》一書，全書分三章：「魯迅和『清黨』」、「圍繞革命文學論的狀況」、「革命文學爭論中的魯迅」，繼續研究魯迅從廣州到上海進行「革命文學」論戰時的思想變化，認爲三十年代初是魯迅前期思想和後期思想的分界

〔註17〕村松勝三郎《關於魯迅碑的建立》，王建華譯，《上海魯迅研究》第 12 輯。

線。丸山升指出：「我們從整體上看，魯迅的生涯可以概括爲由青年時代的『革命』形象，致其破滅後又獲得了新的關於中國革命之認識的過程。」

　　丸山升的魯迅研究在日本魯迅研究史上也產生了深遠的影響，被稱爲「丸山魯迅」，如果說竹內好論述了「文學家的魯迅」和「啓蒙主義者的魯迅」，那麼丸山升就論述了「無產階級文學家」的魯迅和「馬克思主義者」的魯迅。丸山升的魯迅研究具有鮮明的特點，他不僅繼承了日本學者實證研究的傳統，充分地挖掘、佔有第一手的資料，而且運用馬克思主義的觀點和立場來分析、解讀這些資料，從而使自己的研究具有思辨性和獨特性，開創了魯迅研究的新的研究範式。〔註 18〕

（2）蘇聯的反響

　　五十年代初，因爲中蘇友好，魯迅成了中蘇友好的象徵，蘇聯由此出現了宣傳魯迅的高潮，《眞理報》、《消息報》、《紅星報》、《共青團眞理報》、《文學報》、《勞動報》等重要的報紙都相繼刊登了介紹魯迅的文章，同時一些出版社陸續出版了魯迅的作品集：眞理報出版社出版了《魯迅短篇小說集》，兒童出版社出版了《魯迅短篇小說》，國家文學出版社出版了《魯迅小說雜文選集》、《魯迅短篇小說集》和四卷本的《魯迅選集》等。其中四卷本的《魯迅選集》內容極爲豐富，基本上涵蓋了魯迅的主要創作，對於促進魯迅著作在蘇聯的傳播和研究具有重要的作用：第一卷包括《吶喊》、《野草》、《彷徨》；第二卷包括《熱風》、《墳》、《華蓋集》、《二心集》、《僞自由書》、《南腔北調集》、《準風月談》、《花邊文學》、《且介亭雜文》、《集外集》；第三卷包括《朝花夕拾》、雜文選、《故事新編》；第四卷包括書信選、《兩地書》。另外，在 1956 年爲紀念魯迅逝世二十週年，蘇聯各地的報刊又再次掀起紀念魯迅的高潮，發表了大量紀念魯迅的文章。

　　與此同時，一些蘇聯漢學家加入魯迅研究的陣營，相繼推出了一批魯迅研究成果，形成了魯迅研究的高潮。1953 年，羅果夫在一篇文章中說：「在蘇聯，不但魯迅文學遺產譯文的出版逐年增長，並且還構成了堅實的蘇維埃的魯迅學。」這也是魯迅文化史上首次提出「魯迅學」這一概念。

　　1951～1952 年，波茲德涅耶娃相繼在《莫斯科大學學報》發表了《偉大的十月社會主義革命與中國作家魯迅的創作道路》和《魯迅爲中國新民主主

〔註 18〕劉國平《論丸山升的魯迅論》，《魯迅研究月刊》1995 年第 11 期。

義的文化而鬥爭》等文章，並爲 1954 年出版的《蘇聯大百科全書》第二版撰寫了關於魯迅的詞條，另外，還在 1957 年和 1959 年分別出版了《魯迅》（青年近衛軍出版社）和《魯迅生平與創作》（莫斯科大學出版社）兩本專著。1953年，費德林撰寫的《偉大的中國作家魯迅》一書由莫斯科知識出版社出版，費德林高度評價魯迅：「中國現實主義文學派的開拓者，應推魯迅。魯迅完結了中國文學的舊時代，開始了現實主義文學的新時代。他是中國現實主義的創始人和第一個典範的作家。魯迅的作品反映了中國人民整個一代的歷史生活與鬥爭。」1956 年，索羅金發表了博士學位論文提要《魯迅創作道路的開端與〈吶喊〉》，並在 1958 年出版了專著《魯迅世界觀的形成》。

但是隨著中蘇關係在六十年代的破裂，蘇聯的魯迅研究在六十年代也逐漸冷落，有關魯迅的翻譯和研究都比五十年代顯著減少。1962 年，謝曼諾夫發表了副博士論文《十九至二十世紀初的中國文學與魯迅》，主要研究魯迅和中國近代文學的關係，在魯迅研究史上比較富於創見。1964 年，波茲德涅耶娃翻譯的《故事新編》以《諷刺小說》爲名由莫斯科文學出版社出版，她在序言《魯迅的諷刺故事》中指出：「魯迅用新的觀點重新理解舊的神話傳說，展示了先進分子反對反動勢力的鬥爭，並把這一鬥爭當作往昔的喜劇的尾聲，而這往往是應該愉快地與之訣別的。」

（3）捷克的反響

五、六十代，捷克的漢學家翻譯了魯迅的大量作品。1951 年，普實克和克列布索娃合作翻譯的魯迅小說和散文詩集以《吶喊——野草》爲名出版，收錄了普實克重新翻譯的《吶喊》和克列布索娃翻譯的《野草》。4 年之後，該書又作爲《魯迅選集》第一卷由捷克國家文學、音樂和藝術出版社出版。克列布索娃後來在 1954 年和 1956 年又先後翻譯了魯迅的《彷徨》和《故事新編》、《朝花夕拾》，作爲《魯迅選集》第二、第三卷由捷克國家文學、音樂和藝術出版社出版。1959 年，揚佛爾裏奇卡和愛德華・特瓦羅熱克根據俄語和世界語轉譯的魯迅作品集《白光》出版，收錄了《阿 Q 正傳》、《孔乙己》、《故鄉》、《失掉的好地獄》、《立論》等小說和散文 15 篇，並附錄了蘇聯學者撰寫的《魯迅》一文，介紹魯迅的生平和創作。

在大規模翻譯魯迅作品的同時，捷克的魯迅研究也逐漸開展起來，湧現出了以克列布索娃爲代表的一批魯迅研究專家，並取得了重要的成果。1951年，克列布索娃和普實克合作的《魯迅——中國現代偉大的作家》一文刊登

在捷克《新生活》雜誌第 11 期，文章重點介紹了魯迅的生平業績。1952 年，克列布索娃撰寫的《魯迅，一個革命者》在捷克的《新東方》雜誌第 7、8 期合刊發表，文章突出了魯迅對中國革命的作用，認為「魯迅的生活和創作改變和決定了中國革命的進程。」1953 年，克列布索娃用法語撰寫的研究魯迅的專著《魯迅，生平及其作品》由捷克科學院出版社出版，這是歐洲出版的第一部系統介紹魯迅生平和創作的專著，對於歐洲讀者了解魯迅起到了重要的幫助作用。1954 年，克列布索娃在《東方文學》第 3、4 兩期上發表了長篇論文《魯迅的生活和創作》，指出魯迅不僅創造了新的文學類型和新的文學語言，而且把社會和階級的觀念引入文學。1961 年，克列布索娃又發表了《魯迅和他的〈故事新編〉》一文，認為魯迅是用「一個現代的歷史學家和進步思想家的科學馬克思主義觀點」創作《故事新編》的。

　　1961 年，捷克「布拉格學派」研究中國現代文學的一些主要成果以《中國現代文學研究》為名出版，普實克在長篇《引言》中系統地介紹了「布拉格學派」研究中國現代文學的觀點和成果，並重點對魯迅的文學成就進行了高度評價。同年，美國學者夏志清撰寫的《中國現代小說史》也由哥倫比亞大學出版社出版。這兩本由國際漢學界不同陣營的代表人物撰寫的研究中國現代文學的著作不僅在國際漢學界引起了廣泛的關注，而且彼此之間還因為對魯迅的評價問題而發生了論戰。次年，普實克撰寫了《中國現代文學史的根本問題和夏志清的〈中國現代小說史〉》一文發表於荷蘭的《通報》雜誌，他以夏志清在其文學史中對魯迅的評論為例對夏志清的研究方法進行了尖銳的批評，認為夏志清：「不能對一位作家的作品作系統的分析，而只是滿足於將自己局限於主觀的觀察；另外，他錯誤的詮解了魯迅文學作品的真實意義，或者至少是將這種意義搞的模糊費解了」。普實克指出：「魯迅作品中個別成分的主次位置是按魯迅的創作意圖排列的，正像他以同樣的方法組合併應用這些成分來實現他的創作構思一樣。這一意圖，以及為實現他的構思所採用的藝術方法，反映了作者的哲學觀點，即他對世界、生活和他所處的社會的態度，以及同現存藝術傳統的關係，等等。」1963 年，夏志清在《通報》雜誌上發表了《討論中國現代文學的「科學」研究並答普實克》一文反駁普實克的批評。李歐梵在評論這場論爭時指出：「普實克對夏的著作《中國現代小說史》的批評不僅表現出方法論和理解的不同，也表明了他們評價文學的不同標準。另一點值得注意的是，夏志清作為一個對西方批評準則有理解的中

國學者，對中國現代文學的一般水準所下的評語反而相當苛刻，而普實克這位歐洲學者對中國作家卻更爲同情，對他們的成績也作了更多的肯定。普實克傾向於把文學的本文置於他所產生的時代、社會和歷史聯繫中去，以便求得一種更爲廣泛的理解。他們對魯迅小說所作的不同分析在這一方面提供了極有力的例證。」

（4）美國的反響

　　五、六十年代，美國介紹與研究魯迅的工作因朝鮮戰爭的爆發而受到了一定的影響。在冷戰的背景下陸續出現的一些成果也多是在美國的華人學者撰寫的。1950 年，紐約卡梅倫出版社出版了《中國革命文學導師魯迅文選》，收錄了《阿 Q 正傳》、《祝福》、《孔乙己》、《淡淡的血痕中》、《狗的駁詰》等 17 篇作品，這是美國在 50 年代出版的唯一一部魯迅作品集。1953 年，芝加哥大學中國留學生陳珍珠撰寫了題爲《魯迅的社會思想》的博士論文，但因爲當時的政治環境所限直到 1976 年才得以出版。1959 年，美國魯迅研究史上的重要人物夏濟安開始嶄露頭角，他撰寫的論文《魯迅和左聯的解散》在油印之後流傳甚廣，夏濟安認爲：魯迅是一個偉大的天才，但自身也有許多弱點，特別是具有強烈的革命熱情，這削弱並抑制了他的天才的發揮，而「左聯」又十分愚蠢而驚人的把這個天才浪費掉。1964 年，夏濟安在《亞洲研究》第 23 卷第 2 期發表了他的另一篇影響深遠的論文《魯迅作品的黑暗面》，認爲魯迅是「一個病態的天才」，「僅僅把魯迅看作一個吹響黎明號角的天使，就會失去中國現代歷史上一個極其深刻而帶病態的人物。他確實吹響著號角，但他的音樂辛酸而嘲諷，表現著失望和希望，混含著天堂與地獄的音響」。1961 年，夏志清的《中國現代小說史》由哥倫比亞大學出版社出版，這部專著中有專章評論魯迅，認爲「魯迅是中國最早用西式新體寫小說的人，也被公認爲最偉大的現代中國作家」，他的《祝福》、《孔乙己》、《藥》、《故鄉》是剖析中國社會最深刻的作品。但是他逝後的崇高地位是「中共的製造品」。在華裔學者之外，美國學者也陸續推出了一些研究魯迅的成果。華盛頓大學的威廉·舒爾茨主要從事魯迅作品的研究，並在 1955 年撰寫了題爲《魯迅創作的年代》的博士論文。哥倫比亞大學的學生哈麗埃特·米爾斯主要從事魯迅與左翼運動的研究，在英國倫敦的《中國季刊》1960 年第 4 期發表了《魯迅與共產黨》一文之後，又在 1963 年撰寫了博士論文《左翼時期的魯迅（1927～1936）》。

（5）朝鮮的反響

因爲抗美援朝戰爭的爆發，五六十年代，韓國對魯迅的介紹與研究基本停止，只在 1957 年出現了魯迅小說 33 篇的全譯本。與此相應的是，朝鮮對魯迅的介紹與研究達到了一個高潮，魯迅也由此對一些朝鮮作家產生了深遠的影響。

最明顯的例子就是朝鮮著名作家韓雪所受到的魯迅影響，他在日本帝國主義的監獄中就不斷的思索魯迅的作品，並被魯迅的革命精神所鼓舞。1936 年出獄以後，陸續發表了描寫知識分子的《摸索》、《波濤》、《泥濘》以及其他短篇小說，這些小說都在一定程度上受到了魯迅的影響。

1956 年，韓雪野在《紀念魯迅逝世二十週年》一文中介紹了魯迅著作在朝鮮的傳播與影響。他說：

> 我們是通過魯迅第一次接觸到中國的「新文化」的。我們從魯迅的文學知道了中國的革命文學，並開始熱愛起中國的革命文學來。
>
> 魯迅的文學，是和中國人民的革命鬥爭分不開的。它是中國革命文學的旗幟。但是，魯迅的先進思想和他的卓越的文學，並不局限在中國，而是具有國際意義的。尤其是對於朝鮮現代文學的發展，魯迅的影響是巨大的。
>
> 魯迅的初期作品「狂人日記」、「孔乙己」、「藥」和「阿Q正傳」等，是朝鮮讀者非常喜愛的作品，其中主要的農民和知識分子的形象，給我們朝鮮作家的啓發和教育是很大的。
>
> 朝鮮人民熱愛魯迅的作品，是因爲他的作品貫穿著高貴的人道主義思想和強烈的革命精神。
>
> 當然，魯迅作品中的形象和人物的時代背景並不適合當時朝鮮人民所面對的現實完全相同的，但是，任何外國作品也不如魯迅作品中的人物形象使我們感到親近。揭露具有封建傳統的、在帝國主義和殖民主義野合下的中國社會，抱著對人民的無限同情和熱愛，想使他們覺醒，想改革中國社會的魯迅的高尚的人道主義思想和革命精神，是深深地打動了朝鮮讀者的心的。
>
> 在這一方面，魯迅不僅出色的通過自己的文學活動起了使中國人民在半封建半殖民地桎梏下獲得解放的啓蒙作用，並且在喚起亞

洲附屬國廣大人民進行民族解放鬥爭方面產生了不小的影響。

魯迅通過自己的作品，培養了我們這種寶貴的性格，揭露了使人們癱瘓的一切社會病根，並教導我們向他們進行鬥爭。

應該說，在使我們擺脫封建惡習和傳統方面，魯迅的啓蒙影響是巨大的。

魯迅小說《阿 Q 正傳》裏的趙太爺、《風波》裏的趙七爺，《白光》裏的陳士誠，以及《孔乙己》裏的孔乙己等形象，擴大了我國讀者批判甚至反抗封建地主和儒教學者的眼界。

但是，魯迅的雜文比起他的小說來，也並不遜色。它們在肅清封建文化的糟粕方面幫助了我們。

當然，魯迅的雜文的意義並不僅僅是這一點。作爲在國民黨統治下的戰鬥形式，魯迅的雜文的題材的多樣和尖銳，以及它的淵博和革命精神，給我們的教育和啓發是更大的。

在解放前，魯迅的後期作品我們是沒有自由閱讀的。只是在八‧一五解放以後，人們掌握了政權，我們才能夠自由閱讀和研究。

解放以後，我們出版了魯迅的小說集「吶喊」和「彷徨」，其他的小說和雜文集也正在翻譯出版。魯迅的文學對於解放後朝鮮文學的社會主義現實主義的發展做了巨大貢獻，人們研究魯迅文學的情緒也日益高漲。

今天，我們對中國文學的關注，更加促使我們接近建立中國文學革命傳統的魯迅的文學。

我們現在學習偉大的魯迅，今後更要學習偉大的魯迅。我們將時刻不能忘記像過去那樣學習魯迅全部生活和文學的特點——革命戰鬥精神。

朝鮮解放後，朝鮮勞動黨和政府非常重視魯迅作品的翻譯出版工作，極大的促進了魯迅在朝鮮的傳播。1953 年朝鮮停戰後，朝鮮的出版部門在環境十分艱苦的情況下很快就開展了翻譯出版魯迅作品的工作。到 1959 年，就已經翻譯出版了《吶喊》、《彷徨》、《故事新編》、《朝花夕拾》、《野草》等魯迅著作。同時，朝鮮國立出版社陸續出版了五卷本的《魯迅選集》，第一卷包括《吶喊》、

《彷徨》（1956 年出版）；第二卷選譯了《故事新編》、《墳》和《朝花夕拾》中的 26 篇（1957 年出版）；第三卷選譯了《熱風》、《而已集》、《華蓋集》、《華蓋集續編》中的 65 篇作品和《野草》全部（1957 年出版）。

朝鮮的領袖金日成也向全體朝鮮人民發出了學習魯迅、研究魯迅的號召。1959 年 2 月 26 日，金日成在《論黨的工作方法》報告中說：「蘇聯高爾基的作品，中國魯迅的作品，是任何人都必須讀一讀的作品。這些文學作品，貫穿著人類憎惡舊社會、和眞正熱愛並無限嚮往新社會及決心建設新社會的戰鬥精神。」

1970 年 2 月 17 日，金日成在朝鮮科學教育及文學藝術工作者會上再次高度評價魯迅，他指出：「高爾基和魯迅的作品，對喚起廣大人民群眾投入革命鬥爭起了很大的作用，這是眾所周知的事實。高爾基和魯迅的作品所以能夠喚起廣大人民投入革命鬥爭的作用，是因爲這些作品尖銳地揭露了剝削社會的階級矛盾，眞實地反映了人民的願望。高爾基的作品揭露了沙皇俄國的腐敗，生動刻畫了反對沙皇的革命家典型，所以才能鼓舞和推動俄羅斯人民投入社會主義革命；魯迅的作品揭露了中國封建制度的腐敗，眞實地反映了人民要求自由和新生活的願望，所以才能夠喚起中國人民投入民主革命起了很大的作用。」

（6）越南的反響

魯迅的著作在五十年代開始大規模的被翻譯成越南文，並在越南起到了重要的影響。

五、六十年代，越南翻譯魯迅作品的人物主要是潘魁和張政。1955 年，潘魁翻譯的《魯迅小說選集》由河內文藝出版社出版，收錄了《狂人日記》、《孔乙己》、《頭髮的故事》、《風波》、《故鄉》、《祝福》和《阿 Q 正傳》等 7 篇小說，這是越南出版的第一部魯迅作品集。潘魁在該書的《序言》中高度評價魯迅的創作，認爲「《狂人日記》和《阿 Q 正傳》對中國文化革命產生了巨大的影響，堪稱中國文化革命堅固的奠基石」，「讀魯迅的小說猶如讀一部歷史書」。1956 年，潘魁翻譯的《魯迅雜文選》由河內文藝出版社出版，收入了魯迅雜文 39 篇，潘逵在後記中認爲「魯迅不但是中國的大文豪，也是世界的大文豪。」1957 年，潘魁又翻譯出版了《魯迅小說選》第二集，收錄了《藥》、《明天》、《一件小事》、《孤獨者》、《鴨的喜劇》等 9 篇小說，由越南作家出版社出版。

　　1957 年，鄧泰梅、張政翻譯的《阿 Q 正傳》由河內建設出版社出版，這是張政翻譯魯迅作品的開端。1960 年到 1963 年，張政不僅完成了把魯迅全部小說翻譯成越南文的任務，而且翻譯了大量的魯迅雜文，他翻譯的《故事新編》全譯本、《吶喊》全譯本、《彷徨》全譯本和《魯迅雜文選集》陸續由河內文藝出版社出版；其中的《魯迅雜文選集》雖然是一部選集，但是收錄了魯迅的 261 篇雜文，是越南有史以來出版的規模最大的魯迅雜文選集。

　　在翻譯魯迅作品的同時，越南的學者也開始研究魯迅。1958 年，鄧泰梅撰寫的《現代中國文學史略》由河內眞理出版社出版，該書在一些章節中對魯迅的創作進行了評論。1959 年，黎春武撰寫的《魯迅，中國文化革命的主將》一書由河內文藝出版社出版，這是越南出版的第一部研究魯迅的專著。

　　魯迅不僅引起了越南作家的關注，也引起了越南的領袖胡志明的關注。1951 年 3 月 3 日，胡志明在越南勞動黨成立儀式上的講話中，引用了魯迅的兩句詩來闡述越南勞動黨的精神。他說：

> 　　在講到革命者和革命黨時，中國大文豪魯迅先生曾經有兩句詩：橫眉冷對千夫指，俯首甘爲孺子牛。「千夫」，意指強敵，比如法國殖民者和美國干涉者；也可以說是艱苦、困難的意思。「孺子」意思是指善良的廣大人民群衆；也可以說是指益國利民的工作。越南勞動黨決不怕任何兇悍的敵人，不怕任何艱巨危險的任務，但是，越南勞動黨樂意做人民的牛馬，做人民的忠誠僕役。〔註19〕

（7）德國的反響

　　五十年代，德國的魯迅研究取得了一定的進展。因爲同屬於社會主義陣營，東德的魯迅研究一度比較活躍。1952 年，西・馮・科斯庫爾翻譯的《魯迅小說選》由呂滕和勒寧出版社出版，收錄魯迅的小說和散文 9 篇，這是東德出版的第一部魯迅作品選。同年，約漢娜・赫茲費爾特撰寫的《五四運動與魯迅》發表於《作家》雜誌第 7 期，重點突出魯迅的革命作用，該文也是東德的第一篇研究魯迅的論文。1954 年，赫爾塔・南和理查德・榮格翻譯的《阿 Q 正傳》由保羅・里斯特出版社出版，這是目前已知的《阿 Q 正傳》的最早的德語譯本。1956 年，東德還舉行了紀念魯迅逝世二十週年學術活動，並出現了以萊比錫大學弗里茲・格魯納和伊爾瑪・彼斯特爲代表的魯迅

〔註19〕《胡志明選集》第二卷，人民出版社 1964 年出版。

研究專家，前者致力於魯迅小說和詩學的研究，在 1957 年將《摩羅詩力說》譯成德文，並作詳細評注，後者側重用比較文學研究方法闡釋魯迅的文學思想和創作，在 1959 年發表了《魯迅——中國的高爾基》一文，指出魯迅的小說是中國民主革命時期的鏡子，他的雜文則是適應新的革命鬥爭需要的新形式（另外，伊爾瑪・彼斯特在 1960 年的國際東方學者會議上提交了《1927～1930 年魯迅對文學與革命之關係的看法》的論文）。約漢娜・赫茲費爾特翻譯的《朝花夕拾》和《奔月》由呂滕和勒寧出版社分別在 1958 年和 1960 年出版，前者收錄了魯迅的小說、散文和雜文 19 篇，後者是《故事新編》的全譯本。

但是到了六十年代後，因爲中蘇關係破裂，東德的魯迅研究也隨之趨冷，在「文革」時期，東德的一些學者也步蘇聯魯迅研究專家的後塵撰寫了一些借魯迅來批評中國「文革」的文章。

與東德的魯迅研究相比，西德五、六十年代的魯迅研究也因爲意識形態的原因而處於低潮。1955 年，約瑟夫・卡爾邁爾翻譯的魯迅小說選集《漫長的旅途》由萊茵貝克書局出版，這是西德在五、六十年代出版的唯一一部魯迅作品集。1959 年，荷蘭漢學家傑夫・拉斯特撰寫的德語世界第二部關於魯迅的博士論文《魯迅——作家與偶像：論新中國思想史》由法蘭克福出版社出版，論文指出魯迅在 1928 年到 1930 年間的思想轉變，並質疑魯迅轉向馬克思主義的說法，認爲魯迅作品中沒有任何?象表明他熟悉歷史唯物主義、辯證法或馬克斯主義經濟學原理。這種觀點明顯帶有西方國家在冷戰時期反對共產主義的意識形態色彩。〔註20〕

（8）意大利的反響

意大利對魯迅的翻譯和研究在五、六十年代取得了明顯的進展。1955 年，盧齊亞諾・比安奇亞爾迪翻譯的魯迅作品集《〈阿 Q 正傳〉及其他》由費爾特利內利出版社出版，收錄了從英文轉譯的 14 篇魯迅小說和《〈吶喊〉自序》、《作者小傳》，這是意大利出版的第一部魯迅作品集。1960 年，盧卡・帕沃利尼和埃塔諾・維維亞尼翻譯的魯迅的《中國小說史略》以《中國文學史》爲名由里烏尼蒂出版社出版，這也是《中國小說史略》除日語和英語外僅有的外文譯本。1962 年，里烏尼蒂出版社又出版了漢學家泰雷薩・雷加女士翻譯

〔註20〕 曹衛東《德語世界的魯迅研究》，《魯迅研究月刊》1992 年第 6 期。

的魯迅雜文集《中國社會和文化》，收錄了魯迅雜文 52 篇，書前附有譯者撰寫的介紹魯迅雜文特點及魯迅在中國文學史地位的《序言》。

在翻譯魯迅著作的同時，意大利的魯迅研究也逐漸開展起來。1957 年到 1958 年，意大利的《中國》雜誌第 3、第 4 兩期刊登了斯卡里格羅的論文《魯迅與「超人」的危機》和柏涅狄克特的論文《魯迅的社會性和孤獨》，這兩篇論文都是研究魯迅思想的，顯示出了意大利學者研究魯迅的特點和水平。

（9）英國的反響

五、六十年代，英國介紹與研究魯迅的工作基本停止，只出現了極少的成果。1957 年，劍橋大學學生黃頌康撰寫的《魯迅與新中國文化運動》由荷蘭的阿姆斯特丹出版社出版，該書從中國新文化運動的廣泛背景上研究魯迅在新文化運動中的地位和作用，不僅提供了豐富的史料，而且對中國知識界接受馬克思主義作出了公允的評價，在國際漢學界引起了廣泛的關注。1960 年，愛丁堡大學的約翰·欽納里在《東方與非洲研究》第 23 卷第 2 期發表了《西方文學對〈狂人日記〉的影響》一文，認爲狂人的孤獨有魯迅的影子，而魯迅受到尼采的影響才克服悲觀情緒。

（10）香港的反響

在「十七年」期間，香港關於魯迅的最重要的成果是曹聚仁的《魯迅評傳》。

1956 年，爲了紀念魯迅逝世二十週年，曹聚仁在香港出版了《魯迅評傳》，全書共 28 章，其中前 16 章爲魯迅的生平史實，後 12 章爲魯迅面面觀。曹聚仁在魯迅生前就打算撰寫一部魯迅傳記，不僅搜集了許多資料，編輯了《魯迅手冊》，而且也和魯迅討論過撰寫傳記的事，但遲遲沒有動筆，在魯迅逝世二十週年來臨之際，他爲了紀念魯迅才決定撰寫完這本傳記。在這本書的開篇，他就寫到 1933 年他與魯迅的一次會面：

那天夜晚，魯迅到曹聚仁家作客，吃完晚餐後兩人談得興致甚濃，魯迅看到書架上放了大量他自己的著作和相關資料，便問曹聚仁收集他的資料是否要爲其寫一部傳記，曹聚仁回答說，「我知道我並不是一個適當的人，但是，我也有我的寫法。我想與其把你寫成一個『神』，不如寫成一個『人』的好」。

在曹聚仁的眼中，魯迅並不是一個特別的人，甚至他眼中的魯迅也不是

人們想像中得那麼高大和完美。他在傳記中形容他所見過的晚年魯迅的形象：「他那副鴉片煙鬼樣子，那襲暗淡的長衫，十足的中國書生的外貌，誰知道他的頭腦，卻是最冷靜，受過現代思想的洗禮的。」這樣的描述對於五六十年代的國內讀者來說是不可思議，甚至是無法想像的，但卻是符合魯迅晚年的情形，因而也是真實的。

曹聚仁以文學的眼光、歷史的眼光來撰寫這部魯迅評傳，他以比較輕鬆的筆調記錄了魯迅的一生以及魯迅的生活習性、社會交往和價值觀念等，認為魯迅是人，而不是神，反對把魯迅神化、聖化的觀點，他說，「我總覺得把他誇張得太厲害，反而對他是一種侮辱呢！」這是對當時海峽兩岸以政治眼光來評價魯迅，特別是大陸以階級鬥爭為綱來評價魯迅的不良傾向的一種反撥。

曹聚仁在 1956 年訪問內地時，看到了紀念魯迅逝世二十週年的一些盛況，對這些把魯迅神化的行為表示了不滿。

> 今年，為了紀念魯迅的逝世二十年，各地都有大規模的場面。
> 上海的魯迅紀念館，已移到舊虹口公園去了；他在萬國公墓中的墳，
> 和大陸新村的房中設備，也都集中到那一邊去。這當然是好的。不
> 過，魯迅的遺囑，也是一種有意義的文獻，有的時候，也該了解他
> 自己的意向的。我是不主張把魯迅進文廟的！〔註21〕

曹聚仁後來在 1967 年又出版了《魯迅年譜》，該書分為上、下兩卷，上卷為魯迅年譜，共 11 節；下卷為「作品評論及印象記」，另有悼詩和輓聯，附錄有「魯迅生平和著譯年表」。這本書實際是他和鄧珂雲在民國時所編的《魯迅手冊》一書的修訂本。

曹聚仁的魯迅研究在五六十年代發揮了獨特的作用，在大陸大力宣傳魯迅、神化魯迅而臺灣禁止魯迅並醜化魯迅的時代背景下，不僅促進了魯迅在香港的傳播，而且也保持了較高的學術水平，在魯迅研究史上產生了深遠的影響，對於大陸八十年代魯迅研究也產生了一些影響。

（11）臺灣地區的反響

六十年代初，臺灣文壇圍繞攻擊魯迅的史實問題還發生了一起「文壇往事辨偽案」。

〔註21〕曹聚仁《魯迅逝世二十年紀念——與周啓明先生書》，《魯迅研究資料》第 10
輯。

　　1962 年 2 月 14 日胡適去世，蘇雪林爲悼念胡適陸續發表了題爲《悼大師，話往事》的 7 篇文章，披露了自己因撰寫「討魯」文章而和胡適交往的經過並表明了自己「一貫反魯」的立場：「我洞燭左派之奸，不能再行容忍，寫了一封長信給蔡孑民先生，詳述魯迅品格之惡劣及左派手段之惡毒，勸他千萬不可上當。同時知道胡適先生將自海外歸來，又寫了一封長約四五千字的信給他。——我將致蔡孑民先生書的稿子也附了去，請胡先生一閱。我這封信是 25 年 11 月間寄到北平胡先生寓所的，誰知胡先生回國之期展延了半個月，12 月初始回到上海，10 日回到北平才讀到我的信。他當時回了我一封 2000 字的信。」「當時整個文壇已被左派把持，當然我的反魯文章無處發表，第二年 2 月間魏紹徵先生在武昌發行《奔濤》半月刊，我將我的信（致蔡先生的書也在內）和胡先生的覆的信，都在那刊物上發表了，加上一個總題目《關於當前文化動態的討論》，這一下可激怒了左派的瘋狗群，在各報尾及刊物裏把我罵得狗血噴頭，並用一整本期刊的文字的分量攻擊胡先生，直鬧到抗戰爆發前才罷。」蘇雪林在文中還誣衊說，魯迅「不惜投靠共匪，造成了大陸的淪亡」，強調「魯迅崇拜萬勿提倡」。

　　蘇雪林吹噓自己「反魯」業績的文章很快就引來了批駁。寒爵在《替蘇雪林算一筆舊帳》一文中從八個方面指出了蘇雪林「擁魯」的歷史老賬：一，她真正一貫「反魯」嗎？二、國文週報上有她的底牌；三、且看她當年「擁魯」的文獻；四、且看幾段肉麻的文字；五，由「擁魯」到「擁胡」的心理分析；六、如果魯迅有信給她就好了；七、「最狡猾的狐狸」；八、對蘇先生的建議。蘇雪林迅速撰寫了《爲國聞週報舊賬答寒爵先生》一文反擊寒爵，指出寒爵「軟刀冷箭」對付她是想「拜魯迅作徒孫」。寒爵對此又撰寫了《蘇雪林先生可以休矣！》一文進行反駁。劉心皇也撰寫了《從胡適之死說到抗戰前夕的文壇》、《欺世「大師」——寫蘇雪林「話」文壇「往事」》等文章批評蘇雪林，強調指出蘇雪林稱魯迅是「文妖」，「是感情用事的『反魯』，謾罵式的『反魯』，不是有理性的『反魯』，沒有說『平實話』，以至完全落了空，甚至還有反效果」。面對寒爵和劉心皇的批評，蘇雪林不僅向文化界人士散佈寒爵、劉心皇是「共匪作風」、「文壇敗類」的言論，而且寫了多達四五十封信向有關機構誣告寒爵，試圖採用政治陷害的手段置寒爵於死地。劉心皇也進行了針鋒相對的反擊，他採用相同手法反擊蘇雪林，在《蘇雪林女士和魯迅的關係》一文中敘述蘇雪林和魯迅的關係，指出蘇雪林在 1934 年發表的《阿

Q 正傳及魯迅的寫作藝術》一文是「擁魯」文章，為蘇雪林扣上擁護魯迅的紅帽子。而扣紅帽子的結果「輕則坐牢，重則可殺頭」。

這場在臺灣禁止魯迅傳播的時期發生的關於魯迅史實的文壇論爭最後雖然不了了之，但是經過這場論爭不僅澄清了一些關於魯迅的史實，而且對於魯迅在臺灣的傳播也相對的起到了一定的積極作用。〔註22〕

6、小結

新中國成立後，因為政府的大力提倡，再度掀起了紀念魯迅的高潮，不僅多次召開大規模的紀念大會，而且陸續建立了魯迅紀念館等專業紀念魯迅的機構，重修了魯迅墓，中共中央機關報也三次在魯迅逝世之日發表了紀念魯迅的社論。1956 年紀念魯迅逝世二十週年的系列活動達到了這一時期紀念魯迅的高峰，有 18 個國家的作家與學者出席了紀念大會，這充分顯示出政府利用魯迅進行文化外交，建立最廣泛的文化統一戰線，打破西方文化封鎖的目的，但是隨著 1957 年反「右」運動的開展，紀念魯迅的活動也隨之陷入低潮。

在這一歷史時期，廣大藝術工作者陸續以魯迅的創作為題材創作了一批優秀的影視劇和美術作品，極大地促進魯迅作品的傳播。國外的翻譯魯迅、研究魯迅的工作也取得了重要的進展，其中以日本和蘇聯的魯迅研究最為突出，進一步深化了魯迅研究。

〔註22〕古遠清《發生在臺灣「戒嚴」時期的「文壇往事辨偽案」》，《魯迅研究月刊》
　　　　2000 年第 1 期。